BASTEI
LÜBBE

Taschenbücher aus der Reihe THE BARD'S TALE
im BASTEI-LÜBBE-Programm:

20261 Die Burg der Verräter
20269 Festung aus Feuer und Eis

MERCEDES LACKEY
MARK SHEPHERD

# The Bard's Tale

# Gefängnis der Seelen

Fantasy-Roman

Ins Deutsche übertragen
von Wolfgang Thon

BASTEI
LÜBBE

BASTEI-LÜBBE-TASCHENBUCH
Band 20285

Erste Auflage:
Juni 1996


Deutsche Lizenzausgabe 1996
Bastei-Verlag
Gustav H. Lübbe GmbH & Co.,
Bergisch Gladbach
Originaltitel:
The Bard's Tale: Prison of Souls
Lektorat:
Birgit Sonnek/Stefan Bauer
Titelbild: Larry Elmore
Umschlaggestaltung:
Quadro Grafik, Bensberg
Satz: Fotosatz Schell, Hagen a.T.W.
Druck und Verarbeitung:
Brodard & Taupin,
La Flèche, Frankreich
Printed in France

ISBN 3-404-20285-6

Der Preis dieses Bandes
versteht sich einschließlich der
gesetzlichen Mehrwertsteuer.

## 1.
## KAPITEL

»Laß uns beginnen«, sagte Naitachal, warf mit einer schwungvollen Gebärde seinen schwarzen Umhang zur Seite und hob salutierend sein Übungsschwert. »Mal sehen, ob du *diese* Übung hinter dich bringst, ohne über deine eigenen Füße zu stolpern.« Er lächelte, was seinen Sarkasmus ein wenig abschwächte. Nur wenige Menschen haben einen Dunklen Elfen lächeln sehen und es überlebt, um davon zu berichten. Doch Naitachals Lächeln bedeutete nichts anderes als das Lächeln eines Menschen. Und es wärmte seine kalten blauen Elfenaugen auf eine Art, wie es keinem anderen Elfen je gelingen würde.

Sein Schüler Alaire erwiderte den Gruß mit seinem eigenen Übungsschwert und unterdrückte eine spöttische Bemerkung.

*Diesmal, Meister, solltet Ihr lieber achtgeben,* dachte er, während er seine Fußstellung auf dem groben Schotter überprüfte. *Ich habe geübt, während Ihr fort wart!*

Sie standen sich auf dem kleinen Übungsplatz des bescheidenen Besitzes gegenüber, der dem Dunklen Elfen gehörte. Alaire war einen Kopf größer als sein Mentor, aber Naitachal hatte Dekaden von Erfahrung Vorsprung. Beide waren eher schlank als muskulös. Und es war Mittag, so daß die Sonne direkt von oben herabschien. Dadurch hatte keiner der beiden Schwertkämpfer einen Vorteil.

Der Wettkampf begann, ein graziöser Tanz von Körpern und Holzschwertern, die unter der strahlenden Sonne mit lautem Klacken aneinanderschlugen. Alaire sprang schnell vor und überraschte Naitachal. Doch der Elf parierte und entkam spielend der Falle. Der Junge hatte ihn gegen einen Baum drängen wollen. Doch Alaire verfolgte ihn und schwang das Eichenschwert wie eine Doppelhandklinge. Er nutzte seine größere Reichweite und drängte den Elfen an den Rand der Arena. Naitachal wich behende aus und wurde fast zu einem verschwommenen schwarzen Nebel, der hinter Alaire verschwand, bevor der sich umdrehen konnte. Dann tauchte er wieder am Rand seines Blickfeldes auf.

»Ich dachte, Ihr wolltet keine Magie anwenden!« beschwerte sich Alaire und konnte mit Mühe einen Gegenangriff abwehren.

»Mache ich auch nicht«, erwiderte Naitachal besänftigend. »Achte auf das Schwert, Bursche.«

Alaire erwiderte Naitachals mächtige, aber kontrollierte Hiebe und hoffte, die Oberhand in dem Wettkampf zu gewinnen. Der Dunkle Elf stolperte und wankte einen Augenblick, als er sein Gleichgewicht verlor, erlangte es jedoch rasch zurück.

»Guter Zug«, meinte Naitachal, als sich ihre Schwerter klackend trafen. Der Kampf nahm einen faszinierenden Rhythmus an, als Alaire nach einem Schwachpunkt in der Deckung des Dunklen Elfen suchte. »Zehn mehr davon, und es endet vielleicht unentschieden.«

Der Bardling grinste. Er mochte es, wie sein Lehrer ein Lob in die Forderung nach mehr und besserer Leistung kleidete. Dadurch blieb das Spiel interessant.

Alaire spürte, daß der Dunkle Elf absichtlich seine schwächere linke Seite schonte. Gestern noch hatte Naitachal ihn endlos gedrillt, immer wieder Alaires linke Seite angegriffen, bis sie schmerzte. Und jetzt ... nichts. Doch als er noch darüber nachdachte, trat Naitachal kurz aus dem Feld, duckte sich hinter einen Baum und ... tauchte auf der schwächeren linken Seite auf.

Alaire war vorbereitet. Statt zurückzuweichen, sprang er vor. Mit der Schwertspitze berührte er den Umhang des Meisters, nicht mehr. Der Elf war ausgewichen. Alaire fluchte leise und bemerkte das amüsierte Glitzern in Naitachals dunkelblauen Augen.

Zorn wogte über den Bardling hinweg, als sich die Schwerter erneut kreuzten. Dabei tat Naitachal nur das, was jeder Lehrer tun sollte. Der Wettkampf wurde heftiger. Die beiden tanzten in einer Staubwolke wieder in die Mitte der Arena zurück. So einfach sollte Naitachal nicht die Oberhand gewinnen. Der Dunkle Elf atmete jetzt etwas schneller. Er machte eine Finte mit dem erhobenen Schwert und führte dann einen tiefen Schlag aus. Doch Alaire parierte ihn. Naitachals Schwertspitze landete im Staub. Hätte Alaire den Hieb ein wenig stärker ausgeführt, dann wäre es ihm vielleicht sogar gelungen, seinen Meister zu entwaffnen. Zum ersten Mal.

*Es ist zu leicht. Viel zu leicht,* dachte Alaire. Was lenkte seinen Meister heute ab? *Normalerweise säße ich jetzt schon mit dem Hintern im Dreck.* Er war nur ein durchschnittlicher Schwertkämpfer, das wußte er. Sein Lehrer dagegen war ein Meister mit unzähligen Jahren Praxis. Stimmte irgend etwas nicht? Hatte der Elf auf seiner letzten Reise etwas erfahren, das ihm Grund zur Sorge gab?

Der Bardling war ein wenig abgelenkt, genug, um Naitachal einen Vorteil zu gewähren.

»Sieh!« rief Naitachal und deutete in den Himmel. »Ein Komet!«

Ohne nachzudenken, folgte Alaires Blick der ausgestreckten Hand, die auf etwas über und hinter ihm zeigte. Im selben Moment ließ Naitachal sein Schwert fallen und rammte ihn mit der Schulter. In der nächsten Sekunde saß Alaire ziemlich unelegant im Dreck.

Naitachal beobachtete ihn ruhig. Er schien enttäuscht und ein wenig amüsiert. »Kaum zu glauben, daß du darauf reingefallen bist, Bardling.«

»Das ist nicht fair!« protestierte Alaire schwach. Er mußte dennoch irgendwie über sich selbst lachen. *Junge, war das blöd. Ich bin ihm regelrecht ins offene Messer gelaufen.* »Ich war am Gewinnen, und Ihr habt betrogen!«

»Wenn du *wirklich* gewonnen hättest, säßest du nicht so da«, erwiderte Naitachal. »Wir kommen allmählich zu dem Punkt in deiner Ausbildung, an dem beinah alles fair ist. Die wahre Welt ist so. Gedungene Mörder«, fuhr er fort und schwang sein Schwert im Sonnenlicht, als wolle er seinen

Satz unterstreichen, »Attentäter tun alles, um ihr Opfer zu töten.«

»Was kann ein Attentäter schon von mir wollen?« erwiderte der Bardling, aber er meinte es nur halb im Ernst. *Irgend jemand könnte meinen Tod wünschen, und sei es auch nur, um damit meinen Vater zu treffen,* dachte er. Als achter Sohn des Königs war er in einer unangenehmen Lage. Derek war der erstgeborene und älteste und würde sicher eines Tages König werden. Die anderen Brüder wurden für wichtige Verwaltungs- oder Militärposten ausgebildet.

Eigentlich hatte der König nicht geplant, so viele Söhne zu bekommen. So hatte er sich einmal bei der Königin beklagt, daß jede andere Frau wenigstens ein paar Töchter geboren hätte. Beim letzten wußte er nicht mehr, was er mit ihm anstellen sollte.

Alaire konnte sich als achter und jüngster Sohn den Luxus leisten, sich seinen Beruf auszusuchen. Er war ein frühreifes Kind gewesen und hatte sich mit sechs Jahren entschlossen, Barde zu werden. Glücklicherweise war Naitachal ein alter Freund des Königs wie auch ein loyaler Freund vieler Generationen der Familie. So stellte sich nie die Frage, wer Alaires Lehrer sein würde.

Und es war keine kindliche Laune gewesen, sondern eine wirkliche Entscheidung. Deshalb konnte Naitachal dem König auch versichern, daß sein Jüngster beträchtliches Talent habe und die Sache sich wohl gestalten würde.

Diese Berufswahl machte es in vieler Hinsicht unwahrscheinlicher, daß Alaire einmal das Ziel eines Mörders sein würde. Seine älteren Brüder boten sich dafür gewiß mehr an. Trotzdem durfte Alaire die Möglichkeit nicht außer acht lassen, daß ihn möglicherweise einzelne Rauhbeine zu einem Kampf herausforderten. Darauf wies Naitachal oft nachdrücklich hin, wenn sein Schüler mal wieder nach einer Abreibung im Dreck saß.

Ein Jahr lang hatte Alaire bei dem Hofdichter des Königs, dem Barden Gawaine, gelernt. Unter seiner Anleitung hatte er jeden überzeugt, daß er ein ausgesprochen musikalisches und magisches Talent besaß. Doch Gawaine wurde nicht jünger; und neben Alaire unterwies er auch noch andere Schüler. Er trug die enorme Last seines Amtes als Hofdichter. Es fiel Gawaine immer schwerer, diese Arbeitsbelastung zu bewältigen. Da Alaire alles andere als ein gewöhnlicher Student war, lief Gawaine Gefahr, ihn den anderen Bardlingen vorzuziehen. Schon für einen Jüngeren als Gawaine wäre diese Situation gewiß schwierig gewesen; doch der Hofdichter besaß einfach nicht genug Kraft, um damit fertig zu werden.

Damals war Alaire acht Jahre alt, und er hatte genug über Naitachal gehört, um sowohl aufgeregt als auch alarmiert zu sein, als er erfuhr, er bekäme ihn als Meister. Obwohl er »immer« davon ausgegangen war, daß Naïtachal eines Tages sein Lehrer werden würde, wußte er trotzdem nicht, was er von dem geheimnisvollen Elfen zu erwarten hatte. Daß aus einem Geisterbeschwörer ein Barde geworden war, erschien ihm schon bizarr genug. Alaire hatte noch nie einen Dunklen Elfen gesehen, und er hatte keine Ahnung, daß sein Vater die Bezeichnung »Dunkler Elf« so wortwörtlich gebraucht hatte.

Vor den hellen, freundlichen Farben des Hofes hatte Naitachal wie ein Tropfen Tinte auf weißem Linnen gewirkt. Sein schwarzer Umhang schien ihn zu umfließen, und sein gleichfalls schwarzes Wams, die Hose und die Stiefel schienen alles Licht aufzusaugen, das auf sie fiel. Als würde das Tageslicht vom Körper des Barden ausgelöscht. Im Gegensatz zu dieser Dunkelheit stand sein glattes, silbriges Haar, das er lang bis auf den Rücken trug, wie alle Elfen, und das elegant um seinen Kopf schwang, wenn er sich umdrehte. Seine strahlendblauen Augen brannten wie zwei Farbtupfer in dem alterslosen, glatten, schwarzen Gesicht und schienen Alaire glatt zu durchdringen, als sie sich das erste Mal begegneten. Selbst jetzt, während der Schwertübungen, lenkten sie ihn noch ab. Alaire fand schnell heraus, daß Naitachal kein gewöhnlicher Dunkler Elf war, wenn es denn überhaupt so einen gab. Diese strenge Dunkelheit, die ihn umgab, wohin er auch ging, war nur eine täuschende Verkleidung. Darin steckte ein beinah schon absurd liebenswürdiger Barde, ein Meister seines Fachs, und auch ein Lehrer in anderen, praktischeren Fertigkeiten.

Naitachal hatte Alaire oft an seine königlichen Pflichten erinnert und ihn gemahnt, daß er eines Tages dem Thron näher sein könnte als jetzt. Doch es war das erste Mal, daß Naitachal Attentäter erwähnte.

Zuerst störte es ihn, aber nach einem Augenblick des Nachdenkens tat er den Gedanken mit einem Achselzucken ab. Manchmal brauchte er Tage oder Wochen, um die Aussprüche des Barden zu begreifen.

*Vermutlich redet er von einer Jahre entfernten Zeit, wenn ich an Vaters Hof gehe,* dachte er. Jetzt kam Alaire die Möglichkeit, es mit einem gedungenen Mörder zu tun zu bekommen, ziemlich vage vor. Wie sollte ein Attentäter auch hierhergelangen, nach Fenrich, diesem verschwiegenen Örtchen an der nördlichsten Küste? Und selbst wenn er hierherkam, wie sollte es ihm gelingen, keinen Verdacht zu erregen?

Alaire liebte diesen Ort, seinen Frieden und seine Ruhe, auch wenn er wußte, daß seine Brüder hier wahrscheinlich vor Langeweile umkämen, wenn sie länger als einen Tag verweilen müßten. Es war der perfekte Ort, um sich zum Barden ausbilden zu lassen und Magie zu erlernen. Eben weil es keine nennenswerten Ablenkungen gab.

Naitachal hatte sich teils wegen der Isolation für diesen Ort entschieden, teils auch deswegen, weil die Bevölkerung ihn als das akzeptierte, was er war. Immerhin hatte er Geld. Und in schwierigen Zeiten hatte Naitachal bereitwillig seine Zeit und seine magischen Fähigkeiten zur Verfügung gestellt. Dadurch hatte er eine beträchtliche Popularität unter den Einwohnern erlangt.

Alaire stand auf, wischte sich den Staub von der Hose und versuchte, seinen lädierten Stolz wieder aufzurichten.

»Es ändert nichts an deiner Herkunft, daß du hier am Rand des Königreiches lebst«, erinnerte ihn Naitachal. »Es besteht immer die Möglichkeit, daß ein Feind deines Vaters dich entführt und versucht, Lösegeld zu erpressen. Das ist der wahrscheinlichere Fall, obwohl solche Leute oftmals genausoleicht morden wie entführen.«

»Vielleicht habt Ihr recht.« Alaire akzeptierte Naitachals Warnung, konnte aber nicht wirklich glauben, daß er jemals das Ziel eines solchen Unterfangens werden sollte. Jedenfalls nicht, solange er bloß ein Bardling war und unter Naitachals Aufsicht stand. Erstens wußten nur wenige Menschen überhaupt von seiner Existenz, und noch weniger wußten, daß er hier draußen lebte, am Rand des Nichts. Alaire gefiel der ernste Unterton nicht, den das Gespräch plötzlich genommen hatte, aber was sollte man von einem Dunklen Elfen schon erwarten? Trotz Naitachals Liebenswürdigkeit verfiel er gelegentlich in das typische finstere Brüten seiner Rasse. Der Bardling war bisher nur wenigen Dunklen Elfen begegnet, und die waren weit morbider gewesen als sein Meister.

Nein, wahrscheinlich war Naitachal einfach nur ein bißchen deprimiert. Vielleicht erinnerte sich keiner, außer seiner eigenen Familie, an seine Existenz. Hier, am äußersten Rand des Reiches, konnte Alaire fast seine königliche Herkunft vergessen.

*Es ist nur gut, daß ich der achte Sohn bin. Ich könnte nie König sein. Der glückliche Derek: Er hat den Thron und all die Pflichten, auf die er sich freuen kann. Aber er muß sich ja fast wie ein Schauspieler in einem Drama vorkommen, mit all den Regeln und Handlungen, die ihm vorgeschrieben sind.*

Alaire richtete sich auf und erwiderte Naitachals Gruß mit seinem eigenen Holzschwert.

»*Noch* sind wir nicht fertig«, sagte der Dunkle Elf.

*Als hätte ich etwas anderes erwartet*, dachte Alaire, achtete aber trotzdem auf die Herausforderung.

Naitachal machte einen heftigen Vorstoß, der Alaire überraschte. *Was ist bloß in ihn gefahren?* dachte der Junge, als er sich verzweifelt verteidigte. Der Elf griff wieder seine linke Seite an, wie am Tag zuvor.

Alaire gab sein Bestes, doch es wurde deutlich, daß Naitachal vorher entweder mit ihm gespielt hatte oder tatsächlich von irgend etwas abgelenkt gewesen war. Jetzt jedenfalls konzentrierte sich der Elf voll und ganz auf den Kampf. Nach ein paar Augenblicken kämpfte Alaire aus Leibeskräften dagegen an, »tödlich« getroffen zu werden.

Doch nach einigen Atemzügen wurde deutlich, daß er nicht einmal das schaffen würde.

»Treffer«, erklärte Naitachal, dessen Schwertspitze über Alaires Herz ruhte. »Du bist tot.«

Alaire erstarrte und ließ dann seine Spitze zu Boden sinken.

Sie verbeugten sich beide formell, wie es die Etikette zwischen Lehrer und Schüler verlangte. Dann lächelten sie, und Alaire wischte sich mit dem Ärmel den Schweiß von der Stirn.

»Wir wollen jetzt eine Pause machen«, erklärte Naitachal. »Danach gehen wir wieder an die Arbeit.«

»Eine Pause ist genau das, was ich brauche«, gab Alaire zu, verschwieg aber den wahren Grund, warum er aufhören wollte: Er sehnte sich nach einem Schluck Wasser, um den Staub hinunterzuspülen, den er geschluckt hatte.

Sie steckten ihre Holzschwerter in ein kleines Gestell neben dem Übungsfeld und gingen zu der kleinen Quelle neben der Haustür. Alaire schöpfte mit einer Kelle eiskaltes Wasser aus dem Eimer, trank in tiefen Zügen und spülte den Staub aus seinem Mund.

Naitachal trank ebenfalls, wirkte aber weder mitgenommen noch richtig durstig. *Seine Rasse hat eine Kondition, von der wir Menschen nur träumen können,* dachte der Bardling neiderfüllt. Gleichzeitig schickte er ein Stoßgebet in den Himmel, daß er niemals wirklich gegen einen Elfen kämpfen mußte. *Das Training ist schon schlimm genug!*

Naitachals Alter war für Alaire noch immer genauso rätselhaft wie damals, als er ihn kennengelernt hatte. Aus den alten Liedern und Geschichten hatte Alaire erfahren, daß er schon zu König Ambers Zeiten gelebt hatte. Und schon damals war er nach menschlichen Maßstäben alt gewesen.

*Jetzt ist eine gute Gelegenheit, ihn noch einmal zu fragen,* dachte Alaire. *Vielleicht antwortet er sogar.* Die anderen Male hatte er nur mit entmutigendem Schweigen auf Alaires Fragen reagiert.

»Wißt Ihr, Ihr haltet Euch sehr gut für jemanden, der, tja, der so *alt* ist wie Ihr«, sagte Alaire vorsichtig. Naitachal runzelte die Stirn, doch das tat er immer, wenn *dieses* Thema zur Sprache kam. Trotzdem zuckte Alaire zusammen. Der Bardling stellte sich ungeschickt an, wie immer, wenn er seinen Meister etwas Persönliches fragen wollte. Er wollte den Elfen nicht verärgern, vor allem nicht, solange die Schwerter noch in Reichweite waren. Die nächste Runde könnte noch härter werden! »Wie alt *seid* Ihr, Meister?«

Der Elf ließ sich mit der Antwort Zeit. Alaire dachte schon, er fände die Frage ungehörig und würde sie ignorieren oder so tun, als habe er sie nicht gehört.

»Du bist gerade neunzehn, mein junger Bardling«, sagte Naitachal leise, nachdem er einen Schluck aus der Kelle genommen hatte, und sah seinen Schüler freundlich an. Alaire seufzte erleichtert. »Bloß ein Säugling. Ein Kleinkind. Ein Kind bestenfalls.« Er lächelte sehnsüchtig, als fiele ihm etwas Geheimnisvolles, Amüsantes ein. »Nach deinen Maßstäben bin ich alt.«

Alaire wartete, aber der Elf sprach nicht weiter.

»Und?« fragte der Bardling.

»Älter, als du glaubst«, sagte Naitachal, »aber nicht so alt wie die Bäume oder die Hügel.« Damit schien das Thema für ihn erledigt zu sein.

Der Junge zuckte mit den Schultern und gab die Fragerei auf. Trotzdem brannte er vor Neugier. *Naitachal hat König Amber gedient. Nach dem, was Vater mir erzählt hat, war er damals ein Held. Hatte er nicht dabei geholfen, Carlotta unschädlich zu machen?* Er erschauerte bei dem bloßen Gedanken an die böse Prinzessin, die versucht hatte, den Thron zu erklimmen, indem sie den rechtmäßigen Thronfolger, Prinz Amber, entführte. Diese Geschichte war für seine Familie von großer Bedeutung. Seine Abstammung von Amber machte mehr aus ihr als »nur eine Legende«. In dieser Gute-Nacht-Geschichte gab es Stellen, an denen Alaires Vater sagte: »Dann pflegte Amber zu sagen ...«, oder: »Gawaine sagte mir, daß Kevin ...«

Carlotta scheiterte und verschwand. Jahre später tauchte sie wieder auf und spann eine Intrige, in der ein Graf Volmar und ein Buch mit Bardenzauber eine entscheidende Rolle spielten. Gawaines Lehrer, der Barde Kevin, hatte das Buch in Volmars Bibliothek gesucht, es gefunden und dann benutzt, um Carlotta zu vernichten.

Mehr wußte Alaire nicht über den Vorfall. Das Thema wurde in der königlichen Familie selten *diskutiert*, nicht einmal mit Verwandten. Man behielt die Einzelheiten für sich. Alaire wußte, daß es eine Art Skandal gab, über den die Familie gern das Mäntelchen des Schweigens legen wollte, aber er kannte die Details nicht.

*Vielleicht kennt Naitachal sie ja.*

Alaire riskierte einen weiteren Vorstoß. »Ich fühle mich jetzt vertrauter mit dem Schwert, Meister Naitachal. Es wird allmählich zu einem Teil von mir, wie Ihr vorausgesagt habt. Es tut mir leid, daß ich mit einer solch mangelhaften Ausbildung zu Euch kam. Mein Bruder Grant hat mir versprochen, mich zu trainieren, aber er hatte so viel zu tun, daß er es wohl vergessen haben muß.«

Naitachal ignorierte ihn, doch Alaire wußte aus Erfahrung, daß ihm nicht der kleinste Hauch entging.

Alaire kratzte sich am Kopf. Sein Haar war verschwitzt und seine Kopfhaut juckte. »Trotzdem hatte ich kein Waffentraining erwartet, als mein Vater mich hierhergeschickt hat. Habt Ihr mit dieser Art zu kämpfen Carlotta besiegt?«

Bei der Erwähnung des Namens der bösen Prinzessin drehte Naitachal sich langsam um. Sein Blick ließ Alaire einen eiskalten Schauer über den Rücken laufen. Seine Haut kribbelte unbehaglich. *Bei allen Göttern, hoffentlich habe ich nichts Falsches gesagt,* dachte er. *Wenn er wollte, könnte er mich mit einem Blick töten!*

»Wer hat gesagt, wir hätten Carlotta besiegt?« wollte Naitachal in beiläufigem Ton wissen.

Das überraschte Alaire. *Was will er mir damit sagen?* »Sprecht Ihr in Rätseln, um mich zu verwirren?« fragte er schließlich. »Oder stellt Ihr mir die Frage nur, damit ich nachdenke?«

Naitachal legte die Kelle zurück und ließ den Eimer wieder in den Brunnen hinab. Dann warf er Alaire einen abschätzenden Blick zu. »Man hat dir nie die ganze Geschichte erzählt, nicht?«

Alaires Laune hob sich bei der Aussicht, endlich ein paar Geheimnisse aus der Vergangenheit seiner Familie zu erfahren. *Sie sind jedenfalls nie ins Detail gegangen, wenn ich in der Nähe war. Ich habe immer nur Gute-Nacht-Geschichten zu hören bekommen mit der unvermeidlichen Moral: »Sei lieb, oder Carlotta kommt dich holen!«*

Manchmal schnappte er Bruchstücke einer Geschichte über Carlotta auf, wenn er in das Arbeitszimmer seines Vaters kam, wo seine Mutter, Grant und Drake miteinander plauderten. Doch sobald sie seiner ansichtig wurden, verstummten sie.

Er hatte sich nicht so sehr um die Vergangenheit seiner Familie gekümmert, wie er es vielleicht hätte tun sollen. Es gab den ganzen Bereich der Geschichte zu erforschen, eine riesige Mine, um nach Diamanten zu graben, aus denen Lieder werden konnten. Es wäre ihm anmaßend erschienen, seine eigene Familie als Quelle für seine Balladen zu benutzen. Trotzdem nagte manchmal das Geheimnis um Carlotta an ihm. Selbst wenn es unwahrscheinlich war, daß er König wurde, fragte er sich, was damals geschehen sein mochte, und warum sie es ihm verheimlichten.

»Nein«, sagte er schließlich. »Keiner hat mir jemals etwas erzählt. Die ganze Familie war sehr ausweichend, wenn es um Carlotta ging.«

»Dann sollte ich vielleicht ebenfalls schweigen«, antwortete der Dunkle Elf hinterlistig.

»Es war natürlich nicht so, daß sie *absichtlich* ein Geheimnis vor mir bewahren wollten«, ergänzte Alaire rasch. »Ich bin sicher, daß sie nur einfach nie … na ja, die Zeit hatten.

Oder die Gelegenheit. Ich meine, bestimmte Dinge diskutiert man ja nicht mit einem Kind, oder? Und ich bin schließlich schon lange hier, seit ungefähr acht Jahren.«

»Neun«, erwiderte Naitachal. »Und du warst vorher noch nie neugierig, etwas darüber zu erfahren.«

»Jetzt bin ich neunzehn und kein Kind mehr.« Alaire erzitterte unter Naitachals Blick. Der schien zu sagen: *Ach wirklich, bist du kein Kind mehr?*

Dann zuckte der Barde mit den Schultern. »Die königliche Familie hat mich niemals auf ein Geheimnis eingeschworen. Ich bestand darauf, freie Hand bei deiner Erziehung zu haben, was mir auch gewährt wurde. Also, was möchtest du gern wissen?«

»Einzelheiten. Ob Ihr zum Beispiel diese Art von Schwertkampf benutzt habt«, sagte Alaire und deutete auf den Halter mit den Schwertern. Darin standen Übungsschwerter und auch tödliche Waffen aus Metall. »Oder etwas Esoterisches?«

»Ich war damals nicht der Held«, sagte Naitachal, »und ich bin immer noch nicht sicher, ob damals irgend jemand einen Sieg errungen hat.«

Sein Blick richtete sich in die Ferne, wie immer, wenn er anhub, eine Geschichte aus der Vergangenheit zu erzählen. Naitachals Begabung für Geschichten reichte weit über Lieder und Balladen hinaus, und Alaire lehnte sich voller Erwartung zurück.

»Es fing an, bevor ich darin verwickelt wurde«, sagte Naitachal und warf seinem Schüler einen Seitenblick zu. »Ein Barde namens Aidan schickte seinen Schüler Kevin in die Bibliothek des Grafen Volmar, um ein Manuskript abzuschreiben, das *Lehrbuch Alten Liedguts*.»

Alaire nickte. Das hatte er alles schon mal gehört.

»Dreißig Jahre zuvor hatte Aidan Carlotta daran gehindert, den Thron ihres Bruders zu usurpieren. Damals glaubte er, Carlotta für immer vernichtet zu haben, hatte dann aber erst erfahren, daß sie noch am Leben war. Obwohl ihre Lage sich geändert hatte, war Carlottas Ehrgeiz ungebrochen. Da ihr Menschen ein so kurzes Leben habt, war Aidan jetzt ein alter Mann, der nicht mehr die Kraft hatte, es mit Carlotta aufzunehmen. Sein Schüler Kevin war damals erst siebzehn.«

Naitachal schüttelte den Kopf, als könne er nicht glauben, daß die Jahre so schnell verflossen waren. »Kevin war jung, eifrig und sehnte sich nach einem Abenteuer. Was ihm an Wissen und Reife fehlte, machte er durch seine Begeisterung mehr als wett. Allerdings hatte er nicht die geringste Lust, irgendein altes Manuskript abzuschreiben. Aidan verriet ihm nicht, wie wichtig es war.«

»Wenn Aidan schon ein alter Mann war, mußte Carlotta dann nicht auch eine *alte Frau* gewesen sein?« fragte Alaire verwirrt.

»Ja ... und nein.« Naitachal runzelte die Stirn. »Carlotta war eine Halbfee und eine Gestaltwechslerin. Wegen ihres Feenblutes lebte sie so lange wie jedes Halbblut. Und als Gestaltwechslerin konnte sie einfach den Verwüstungen des Alters entkommen, indem sie in eine andere Gestalt schlüpfte. Damals beherrschte sie auch viele Künste der Schwarzen Magie. Sie war für jeden eine schwere Gegnerin.«

Das hatte Alaire noch nie gehört. Und er wußte auch, warum. *Ein Mitglied der königlichen Familie ist ein* Halbblut, *und sie praktiziert Schwarze Magie? Du lieber Gott, kein Wunder, daß dies ein Geheimnis bleiben sollte!*

Naitachal beachtete seinen Schock nicht. »Kevin war an diesem unwirtlichen Ort ganz auf sich allein gestellt, deshalb war es nicht schwer für Carlotta, ihm zu entlocken, wozu Aidan ihn dorthin geschickt hatte. Sie gewann Kevins Vertrauen, indem sie das Äußere von Volmars hübscher junger Nichte Charina annahm. Für eine Gestaltwechslerin war das einfach, und das Ergebnis war sehr wirkungsvoll. Ich glaube, Kevin hat sich sogar in sie verliebt.«

Alaire klappte den Mund zu und nickte altklug. »Was ist denn der echten Nichte widerfahren?« fragte er. Das hier war in der Gute-Nacht-Geschichte nie aufgetaucht. Normalerweise kam die nie über Erzählungen von Amber und Aidan hinaus.

Naitachal seufzte. »Was du erwarten kannst. Wie wir später entdeckt haben, hat der Graf sie ermordet, um sie aus dem Weg zu räumen. Anscheinend wußte sie, daß irgend etwas vorging.« Er schüttelte den Kopf.

»Armes Kind. Man hat sie umgebracht, bevor sie ihr Leben genießen konnte.«

Er grübelte einen Augenblick darüber nach, und Alaire führte ihn mit sanftem Druck auf die Geschichte zurück. »Also hat Kevin das Buch abgeschrieben, und Carlotta hat herausgefunden, was er da machte. Warum hat sie sich das Manuskript nicht einfach selbst genommen?«

Naitachal lachte leise. »Weil es sich vor allen verborgen hielt, außer vor Aidan und seinem Beauftragten. Als das Manuskript verschwand, inszenierten Carlotta und Volmar aus Verzweiflung den Schwindel der ›verschwundenen Nichte‹. Sie schoben sowohl den Dunklen als auch den Weißen Elfen die Schuld an der ›Entführung‹ in die Schuhe. Da kam ich ins Spiel. Ich machte gerade Halt auf Graf Volmars Burg, während einer meiner ziellosen Reisen. Graf Volmar betraute Kevin mit der Leitung des Suchtrupps. Um den Namen meines Volkes reinzuwaschen, meldete ich mich freiwillig.«

*So bist du also dazugekommen*, dachte Alaire. *Das wird ja interessant.*

Naitachal blinzelte einen Augenblick in die Sonne. »Keiner von uns wußte, daß in diesem Buch ein Zauber war, der Carlotta ›mattsetzen‹ konnte. Das heißt, der sie für immer in ihre ursprüngliche Feengestalt zurückverwandeln würde.«

Alaire nickte ernsthaft. »Nur reinblütige Menschen dürfen auf dem Thron von Althea sitzen.« Innerlich war er erregt und ein wenig entsetzt. *Eine Fee? In der königlichen Familie? Ich würde zu gern wissen, wie* das *passieren konnte. Wenn Carlotta eine Halbfee ist, muß mein Ur-ur-urgroßvater ja mit ... ahem.* Seine Ohren brannten vor Verlegenheit, als er sich fragte, wie wohl ein Mensch und eine winzige Fee miteinander ... nun ja, eben ...

*Wahrscheinlich sind schon seltsamere Dinge passiert.*

Naitachal redete weiter. »Unser Unternehmen wäre sicher gescheitert, wenn nicht Kevin der Führer gewesen wäre. Er hat es trotz unserer ununterbrochenen Zankerei geschafft, daß wir zusammengearbeitet haben. Nicht überraschend, wenn man bedenkt, daß der Graf unseren Untergang prophezeiht und uns aus diesem Grund ausgewählt hat. Er wollte, daß wir scheiterten. Der Trupp bestand aus einer Amazone, einer Fee, mir und einem Weißen Elfenkrieger. Niemand hätte geglaubt, daß wir länger als einen Tag zusammenbleiben würden. Während einiger sehr interessanter Abenteuer gewannen wir jedoch die Gewißheit, daß Graf Volmar uns absichtlich weggelockt hatte, damit Carlotta ungestört das Manuskript suchen konnte.«

*Das würde ich zu gern in allen Einzelheiten hören*, dachte Alaire, aber Naitachal versuchte offenbar, eine Kurzgeschichte daraus zu machen.

»Als wir zu der Burg zurückkamen, erfuhren wir, daß ›Charinas‹ Entführer sie wieder ›freigelassen‹ hatten. Der Graf empfing uns wie Helden, obwohl wir nichts zu ihrer Rettung beigetragen hatten.« Seine Miene verfinsterte sich. »Wir waren alle höchst mißtrauisch, und sicherheitshalber schützte ich eines Abends Kevin mit magischen Vorsichtsmaßnahmen. Wir waren jetzt davon überzeugt, daß Carlotta sich irgendwo in einer Verkleidung verborgenhielt, vermutlich als Charina. Allerdings wußten wir es nicht genau. Als Kevin schließlich das Manuskript fand, war Carlotta bei ihm. Sie wußte, was es war, und sie wollte es unbedingt haben. Wären wir da nicht aus Volmars Burg geflohen, hätte sie das Buch bekommen und uns vernichtet. Sie verfolgte uns mit ihrer Magie. Und nicht alle von uns überlebten es ...«

Seine Stimme brach, und Alaire sah etwas auf dem Gesicht seines Meisters, was er noch nie gesehen hatte: einen Ausdruck von Trauer.

Er wagte nicht zu stören, obwohl er ungeduldig auf das Ende der Geschichte wartete.

Naitachal gab sich einen Ruck und beendete die Erzählung.»Wir kehrten auf Volmars Burg zurück, und zwar unter einer Gruppe von herumreisenden Gauklern und Musikanten. Kevin hielt sie für die menschlichen Freunde seines Meisters, aber eigentlich waren es Elfen und Bundesgenossen König Ambers. Volmar veranstaltete ein großes Fest und hatte dazu Adlige von überallher eingeladen. Wir vermuteten, daß es etwas mit Carlotta zu tun hatte. Wir mußten uns beeilen.«

»Und Ihr wart ein Held«, stellte Alaire fest.

Naitachal schüttelte den Kopf. »Wohl kaum. Es war der Barde Kevin, denn er war damals schon ein wahrhafter Barde, der das Verdienst für die Geschehnisse bekommen sollte. In kürzester Zeit beherrschte er den Zauber und spann ihn fehlerlos, als Volmar und Carlotta erschienen. Und sie verwandelte sich vor aller Augen in ihre ursprüngliche Feengestalt zurück.«

»Ich dachte, sie wäre gestorben«, erklärte Alaire. »Jedenfalls hat meine Mutter das immer erzählt. Gawaine dachte es auch.«

Naitachals Lachen enthielt keinen Humor. »Das will die Königin wohl glauben, aber ich fürchte, es entspricht einfach nicht den Ereignissen. Carlotta entkam in dem Handgemenge, das ihrer Verwandlung folgte. Wir hatten alle Hände voll damit zu tun, Volmars Soldaten davon abzuhalten, uns auf der Stelle zu ermorden. Sie folgten ihrem Herrn blind, und erst als Charinas Geist erschien und den Grafen in aller Öffentlichkeit des Mordes an sich bezichtigte, wendete sich ihre Loyalität gegen ihn. Damit hatte ich *nichts* zu tun! Ich hatte mein Maß an Geisterbeschwörung schon erfüllt.« Er holte tief Luft und schüttelte die Schatten der Vergangenheit ab. »Das ist das Ende der Geschichte. Wohin Carlotta geflohen ist, kann man nur raten. Jedenfalls ist sie nicht gestorben, sondern wurde nur ›entwandelt‹.«

»Glaubt Ihr, daß Carlotta immer noch am Leben ist?« Alaire fühlte sich zugegebenermaßen nicht wohl bei dem Gedanken, daß Carlotta noch am Leben war.

Naitachal schien über die Frage einen Augenblick ernsthaft nachzudenken, aber Alaire vermutete, daß er schon lange eine Antwort darauf wußte. »Schlicht geantwortet: ja. Allerdings habe ich nicht den leisesten Schimmer, wo sie sein könnte oder wann sie wieder auftaucht. Es ist sinnlos, sich darüber Gedanken zu machen, jedenfalls im Augenblick. Dir stehen wichtigere Aufgaben bevor, zum Beispiel die wahre Schwertkunst zu erlernen.« Er lachte wieder, und diesmal mit echtem Humor. »Wenn ich daran denke, wie sehr Kevin die Amazone und mich bestürmt hat, ihn den Umgang mit dem Schwert zu lehren, und wie bestürzt sein Meister war, als er erfuhr, daß wir es getan hatten!«

Alaires Gedanken waren während dieser kurzen Erzählung abgeschweift. Vielleicht merkte er deshalb nicht, wie Naitachal zu dem Schwertregal glitt und seine Waffe herausnahm. Er schaffte es sogar, sie bis zu diesem Moment vor seinem Schüler zu verbergen.

»*Ich* habe ein Schwert in der Hand«, sagte Naitachal grinsend und salutierte mit der Übungswaffe. »Warum hast du keins?«

Alaire wollte etwas sagen, aber ihm fehlten die Worte. *Verdammt soll er sein!* dachte der Junge. *Er weiß genau, wann ich nicht aufpasse! Dann zieht er diese alberne Nummer ab!*

Der Dunkle Elf warf Alaire das Holzschwert zu, das dieser geschickt am Griff auffing, und nahm dann ein anderes aus dem Ständer.

»En garde!« sagte Naitachal. Alaire nahm die Haltung ein und versuchte, sich auf die Schwerter zu konzentrieren. Die Geschichte über Carlotta setzte ihm immer noch zu.

Naitachal drang rasch auf ihn ein, mit mehr Energie, als Alaire erwartet hatte. Und als er anfing, dem Elfen auszuweichen, statt seine Hiebe zu erwidern, wußte er, daß alles gleich vorbei war.

Erneut lag er erschöpft im Dreck. Er wußte nicht einmal, worüber er diesmal gestolpert war. *Wahrscheinlich über meine eigenen Füße.* Während des Sturzes hatte er sein Schwert verloren, das jetzt leicht zitternd im Sand steckte.

»Du hast mehr Leben als eine Katze«, bemerkte Naitachal und reichte ihm die Hand. »Du bist schon wieder gestorben.«

»Erinnert mich nicht daran«, erwiderte Alaire und kam mühsam hoch. *Wenigstens werde ich besser, selbst wenn er mich immer so schlägt wie diesmal.*

Die Sonne stand immer noch hoch am Himmel. Sie wurde von den weißen Wänden und dem kleinen Weiher im Garten ihres Heims reflektiert. Es war ein geräumiges Haus und nach örtlichen Maßstäben sicherlich ein »Herrensitz«. Aber es war nichts im Vergleich zu dem Luxus, in dem Alaire aufgewachsen war. Was den Ort noch besser machte. Denn hier fühlte er sich frei, und die einfachen Freuden des Landlebens waren eine willkommene Abwechslung vom Leben am Hofe.

In der Mitte des Anwesens erhob sich ein Wachturm, der dem Haus den Anstrich eines Tempels gab. Eine seltsame Metapher, aber der Turm gewährte ihnen Stunden der Freude, wenn sie von dort aus die Stürme und Sterne beobachteten. Von dem Wachturm aus konnte man die weit entfernte Küste sehen, und ab und zu bekamen sie sogar ein Segel zu Gesicht.

Auf dem Hügel hinter dem Haus, in gerader Linie von Alaire am Wachturm vorbei, entdeckte der Bardling eine Bewegung. Von dort oben führte die einzige Straße hinunter auf den Besitz, und die Gestalt hätte sowohl ein Mann auf einem Pferd als auch eine Kutsche sein können. Sie war zu weit entfernt, als daß der Bardling genau hätte ausmachen können, was es war, geschweige denn, wer. Naitachal hatte es offenbar auch bemerkt, denn er betrachtete den herannahenden Besucher interessiert.

»Ein Bote«, stellte er schlicht fest. »Vom Hof.« Alaire kniff die Augen zusammen, aber er konnte nicht einmal den Umriß der Gestalt erkennen. Naitachal hatte wiederholte Male bewiesen, daß die Sehschärfe eines Elfen der eines Menschen überlegen war. Also glaubte Alaire seinem Wort.

»Ein Bote?« fragte er. »Ist er bewaffnet? Trägt er die Farben der Wache meines Vaters?«

Ein Bote der Königlichen Wache überbrachte mit ziemlicher Sicherheit schlechte Nachrichten. Es mußte sich mindestens um einen Todesfall in der Familie handeln. Vielleicht auch um eine Invasion eines fremden Landes oder irgendeine andere erschütternde Katastrophe.

Naitachal runzelte die Stirn. »Seltsam. Die Nachricht, die er überbringt, muß eine gewisse Dringlichkeit haben. Sein Pferd ist ausgelaugt. Er muß seit längerer Zeit scharf geritten sein.«

Besucher waren selten, aber Alaire erwartete diesen trotzdem mit gemischten Gefühlen. Wenn er nur wohlmeinende Nachrichten von zu Hause mitbrachte, warum sollte er dann sein Pferd zuschanden reiten? *Was kann denn passiert sein?* fragte er sich und versuchte, sich nicht von irgendwelchen Vorstellungen überwältigen zu lassen.

Der Bote kam näher und zügelte sein Pferd. Er war höchstens sechzehn und trug die blaue Reituniform von Reynards Bediensteten. Vielleicht war er einfach deshalb so schnell geritten, um seinen Herrn durch seinen Eifer zu beeindrucken. Alaire unterdrückte ein Stöhnen. *Nein! Nicht schon wieder so ein lustiger, bunter, schriller Besuch irgendeiner Prinzessin vom Hof!*

»Ich bringe eine Nachricht für den Meisterbarden Naitachal von seiner Majestät König Reynard!« verkündete der junge Mann, noch bevor er zum Stehen gekommen war. Sein Pferd war ein schöner grauer Zelter, den Alaire sofort erkannte. Es war eines der besten Pferde im Stall der Boten. Es tanzte müde auf der Stelle, als der Junge neben ihnen anhielt. Der Bote war ebenfalls müde und ausgelaugt und winkte noch auf dem Sattel mit einem blauen Umschlag.

Alaire änderte erneut seine Meinung. *Er muß zwei Tage lang am Stück durchgeritten sein, um in diesem Zustand hier aufzutauchen. Das Pferd sieht auch nicht viel besser aus.* Ein Besuch einer der potentiellen Bräute Dereks würde eine solche Dringlichkeit nicht erfordern, und der Rittmeister würde seinen Jüngsten Reiter in der Luft zerreißen, weil er sein Tier so zuschanden ritt, nur um jemanden zu beeindrucken. Naitachal griff nach der Botschaft. Der Umschlag war mit dem Familiensiegel verschlossen.

»Bitte, bring dein Pferd in den Stall«, sagte Naitachal und deutete auf eine leicht baufällige Scheune hinter dem Haus. »Neben dem Trog ist eine Wasserpumpe. Wenn du fertig bist, kannst du ins Haus gehen, um dich zu waschen.«

»Danke, Sir«, erwiderte der Jüngling, ignorierte Alaire und führte seinen Zelter zum Stall.

*Anscheinend weiß er nicht, daß ich der Sohn des Königs bin,* dachte Alaire. *Er sieht in mir nur Naitachals Bardling.* Das war sehr erfrischend, und er grinste erleichtert. Anscheinend hatte man ihn bei Hof *tatsächlich* vollkommen vergessen! Er könnte sich vielleicht irgendwann zurückschleichen und sich amüsieren, ohne den ganzen Unsinn ertragen zu müssen.

»Nun, worum handelt es sich?« fragte Alaire. Er konnte seine Ungeduld nicht länger zügeln. *Geht es um mich?*

Naitachal öffnete das Wachssiegel und überflog mit einem Blick die Botschaft. Dann sah er hoch.

*»Nun?»*

Naitachals Miene war weder grimmig noch finster, also konnte es sich kaum um schlechte Nachrichten handeln. Sie war aber auch nicht vollkommen unbeteiligt. Alaire zitterte vor kaum verhüllter Aufregung. *Es geht um mich. Es kann nicht anders sein!*

Naitachal hob eine Braue, faltete das Papier zusammen und steckte es wieder in den Umschlag. Als es flach auf seiner Handfläche lag, ging es plötzlich in Flammen auf.

Alaire wich erschreckt einen Schritt zurück. Das hatte er nicht erwartet.

Naitachal wischte sich gelassen die Asche von der Handfläche und fixierte Alaire mit einem abschätzenden und undurchdringlichen Blick.

»Erzählt es mir!« forderte Alaire. Er konnte sich kaum noch beherrschen. Der Dunkle Elf neigte nie zur Melodramatik, und das Verbrennen des Briefes, so wie er es getan hatte, erforderte eine Zauberübung, die er nur selten benutzte.

»Dein Vater«, sagte Naitachal nach einer langen und nervenzerrüttenden Pause, »will uns auf einen kleinen Botengang senden.«

Ohne weitere Erklärung ging Naitachal zu seinem Haus.

Einen Augenblick starrte Alaire ihm hinterher. Dann folgte er ihm verwirrt ins Innere.

Naitachal betrachtete sein Arbeitszimmer gewöhnlich als Privatsphäre, in die er niemandem Einlaß gewährte, nicht einmal dem Dienstmädchen. Alaire hatte nur sechsmal in all den Jahren, die er hier lebte, einen Fuß hineingesetzt. Und das nur auf ausdrückliche Einladung Naitachals, wenn sich eine heftige Krise zusammenbraute.

Jetzt stand Naitachal an der Tür und winkte Alaire, ihm hineinzufolgen. Vorsichtig betrat Alaire das geheimnisvolle Arbeitszimmer seines Meisters und erschauerte bei der Kälte, die darin herrschte. Der Raum war ihm unheimlich.

Das Zimmer hatte keine Fenster und keine andere Lichtquelle als eine einzige schwere Kerze, die so dick war wie Alaires Unterarm. In der Dunkelheit flammte sie plötzlich auf und beleuchtete Naitachals Gesicht. Hinter dem Elfen stand ein großes Regal mit uralten, verstaubten Büchern, alle auf Elfisch, die seit undenklichen Zeiten im Besitz von Naitachals Familie waren. Der Barde zog sorgfältig einzelne Bände heraus und studierte sie. Sie trugen keinen Titel auf den Rücken.

»Wir reisen nach Suinomen«, sagte Naitachal schlicht, ohne seine Suche zu unterbrechen.

*Suinomen,* dachte Alaire. *Das kann doch nicht sein Ernst sein!*

Der Name verursachte unangenehme Gefühle. König Reynard riet all seinen Untertanen, vor allem aber Angehörigen des Königshauses ab, nach Suinomen zu reisen. Alaires Lehrer hatten das Land in der Schule niemals erwähnt, es erschien sogar auf keiner Landkarte, und es unterhielt niemals diplomatische Beziehungen zu irgendeinem Land. Nach einer Weile vergaß man einfach, daß es existierte. Der einzige Kontakt, den Althea mit Suinomen hatte, war ein spärlicher Handel mit Tierfellen. Alaire wußte nicht einmal, wer im Augenblick das Land regierte. *Suinomen. Warum bei allen sieben Höllen reisen wir ausgerechnet dorthin?*

Ihr Heim in Fenrich lag in der Nähe der nördlichen Grenze nach Suinomen. Das erklärte wahrscheinlich, warum König Reynard ausgerechnet sie ausgesucht hatte. Die Grenze war nur eine Tagesreise entfernt, die Hauptstadt zwei. Und außerdem hatte Naitachal schon oft »kleine Besorgungen« für das Königshaus erledigt, die oftmals diplomatische Manöver beinhaltet hatten. Aber das erklärte nicht, *warum* sie gingen.

»Hab' ich dich«, sagte Naitachal, nahm einen dünnen Lederfolianten aus dem Regal und legte ihn auf den Schreibtisch. Im dämmrigen Kerzenlicht konnte Alaire undeutlich die Elfenschrift auf dem Deckel erkennen, ohne jedoch die Bedeutung entziffern zu können.

»Ihr habt immer noch nicht gesagt, warum wir dorthin reisen«, meinte Alaire so gelassen wie möglich.

Da der Dunkle Elf so gut wie nie Besucher in diesem Zimmer empfing, brauchte der Junge eine Weile, bis er etwas fand, auf das er sich setzen konnte. Schließlich entdeckte er einen alten Stuhl, der mit einer dicken Staubschicht bedeckt war. Da sein Rücken ohnehin schon schmutzig war vom Schwerttraining, hatte er keine Bedenken, sich zu setzen.

Naitachal las in dem Buch. »Suinomen ist das einzige Land, das für Lebewesen mit Zauberkräften verboten ist«, erklärte er abwesend.

»Und was bedeutet das für uns?« fragte Alaire. »Hat der König vergessen, wer Ihr seid und wozu Ihr mich ausbildet?« Noch bevor er alle Tatsachen wußte, mißfiel ihm die Vorstellung, dorthin zu gehen.

»Keiner in Suinomen weiß, daß wir Barden sind«, erklärte Naitachal beiläufig. »Ich will es dir erklären, bevor du die ganze Mission verurteilst. Du weißt, daß Suinomen seit Jahrhunderten ein unbequemer Nachbar ist. Aber meistens haben sich unsere beiden Nationen in Ruhe gelassen. Jetzt stoßen sie unbestimmte, aber störende Kriegsdrohungen aus.«

Alaire wollte etwas sagen, doch der Gedanke an Krieg ließ ihn schweigen.

Naitachal blätterte eine Seite um. »Deshalb habe ich den Brief zerstört. Unsere Magier haben durch ihren eigenen Zauber einen massiven militärischen Aufmarsch gesehen. Die Suinomenen haben trotz einer erfolgreichen Ernte ihre Rekrutierungen verschärft. Warum sollten sie die jungen Leute einziehen, wenn ihre Familien auf den Bauernhöfen sie am dringendsten brauchen? Man muß diese Kriegsdrohung ernst nehmen.«

Alaire schüttelte den Kopf. Die ganze Sache ergab keinen Sinn. »Wir haben so lange in Frieden mit ihnen gelebt. Sie wollen nichts von dem, was wir haben. Oder doch?«

Naitachal sah kurz hoch und zuckte dann mit den Schultern. »Der König vermutet, sie haben Angst vor uns. Ich muß ihm zustimmen. Nur glaube ich, daß diese Angst schon viele Jahrhunderte zurückreicht. Seit ungefähr einem Jahrhundert hat Suinomen jede Magie strikt gesetzlich reguliert. Althea hat das natürlich nie getan. In Suinomen ist die Ausübung jeder Magie, selbst des einfachsten *Heilzaubers*, strengstens untersagt, es sei denn, die Krone hat eine Genehmigung dafür erteilt. Deshalb rät dein Vater allen ab, in dieses Land zu reisen. Zu viele unserer Leute sind nicht mehr zurückgekehrt, weil sie einen gebrochenen Knochen mit einem Zauber geheilt haben oder mit einer kleinen Magie nasses Feuerholz entzündeten. Das hat ihnen lebenslänglichen Kerker eingebracht. Jedenfalls nehmen wir das an.«

Alaire hatte die Gerüchte von den Menschen gehört, die im Norden verschwanden, aber er hatte niemals einen getroffen, der das bestätigen konnte. Das war eine der Strafen, wenn man ein so sicheres Leben hatte. Selten erreichten ihn Straßengerüchte, selbst jetzt nicht. Von königlichem Geblüt zu sein bedeutete, daß man einfach keinen Klatsch hörte, selbst wenn man es wollte.

Naitachal konzentrierte sich wieder auf sein Buch. »Zauberer, selbst ihre Heiler, unterziehen sich Tests auf bestimmten Gebieten. Dann, wenn sie ihre Lizenzgebühr bezahlt haben, dürfen sie nur die simpelsten Zaubereien anwenden, aber selbst *dann* nur unter Aufsicht des Zaubererbundes von Suinomen.«

»Was ist mit Barden?« fragte Alaire. »Von ihnen war nicht die Rede.«

Naitachal verzog den Mund. »Sie erlauben einfache Musikanten, aber *niemals* Barden. Allerdings haben sie keine geeigneten Schranken, um sie sich fernzuhalten. Ihre Magier sind meiner Meinung nach Dilettanten. Sie erkennen einen Barden wahrscheinlich nicht einmal, wenn er ihnen seine Harfe auf den Kopf haut.«

Alaire unterdrückte ein Lachen, als Naitachal weiterredete.

»Aber irgendwie setzen sie sich durch in ihrer Inkompetenz und erwischen den einen oder anderen Zauberer, weil er einen schiefen Kreis aus Zwiebelschalen auf dem Boden legt.« Er drehte noch eine Seite um. »Wie ich schon sagte: Sie gestatten nur harmlosen, nichtmagischen Musikern die Einreise, obwohl keiner dort drüben weiß, wie Bardenmagie eigentlich funktioniert. Und so werden wir uns darstellen. Wir sind *Minnesänger,* weiter nichts. Wenn jemand nach unseren Instrumenten fragt, erklären wir, daß es unser Hobby ist. Der König hat uns zu seinen Gesandten auf Zeit ausgewählt.«

Alaire zuckte mit den Schultern. »Ich frage mich, warum unser Botschafter das Problem nicht lösen kann.«

Naitachal warf ihm einen trockenen Blick zu, als hätte er sich die Antwort denken können. »Wir *haben* keinen Botschafter in Suinomen. *Wir* werden die Botschafter sein, und entsprechend vorsichtig müssen wir uns dort benehmen. Suinomen stößt Kriegsdrohungen aus, weil sie sich bedroht fühlen. Unsere freie und ungeregelte Zauberei ist eine Bedrohung für ihre Sicherheit, das behaupten sie jedenfalls.«

Alaire dachte darüber nach, während Naitachal weiter in dem ledergebundenen Buch blätterte. *Auf eine verrückte Weise ergibt das einen Sinn,* dachte er. *Wir sind perfekte Gesandte. Wir stehen praktisch bereits auf ihrer Schwelle, und ich bin hoch oben in der königlichen Rangordnung.* Trotzdem nagte etwas an ihm.

»Eine Frage«, sagte Alaire und hob die Hand. »Wenn sie keine Magie zulassen, wie können wir dann Botschafter werden? Ich meine, Ihr seid ein Elf, und alle Elfen sind Magier, richtig?«

Naitachal runzelte die Stirn und warf Alaire den Blick zu, den dieser so gut kannte. *Begreifst du es immer noch nicht?* hieß das.

»Der Gebrauch von Magie ist ungesetzlich«, sagte er mit gelangweilter Miene. »Magier selbst dürfen einreisen. Es ist ihnen nur verboten, irgendwelche Kräfte anzurufen, innere oder äußere.«

Schön. Aber Naitachal war ein Geisterbeschwörer gewesen, und in einem Land, das Zauberei fürchtete, konnte das sicher einige ... Probleme heraufbeschwören. »Ihr seid ein Dunkler Elf. Reicht das nicht, um eine, sagen wir, gewisse Feindseligkeit auszulösen?«

Diesmal tat Naitachal die Frage mit einem bloßen Achselzucken ab. »Mein Volk«, sagte er dann, »hatte nie einen Botschafter am Hof von Suinomen. Deshalb will König Reynard uns wahrscheinlich in dieser Funktion entsenden. Die Chancen stehen gut, daß sie kaum jemals einen Dunklen Elfen zu Gesicht bekommen haben, und wenn doch, glaubst du dann wirklich, daß sie ausgerechnet *mir* Ärger machen werden? Wenn der Ruf der Dunklen Elfen selbst in *diesem* Königreich hier schlecht ist, wie mies ist er dann wohl deiner Meinung nach da drüben?«

Alaire mußte lachen. *Vermutlich hat er da recht. Ihn wird niemand angreifen, weil er jeden durch einen einzigen gemurmelten Zauberspruch zu Staub verwandeln kann. Wobei dieser Prozeß auch noch wehtut, soweit ich weiß. Vater weiß natürlich, daß er es nie tun würde, aber* die *wissen es nicht.*

»Deine Rolle in dieser ganzen Sache ist eher … untergeordnet«, sagte Naitachal fast entschuldigend.

Alaire hob eine Augenbraue. »Was soll das heißen … *untergeordnet?*«

»Du sollst mein … so eine Art Sekretär sein. Wir werden deine wahre Identität geheimhalten.«

Einen Augenblick war Alaire ärgerlich, dann dachte er darüber nach. Gab es eine bessere Möglichkeit, sich bei einem sonst ernsthaften Auftrag zu amüsieren? *Träte ich diese Reise als Prinz an, würde ich mich zu Tode langweilen. Natürlich können die nicht wissen, wer ich wirklich bin, und ich wette, daß sie es nicht mal vermuten werden. Schließlich wissen auch nur wenige Menschen in diesem Königreich, daß ich Naitachals Bardling bin.*

»Es besteht die Gefahr, Lösegeld zu erpressen, verstehst du«, sagte Naitachal. »Dein Vater möchte sicher dieses Risiko nicht eingehen.«

Alaire schob sich näher an das Buch heran, das Naitachal in seinen dunklen Händen hielt. »Was ist das eigentlich für ein Buch?«

»Ein sehr altes Fahrtenbuch«, sagte Naitachal. »Hier ist die Landkarte, die wir brauchen. Das ist die am wenigsten befahrene Route, falls mein Großvater recht hat. Er hat dieses Buch vor Jahrhunderten geschrieben.«

Alaire dachte an den Plan und war aus vielerlei Gründen erleichtert. Als Königssohn ein anderes Land zu besuchen bedeutete Stunden langweiliger, pompöser Formalitäten, ein unbequemes Staatsgewand, und *keinerlei* Privatsphäre. Wenn er inkognito reiste, war er all dessen ledig.

Na ja, jedenfalls fast. Er vermutete, daß doch etwas königliche Parade auf einen wartete, wenn man Gesandter war. *Aber Gott sei dank nicht der ganze Pomp.*

»Es ist eine ziemliche schwere Verantwortung«, gab Naitachal zu. »Ich glaube, wir können es schaffen. Wir müssen herausfinden, warum sie sich plötzlich so aggressiv benehmen, und sie aufhalten, wenn wir können. Stimmst du mir zu, Alaire?«

»Selbstverständlich«, sagte der ohne zu zögern. Ihm war

noch ein anderer Gedanke gekommen, der ihn ein wenig einschüchterte, ihn erregte und ihn auch ein bißchen beunruhigte. *Verantwortung*. Naitachal hatte es mit diesem einen Wort genau getroffen. *Es ist eine wichtige Aufgabe, die wir für das Königreich erledigen können. Und wir sind die Besten für den Job.*

»Vergiß eines nicht: Wir müssen absolut geheimhalten, daß wir Barden sind«, ermahnte ihn Naitachal. »Der Bund der Zauberer ist in der Lage, unerlaubte Zauberei zu bestrafen. Also müssen wir annehmen, daß er eine Möglichkeit hat, sie aufzuspüren. Wir wissen noch nicht einmal, wie hoch die Strafen sind.«

Er blickte wieder von dem Buch hoch, und seine Augen glühten unheilvoll. »Und ich möchte es nur ungern auf die harte Weise herausfinden.«

## 2. KAPITEL

Früh am nächsten Morgen wurde Naitachal von der lärmenden Ankunft einiger Reiter geweckt. Er spähte durch die Fensterläden und sah, wie der Bote drei ältere Kameraden begrüßte, die die gleichen dunkelblauen Uniformen trugen. Sie hatten zwei weitere Pferde dabei, beide schwer beladen. Vermutlich war es die Ausrüstung für die Reise nach Suinomen. Obwohl Naitachal und Alaire normalerweise nicht vor dem späten Morgen aufstanden, sah es so aus, als hätte ihr Tag schon ohne sie begonnen.

*Das war laut genug, um die Toten zu wecken,* dachte Naitachal, verärgert über den Lärm. *Nicht besonders höflich. Sie versuchen nicht mal, leise zu sein.*

Der Dunkle Elf warf sich eine Robe über und kochte mit einem kleinen Küchenzauber eine Tasse Khaffe. Als er an Alaires Schlafzimmer vorbeiging, sah er durch die offene

Tür den Jungen, wie gewöhnlich ausgestreckt wie ein Äffchen auf den zerwühlten Laken liegen.

*Was für eine unerfahrene Jugend,* dachte Naitachal und erkannte plötzlich, wie behütet er tatsächlich war. Während er ihn beobachtete, spürte er ein warmes, väterliches, beinah *menschliches* Gefühl, das ihn durchströmte und ihn überraschte. Selbst die Weißen Elfen waren dafür bekannt, daß sie wenig schmeichelhafte Kommentare über menschliche Gefühle abgaben. Von seinen dunklen und erheblich strengeren Brüdern ganz zu schweigen.

Schlafend sah Alaire besonders verletzlich aus. *Bist du bereit für diese Reise, mein Junge?* dachte Naitachal und betrachtete den schlummernden Bardling. Irgendwie hatte Alaire es geschafft, sein langes, blondes Haar nicht in den Laken zu verheddern. *Habe ich genug getan, um dich auf das vorzubereiten, was uns erwartet? Habe ich dich genug gelehrt, damit du sicher bist und auf dich selbst aufpassen kannst, falls das nötig sein sollte?*

Dann lächelte er. *Und werde ich dich wecken können, ohne dein Bett in Flammen zu setzen?*

»Aufstehen!« sagte Naitachal, ohne irgendeine Wirkung zu erzielen. »Unsere Pferde und unsere Ausrüstung sind eben angekommen. Wir müssen aufbrechen.«

Nichts.

Er hob die Stimme. »Alaire? Muß ich erst mit einem Zauber die Toten wecken?«

Der Junge rollte sich auf die Seite und warf ein Kissen nach Naitachal, der dem Geschoß gekonnt auswich. Es zischte an ihm vorbei. Doch dieser Ausbruch von Aktivität war nur sehr kurz. Alaire vergrub den Kopf unter einer Decke.

»Ein solches Benehmen ist nicht sehr respektvoll«, schimpfte Naitachal. »Das Wasser im Brunnen dürfte heute besonders kalt sein.« Er machte eine dramaturgische Pause. »Falls du begreifst, wovon ich rede. Steh jetzt auf, oder du wirst auf direktem Weg erfahren, *wie* kalt das Wasser ist.«

Alaire reagierte, setzte sich langsam auf und rutschte an die Bettkante. »Das würdet Ihr bestimmt machen«, beschwerte er sich und gähnte. »Habt Ihr gesagt, es sind noch mehr Boten angekommen?«

Naitachal lachte. »Sie sind draußen, wo ich dich auch bald sehen möchte.«

Naitachal ging zur Tür, zufrieden, daß sein Schüler jetzt richtig wach war. Mit dem Becher in der Hand trat er hinaus, die Neuankömmlinge zu begrüßen. Dabei versuchte er, wacher auszusehen, als er sich fühlte.

»Milord«, sprach ihn einer der Boten an. Naitachal spürte die Angst des Mannes, die eher von seiner Rasse als seinem Titel ausgelöst wurde. Es war eine übliche Reaktion auf einen Dunklen Elfen. »Wir bringen Pferde und Ausrüstung im Namen König Reynards. Für Eure Reise.«

»Nach Suinomen«, sagte ein anderer verlegen. Er saß immer noch auf seinem verschwitzten Roß. Die Männer des Königs standen sichtlich verängstigt da, als erwarteten sie, jeden Moment vom Blitz getroffen zu werden.

Naitachal seufzte resigniert. *Wenn sie nur wüßten, wie sehr ich Schwarze Magie verabscheue,* dachte er traurig. In solchen Augenblicken wünschte er, die Menschen würden ihn mit etwas weniger Furcht betrachten.

Andererseits war das teilweise seine eigene Schuld. In der Vergangenheit hatten ihm das Aussehen und das Benehmen eines Geisterbeschwörers wohl mehr Autorität eingetragen, als er verdient hatte. Allerdings hatte Naitachal sich nie Mühe gegeben, die zu belehren, die ihn fürchteten, indem er ihnen sagte, daß er die Schwarze Kunst nicht länger praktizierte.

*Die Zaubersprüche und die Mächte der Schwarzen Magie verlassen einen niemals. Ich war lange, lange Jahre ein Schwarzer Magier. Sie haben recht, mich zu fürchten.*

Er konnte immer noch die Kräfte beschwören, die einen Feind zu Staub zerfallen ließen. Oder im nächsten Moment sein Todesschwert herbeirufen, oder den Geistern der Toten befehlen, ihm zu dienen. Er konnte einem Menschen bei lebendigem Leib die Haut abziehen und dann das Fleisch von den Knochen fallen lassen. Nur wenige Menschen ahnten, daß er sich lieber als Narr verkleiden und mit lebendigen Ratten jonglieren würde, als so etwas zu tun.

Die beiden prachtvollen Pferde gefielen ihm. Wenigstens würden sie bequem im Stil eines Botschafters reiten. Allerdings war der Schmuck der Pferde etwas zu prächtig für seinen Geschmack, vor allem, weil sie in ein Land ritten, in dem Banditen oder Räuber auf sie warten mochten. *Wir könnten genausogut ein Banner mit der Aufschrift: ›Lohnende Beute‹ vor uns hertragen* , dachte Naitachal verärgert.

Alaire tauchte in der Tür auf. Er betrachtete die Boten ruhig. Seine eisblauen Augen blickten hellwach und nahmen alles neugierig in sich auf. Die Neuankömmlinge beachteten ihn kaum. Offenbar hatten sie keine Ahnung, daß Alaire der Sohn des Königs war. Sie wußten nur, daß Naitachal ein Hofbarde war.

Naitachal sah, daß Alaire sich angestrengt hatte, unwichtig zu wirken, indem er einfache bäuerliche Kleidung trug. *Vermutlich werden sie ihn für meinen Diener halten*, dachte Naitachal. Er bewunderte den inneren Zirkel des Königshauses, wie gut er Alaires Ausbildung geheimgehalten hatte. *Perfekt. Diese Boten haben keine Ahnung, daß dies hier ein Prinz königlichen Geblüts ist.*

Naitachal lud die Boten ins Innere des Hauses ein. Sie stiegen zögernd ab, als fürchteten sie sogar dieses Zeichen der Gastfreundschaft. Er zeigte ihnen die Gästequartiere und lud sie ein, eine oder zwei Nächte in seiner Abwesenheit hierzubleiben. Er wußte, daß sie drei anstrengende Tagesritte gebraucht hatten, um hierherzukommen. Ohne ihre Antwort abzuwarten, ging er in sein eigenes Quartier zurück, und Alaire folgte seinem Beispiel. Ernsthaft begannen sie, für ihre Reise zu packen.

Die hübschen Anzüge, die die Boten ihnen präsentiert hatten, würden eine Reise niemals überstehen. Sie ließen die Stücke sicher verpackt für ihre Ankunft in Rozinki, der Hauptstadt Suinomens. Naitachal inspizierte die beeindrukkenden Waffen, die der König ihnen geschickt hatte. Zwei neue Bogen mit einem reichlichen Vorrat an Pfeilen, Schwerter vom königlichen Schmied und juwelenbesetzte Dolche. *Wenigstens verhüllen die Mäntel das meiste von dem Zeug,* dachte Naitachal. *Wir dürfen die juwelenbesetzten Dolche gar nicht erst auspacken. Sie wären ein zu verlockendes Ziel für Banditen.*

Wenn es für Alaire noch zu früh war, ließ er sich das jedenfalls nicht anmerken. Der Junge hatte eine außergewöhnliche Energie für jemanden, der gerade erst aufgestanden war. Naitachal beobachtete ihn unauffällig und versuchte, aus der Körpersprache des Jungen zu schließen, ob er sein Unbehagen wegen der Reise überspielte, oder ob er wirklich glaubte, dies würde ein tolles Abenteuer ohne irgendwelche Fallgruben.

*Mein Vater hätte ihm einiges über Suinomen erzählen können,* dachte Naitachal. Das Buch, das sein Vater geschrieben hatte, war mehr als ein Reisebericht: Es war eine Warnung. *Vater hat niemals wirklich verraten, was an diesem Land so erschreckend ist. Das einzige, was einen Schwarzen Magier erschrecken kann, ist etwas, das schlimmer ist als der Tod.*

Alaire brachte ihre beiden Harfen aus dem Haus. Das Instrument des Jungen war etwas kleiner und hatte den strahlenderen, weniger milden Ton frischen Holzes. Naitachals Instrument hatte einem alten Einsiedler gehört, der behauptete, es sei schon tausend Jahre alt. Naitachal hatte es auf dreihundert Jahre geschätzt, aber der Ton und die seltsame Komposition des Lacks hatten ihn fasziniert.

»Wie lange müssen wir dorthin reiten?« fragte Alaire, während er die Harfen vorsichtig in ihren Leinenbeuteln verstaute. Dann hing er sie rechts und links an den Sattel. »Oder sollte ich lieber fragen, wann ungefähr *sollten* wir da sein?«

In der Ausrüstung war noch ein versiegelter Brief, den Naitachal öffnete. *Vielleicht haben wir eine vereinbarte Ankunftszeit,* dachte er und überflog das Pergament. Darin war eine ausführliche Wegbeschreibung ihrer Route, die sie um die Sümpfe und Moore herumführte, die in der südlichen Gegend des Königreichs sehr zahlreich waren. Sie führte sie an der felsigen, fjordreichen Küste vorbei. Die Westseite der Strecke wurde von Sümpfen flankiert, an der Ostseite lag der Ozean.

Der Brief war von König Reynard an König Archenomen und verkündete das Begehren des Königs, diplomatische Beziehungen zwischen den beiden Ländern aufzunehmen. In dem Paket war noch ein Brief, streng vertraulich nur an Naitachal gerichtet. Darin äußerte der König seine private Meinung zu der ganzen Sache. Zusätzlich lag noch ein Zertifikat darin, das Naitachals Stellung als königlicher Gesandter bestätigte. Nichts in den Briefen deutete darauf hin, daß Alaire ein Prinz war. Sobald sie in Suinomen waren, *würde* er tatsächlich ein Untergebener sein, oder zumindest würde er den Eindruck erwecken.

»Es wird von keinem besonderen Tag gesprochen, an dem wir dort sein sollen«, sagte Naitachal. »Ich denke, wir schaffen es in zwei, höchstens in drei Tagen. Der Vorrat sollte genügen. Wenn nicht, können wir immer noch jagen, obwohl ich bezweifle, daß auf dieser Landenge viel Wild lebt.« *Was soll's, er muß sowieso ein bißchen von dem Babyspeck verlieren.*

Da das Mädchen aus dem Dorf, das bei ihnen saubermachte und kochte, noch nicht da war, bereitete Naitachal ein Frühstück für alle zu und instruierte Alaire, so zu tun, als sei er Naitachals Gehilfe.

»Ich weiß, daß du über ihnen stehst, aber es ist eine gute Übung«, sagte er.

Alaire verzog sein Gesicht zu einer übertriebenen Maske der Demut und verbeugte sich vor dem Dunklen Elfen. »Ich stehe zu Ihren Diensten, Herr«, sagte er und grinste.

»Wenn du als mein Sekretär durchgehen willst, solltest du versuchen, überzeugender zu wirken«, flüsterte Naitachal. »Sie könnten rausfinden, wer du wirklich bist, und versuchen, dich als Geisel zu nehmen. Immerhin bereiten sie sich auf einen Krieg vor, schon vergessen?«

Das Grinsen verschwand. »Ach ja. Ihr habt recht. Wie gewöhnlich. Das ist eine ernsthafte Sache, die Eurer diplomatischen Fähigkeiten bedarf. Ich werde die Rolle so gut spielen, wie ich es vermag.« Alaire schnappte sich das hölzerne Tablett mit Biskuits, Braten und gekochten Eiern.

»Wir brechen sofort nach dem Frühstück auf«, sagte der Dunkle Elf, doch Alaire war bereits ins Eßzimmer verschwunden.

Nachdem sie ihre Habseligkeiten gepackt hatten, gab Naitachal den Boten letzte Anweisungen, wie sie das Haus verschließen sollten. Ihre Neugier bereitete ihm kein Kopfzerbrechen. In die Räume, die sie nicht betreten durften, *kamen* sie einfach nicht hinein. Bestimmte Zaubersprüche würden keinem geringeren als einem Magier den Zutritt zu seinem Arbeitszimmer oder dem Wachturm gestatten, und dann mußte es ein weit mächtigerer Zauberer sein als er, Naitachal. Beides waren geheime und sehr gefährliche Räume. Andere Zaubersprüche hielten die Banditen davon ab, in die Nähe des Hauses zu gelangen. Fenrich selbst bestand zum größten Teil aus friedlichen, gesetzestreuen Bewohnern, die eher versuchen würden, Naitachals Anwesen zu schützen, als seine Abwesenheit auszunutzen.

Sie stiegen auf. Der Dunkle Elf stellte sich einen Augenblick aufrecht in die Steigbügel. So konnte er das Dorf sehen, das tief in der Senke eines langgestreckten Tals lag. Sie nahmen die Straße, die über einem felsigen Kamm direkt oberhalb des Dorfes entlangführte. Es war ein Terrain, das ihnen sehr vertraut werden würde, lange bevor die Reise vorbei war.

Alaire folgte seinem Blick. »Sollen wir anhalten und Bürgermeister Woen erzählen, daß wir verreisen?«

»Ich habe bereits einem der Boten befohlen, das zu tun«, sagte Naitachal. »Die Verteidigungszauber des Hauses werden auf das Anwesen aufpassen, sobald die Boten abgereist sind.«

»Genau, das werden sie«, sagte Alaire fröhlich. »Erinnert Euch, ich selbst habe Euch geholfen, einige dieser magischen Fallen zu legen, falls ihr mal für eine Weile verreisen wolltet.«

Da Naitachal der einzige Zauberer mit nennenswerten Fähigkeiten war, der in dieser Gegend lebte, war er zum Schutzpatron des Dorfes avanciert. Er hatte dem Bürgermeister erklärt, daß er sehr wahrscheinlich viel unterwegs sein würde und möglicherweise nicht da wäre, wenn es mal Schwierigkeiten geben sollte. Mit Alaires Hilfe hatte Naitachal alle Arten von Magien und Fallen gelegt, um das Dorf auch in seiner Abwesenheit zu schützen.

»Selbst ›gewöhnliche‹ Sterbliche haben schon Zauberer überlistet«, meinte Alaire nachdrücklich. »Zu Lebzeiten meines Großvaters hat sich der Hof genauso sehr auf ›normale‹ Leute ohne Zauberkraft verlassen wie auf die Magier, um Carlotta zu bekämpfen.«

»Sehr richtig. Ein gesunder Respekt vor dem Unbekannten, selbst dem unbekannten Menschlichen, ist eine gesunde Einstellung«, bemerkte Naitachal, während er Alaire betrachtete, der seinen Sattel beäugte, als würde der sich gleich in seine Bestandteile auflösen. »Aber bis wir Suinomen erreichen, wird uns wohl kaum etwas behelligen, menschlich oder nicht. Was wir zu fürchten haben, wenn wir einmal da sind, ist eine Verletzung unserer magischen Anonymität. *Vergiß nicht,* wir sind Gesandte mit musikalischem Talent. Wir sind weder Barden noch Magier. Und wir beherrschen nicht einmal Kartentricks.«

Alaire gab ein Geräusch von sich, das der Barde nicht auf Anhieb interpretieren konnte. »Ganz schön streng, was?«

»Streng würde ich das nicht nennen«, erwiderte Naitachal.

Bald verschwand das Dorf aus ihrem Blickfeld, und der Ozean tauchte zu ihrer Rechten auf. Links von ihnen erhoben sich die Berge. Hier war es kühler, und da, wo sie hinreisten, herrschte bereits Winter. Glücklicherweise hatte der König zwei feine Dierfellmäntel mit in die Garderobe packen lassen. Sie hatten den traditionellen suinomischen Schnitt.

Sie reisten über die Küstenstraße nach Suinomen. Gräser

wuchsen jetzt in den ausgefahrenen Spuren des Weges. Sie stammten von den Wagen, auf denen die Dierwolle transportiert wurde, die Haupteinnahmequelle der Nordländer. Diese Dieren waren spreizfüßige Tiere, die ein Geweih besaßen. Sie waren der einzige sehenswerte Besitz des Königreiches, obwohl Naitachal noch nie ein lebendes Exemplar gesehen hatte. In jedem Frühling kämmten die Tierzüchter vorsichtig ihre Wolle aus. Es war ein warmes, seidiges Material, das in ganz Althea hoch im Kurs stand.

Dierfleisch schmeckte köstlich, und die Züchter bereiteten einen sehr saftigen Käse aus der Milch. Bauern aus Fenrich hatten schon oft versucht, die Händler aus Suinomen zu bestechen, ihnen einige der Dieren mitzubringen und zu verkaufen, am liebsten eine Mischung aus weiblichen und männlichen Tieren, aber sie hatten nur gelacht und waren im nächsten Jahr mit noch mehr bearbeiteten Dierprodukten zurückgekehrt. Aber ohne Diere. *Sie sind keine Narren*, dachte der Dunkle Elf. *Angenommen, diese Diere würden in unserem Klima überleben können, warum sollten sie uns die Mittel geben, sie selbst zu züchten?*

»Ich frage mich, wie Diere wohl aussehen«, sagte Alaire, als könnte er Naitachals Gedanken lesen.

»Tja«, erwiderte Naitachal schelmisch. »Ich wette, daß sie ein Fell haben. Und vier Füße. Und ein Geweih.«

Alaire drehte sich um und lächelte schief. »Eure Fähigkeit, Schlußfolgerungen zu ziehen, verblüfft mich immer wieder aufs neue«, sagte er scherzhaft. »Aber im Ernst, glaubt Ihr, wir sehen welche, bevor wir Archenomens Burg erreichen?«

Naitachal dachte einen Augenblick darüber nach. »Das bezweifle ich. Wir werden nur Küste und Marschlandschaft sehen. Sie züchten die Tiere weiter im Norden, auf den Steppen. Vielleicht. Ich selbst war nie da, deshalb kann ich es nicht genau sagen.«

»Ihr habt in Eurem ganzen Leben nie Suinomen besucht?« Alaire schien ehrlich überrascht zu sein.

*Was denn, denkt er etwa, ich wäre überall gewesen und hätte alles gesehen?*

»Nein. *Dieses* Land nicht. Nachdem mein Vater von seiner Reise zurückgekehrt war, hat er uns davor gewarnt, jemals dorthin zu gehen. Es würde etwas Unaussprechliches auf uns warten, wenn wir es trotzdem tun.« Naitachal schüttelte den Kopf. »Daran zu denken, daß ein erfahrener Schwarzer Magier sich bedroht fühlte. Wir konnten seinen Ratschlag nicht ignorieren.«

»Und er hat nie gesagt, worum es sich handelte?«

Naitachal wünschte, sein Vater hätte es getan. »Nicht einmal. Er schien von dem, was er gesehen hatte, außerordentlich mitgenommen gewesen zu sein. Seine Erwartung seinen Kindern gegenüber, selbst als wir erwachsen waren, hieß: ›Gehorcht und stellt keine Fragen!‹. Also taten wir es auch nicht. Und wir haben keine Zeit, ihn aufzusuchen und ihn zu fragen, wohin auch immer er sich zurückgezogen hat. Falls er überhaupt mit mir reden würde, mit mir, einem Abtrünnigen.«

Alaire ritt näher an ihn heran, als der Weg sich zu einem Hohlweg verengte. »Hat er Euch denn jemals etwas anderes über Suinomen erzählt? Ich habe gehört, daß nur Giganten im Norden leben, in riesigen Burgen aus Eis, und daß Suinomen einigen Magiern bestimmte Zaubersprüche erlaubt, die verheerende Wirkungen auf das Wetter haben.«

»Ich kenne diese Geschichte auch«, erwiderte Naitachal, »aber es sind meistens Gerüchte, jedenfalls laut dem Reisebericht meines Vaters. Ich bezweifle, daß irgend jemand das Wetter kontrollieren kann. Aber wie ich schon sagte, diese Leute erlauben Magie unter bestimmten, kontrollierten Bedingungen. Ihre Leidenschaft für Bestimmungen hat viele Besucher abgeschreckt. Was man ihnen nicht verdenken kann. Wer will schon an einem Ort leben, wo man nicht einmal einen einfachen Heilzauber ohne Magieschein und Gebührenmarke aussprechen kann?«

»Vielleicht sollten wir dann einen letzten Bardenzauber aussprechen, bevor wir dort ankommen«, schlug Alaire aufmunternd vor.

Naitachal dachte darüber nach. Die Übung wäre für den

jungen Bardling sicher nützlich. Aber er fand einfach keinen guten Grund, jetzt einen Zauber zu beschwören, außer vielleicht einen Schutzzauber. Der allerdings würde länger haften. *Wenn wir einen Schutzzauber anrufen, entdecken sie vielleicht die Magie, die ans uns haftet.*

»Warum sollten wir?« fragte er berechtigterweise. Sein Pferd schüttelte den Kopf, bis der Zügelschmuck klingelte. »Wir können nicht unentdeckt in Suinomen eindringen, wenn uns die Reste von Magie noch aus den Ohren herauskommen. Vermutlich haben sie bestimmte Mittel, um Zaubereien aufzuspüren, wenn sie ihr Königreich dagegen überwachen. Das bedeutet vielleicht sogar, daß sie einen Zauber schon innerhalb unserer Grenzen wahrnehmen können. Das ist keine gute Idee.«

Alaire nickte. Anscheinend schloß er sich der Auffassung seines Meisters an. »Ihr habt fast die ganze Nacht in dem Buch Eures Vaters gelesen. Was hat er noch Wichtiges gesagt?«

»Wir müssen uns überall auf eine ziemlich unterwürfige Atmosphäre einstellen. Laut meinem Vater haben diese Menschen kein besonders fröhliches Leben.« *Geisterbeschwörer sind auch nicht gerade für ihren ausschweifenden Humor bekannt.* »Selbst er hat das besonders hervorgehoben. Der Grund dafür könnten seiner Meinung nach in den langen Nächten oder den schwierigen Bedingungen liegen, unter denen die meisten Menschen hier leben müssen. Es ist ein seltsames Land. Es gibt Tausende von Seen mit kleinen Inseln darin. Die Leute sind klein, schlank und strohblond. In einer dunklen Nacht könnte man sie fast für Weiße Elfen halten.«

Alaire schüttelte den Kopf. »Ich kann mir einfach nicht vorstellen, was es ist, das wir besitzen, und das sie so dringend haben wollen, daß sie dafür einen Krieg vom Zaun brechen. Es ergibt keinen Sinn. Es sei denn, irgend etwas wäre mit ihrer Regierung geschehen. Ich meine etwas wirklich Dramatisches, wie ein Sturz des Königshauses.«

*Für diese Bemerkung verdienst du hundert Punkte*, dachte Naitachal. Er leitete sein Pferd erst über eine besonders schlechte Stelle auf dem Weg, bevor er antwortete. »Das ist eins der Dinge, die wir herausfinden sollen. Wer regiert, und wer der Nachfolger ist. Das Land hat weder Minen noch Gold-, Silber- oder Diamantvorkommen. Was sie haben wollen, müssen sie gegen Diergüter erhandeln. Sie haben viel Bernstein, aber das ist auch alles.« Da kam ihm ein Gedanke. »Ob sie diese Drohungen deshalb ausstoßen, weil sie hoffen, dadurch Zugang zu unseren Minen im Norden zu gewinnen? Eigentlich sollte man annehmen, sie wären zu weit von ihrer Südgrenze entfernt, um ein geeignetes Ziel zu sein, aber vielleicht denkt König Archenomen, er könnte genug Land erobern, um sie einzunehmen.«

»Das klingt sinnvoll«, sagte Alaire finster. Anscheinend hatte er die Minen auch nicht als Kriegsziel betrachtet.

Naitachal hatte bis zu diesem Augenblick nicht einmal daran gedacht, weil die Minen praktisch von den Zwergen »besessen« wurden, die sie betrieben. Wenn die Suinomenen glaubten, sie »gehörten« den Altheanern und sie haben wollten, dann änderte das die Lage allerdings. *Das wäre etwas in Althea, für das es sich zu kämpfen lohnte.*

Naitachal spürte das Unbehagen des Jungen, das sich auf sein Pferd übertrug. Es wurde unruhig. »Ich war so aufgeregt wegen der Reise«, sagte Alaire, »und all dem Guten, das sie für Althea bewirken könnte. Jetzt habe ich kein gutes Gefühl bei dem, was uns in Suinomen zustoßen könnte, obwohl diese Reise viel für Althea bedeuten mag. Noch gestern, vor der Ankunft der Boten, hätte ich keinen zweiten Gedanken an das Reiseziel verschwendet. Jetzt kann ich an nichts anderes mehr denken. Aber da, wo eigentlich Licht sein sollte, scheint ein schwarzes Loch zu sein, und Mißklang dort, wo ich eigentlich Harmonie erwartete. Das macht mich nervös. Vielleicht haben das Geheimnis und der Mangel an Information meine Phantasie getrübt.«

Naitachal trieb sein Pferd neben das des Bardlings und betrachtete ihn aufmerksam. In den Augen Alaires lauerte noch etwas anderes als die lebhafte Vorstellungskraft des

Jugendlichen. »Vielleicht spricht deine Magie zu dir«, sagte Naitachal langsam.

Alaire kniff die Augen zusammen. »Eine Warnung?«

»Vielleicht.« Naitachal wandte sich ab. Er selbst spürte eine so starke Warnung und Vorahnung von Unheil, wie er sie seit Jahren nicht mehr empfunden hatte.

*Was werden wir in Suinomen finden?*

Sie übernachteten in einem Rasthaus am Wegrand. Es war ein einfaches Steinhaus, das nur aus einem Raum bestand. Darin standen hölzerne Gestelle für ihre Bettrollen, eine Feuerstelle und ein kärglicher Vorrat an Holz. Alaire und Naitachal verbrachten fast eine Stunde damit, im Wald genug Holz zu sammeln, damit sie in der Nacht nicht frieren mußten.

Alaire schlug zögernd vor, den Raum lieber mit Magie zu erwärmen. Die Temperatur war bereits unter den Gefrierpunkt gefallen und sank noch tiefer.

»Das ist nur ein Vorgeschmack von dem, was uns drüben erwartet«, bemerkte der Dunkle Elf, als sie sich vor der Tür trafen. Er stemmte ein Bündel trockenes Holz von der Schulter. »Wir haben da keine Möglichkeit, unsere gewohnte Magie zu benutzen, um eine Hütte oder irgendeine andere Unterkunft aufzuwärmen, falls es dort so etwas überhaupt gibt. Wir sollten uns lieber darauf einstellen. Außerdem werden wir sowieso bald an dem Ort sein, wo wir kein Holz mehr für ein Feuer sammeln müssen.«

»Natürlich nicht. Da werden wir dann politische Feuer löschen«, versetzte Alaire sarkastisch.

Naitachal nickte. *Und ich werde keine Magie einsetzen dürfen, um damit fertig zu werden. Vermutlich werde ich alle Hände voll zu tun haben. Genau wie Alaire.*

# 3.
# KAPITEL

Alaire hatte erwartet, nach diesem langen Ritt sofort einschlafen zu können. Doch statt dessen hielten das fremde »Bett« und seine schmerzenden Muskeln ihn wach. Er wälzte sich die ganze Nacht unruhig auf seinem Lager herum. Lange, nachdem das Feuer heruntergebrannt war, döste er endlich ein. Seine Träume waren von wilden Tieren bevölkert, die draußen vor der Schutzhütte herumstrichen.

Alaire hatte sich wie ein Baby in seiner warmen Bettrolle zusammengekauert und erwachte vom Plätschern eines Wassers. Naitachal hielt einen ledernen Eimer direkt über seinen Bauch, und Alaire sah selbst aus seiner Lage, daß das Wasser ihn jeden Moment durchnässen mußte.

»Nein, das wagt Ihr nicht!« rief Alaire und nahm eine Abwehrhaltung ein, so gut er konnte, denn die Bettrolle behinderte ihn. Er starrte auf den Eimer und das böswillige Funkeln in Naitachals blauen Augen, die einen bizarren Kontrast zur schwarzen Haut des Dunklen Elfen bildeten.

»O doch. Ich rufe seit einer Viertelstunde deinen Namen«, sagte der. Der Eimer blieb unverändert geneigt. »Stehst du auf, oder muß ich ...«

Alaire rollte sich herum und versuchte, aus der Reichweite des Eimers zu gelangen. Dabei stieß er gegen Naitachals Beine. Der unerwartete Schlag lockerte Naitachals Griff. Mit einem lauten Platschen landeten Wasser und Eimer in Alaires Schoß. Tja, das Wasser war wirklich kalt. Eiskalt sogar.

»Woauauauau!« schrie Alaire, strampelte sich aus der nassen Bettrolle und kam auf die Füße. Als er zum lodernden Feuer lief, sah er, daß er Naitachal auch durchnäßt hatte.

»Das hatte ich nicht vor«, meinte Naitachal. »Ehrlich. Aber immerhin bist du aufgestanden. Wir haben noch einen langen Tag vor uns.«

Alaire warf ihm finstere Blicke zu und suchte nach einer

schlagfertigen Antwort. Da ihm keine einfiel, sagte er einfach das Nächstliegende: »Das Wasser war kalt!«

»Warum hast du mir dann den Eimer aus der Hand geschlagen?« erwiderte Naitachal. »Du brauchtest sowieso ein Bad. Ihr Menschen werdet ein bißchen ... *reif*, wenn ihr ein paar Tage nicht gebadet habt.«

»Erinnert mich nicht daran«, sagte Alaire etwas traurig. Normalerweise nahm er jeden Abend vor dem Einschlafen ein Entspannungsbad, *ohne* vorher selbst das Feuerholz sammeln zu müssen. Ihn schmerzten Muskeln, die er beim Schwerttraining noch nie benutzt hatte. Im Augenblick hatte Alaire von dieser Art »Abenteuer« die Nase voll. Er konnte sich nicht vorstellen, durch das Land zu reisen und für eine Mahlzeit und ein Bett zu singen. Und er beneidete auch die Barden nicht mehr, die das taten.

»Kommen wir heute dort an?« fragte er hoffnungsvoll.

Naitachal blickte durch die offene Tür der Schutzhütte auf die Sonne, die noch dicht über dem Horizont stand. »Wenn wir aufbrechen, bevor die Sonne richtig aufgegangen ist, vielleicht. Ich habe schon Frühstück gemacht.«

Alaire konnte es nicht sehen, aber er roch es. Als er die Feuerstelle genauer betrachtete, erblickte er auch die Quelle des köstlichen Duftes: zwei kleine Kaninchen, die an einem Spieß brieten.

Seine Stimmung hob sich augenblicklich, als Naitachal die beiden Tiere vom Spieß nahm und eines vor Alaire auf ein sauberes Stück Rinde legte. *Mhm! Ein warmes Frühstück allein ist eine Ladung eiskaltes Wasser wert!*

Als Alaire in das Kaninchen biß, fiel ihm im nachhinein auf, daß das Wasser, mit dem er geweckt worden war, frisch geduftet und nicht den ledrigen Geruch des Eimers gehabt hatte.

»Wo habt Ihr eigentlich das Wasser gefunden?« fragte er zwischen zwei Bissen.

»Ah«, sagte Naitachal, während er es sich neben Alaire bequem machte und sein eigenes Frühstück begann. »Auf dieser Seite des Kamms gibt es eine flache Quelle. Sie tröpfelt zwar nur, aber es reichte, um die Pferde zu tränken und einen Eimer voll für dich mitzubringen. Es sollte eigentlich Trinkwasser sein, kein Badewasser.«

Alaire grinste. Den Schock des eiskalten Wasser hatte er überwunden. *Es ist nicht leicht, wütend auf ihn zu bleiben. Schon gar nicht, wo er mich hat schlafen lassen und in der Zeit das Frühstück gejagt und auch zubereitet hat.* Seine Stimmung wurde noch besser. *Wir könnten heute Rozinki erreichen. Dort gibt es sicher eine Herberge mit richtigen Waschzubern!*

Sie bepackten die Pferde, doch bevor sie aufbrachen, ging Alaire noch kurz zu der Quelle. Es war zwar nur ein schwaches Tröpfeln, wie Naitachal gesagt hatte, aber das Wasser war wunderbar frisch. Und sehr, sehr kalt, wie Alaire erneut feststellte, als er sich etwas davon ins Gesicht spritzte.

Als er sich bückte, um zu trinken, fühlte er etwas, das ihm sehr vertraut vorkam. Eine Woge schwacher Magie strich über ihn hinweg.

Er erstarrte einen Augenblick und trank dann weiter, bis sein Durst gelöscht war. Dabei tat er so, als ignoriere er das magische Tasten, das ihn berührte. Es war warm und kribbelte wie ein Sonnenstrahl, aber anders als bei diesem schien dahinter jemand zu sein, der es kontrollierte. Alaire konnte nur raten, wer das sein mochte, aber er hatte das eindeutige Gefühl, daß es aus der Richtung kam, in die sie ritten.

*Meine Güte,* dachte er, während er immer noch so tat, als bemerke er das Tasten nicht.

*Wer, um Himmels willen, kann das sein?*

Er kehrte zum Lager zurück, aber als er den Brunnen hinter sich ließ, folgte ihm das magische Auge. *Du bist bloß ein gewöhnlicher Sterblicher, vergiß das nicht! Du hast keine Ahnung, daß es da ist. Du kannst gar nicht wissen, daß es da ist. Nur ein Barde oder ein Magier könnte es wahrnehmen.*

Bevor er die Pferde erreichte, fühlte er, wie das Tasten nachließ, schwächer wurde und schließlich ganz verschwand. Erleichtert schritt er rascher aus, begierig, seinem Meister von dieser unerwarteten Störung zu berichten.

Naitachal richtete gerade das Zaumzeug seines Pferdes, doch sobald Alaire sich ihm näherte, spürte er das Tasten wieder. Diesmal jedoch streifte der Zauber ihn nur, weil er sich statt dessen auf den Barden konzentrierte.

Der Dunkle Elf drehte sich herum und erwiderte wissend Alaires Blick. Der Bardling nickte unmerklich.

»Bist du soweit?« fragte Naitachal. Seine Stimme klang angespannt, als wolle er unterschwellig sagen: *Aha, du spürst das Tasten also auch?* Alaire nickte erneut.

»Ja, ich glaube schon.« Er versuchte, denselben Ton anzuschlagen. »Ich frage mich, ob wir ... ahem ... heute wohl irgendwelche Einheimische sehen.«

Naitachal stieg auf und blickte auf Alaire hinunter.

»Vielleicht. Aber vermutlich bemerken sie uns zuerst.«

Sie ritten fast eine Stunde lang weiter und plauderten müßig über das Wetter. Das war nicht schwer, denn es verschlechterte sich zusehends. Es wurde ein bewölkter, kalter Morgen, und es drohte zu regnen oder, noch wahrscheinlicher, zu schneien. Das geheimnisvolle Tasten folgte ihnen, und Alaire versuchte, sein Unbehagen zu verbergen. Es war so, als sähe ihnen ein gigantisches *Ding* über die Schulter und belauschte jedes Wort.

Dann verschwand das Tasten plötzlich.

Einen Moment später lachte Naitachal leise. »Meine Güte. Das war wirklich aufschlußreich.«

»Es war eine Sonde, oder?« Alaire spürte, daß er jetzt gefahrlos sprechen konnte. »Ein Beobachtungszauber. Wer war das? Einer unserer Magier?«

Naitachal schnaubte verächtlich. »Wohl kaum. Es kam aus Suinomen. Ich vermute, es war einer ihrer Hofzauberer. Ein ziemlicher Dilettant, wenn du mich fragst. Wir nähern uns schon eine geraume Weile ihrer Grenze, aber sie haben es jetzt erst gemerkt. Und haben sich gleich verraten.«

Alaire mußte ihm zustimmen. Es war sehr wohl möglich, einen Beobachtungszauber zu spinnen, ohne daß das Objekt etwas davon merkte. Die Zauberer von Suinomen hätten etwas sorgfältiger sein sollen. »Wenn wir eine Invasionsarmee wären, dann hätten sie jetzt echte Schwierigkeiten.«

»Allerdings.« Naitachal runzelte die Stirn. »Da stellt sich mir die Frage, ob wir wirklich recht mit der Annahme hatten, daß sie es auf unsere Minen im Nordwesten abgesehen haben. Sie haben auf *diese* Route bis jetzt jedenfalls kaum geachtet.«

Im Verlauf des Nachmittags verschlechterte sich das Wetter immer mehr. Was zuerst nur ein kaltes Lüftchen gewesen war, verwandelte sich jetzt in einen frostigen Wintersturm, ein harter, eiskalter Wind aus dem Norden wehte ihnen von vorn entgegen.

Naitachal schien jedoch, wie gewöhnlich, vorbereitet zu sein. Er holte die Fellmäntel heraus, zusammen mit den Kapuzen, die man unter dem Kinn festbinden konnte. Alaires Kapuze war ein bißchen groß und reichte ihm bis über die Augen. Das beeinträchtigte zwar seine Sicht, aber das Dierfell hielt die Kälte vollkommen ab. Sogar dicke Handschuhe aus Dierfell waren dabei, ein absolutes Muß beim Reiten.

Die Kapuzen hatten noch einen Vorteil: Alaire bemerkte, daß diejenige des Barden seine Ohren und einen großen Teil des Gesichts verdeckte. Er sah überhaupt nicht wie ein Elf aus, solange man ihn nicht aus der Nähe betrachtete.

Der plötzliche Wetterumschwung brachte Alaire auf die Idee, daß vielleicht ein Magier dahintersteckte. Wollte man sie abschrecken, weiter nach Norden zu reiten? Er äußerte seinen Verdacht dem Meister gegenüber.

Naitachal tat es mit einem Achselzucken ab. »Das bezweifle ich. So ist das Wetter hier in der Gegend eben. Offen gesagt glaube ich nicht, daß ihre Zauberer etwas so Dramatisches zusammenbrauen können.«

Am Nachmittag überquerten sie die Grenze nach Suinomen. Sie fanden keinen Grenzposten oder Schranken, nur einen seltsamen Steinpfeiler auf der Seite von Althea. Naitachal übersetzte einige Zeilen der Elfenrunen, die in den Grenzstein gehauen waren. Die uralte Botschaft forderte dringend alle Elfen auf, Dunkle und Weiße, sich von Suinomen fernzuhalten. Allerdings wurden keine genauen Gründe angegeben, wie Naitachal ausführte. Es handelte sich nur um ein allgemeines *Betreten verboten!* an alle Elfen, die den Stein zu Gesicht bekamen. Alaire hielt es für eine Fälschung der Regierung von Suinomen, um die Zauberer zur Umkehr zu bewegen.

Der Barde schüttelte den Kopf. »Es gibt einen Rest von Elfenzauber an dieser Schrift«, erklärte er. »Das könnten sie niemals fälschen.«

Alaire fühlte sich merkwürdig unbehaglich, als sie die Grenze überschritten. Er ließ nicht nur seine Heimat hinter sich zurück, sondern hatte auch das Gefühl, als überschritte er einen Punkt, nach dem es kein Zurück mehr gab – und keine Wiederkehr ...

*Sei nicht albern!* schalt er sich selbst. *Du siehst schon wieder den Schwarzen Mann unter deinem Bett lauern. Ständig überqueren Menschen Grenzen, und es widerfährt ihnen nichts Schlimmeres als höchstens eine unerfreuliche Reise. Du bist weder ein Druide noch ein Kleriker. Du kannst die Zukunft nicht vorhersagen. Du bist bloß ein Bardling, und dies ist eine Grenze wie jede andere.*

Das Terrain wurde flacher, als sie näher an das Meer kamen. Die Sümpfe und Moore überdeckten deutlich die westliche Seite ihrer Route. Alaire schauderte, als er sich vorstellte, wie schwierig es sein würde, ein Pferd durch diese heimtückischen Sümpfe zu führen, vor allem bei dieser Kälte. Die Luft wurde dicker und feuchter und duftete nach der Marsch. Es war eine Mischung aus salziger Seeluft und fauliger Vegetation.

Naitachal war ein paar Pferdelängen zu einem kleinen Hügel vorausgeritten, wo er sein Pferd zügelte. »Komm zu mir hoch und halt an«, sagte der Barde, bevor Alaire sehen konnte, was die Aufmerksamkeit seines Meisters erregte. »Jemand kommt auf uns zu.«

Alaire blickte hoch, als wittere er die Gefahr wie ein Hund. Naitachal schien aber nicht besorgt zu sein. Trotzdem hatte er die Hand am Knauf des Schwertes, und Alaire hielt es für geboten, dem Beispiel seines Lehrers zu folgen.

Kurz darauf kamen zwei Reiter über die nächste Anhöhe. Sie waren noch ein paar hundert Meter entfernt, und es war schwer, mehr zu erkennen, als daß sie auch in dicke Diermäntel gehüllt waren. Die beiden Parteien betrachteten sich einige Augenblicke in unbehaglichem Schweigen, dann trieben die anderen ihre Pferde weiter.

»Vergiß nicht, wer und was du bist«, sagte Naitachal. »Ich denke, es sind Grenzwachen, aber ich erkenne ihre Uniformen nicht, also kann ich es nicht genau sagen. Jetzt ist es an der Zeit, unsere neuen Rollen anzunehmen.«

Alaire sagte nichts, als die Männer näherkamen, aber ihre Reittiere faszinierten ihn. Es waren auf keinen Fall Pferde. Die Kreaturen waren riesig, wenigstens vier Handbreit größer als ihre eigenen hochrassigen Wallache. Jedes Tier hatte ein enormes, verzweigtes Geweih, das wie zwei junge Bäume ihren Köpfen entsprang. Sie waren größer und sahen gefährlicher aus als jedes Geweih, mit dem sich ein Hirsch hätte brüsten können. Sie waren Paarzeher, aber ihre Hufe waren größer als die von Pferden, und die Länge und Muskulatur ihrer Läufe verrieten, daß sie schnell und sehr wendig waren. Als er ihre Felle betrachtete, die eine satte, rötliche Tönung hatten, fiel ihm plötzlich auf, daß sie genauso gefärbt waren wie sein Mantel. Jetzt wußte er, was das für Tiere waren.

»*Dieren*!« rief er lauter, als er beabsichtigt hatte.

Naitachal wirbelte herum und warf ihm einen wütenden Blick zu. »Was denn sonst? Hast du gedacht, es wären Karnickel? Willst du jetzt bitte den Mund halten, solange ich versuche, unsere Beglaubigungsschreiben zu übergeben?«

Die Männer trugen gleiche Uniformen. Mäntel, Hosen, Stiefel, sogar die Sättel und Satteldecken waren identisch. Über der linken Brustseite der beiden Mäntel sah man ein dreieckiges Abzeichen mit den rotgrünen Farben der Fahne Suinomens. Auf der Brust eines der beiden prangten Abzeichen aus Messing. Er war auch der ältere der beiden, für Alaire ein sicheres Zeichen dafür, daß er der Vorgesetzte war. Sie trugen Pelzmützen, die wie graue Brotlaibe aussahen und weniger praktisch als dekorativ wirkten.

Zuerst sahen die Hüte sogar lächerlich aus, doch als die Wachen ihre Schwerter zogen, während sie heranritten, revidierte Alaire sein Urteil. Ganz so albern wirkten sie vielleicht doch nicht.

Er mußte den Reflex unterdrücken, ebenfalls sein Schwert zu ziehen. Naitachal ließ seines ebenfalls stecken.

Der Dunkle Elf räusperte sich, und die beiden Wachen erschraken. »König Reynard, Herrscher von Althea im Süden, sendet uns als Repräsentanten. Wir kommen in Frieden. Wir würden gern zu eurem Herrscher, König Archenomen, sprechen«, verkündete Naitachal mit seiner besten Gesandtenstimme. Die Worte waren in der kalten Luft deutlich zu verstehen.

Die beiden Grenzposten murmelten miteinander, bis der ältere antwortete. »Ihr seht nicht wie Botschafter aus. Eher wie Banditen. Zeigt uns Eure Beglaubigung.« Er sprach mit einem starken Akzent, was seine Worte nur schwer verständlich machte. Erstens wurden sie immer an der falschen Stelle betont, und zweitens rollten sie die Wörter im Mund herum, als ob sie gurgelten. *Wengistens*, dachte Alaire, *sprechen sie dieselbe Sprache. Auch wenn sie etwas anders klingt.*

Naitachal seufzte. Er klang verärgert. Der jüngere Wachposten, der immer noch auf seinem Dieren saß, ritt dichter an die beiden heran. Wie vorauszusehen war, scheuten daraufhin Naitachals und Alaires Pferde und bäumten sich vor Angst auf.

»Hey!« rief Alaire und bemühte sich, sein Pferd wieder unter Kontrolle zu bekommen. Es bäumte sich noch einmal kurz auf und bockte dann zur Seite. Dabei hätte es ihn fast abgeworfen. Als er es wieder beruhigt hatte, blickte er auf Naitachals Pferd. Wie benahm sich dessen Tier? Dem schweißnassen Hals nach zu urteilen, war es auch nicht glücklicher über die Dieren als Alaires Wallach.

Der junge Posten lachte boshaft. Offenbar war der Mann ein geborener Maulheld. Er hatte einen schadenfrohen Ausdruck auf dem Gesicht, der Alaire an einen zu groß geratenen Pferdeknecht am Hof seines Vaters erinnerte, der den jüngeren Burschen gern auflauerte, wenn sie allein waren, und sie in den Pferdetrog warf. »Jedenfalls scheint ihr wirklich aus dem Süden zu kommen, wenn ihr so feige Bastarde reitet. Ihr habt wohl noch nie eins unserer Reittiere gesehen, was? Gut. So haben wir es gern!«

Naitachal stieg ab und durchwühlte seine Satteltaschen. Schließlich fand er nach längerer Suche den Umschlag, den Alaires Vater ihm geschickt hatte und dessen Inhalt Naitachal als offiziellen Gesandten von Althea auswies.

»Ich habe einen Brief meines Königs an Euren König dabei, falls das genügt«, sagte Naitachal und ging auf die Wachen zu. Um zu dem Berittenen aufzusehen, mußte er die Kapuze zurückschlagen. Als er das tat, erstarrten erst der jüngere, dann auch sein Vorgesetzter vor Schreck.

»Dunkler Elf!« schrie der ältere Posten entsetzt. »Was macht Ihr in unserem Königreich?«

Bevor Naitachal antworteten konnte, riß der jüngere Mann sein Dieren zurück, von ihm weg. Beide waren angsterfüllt.

*Natürlich. Die Leute haben schon Angst vor Magie. Die meisten Elfen sind praktizierende Zauberer, und Dunkle Elfen sind gewöhnlich Schwarze Magier!*

Naitachal hob gelassen eine Braue, als fände er ihre Furcht albern, wie die Angst eines Kindes vor dem Schwarzen Mann im Kleiderschrank.

»Nichts, das Eure ehrenwerten Gesetze verletzen würde, dessen versichere ich Euch. König Reynard hat mich zu seinem Botschafter bestimmt, weil er mir vertraut. Ich praktiziere keinerlei Elfenmagie, weder Dunkle noch Weiße. Fürchtet mich nicht. Ich bin nur der Diener König Reynards.«

Die Wachen warfen ihnen mißtrauische Blicke zu. Naitachals Herkunft schien ihnen weit mehr Angst einzuflößen als seine Beglaubigungsschreiben.

Der Dunkle Elf runzelte die Stirn. »Nun?« Er schwenkte das Bündel Papiere vor der Wache. »Wollt Ihr es Euch ansehen oder nicht? Wir werden jedenfalls nicht länger hier mitten auf der Straße stehenbleiben.«

Die beiden Wachen wechselten rasch einen Blick. Dann sagte der ältere hastig: »Bitte reitet nach Rozinki weiter. Mit unseren besten Empfehlungen. Wenn Ihr jetzt aufbrecht, solltet Ihr die Stadt noch vor Einbruch der Dunkelheit erreichen.«

Mit diesen Worten rissen die beiden Wachposten ihre Dieren herum und stoben in die Richtung davon, aus der sie gekommen waren. Naitachal stand mitten auf der Straße und sah ihnen nach. Als sie weit genug entfernt waren, lächelte er boshaft.

»Die Leute hier sind ganz schön schreckhaft, oder?« sagte er. Alaire spürte das Lachen in seinem Tonfall.

»Ich denke schon«, erwiderte er und versuchte selbst, ein Lachen zu unterdrücken. »Wir sollten aufbrechen. Rozinki klingt jetzt ziemlich gut in meinen Ohren!«

Die Straße, auf der sie ritten, wies allmählich mehr Anzeichen von Benutzung auf. Spuren von Rädern, aufgewühlten Schlamm und Tierkot. Das alles war unter einer dünnen Schicht von Neuschnee gelegen. Naitachal hob den Kopf und beugte sich lauschend vor, als könne er etwas hören, das weiter vor ihnen lag.

Die Landschaft blieb hügelig, und die Erhebungen wurden langsam immer höher. Sie konnten von dem Kamm eines Hügels nur den Gipfel des nächsten sehen und das Tal, das dazwischen lag.

Ein eisiger Wind umwehte sie auf jeder Hügelspitze. Alaire dachte nicht mehr an die beiden Wachposten, vergaß Rozinki und beschäftigte sich mit nichts anderem, als sich am Sattel festzuhalten und vor dem Wind zu schützen.

Als sie schließlich den letzten Hügel erklommen hatten, überraschte es sie doch, als plötzlich Rozinki vor ihnen lag.

Auf den ersten Blick schien die Stadt nur aus Booten zu bestehen, die unter ihnen in einer ausgedehnten Bucht lagen. Ein kompliziertes Netzwerk aus Holz- und Steinpiers umgab sie. Viele der Boote sahen so aus, als wurden sie zum

Wohnen und gleichzeitig zum Borterwerb genutzt, und es gab sie in allen erdenklichen Größen und Formen. Eines der Boote, ein langes, gedrungenes Fahrzeug, war Strand direkt vor ihnen angedockt.

»Liebe Güte«, sagte Naitachal. »Ich hatte keine Ahnung, daß Rozinki so groß ist.« Er sah schweigend auf die Bucht hinab. »Interessant. All diese Boote deuten darauf hin, daß sie reisen. Aber jedenfalls nicht in unser Königreich. Also, *wen* besuchen sie dann?«

Alaire zuckte mit den Schultern. Der Blick des Barden glitt ein wenig nach oben und verhielt dann. »Und da haben wir die Burg.«

Alaire sah ebenfalls dorthin auf etwas, das er auf den ersten Blick für eine regelmäßige Felsstruktur an der Klippe über der Bucht gehalten hatte. Zuerst hatte er den Eindruck, daß es sich um ein Militärfort und nicht um einen Palast handeln mußte. *Wahrscheinlich ist es beides,* verbesserte er sich dann. *Ein Palast und ein Bollwerk.* Das rauhe Land machte vermutlich die Art von Schlössern, die Alaire kannte, unmöglich. Der Palast drückte sich flach und rund in die Klippe oberhalb der Stadt.

»Sieht nicht gerade wie eine Burg aus«, sagte Alaire nachdenklich, während er sein Pferd antrieb und Naitachal einen steilen Abschnitt der Straße hinabfolgte. »Wie sollen wir über diese Bucht kommen?«

Der Dunkle Elf schwieg, während sie sich dem Stand näherten. Dort verlief die Straße plötzlich im Sande. Eine Glocke auf dem flachen Boot erregte Alaires Aufmerksamkeit, und er sah an der Reaktion der Leute, daß das Boot wahrscheinlich gerade ablegen wollte. *Eine Fähre,* dachte Alaire überrascht. Er hatte noch nie eine Fähre gesehen, die so groß war, daß sie mehrere beladene Handkarren und Kutschen auf einmal transportieren konnte. Auf die einzige Fähre, an die er sich erinnerte, hatten nur ein Esel mit seinem kleinen Karren gepaßt.

»Sie ist schon vollgeladen«, stellte Naitachal fest. Ein Mann und eine Frau gingen auf dem Boot hin und her, zurrten Räder fest und trieben die Leute zu den Bänken an den Seiten. »Oder auch nicht«, fügte er hinzu und holte eine Börse mit Münzen heraus.

Sie ritten direkt zu dem Bootsmeister. Der war schon dabei, die Rampen auf das Schiff zurückzuschieben. Als er das Silber sah, hielt er inne. Der grauhaarige Mann wirkte fit wie ein Dreißigjähriger, trotz seines verrunzelten Gesichts. Mit sichtlicher Mühe riß er den Blick von den Silbermünzen los und schüttelte wortlos den Kopf: *Nein, wir können niemanden mehr mitnehmen.*

Naitachal hielt eine große Silbermünze hoch, und der Bootsmeister hielt inne, als müsse er nachdenken. Er ging zu Naitachal, prüfte die Münze und murmelte etwas in einer Sprache, die Alaire nicht verstand. Dann biß er darauf, grinste breit und bedeutete den beiden mit einer Handbewegung, sie sollten auf die Fähre steigen, mit Pferden und allem Gepäck.

Alaire stieg ab, bevor sie ablegten, und zurrte sein Pferd fest. Mit einigen anderen geschickten Passagieren half er dem Bootsmeister, den Kahn über die Bucht zu staken. Das Wasser war nicht sehr tief, und was zuerst wie ein großer See gewirkt hatte, entpuppte sich als Marschgebiet, das mit vielen Inseln gesprenkelt war. Um sie herum waren noch mehr Boote angedockt. Ein kalter, eisiger Wind zerrte an ihnen, und Alaire war dankbar für die Bewegung, weil ihm so wenigstens warm wurde.

Wenn der Bootsmeister gemischte Gefühle ihretwegen hatte, so ließen andere Passagiere keinerlei Zweifel an ihrer Einstellung. Ein Mann und eine Frau, offenbar Bauern in konserativem Schwarz und Weiß, warfen immer wieder ablehnende und mißtrauische Blicke zu Alaire und Naitachal hinüber.

*Wahrscheinlich sehen sie hier nicht viele Fremde, schon gar nicht solche aus dem sonnigen Süden,* dachte Alaire und vergaß nicht zu lächeln, wann immer sich ihre Blicke zufällig trafen.

Naitachal schien das alles aufzunehmen, ohne im geringsten zu zeigen, ob er es bemerkte oder ob es ihn störte. *Vermutlich liegt das daran, daß er diese Reaktion von uns Menschen schon zur Genüge kennt.* Möglicherweise spielte er aber auch nur seine Rolle und hatte nicht die Absicht, sich anmerken zu lassen, daß ihn diese Leute störten.

Sie erreichten nach kurzer Zeit die Pier auf der anderen Seite der Marschbucht, und kaum hatten sie angelegt, da beeilten sich die Suinomenen auch schon, einen gehörigen Abstand zwischen sich und die Neuankömmlinge zu legen.

»Erst einmal ein Bad«, erklärte Naitachal. »Dann ziehen wir uns etwas Beeindruckendes und Teures an und präsentieren uns standesgemäß. Siehst du etwas, das nach einer Herberge aussieht?«

Die Sprache von Suinomen ähnelte zwar der ihren, war aber nicht identisch. Im Moment waren die Unterschiede allerdings stark genug, um Alaire vollkommen zu verwirren. Er ignorierte schließlich die Stimmen und konzentrierte sich darauf, alles nur zu beobachten. Er sollte doch in der Lage sein, eine Herberge daran zu erkennen, daß Gäste ein- und ausgingen!

Naitachal ritt voran, den Pier hinunter zum Hauptkai. Das steinerne Dock folgte dem Rand des Ufers und verschwand in der Ferne. In der Nähe der Fähre war ein wenig Betrieb. Leute und Güter tauchten auf, Seeleute schrien und fluchten in Mundarten, die noch fremdartiger waren als die Sprache des Bootsmeisters.

Naitachal schien zu wissen, was er tat. Er stieg ab und führte sein Pferd eine Rampe hinauf auf eine höhergelegene Straße. Alaire folgte seinem Beispiel. Dort oben gab es mehr Geschäfte, und jedes hatte ein Schild über der Tür, das seine Spezialität anzeigte: einen hölzernen Fisch für Meerestiere; eine Biene für Honig, Wachs und Kerzen; einen größeren Fisch mit einer Fontäne, die seinem Kopf entsprang, für Fischöl und verschiedene Fleisch und Elfenbeinprodukte ...

*Elfenbein*? Das letzte Schild verwirrte Alaire. Er konnte sich nicht vorstellen, was ein Fisch mit Öl und Elfenbein zu tun haben sollte.

Schließlich stießen sie auf ein Zeichen mit einem unbeholfen gemalten Bett. Hinter der Herberge war auch ein kleiner Stall. Der Akt der Bezahlung für den kleinen Raum und ein heißes Bad wurde eine Lehrstunde in Pantomime, aber die Leute hier schienen Silber zu schätzen, ganz gleich, wessen Gesicht auf den Münzen abgebildet war.

Alaire schrubbte sich in dem öffentlichen Bad, bis seine Haut rosa leuchtete, während Naitachal in dem angrenzenden Dampfbad kochte. Sie kehrten in den wollenen Bademänteln der Herberge auf ihr Zimmer zurück. Der Bardling hatte bisher nur einen sehr flüchtigen Blick auf die Kleidung werfen können, die sein Vater ihm mitgeschickt hatte. Und er wäre fast erstickt vor Lachen, als er den Aufzug seines Meisters sah. Naitachal trug ein gerüschtes, mit vielen Spitzen besetztes Hemd, einen purpurfarbenen, goldeingefaßten Mantel und eine purpurne Satinhose. Ein ebenfalls goldgefaßter purpurfarbener Hut mit einer herabhängenden Feder saßen auf dem silberweißen Haar. Die ganze Aufmachung war genau das, was junge, modeversessene Adlige in Althea tragen würden, um sich gegenseitig zu beeindrukken. Die kniehohen roten Lederstiefel waren auch ziemlich großartig, und die goldenen Absätze waren der letzte Schrei von Unsinn. Keiner würde jemanden fürchten, der *so* angezogen war.

*Vielleicht hatte Vater genau das im Sinn.*

»Nicht schlecht«, erklärte Alaire und begann, seine eigene Verkleidung anzulegen. »Auch wenn es Euch wie einen Kuppler aussehen läßt.«

»Das tut es *nicht«*, protestierte Naitachal und betrachtete sein Spiegelbild in einem türhohen Spiegel. »Mein Vater wäre stolz gewesen, wenn er mich so sehen könnte. Wer hat wohl entschieden, daß ich jetzt eine andere Farbe als Schwarz tragen soll?«

»Mein Vater, selbstverständlich«, sagte Alaire und zog einen Stiefel an. Seine Kleidung war nicht annährend so beeindruckend wie die seines Meisters, aber es fühlte sich gut an, wieder vornehme Kleidung zu tragen. Er hatte sich das abgewöhnt, seit er bei Naitachal in die Lehre ging. Es war nicht besonders klug, bei einem Schwertkampf Seidenhöschen zu tragen. »Vermutlich wollte er Eure Herkunft betonen, ohne jemanden auf die Idee zu bringen, daß Ihr vielleicht ein *praktizierender* Geisterbeschwörer sein könntet. So habt Ihr mehr Einfluß.«

»Dein Vater ist sehr schlau«, antwortete der Barde. »Meine Rasse kann nicht verschleiert werden, warum sie also nicht einfach betonen? Wie das Sprichwort sagt: ›Wenn du schon auf dünnem Eis gehen mußt, kannst du genausogut darauf tanzen‹.« Er schritt gestelzt vor dem Spiegel auf und ab. Dieses Verhalten war so ... *unelfisch*, daß Alaire vor Lachen prustete.

»Was findest du denn so amüsant, Menschlein?« fragte Naitachal scharf.

Alaire keuchte, als er seinen Meister mit den Händen in den Hüften dastehen sah. »Es sieht so aus, als ... tja ... als würdet ihr Euer Gewand vorführen.«

»Das tue ich *nicht!* Das habe ich noch nie getan«, sagte Naitachal beleidigt. Dann machte er eine nachdenkliche Pause. »Na ja, ehrlich gesagt, habe ich ...«

Er fing an, Alaire von den Zeiten zu erzählen, als Kevin und der Suchtrupp sich als Tanzmädchen verkleidete hatten, um aus Westerin fliehen zu können. Als er fertig war, kringelte Alaire sich vor Lachen.

Naitachal stand über ihm, die Arme vor der Brust gekreuzt und blickte wie ein schwarz-purpurner, pompöser Pfau auf ihn hinab. »Immerhin hat es *funktioniert*», sagte er schließlich.

Alaire faßte sich und strich das feine Seidenhemd und die Wildlederhose glatt. »Meint Ihr, wir sollten Schwerter tragen?«

Naitachal zuckte mit den Schultern. »Selbstverständlich. Hier draußen erwarten die Leute das.«

Alaire hatte das Gefühl, er habe noch einen anderen Ausdruck in seinem Blick bemerkt, ein kurzes, störendes Aufflackern.

*Und auch Dolche,* dachte er und befestigte die juwelenbesetzten Messer an seinem Gürtel. Naitachal verließ die Herberge als erster und trat auf die Straßen von Rozinki.

Die Stallburschen hatten die Pferde hervorragend versorgt. Kein Zweifel, daß sich die Tiere dadurch und durch die kurze Pause erholt hatten. Sie tanzten nervös auf dem Kopfsteinpflaster der Straßen von Rozinki. Sie wußten, was Kopfsteinpflaster war; schließlich kamen sie aus den königlichen Ställen. Also gab es keinen Grund für sie, so zu tun, als hätten sie nie zuvor Steine unter den Hufen gespürt. Ihr Verhalten gab Alaire einiges zu denken, neben der ohnehin angespannten Lage, in der sie sich befanden.

»Benimm dich jung und naiv«, sagte Naitachal, als sie die Pferde die Rampen und Straßen hinauflenkten, die zum Palast führten. »Dann wird dich jeder ignorieren und auf nichts achten, was dir vielleicht entschlüpft. Mit anderen Worten: Benimm dich so wie immer.«

Alaire fühlte, wie er unter dem Blick errötete, den Naitachal ihm zuwarf, aber noch bevor er protestieren konnte, sah er die Klugheit eines solchen Ratschlags ein. *Ich erinnere mich, wie die älteren Bewohner von Fenrich immer die dummen Jungens im Dorf ignoriert haben. Vielleicht sollte ich den Mädchen nachstellen – unauffällig natürlich. Ich erinnere mich auch, was dieser alte Mann zu sagen pflegte. Im Frühling, wenn das Blut aus dem Kopf strömt und das Hirn erstarrt, ist der einzige Unterschied zwischen einem jungen Mann und einem Hammel der, daß man den Hammel essen kann, wenn man seine Spiele satt hat.*

»Aber übertreib es nicht«, fügte Naitachal schnell hinzu.

»Nein, natürlich nicht«, erwiderte Alaire. »Mir steht der Sinn überhaupt nicht nach Albernheiten. Weder laufe ich in Frauenkleidern herum noch begieße ich meine Freunde mit eiskaltem Quellwasser.«

Obwohl Naitachal nichts sagte, bemerkte Alaire das unmerkliche Grinsen auf dem dunklen Gesicht des Elfenbarden.

Danach ritten sie schweigend weiter und konzentrierten sich darauf, ihre nervösen Tiere zu beruhigen. Dazwischen betrachtete Alaire die Stadt, die sich an die natürlichen Kurven des Hügels schmiegte. Hoch oben thronte der Palast über Stadt und Bucht wie ein fetter, steinerner Frosch. Alle Straßen der Stadt führten zu ihm hinauf. Die Pflastersteine schienen schon bessere Zeiten gehabt zu haben. Es gab sogar Stellen, an denen sie aus dem Boden herausgebrochen waren. Einige der weniger bevölkerten Straßen, die von den Schatten der verfallenden Steinhäuser verfinstert wurden, stanken nach schalem Bier und Urin. Obwohl sie nicht eindeutig beschildert waren, schienen diese Häuser Spelunken zu sein. Fenster und Türen standen offen, um den Gestank aus dem Innern zu vertreiben. Die dumpf blickenden Barmänner warfen ab und zu einen Trunkenbold hinaus in die Gosse. Alaire ritt kommentarlos daran vorbei. Es gab überall billige Kaschemmen, billigen Fusel und billige Säufer, die die ersten bevölkerten und den zweiten tranken. Die würde es vermutlich immer geben.

In einer etwas freundlicheren Gegend der Stadt waren die Gebäude aus Holz und besaßen mehr Fenster, um Sonne und Luft hineinzulassen. Statt Strohdächern hatten sie sattes, grünes Moos auf den Dächern. Offenbar handelte es sich hier um das Geschäftsviertel, denn überall liefen Einheimische auf den Märkten und in den Geschäften herum. Sie trugen Kleidung aus Dierenfell in verschiedenen Schnitten. Wenn sie sich zu den beiden Altheanern umdrehten, starrten sie immer auf die Pferde. Jeder ritt sonst auf einem Dieren, wenn er überhaupt ritt. Nirgendwo war ein anderes Pferd zu sehen.

»Bemerkst du etwas ... Bestimmtes?« fragte Naitachal ruhig, als sie an einigen Ständen mit Händlern vorbeiritten, die frisches Gemüse und lebendes Geflügel feilboten.

Alaire mußte zugeben, daß er das tat, aber er wußte nicht genau, was es war. Sicher, es war ein fremdes Land. Die Sprache schien eine Mischung aus ihrer eigenen und einer anderen zu sein, eine schwere, gutturale Sprache, die für ihre Ohren rauh klang. Die Geschäftsstadt war sauber, selbst im Kneipenviertel. Es gab weder Müll noch Abwasser. Alaire nahm an, daß Rozinki ein sehr wirkungsvolles Abwassersystem hatte und eine genauso effektive Müllabfuhr. Selbst in Silver City fand man verräterischen Müll, aber nicht hier. Anscheinend waren diese Menschen geradezu hygienebesessen.

In dem Moment begriff er, was so ungewöhnlich an dieser Stadt war. *Die Menschen. Es gibt hier nur Menschen.*

Keine Weißen oder Dunklen Elfen, keine Riesen, keine Zwerge. Alle Schilder waren in menschlicher Sprache beschriftet. Nichts war auf Elfisch, Zwergisch oder Riesisch geschrieben.

Alaire begann sich wegen Naitachal zu sorgen. Er sah seinen Meister an und stellte erleichtert fest, daß der lächerliche Hut vollkommen seine spitzen Ohren verhüllte. Ansonsten wirkte er sehr menschlich. Obwohl er der einzige *schwarze* Mensch unter all den Leuten war, schien er weit weniger Aufmerksamkeit zu erregen als sein Wallach.

»Das ist eine sehr ... menschliche Siedlung«, bemerkte Naitachal und spiegelte damit Alaires eigene Gedanken wider. »Nur Menschen.«

»Ja, sehe ich«, antwortete Alaire. »Ich möchte Euch darauf hinweisen, daß dieser absurde Hut Eure Ohren bedeckt. Ihr seht menschlich aus.«

Naitachal wirkte erleichtert. »Natürlich«, sagte er. Aber es klang nicht ganz überzeugt. Er rümpfte die Nase. »Dann muß ich mir diesen Geruch wohl eingebildet haben.«

»Welcher Geruch war das?«

»Der unverwechselbare Duft von Teer und Federn.«

Als sie die Burg erreichten, stand die Sonne bereits dicht über dem Horizont der Bucht. Es war bereits merklich kälter geworden. Alaire bedauerte, daß er den Dierfellmantel eingepackt hatte. Er paßte nicht zu dem, was er jetzt trug.

Archenomens Palast war erheblich größer, als er von der anderen Seite der Bucht ausgesehen hatte. Ein kleiner Wall umrundete ihn, wahrschienlich nur zur Dekoration, weil er nicht zu der Burg selbst paßte. Ob absichtlich oder zufällig, die Burg war jedenfalls schwarz wie Naitachal. Jeder Stein, jeder Metallträger, jede Holzverzierung, selbst die beiden Torflügel des Haupteingangs waren schwarz.

Die Wachen waren ähnlich gekleidet wie die beiden, denen sie heute morgen begegnet waren. Sie kamen auf die Reiter zu und hielten – ausgerechnet! – zeremonielle Speere in den Händen. Alaire unterdrückte belustigt ein Lächeln. Die Speere waren dünn und bunt und konnten niemals nützliche Waffen darstellen. Er hätte in einem Kampf selbst seinen kurzen Dolch diesen Dingern vorgezogen. Er entspannte sich, denn ein Kampf war alles andere als wahrscheinlich, trotz der arroganten Haltung der Wachen.

»Nennt Euer Begehr!« sagte einer der beiden mit barscher Höflichkeit.

Naitachal ritt weiter vor und beugte sich über den Hals seines Pferdes hinab. »Wir sind gekommen, um dem König dieses Landes, Archenomen, einen Besuch abzustatten. Ich bin Botschafter Naitachal, Repräsentant des Königreiches Althea, und wurde von König Reynard entsendet.«

Die beiden Wachposten berieten sich kurz, dann trat der eine vor und pürfte Naitachals Papiere. Alaire konnte nur vermuten, daß er Naitachal noch nicht als Dunklen Elfen erkannt hatte, denn seine Miene war unbewegt, als er den Brief und die Schriftrolle zurückgab.

Mit einem Nicken deutete der Posten auf den Barden. »Geh mit ihm«, sagte er zu dem anderen Wächter. »Ohne die Pferde«, fügte er hinzu.

Also stiegen sie ab. Stallburschen erschienen und kümmerten sich um die Pferde. Die Tore waren gut zwei Stockwerke hoch, und die Klopfer so schwer, daß der Wachposten Schwierigkeiten hatte, einen davon zu heben. Ein lautes *Bumm* verkündete ihre Ankunft.

Ein kleines Fenster wurde geöffnet, durch das der Posten mit einer nicht sichtbaren Gestalt in einer unbekannten Sprache redete. Er deutete auf Naitachal, der erneut seine Papiere zückte. Brief und Schriftrolle verschwanden durch das Fenster, und die hohen Flügeltüren wurden langsam geöffnet.

Die kleine Gestalt, die sie begrüßte, wirkte weder einschüchternd noch vertrauenerweckend. Alaires erster Eindruck war, daß dieser Mann so weit gekommen war, wie er als Diener kommen konnte, aber mit seiner Position immer noch nicht zufrieden war. Er war alt genug, um Alaires Vater sein zu können, aber dünner und ausgemergelter als Naitachal. Seine Uniform besaß alle Abzeichen eines höhergestellten Dieners, aber sie war ein bißchen weniger kunstvoll als die, die er von zu Hause kannte. Seltsam fand Alaire nur den langen Mantel, der hinter ihm auf dem Boden schleifte. Der dünne Stoff hielt bestimmt keine Kälte ab. Der Mann trug ihn, als glaubte er, an einer Stelle weit unterhalb seiner Rangordnung zu dienen. *Ist er etwa von königlichem Blut?*

Alaires Hauptfurcht bestand darin, daß dieser Bedienstete ihn als das erkannte, was er war: als Mitglied einer königlichen Familie. Hohe Diener hatten eine Begabung dafür, solche Dinge zu erkennen. Alaire wich seinem Blick aus und versuchte, unterwürfig zu wirken. Er beugte sogar leicht den Kopf, wie er es bei dem Sekretär seines Vaters zu Hause oft gesehen hatte.

»Bitte, tretet ein«, forderte sie der Bedienstete nervös auf. »Willkommen im Hause des Archenomen. Ich bin Paavo, der Hausmeier. Die Wache hat mir berichtet, Ihr seid ... Botschafter von Althea?«

»Naitachal«, sagte der Dunkle Elf. »Das ist mein Sekretär, Alaire aus dem Haus der ... Tudoren«, improvisierte er. »Ich hoffe, wir kommen nicht ungelegen. Es ist ein langer, anstrengender Ritt hierher, und wenn der König uns heute nicht empfangen kann, wären wir erfreut, wenn wir morgen eine Audienz bekommen könnten.«

Alaire unterdrückte ein Lachen. Es wäre sehr unhöflich von einem König, einen Botschafter nicht zu empfangen, der ein ordnungsgemäßes Beglaubigungsschreiben hatte. Die Bemerkung seines Meisters grenzte schon an Impertinenz, weil sie unterstellte, daß Archenomen so grob sein könnte, sich zu weigern, sie zu empfangen. *Vielleicht interpretiere ich aber auch zuviel in die Sache hinein*, dachte Alaire. *Immerhin ist das hier ein fremdes Land mit einer eigenen Etikette. Soviel ich weiß, sind wir unhöflich, weil wir ohne Voranmeldung einfach hier hereinschneien.*

Sein erster Eindruck schien richtig zu sein, weil Paavo sie schnell durch eine große Empore führte, wo die jungen Diener hunderte kleiner Kerzen in einem Leuchter entzündeten. Sie starrten Naitachal hinterher, als er vorbeiging, schenkten Alaire aber keine Beachtung.

Der Bardling hätte sich zu gern ein bißchen umgesehen und entschied sich schließlich, es einfach zu tun. Wenn er wie ein hochwohlgeborener Idiot wirkte, die Art junger Mann, die man einem Botschafter zuordnen würde, dann konnte er gut als harmlos durchgehen.

Also gaffte er ungeniert, die jungen Diener feixten, und Paavo wirkte peinlich berührt. Naitachal durchschaute die List und seufzte hörbar. Paavo und er tauschten wissende Blicke aus.

*Genau wie er es wollte,* dachte Alaire und fragte sich, wie weit er diese Gimpeltour treiben sollte. Er beschloß, abzuwarten, bis jemand ein besonderes Interesse an ihm zeigte. Dann würde er beweisen, daß nichts an ihm aufregend war.

Paavo führte sie in einen kleineren Raum, in dem eine Menge Leute in bunter, teurer Kleidung warteten. Wobei Naitachals purpurne Pracht mit Abstand das Bunteste war. Auf einem Podium am Ende des Raumes stand ein vergoldeter Thron. Darauf saß ein Mann, der nur der König sein konnte.

Er trug einen Umhang aus purpurnem Samt, gesäumt mit Hermelin, und einen Wams aus demselben Material, der mit Gold und Bernsteinfäden durchwirkt war. Ein dünner, sehr sorgfältig gestutzter Bart bedeckte ein massives Kinn, und seinem Bauchumfang nach zu urteilen aß er gern. Seine Augen hoben sich von der weißen, teigigen Haut ab wie zwei grüne Kirschen und betrachteten sie mit einer Kombination aus Neugier und Vorsicht. Er trug einen Pelzkragen, nicht aus Dierenfell, sondern vielleicht aus Bärenfell.

Hoch über dem Thron an der Wand, auf einer Platte aus Messing oder vielleicht sogar aus Gold, war ein Wappen angebracht, auf dem der Buchstabe A prangte.

Zwei jüngere Männer, eigentlich noch Jungen, standen aufmerksam neben dem König. *Diener,* vermutete Alaire. Sie trugen Strumpfhosen, enge, förmliche Lederwämse und Hemden aus purpurnem Samt mit geschlitzten Ärmeln. Der Effekt war verblüffend. Alaire fragte sich, ob diese persönlichen Diener des Königs Blutsverwandte waren oder vielleicht bevorzugte Protegés. Er blieb einige Schritte hinter Naitachal stehen, während der sich dem König näherte. Dankbar stellte er fest, daß niemand auf ihn achtete.

Alle Höflinge des königlichen Zirkels betrachteten Naitachal mit kühler Distanz, obwohl Alaire eine unterdrückte Überraschung bei dem König spürte. *Auf einen schwarzen Botschafter war er nicht vorbereitet,* dachte er amüsiert. *Na warte, bis der König den Rest von ihm sieht!*

Naitachal verbeugte sich mit übertriebener Höflichkeit vor dem König, nahm schwungvoll den albernen Hut ab und entblößte ... seine beiden langen, spitzen Elfenohren.

Die Hölle brach los. Der König wich zurück und zischte überrascht. Seine königlichen Züge verrieten Entsetzen und Furcht. Er streckte sogar die Arme vor sich aus, als wollte er sich vor allem schützen, was aus Naitachals Richtung auf ihn zukäme. Die beiden jungen Diener gehörten zur Garde, sie zogen Schwerter aus Gestellen hinter sich heraus. Damit traten sie halb zwischen den König und Naitachal.

Einen Augenblick später sprangen die Doppeltüren zu beiden Seiten des Thrones auf. Fünf Soldaten stürmten herein, gekleidet wie die, die sie auf der Straße getroffen hatten. Sie blieben jedoch wie angewurzelt stehen, als sie Naitachal sahen. Hinter den Soldaten stand ein Magiertrio mit purpurnen Roben und albernen, spitz zulaufenden Hüten. Die Zauberer formierten sich sofort zu einem schützenden Ring um den König.

*Ich glaube, wir haben einen großen Fehler gemacht. Das geht nicht gut,* dachte Alaire, als er sah, wie ihre ersten diplomatischen Versuche zu Staub zerfielen. Ein Aufenthalt im Verlies des Palastes entfaltete sich plötzlich als reale Möglichkeit.

»Elf!« brüllte der König. »*Dunkler* Elf! Warum beschmutzt Ihr Uns mit Eurer Gegenwart?«

Die Soldaten wichen nicht zurück, obwohl sie nervös auf der Stelle traten. Die jungen Diener standen trotzig da und rückten näher an den Dunklen Elfen heran. Die Spitzen ihrer Schwerter refektierten das Kerzenlicht.

Naitachal gähnte hinter der vorgehaltenen Hand und lächelte.

»Eure Hoheit«, mischte sich Paavo höflich ein und näherte sich dem König. Obwohl er seine Stimme senkte, war die Akustik so gut, daß Alaire mühelos hören konnte, was der Diener sagte.

»Es wäre nicht klug«, sagte Paavo hastig. »Ich möchte Euch daran erinnern, daß er, trotz seiner unvorteilhaften Herkunft, tatsächlich der Botschafter von Althea *ist*. Ich bezweifle ernsthaft, daß er hier ist, um Euch Schaden zuzufügen, weder durch Zauberei noch durch andere Mittel. Vielleicht sollten wir ihn anhören.«

Alaire zuckte über diese Unverschämtheit zusammen. *Niemals würde ein Diener es wagen, dem König einen Rat zu erteilen,* dachte er indigniert. Dann dämmerte es ihm. *Und wenn es gar kein einfacher Diener ist?*

König Archenomen schien darüber nachzudenken, bevor er dreimal schnell mit den Fingern schnippte. Die Soldaten zogen sich langsam und verunsichert hinter die Türen zurück. Die Magier, die eher wie Ayatollahs wirkten (was sie ja vielleicht auch waren), blieben da und sahen hochmütig auf Naitachal herab. Die beiden Jungen steckten ihre Kurzschwerter in den Ständer zurück und nahmen wieder ihre Plätze neben dem König ein.

»Ich bitte um Vergebung, Hoheit«, sagte Naitachal erhaben. »Vielleicht hätte ich Euch vorab eine Warnung wegen meiner ... Familie zukommen lassen sollen.« Er machte eine Pause, als wüßte er nicht, wie er den Satz beenden sollte. »Aber ich habe mein Beglaubigungsschreiben und meine

Herkunft zwei Eurer Wachen auf dem Weg hierher gezeigt. Kann es sein, daß sie Euch das nicht berichtet haben?«

Er hob eine Braue, und die Miene des Königs verfinsterte sich.

*Für diese kleine Unterlassung wird jemand teuer bezahlen ...*

»Ich habe auch einen Brief von König Reynard höchstpersönlich dabei. Vielleicht erklärt das Schreiben die Situation etwas ausführlicher.« Er lächelte. Dieses Lächeln war so freundlich und ohne Arg, daß Alaire fast selbst darauf hereingefallen wäre. »Ich fürchte, Eure Hoheit, daß ich der Selbstgefälligkeit gestattet habe, eine höchst unangenehme Situation heraufzubeschwören.«

»Ganz im Gegenteil«, sagte König Archenomen. Seine Stimme klang sonor, doch das leichte Beben der letzten Silbe verriet noch die leichte Nachwirkung eines Schocks. »Wir fürchten, Wir haben überreagiert. Wir in Suinomen treffen selten auf Bürger anderer Länder, besonders auf solche niederer ... anderer Rassen.« Er lächelte strahlend. Und heuchlerisch.

*Niederer Rassen*, dachte Alaire, der den Satz vervollständigte. Er unterdrückte einen Seufzer. *Da haben wir eine Menge Arbeit vor uns.*

»Bitte, speist mit Uns zu Abend. Ihr könnt Euch in der königlichen Besuchersuite einrichten. Wird Euer ... Diener bei Euch bleiben, oder sollen wir ihn in den Dienerquartieren unterbringen?«

Alaire wurde fast verrückt, während Naitachal diesen Vorschlag anscheinend gründlich erwog. Als er einen kurzen Blick in Alaires Richtung warf, hatte der den Eindruck, ein teuflisches Grinsen hinter der unbeweglichen schwarzen Maske zu sehen.

*Das werdet Ihr doch nicht etwa ...!* dachte Alaire, obwohl er wußte, daß der Barde das ohne weiteres tun würde, wenn er es amüsant genug fand.

Nachdem er ausgiebig darüber nachgedacht hatte, sagte Naitachal gleichgültig: »Nein, ich werde seine Anwesenheit wegen der Handreichungen als Sekretär benötigen. Erlaubt mir, Alaire vorzustellen. Obwohl nur mein Assistent, ist er dem König doch lieb und teuer und nah am Herzen.«

Naitachal ließ diese letzte Bemerkung genau lange genug in der Luft hängen und gab ihr die richtige Betonung für eine versteckte Andeutung. *Nah am Herzen des Königs? Sollte er seiner Majestät damit etwa zu verstehen geben wollen, daß ich ein unehliches Kind des Königs bin, ein königlicher Bankert?* Doch der Trick war sinnvoll. *Es würde meine Kleider erklären und auch, warum ich Naitachal begleite. Ansonsten wäre es seltsam.*

Der König betrachtete Alaire nachdenklich und nickte dann wissend in seine Richtung. »Verstehe. Wir werden Euch beide höchst gastfreundlich aufnehmen.«

Naitachal schien das nicht zu hören. »Wenn es Euch genehm ist, könnten wir ihn dann in ein angrenzendes Zimmer verlegen? Wenn nicht, kann er auf dem Boden meines Zimmers schlafen.«

*Wie bitte?*

»Gewiß, gewiß«, sagte der König. »Paavo, zeigst du ihnen bitte ihre Quartiere?«

Als sie aus dem königlichen Saal geführt wurden, hoffte Alaire beleidigt, daß Naitachal seine Gedanken mithörte. *Auf dem Boden? Also wirklich! Meister, wir müssen so schnell wie möglich ein ernstes Wort miteinander reden!*

## 4.
## KAPITEL

Alaire war froh, ein gemütliches, wenn auch klumpiges Gänsefederbett in einer Ecke seines Zimmers zu finden. Es war, wie sich herausstellte, das Vorzimmer zu Naitachals Raum. Die Wände waren aus dem allgegenwärtigen Stein, der Fußboden aus rotgoldenem Holz, dessen Herkunft er nicht kannte. Der erklärte auch den ländlichen, würzigen Duft in den Zimmern. Naitachal logierte in einem üppig ausgestatteten Raum mit vergipsten Wänden und Decke, die sorgfältig mit Szenen draller Waldnymphen bemalt waren. Der Raum hatte, anders als der von Alaire, einen Kamin mit einem Schronstein aus gemeißelten Steinen und einen großzügigen Vorrat an Feuerholz. Das enorme Himmelbett hätte auch für eine zehnköpfige Familie Platz geboten.

»Ich schlafe vielleicht trotzdem lieber auf dem Boden«, sagte Alaire, als er vor dem Kamin stand. Er erschauerte in der kühlen Luft, die in der Wohnung herrschte, obwohl es noch früh am Abend war.

»Ich bezweifle, daß irgend jemand daran Anstoß nimmt, wenn du die Matratze herüberbringst.« Naitachal sah Alaire auf eine Art an, die letzteren besonders irritierte. »Vermutlich erwarten sie ohnehin ein bizarres und absonderliches Benehmen von uns. Ich muß der erste Elf sein, ganz gleich welcher Schattierung, den diese Leute jemals gesehen haben. Mir ist das intellektuell natürlich klar, aber sich konkret damit auseinanderzusetzen, ist sehr ärgerlich.«

Alaire hätte ihn gern noch weiter nach seinen ersten Eindrücken gefragt, doch da klopfte es an die Tür. Ein junger Diener teilte ihnen mit, daß das Dinner bereitet sei und König Archenomen um ihr Erscheinen an der Tafel nachsuche.

*Wir vergleichen unsere Wahrnehmungen später,* schien Naitachals Blick zu besagen, als sie durch den mit Fackeln erleuchteten Flur zum Speisesaal gingen. Dort stieg Alaire der überwältigende Duft von gekochtem Fleisch und Kartoffeln in die Nase.

Mit dem König und dem Hofstaat zu speisen, erwies sich als außerordentlich komplizierte Angelegenheit. Auf einem mit bunten Fliesen gekachelten Boden standen verschiedene Tische, jeder auf einer anderen Ebene. Es sah aus, als habe jemand Terrassen in einen Hügel geschnitten und einen Abschnitt jedes Tisches auf den eines anderen gelegt. Die unteren Tische waren weniger geschmückt als die weiter oben. Auf dem obersten Tisch stand ein großes gekochtes

Schwein in der Mitte. Der König präsidierte über das Ereignis wie ein Richter. Er musterte jeden, der hereinkam. Von einer Königin war nichts zu sehen, und Alaire nahm sich vor, herauszufinden, ob es eine gab oder ob der König einen Harem von Konkubinen hatte, wie es angeblich manchmal in fernen Ländern vorkam. Der Diener führte Naitachal in die höheren Ränge, und Alaire ging automatisch hinterher.

»Nein, nein, *nein!*» rief eines der Küchenmädchen und winkte mit einem Holzlöffel. Sie trug einen Kessel mit Bratensoße, der wahrscheinlich schwerer war als sie beide. »Nur der Botschafter diniert mit dem König. Du sitzt *da unten!*« sagte sie scharf, als wäre er ein Idiot. Dann kümmerte sie sich wieder um ihre Arbeit.

Alaire gefiel der Klang der Worte *da unten* ganz und gar nicht. Man führte ihn zu Tischen, die fast anderthalb Stockwerke unter dem des Königs standen. Naitachal strebte ohne ihn auf den obersten Tisch zu. *Na gut,* dachte Alaire. *Von mir aus. Vielleicht erfahre ich hier unten etwas Nützliches.*

An seinem Tisch aßen diejenigen, die in der sozialen Rangordnung ganz unten standen. Selbst Paavo saß eine Reihe über ihm. Der Chefdiener sah Alaire verächtlich an, als er Platz nahm auf einem wackligen Stuhl an einem Tisch ohne Tischtuch.

*Schlechte Manieren bei Tisch sind übel..* Alaire schäumte innerlich vor Wut. *Vor allem, wenn alle ein Messer in der Hand halten.*

Alaire saß in einer Reihe neben eingeborenen Suinomenen, von denen offenbar keiner seine Sprache beherrschte. Obwohl ein paar Diener, die die Speisen servierten, Alaire verstanden. Er taxierte mit geübtem Blick ihre Kleidung und kam zu dem Schluß, daß es vermutlich die Diener oder Sekretäre der Höflinge von den oberen Tischen waren. Ihm fiel auf, daß jeder einen Fellumhang oder einen Fellmantel trug. Es zog zwar etwas im Speisesaal, aber das allein erklärte nicht die vielen Pelze, die er um sich herum sah. Anscheinend gab es da etwas, das ihnen niemand erzählt hatte. *Das gibt es immer.*

Alaire bemerkte eine Gruppe junger Mädchen zwei Tische über ihm. Keine von ihnen war besonders attraktiv, jedenfalls nach seinen Maßstäben, und beim Anblick von einigen zuckte er sogar zusammen. Sie jedoch beobachteten eifrig seinen Tisch. Er blickte noch weiter hinauf, dorthin, wo Naitachal saß, und erkannte, daß der Dunkle Elf zu weit entfernt war, um ihm Ratschläge geben zu können.

Einige der jungen Damen waren diskret, doch andere starrten ihn ungeniert an. *Mich!* Alaire wagte nicht, die Blicke zu erwidern, jedenfalls nicht zu offensichtlich. Selbst ein Flirt konnte gefährlich sein. *Aber sie können ja unmöglich wissen, daß ich ein Prinz bin*, dachte er verzweifelt. *Hoffentlich gelingt es Naitachal da oben, meine Abstammung zu verschleiern. Ich habe keine Lust, Bestandteil eines Handels zu werden.* Mittlerweile fiel ihm auf, daß nicht nur die Mädchen aus seiner Nähe ihm unter ihren langen Wimpern kokette Blicke zuwarfen. Auch einige am obersten Tisch, an dem der König und sein Meister saßen, sahen zu ihm herunter. *Das müssen seine Töchter sein. Wenn die rausfinden, wer ich wirklich bin, könnte ich eine Art Handelsobjekt werden. O nein!*

Während des Essens bemerkte Alaire eine leere hölzerne Schale in der Nähe seines Tellers. Ab und zu kam ein Diener vorbei und legte ein einzelnes Blütenblatt hinein. Als Alaire neugierig nachsah, war die Schale bereits halbvoll. Auf den Blütenblättern stand etwas in einer feinen, seltsamen Schrift – Namen? Er erschauerte, als er sich die möglichen Bedeutungen und entsprechenden Verwicklungen ausmalte.

*Sollen diese Blütenblatter etwa eine Werbung sein?* Nach seiner Schätzung lagen mindestens dreißig Blütenblätter in der Schale, und es kamen immer noch mehr. *Bei allen Göttern! Da bliebe ja nichts mehr von mir übrig!* dachte er entsetzt. Er achtete sehr sorgfältig darauf, die Schale auf gar keinen Fall zu berühren. Lieber kalt und distanziert sein, als in eine Lage geraten, aus der es kein Entkommen mehr gab!

Auch ohne die Blütenblattdrohung war die Lage alles andere als gemütlich. Paavo hatte zwar verkündet, sie wären Ehrengäste, aber *er*, Alaire, mußte mit dem Küchenpersonal essen. Das Essen war grauenhaft. Das Fleisch war unidentifizierbar und fast roh, das Brot entweder verbrannt oder noch klumpig, und der Rest schien aus verschiedenen Variationen getrockneter Erbsen und Bohnen zu bestehen, die man in Fischöl gekocht hatte.

Alaire war hier, um sich umzusehen, also ignorierte er Mahlzeit und Mädchen und hielt die Augen offen. Er bemerkte, daß die hochrangigen Adligen Naitachal verstohlene Blicke zuwarfen. Einige blickten ihn sogar unverhohlen feindselig an. Er fragte sich, ob das an der Herkunft des Dunklen Elfen lag oder daran, daß er ein Land repräsentierte, gegen das Suinomen sich auf einen Krieg vorbereitete.

*Vielleicht ein bißchen von beidem*, dachte er. Bei den ersten Bissen dieses geheimnisvollen Fleisches hatte der Hunger über seine Aversion gesiegt. Doch jetzt war sein Appetit nicht mehr so stark, und er wünschte nur, der Abend möge zu Ende gehen.

Trotz Naitachals finsterer Gestalt am Ehrentisch wurde das Mahl festlich. Lautes Geplauder in beiden Sprachen flog von Tisch zu Tisch, und ein Diener bot Alaire einen Becher Wein an. Der lehnte höflich ab. Er wußte, daß ihn in seinem erschöpften Zustand selbst ein kleines Glas Wein niederstrecken könnte. Er trank sowieso nur selten Alkohol.

Als das Mahl zu Ende war, trat eine sechsköpfige Kapelle auf und spielte Tanzmusik. Offenbar war es nicht verboten, hier in Paaren zu tanzen, und einige der kühneren und stürmischeren reihten sich in eine lebhafte Gig ein, für die ein Teil des Bodens von den Dienern freigeräumt worden war. Alaire wollte diese Chance nutzen, sich zu Naitachal durchzuschlagen.

Aber eine Barriere von Edelmännern und ihren Assistenten stellte sich ihm in den Weg. Offenbar hatte es sich während des Essens herumgesprochen, daß es ratsam sein könnte, die Bekanntschaft des Botschafters zu pflegen. Aus dem Wenigen, das Alaire mitbekam, schloß er, daß die Adligen Naitachal jetzt wenigstens den Respekt zollten, den sein

Amt verlangte. Allerdings hielten sie einen gewissen unsicheren Abstand zu seinem Meister, der als einsame schwarze Gestalt auf einem freien Stück Holzboden stand, das nur gelegentlich von der Verbeugung eines Adligen und ein paar hastig gemurmelten Worten überbrückt wurde.

*Ich rede später mit ihm,* dachte Alaire. *Er scheint ja alles unter Kontrolle zu haben, jedenfalls den Umständen entsprechend. Ich würde nur die Aufmerksamkeit auf mich lenken, wenn ich versuchte, zu ihm zu gelangen.*

Er trat von der improvisierten Empfangsreihe fort und sah sich nach einer sinnvollen Betätigung um. Irgendwie kam er sich nutzlos vor. Aber genauso war es ja geplant gewesen.

An einem anderen Tisch saßen mehrere anscheinend unversprochene junge Ladies. Es waren keine hochwohlgeborenen, aber sie schienen zumindest aus wohlhabenden Familien zu stammen. Ein junger Mann stand vor dem Tisch und erzählte eine lebhafte Geschichte. Dabei gestikulierte er ausholend mit den Armen. Seine auffällige Kleidung beindruckte Alaire mehr als sein Benehmen. Sein rot-weißer, mit Goldfäden durchwirkter Umhang hing an einer Seite herunter. Er trug die ungewöhnlichste goldene Sturmpfhose, die der Prinz je gesehen hatte. Trotz dieser eleganten Aufmachung wirkte der Bursche unglaublich unordentlich. Sein Hemd hing halb über der Hose, und sein weißer Schal drohte jeden Moment herunterzurutschen. Als Alaire nähertrat, erkannte er auch den Grund dafür: Der Junge war total betrunken.

Alaire nahm an, daß er den Frauen eine amüsante Geschichte erzählte, jedenfalls benutzte er die Landessprache. *Vielleicht ist er eine Art hochwohlgeborener Hofnarr,* dachte Alaire. Aber beim näheren Hinsehen wurde deutlich, daß die Frauen ihn trotz seiner mutigen (und betrunkenen) Versuche, galant zu sein, *aus*lachten.

Nach seiner Kleidung zu urteilen, mußte er der Sohn eines der Adligen sein, die gerade Naitachal hofierten, und er hatte *entschieden* zuviel getrunken.

Alaire empfand Mitleid mit dem Fremden, denn er kannte

die Anspannungen nur zu gut, die ein königlicher Hof jungen Frauen und Männern zumuten. *Er ist in dem Alter, in dem die Eltern anfangen, ihre Kinder gegenseitig zu versprechen, ob sie sich kennen oder nicht,* dachte er, und erinnerte sich daran, daß sein Vater ihm mehr Wahlmöglichkeiten gelassen hatte als andere Adlige ihren Kindern. Vielleicht war der arme Jüngling gerade über seine bevorstehende Eheschließung informiert worden ... und darüber, daß neben der Braut selbst ein Dieren ein reizvoller Partner war.

*Ich sollte den Burschen lieber retten, bevor er sich vollkommen zum Narren macht,* beschloß er, obwohl es vermutlich schon zu spät war. *Oder wenigstens, bevor er jemanden beleidigt.*

Alaire hatte keine Ahnung, ob der Jüngling überhaupt die Sprache Altheas verstand. Er näherte sich seinem Ziel etwas beklommen. Dann packte er ihn am Ellbogen und führte ihn auf eine freundliche Art, wie er hoffte, hinaus. Eigentlich hatte er erwartet, daß der Fremde ihn angreifen oder zumindest versuchen würde, seinem Retter zu entkommen. Doch in dem Durcheinander, in dem die Leute aller Klassen herumwimmelten und die Musik immer lauter wurde, gelang es ihm, den jungen Mann vom Tisch wegzuführen, ohne seinen Verdacht oder auch nur seine Aufmerksamkeit zu erregen.

Alaire brachte ihn auf einen Balkon, der auf einen Hinterhof hinausführte. Dort draußen in der Kälte waren sie allein, und Alaire erschauerte, als ein eiskalter Wind seine nackte Haut traf.

Der Junge erschauerte auch und sah sich in einer Art Trance um. Er schien sich nicht erklären zu können, wie sich ein Tisch voller heißer Mädels in einen eiskalten, leeren Balkon verwandelt hatte. *Gut. Vielleicht ernüchtert ihn das ein wenig.* Alaire drehte ihn sanft herum, so daß die brennenden Fackeln an beiden Seiten des Balkons sein Gesicht erhellten.

Der Junge musterte Alaire verwirrt, als sähe er ihn zum ersten Mal, und fing an, in seiner Sprache zu plappern.

Alaire schüttelte den Kopf. »Tut mir leid, wer auch immer Ihr seid. Ich spreche Eure Sprache überhaupt nicht.«

*Wenn ich ihn noch ein bißchen hier draußen in der Kälte halten kann, wird er vielleicht etwas nüchterner.* Alaire war zweimal in seinem Leben betrunken gewesen, einmal an seinem dreizehnten Geburtstag, und dann kürzlich erst, bei der Hochzeit der Tochter des Bürgermeisters von Fenrich. Beide Male hatte Eis auf der Stirn die übelsten Folgen des Rausches ein wenig gelindert. Der Wind erfüllte praktisch dieselbe Funktion.

»Dann seid Ihr also Südländer«, sagte der Junge plötzlich. »Wir sehen hier nicht viele.«

Obwohl er einen starken Akzent hatte, und das »r« übertrieben rollte, sprach er ohne zu zögern ein reines Altheanisch. Er wurde allmählich nüchterner und musterte den Bardling auf eine Art, die Alaire an den Blick des Königs bei der »Begrüßung« erinnerte. Der Jüngling rieb sogar prüfend den Ärmel von Alaires Hemd zwischen Zeigefinger und Daumen.

Eins war klar, der Bursche hier war *kein* Diener!

Alaire mußte das laut gesagt haben, denn der Junge erschrak. »Ihr selbst seid auch kein Bauer!« sagte er laut. Aber es klang nicht so, als wollte er Alaire beleidigen. »Was führt Euch nach Rozinki?«

»So eine Art ... Geschäfte«, erwiderte Alaire zögernd. »Ich bin ... Alaire, ein Assistent des Botschafters von Althea. Das ist der Schwarze Mann da oben beim König.«

»Botschafter von Althea? Wußte nicht mal, ob wir einen hier haben.« Er verzog das Gesicht, als habe er in eine Zitrone gebissen. »Aber wer hat heute abend schon Lust, über Staatsgeschäfte zu plaudern? Es ist ja nicht einmal Mitternacht!«

Während er sprach, atmete er Alaire an. Der rümpfte die Nase. Der Junge roch wie eine Brauerei.

*Wieviel hat er eigentlich getrunken?* überlegte Alaire. Er konnte sich nicht erinnern, ihn vorher bei dem Dinner gesehen zu haben. Und etwas an seiner Ausdrucksweise machte Alaire stutzig: *Ist er vielleicht auch ein Bankert der königlichen Familie?*

»Dann hattet Ihr sicher schon das *Vergnügen*, meinen *Vater* kennenzulernen«, fuhr der Fremde spöttisch fort. Offenbar kam er mit seinem Erzeuger nicht gut aus, wer es auch sein mochte.

»Tja ...,« Alaire war unsicher. »Vielleicht. Es tut mir leid, aber ... wer *war* noch mal Euer Vater?« Es war vermutlich ein Riesenfehler, seine Unwissenheit einzugestehen, aber es gab kaum eine andere Möglichkeit, das herauszufinden.

Der Jüngling grinste breit, und seine Augen funkelten mutwillig. Alaire wurde sofort wachsam.

Der Fremde winkte Alaire zur Balkontür. Die Gäste tanzten immer noch im Saal und umkreisten Naitachal wie neugierige, aber ängstliche Vögelchen, die um einen großen, schwarzen Adler herumflatterten.

»Seht Ihr den großen fetten Mann da oben in dem Purpurmantel?« fragte der Junge ziemlich ungnädig.

Der einzige in Purpur – außer Naitachal – war der Monarch. »Ihr meint König Archenomen?« Alaire war entgeistert.

*Der Kronprinz? Das ist der Kronprinz? Blau wie ein Dragoner auf Heimurlaub?*

»Prinz Kainemonen, zu Euren Diensten«, verkündete der Junge mit einer übertriebenen Verbeugung und schwang seinen Hut. »Aber Ihr könnt mich Kai nennen. Das machen alle. Falls sie mich nicht gerade Mistkerl, Prasser oder Taugenichts rufen.« Er schwankte ein wenig, und Alaire stützte ihn sanft. »Ich war vermutlich ein ... Unfall. Ich sehe nicht aus wie der Rest der Familie. Vielleicht bin ich ja ...«

Alaire stand vor Schreck über die unverlangten Enthüllungen wie versteinert da, aber Kai schien zu bemerken, daß er Dinge ausplauderte, die er besser nicht verriet, und unterbrach sich mit einem Achselzucken.

»Na ja, wahrscheinlich nicht. Das wäre zu peinlich. Ich bezweifle, daß sie mich am Leben gelassen hätten. Tja, Gott sei mit Suinomen, ich werde König, wenn Vater krepiert.«

*Heiliger Himmel, er verachtet seinen Vater und sich selbst, und er macht nicht mal einen Hehl daraus*, dachte Alaire angewidert.

*Vorausgesetzt, er sagt die Wahrheit. Es könnte auch sein, daß er verrückt ist und sich einfach nur für den Prinzen hält. Aber alles andere paßt zu dem, was er sagt.* Er hob die Brauen, als er den protzigen, goldenen Ring bemerkte, der glitzerte, wenn das Kerzenlicht auf ihn fiel. *Der Großbuchstabe A. Eine schlichtere Version des Wappens Archenomens, das über dem Königsthron hing. Wahrscheinlich ist er wirklich der Prinz.*

Andererseits konnte er auch das sein, was Alaire nur zu sein vorgab: ein königlicher Bankert.

*Ich kann trotzdem weiter mit ihm reden, ob er nun ein Bankert ist oder nicht. Selbst ein betrunkener Größenwahnsinniger kann mich mit vielen interessanten Informationen versorgen.*

»Die gute Nachricht ist, daß ich hier absolut keine Aufgaben habe«, fuhr der Junge fort. »Ich kann mich die ganze Zeit amüsieren. Das hat man mir jedenfalls befohlen. Amüsier dich, genieß das Leben, steck deine Nase nicht in die Politik oder Geschäfte, und komm keinem in die Quere.«

Alaire überlegte, wieviel er mit Kais Schicksal teilte. Zu Hause hatte ein Prinz mehr zu tun, als sich nur zu ›amüsieren‹. Derek, Kronprinz von Althea und der Älteste der Brüder, kümmerte sich persönlich um die Staatsangelegenheiten. Schließlich würde er irgendwann einmal das Zepter übernehmen. Und welchen besseren Weg gab es, einen Beruf zu erlernen, als die Praxis? Vom dreizehnten Lebensjahr an war Derek bei Ratsversammlungen dabeigewesen, inspizierte regelmäßig die Palastwache und wurde ganz allgemein über alles auf dem laufenden gehalten, was vorging. Einschließlich dieser kleinen Expedition. Jedenfalls nahm Alaire das an.

Er betrachtete den Trunkenbold vor sich und konnte sich nur schwer vorstellen, daß er sich um die Staatsgeschäfte Suinomens kümmern sollte.

»Mehr macht Ihr nicht?« fragte Alaire. *Er scheint ja ziemlich gesprächig zu sein. Das sollte ich ausnutzen!*

»So in etwa«, antwortete Kai. Alaire sah eine Marmorbank in der Nähe und überlegte, ob er dort hingehen sollte, falls Kai sich setzen mußte. »Das Familienoberhaupt hat mir befohlen, mich aus seinen Angelegenheiten herauszuhalten, also gehorche ich. Sie erlauben mir keine Aktivitäten in bezug auf das Königreich oder die Wachen. Und keiner im ganzen Reich will etwas mit mir zu tun haben. Außer Hauptmann Lyam und Sir Jehan.«

*Merk dir die Namen. Sie könnten wichtig sein,* dachte Alaire. *Obwohl es allmählich so aussieht, als ob ich von diesem Kai kaum Interna erfahren kann, gibt es sicher ein ganzes Meer allgemeiner Informationen, die ich aus ihm herausholen könnte. Dinge, die der ganze Hof weiß, nur wir nicht. Zum Beispiel, warum sie Althea angreifen wollen.*

»Tja, Alaire«, sagte Kai und schlug ihm auf die Schulter. »Wollt Ihr diesem ganzen pompösen Aberwitz entkommen und eine *richtige* Unterhaltung erleben?«

*Tja ... warum eigentlich nicht?*

»Gern, Kai«, erwiderte Alaire zurückhaltend. »Aber ich muß erst meinen Meister informieren, daß ich gehe.«

»O nein, Ihr werdet nichts dergleichen tun«, sagte Kai gutmütig. »Das bringt uns beide nur in Schwierigkeiten, und irgend jemand wird uns wahrscheinlich aufhalten. Ich werde einem der Diener auftragen, es ihm auszurichten. Und zwar, nachdem wir gegangen sind.«

Das klang nicht nach einer guten Idee. »Tja ... ich weiß nicht so recht ...«

Aber der Protest kam zu spät. »Kommt schon«, sagte Kai erfreut und packte Alaires Handgelenk. »Hier wird es langweilig.«

Zögernd ließ Alaire sich von dem Jungen fortziehen. Er hatte gemischte Gefühle bei der Sache. Einerseits würde er bestimmt *irgend etwas* über dieses seltsame Königreich herausfinden, andererseits ahnte er bei dem wilden Glanz in Kais Augen, daß sie beide Schwierigkeiten bekommen konnten, wenn sie zurückkamen.

Falls sie nicht schon Schwierigkeiten bekamen, *bevor* sie zurückkehrten.

»Euer Schwert habt Ihr doch dabei?« fragte Kai, als sie über die Steintreppe des Balkons in die kalte Nacht hinaustraten.

# 5. KAPITEL

Kai hatte anscheinend seine hastige, heimliche Flucht im voraus geplant. Eine königliche Kutsche wartete am Rand der Palastmauern auf sie. Fackeln steckten an allen vier Ecken und brachten sie zum Glänzen wie die Schmuckkassette einer Hofdame. Zwei große Dieren waren eingespannt. Sie stampften und schnaubten und schienen es kaum erwarten zu können, loszupreschen. Doch trotz der prunkvollen Aufmachung, die keinen Zweifel daran ließ, welcher Familie diese Kutsche gehörte, schien das Gefährt schon bessere Tage gesehen zu haben. Das wurde augenfällig, als sie sich ihm näherten. Die Kutsche wirkte etwas heruntergekommen. Nach den vielen Schrammen, zersplitterten Stellen und abgerissenen Verzierungen zu urteilen, hatte sie wohl schon öfter Bekanntschaft mit Bäumen und Laternenpfählen gemacht. Der Fahrer war ein griesgrämiger, älterer Diener in dunkler, zerknitterter Kleidung, der eine lederne Weinflasche umklammerte. Da wurde Alaire klar, warum die Kutsche so aussah. Der Fahrer sah genauso betrunken aus wie Kai. Vielleicht noch betrunkener.

»Macht Euch seinetwegen keine Sorgen«, sagte Kai und winkte dem Fahrer beiläufig zu, der sie einfach ignorierte. »Er findet mit verbundenen Augen den Weg in die Spelunken.«

»Wie beruhigend«, gab Alaire ironisch zurück und stieg ein. Die Kutsche fuhr mit einem Ruck an und fegte kurz darauf mit atemberaubender Geschwindigkeit den Hügel hinunter.

»Vater wird immer wütend, wenn ich mich von offiziellen Anlässen davonschleiche«, rief Kai, um sich über das Rattern der Räder hinweg verständlich zu machen. Er hielt sich mühsam in dem schauklenden Gefährt aufrecht. »Sagt, er schäme sich für mich, wenn ich verschwinde. Mit etwas Glück vermißt mich aber keiner. Ah, da sind wir!« Kai holte eine Lederflasche aus der Tasche und hielt sie Alaire großzügig hin.

*Bin ich froh, daß ich zum Abendessen wenigstens den dünnen Mantel getragen habe,* dachte Alaire und sah seinem frostigen Atem zu, der sogar im Innern der Kutsche sichtbar wurde. *Kai spürt in seinem Zustand die Kälte wahrscheinlich gar nicht.* Er schmiegte sich in den kalten, plüschigen Sitz, der voller Wein- und Bierflecken und Wer-weiß-was-noch war.

Alaire trank nur einen kleinen Schluck und gab die Flasche dann wieder zurück. *Gar nicht schlecht. Ein roter, fruchtiger Partywein. Genau das richtige für einen jungen, unerfahrenen Gaumen.* Natürlich nicht so gut wie die Weine zu Hause, die es zum Essen gab. Er schätzte gute Weine – Naitachal hätte ihm die Ohren langgezogen, wenn er sie nur wegen ihres Alkoholgehaltes getrunken hätte. Und nach seinem üblen Kater mit dreizehn hatte er auch zu respektieren gelernt, welchen Schaden *schlechte* Weine anrichten konnten. Kai dagegen nahm einen langen Schluck aus der Flasche. *Vermutlich ist es auch ziemlich stark. Ein schneller, billiger Rausch.*

In dem schwankenden Vehikel war es schwierig, sich zu unterhalten oder zu trinken. Sie fuhren eine Weile, in der Kai den größten Teil des Gesprächs erledigte. Manchmal fiel er auch in seine Muttersprache zurück. Das meiste war unnützes Geplapper, merkte Alaire schnell. Obwohl es bei dem Rattern kaum zu verstehen war. Der Holzkäfig, in den Kai ihn eingesperrt hatte, fuhr so schnell die Dieren laufen konnten. Zweimal fegten sie durch große Schlaglöcher, die die Insassen der Kutsche gehörig durcheinanderrüttelten. Alaire landete auf dem Boden und Kai auf Alaires Schoß. Der Junge lachte hysterisch. Die Hinterachse gab ein bedenkliches, mahlendes Geräusch von sich, das im Lauf der Fahrt immer lauter wurde. Jede Lethargie war von Alaire gewichen. Jetzt rauschte das Blut in seinen Ohren. Er klammerte sich an den Wänden der Kutsche fest und fürchtete um sein Leben.

»Juuchuuu!« schrie Kai, als die Kutsche langsamer wurde und dann mit einem Ruck anhielt. Dann segelte er zu Boden, als sie noch einmal anfuhr. »Wollt Ihr zurückfahren und diese Reise noch mal erleben?«

Alaire lehnte ab. Höflich, aber entschieden. »*Nein!* Wo sind wir?«

»Was glaubt Ihr?« Kai stand auf. »Wo echt was los ist. Im fröhlichen Teil der Stadt!« Er taumelte zur Tür hinaus und überließ es Alaire, ihm zu folgen.

Alaire verließ die Kutsche mit zitternden Knien und betrat das sichere Kopfsteinpflaster. Kommentarlos nahm er zur Kenntnis, daß die Kutschlampen sich gelöst hatten und irgendwo hinter ihnen auf der Straße gelandet sein mußten. Außerdem fehlte eine Speiche in einem Rad.

Heilfroh, wieder festen Boden unter den Füßen zu haben, sah sich Alaire rasch auf der Straße um, in der sie angehalten hatten. Es war eine enge Kopfsteinpflastergasse in der Altstadt. Billige, heruntergekommene Tavernen säumten sie zu beiden Seiten. Ein paar Fackeln erleuchteten die Straße nur spärlich. Für Alaires Geschmack gab es hier viel zu viele Schatten.

Ein paar Männer stolperten aus der Tür der Taverne, vor der sie standen. Sie sangen und stützten sich gegenseitig. Alaire hatte gehofft, daß er sich ein bißchen entspannen könne, aber als er den Kontrast zwischen ihrer Kleidung und der aller anderen sah, erschauerte er. *Genausogut könnten wir Zielscheiben auf dem Rücken tragen*, dachte er. *Greift uns an, wir sind reich. Nur gut, daß Naitachal den Großteil des Geldes verwahrte.*

Aber seltsamerweise schien ihnen keiner besondere Aufmerksamkeit zu widmen. Die Leute auf der Straße waren rauhe Arbeiter, Nichtsnutze, Faulenzer, vermutlich Diebe und wer weiß was noch. Und sie schienen heute abend nur eins im Sinn zu haben: sich vollaufen zu lassen. Wie Kai.

Der Kronprinz führte ihn die lange, vierstöckige Schlucht aus Bars, Bordellen und Amüsierschuppen entlang. Alaire fielen fast die Augen aus dem Kopf, als er die Werbung für eine der Shows sah. *Hier gibt es für jeden etwas*, dachte er. *Das heißt, für jeden, außer Nicht-Menschen. Ich sehe weder Elfen, Riesen noch Zwerge.*

Kai steuerte eine Taverne zu ihrer Rechten an. Auf dem großen, mitgenommen Holzschild über dem Eingang war ein Drache zu sehen, der auf dem Rücken lag und die Beine in die Luft streckte. Seine Zunge hing ihm aus dem Maul. *ZUM TOTEN DRACHEN* las Alaire, der die eigenartige, aber lesbare Schrift in Suinomenisch entziffern konnte. *Wie einladend.*

»Da sind wir«, sagte Kai liebenswürdig und trat über einen bewußtlosen Mann hinweg, der den Eingang blokkierte. »Erste Station.«

»Von wie vielen?« Es war natürlich nur eine rhetorische Frage.

Die Spelunke war klein, überfüllt und verqualmt. Durch den Dunst sah Alaire ein Dutzend Tische, die an beiden Seiten des langen, schmalen Raums aufgereiht waren. Kellnerinnen liefen von Tisch zu Tisch und balancierten hölzerne Humpen auf schwankenden Tabletts. Sie bedienten die groben Kunden, wehrten eindeutige Angebote ab und nahmen Bestellungen auf. In einer Ecke spielte ein Musiker eine Harfe und sang eine Ballade auf Suinomenisch. Seine Anwesenheit überraschte und freute Alaire. Er hatte sich schon damit abgefunden, das Gebrüll und Geheul der Trunkenbolde ertragen zu müssen. *Wundervoll. Vielleicht wird die ganze Sache doch noch lustig.*

Kai stand da und sah sich in der Taverne um. Alaire bemerkte es und dachte, Kai suche einen Platz zum Sitzen. Dann wurde ihm klar, daß der Prinz etwas ganz anderes suchte.

»Du da, in dem hübschen Kleidchen!« brüllte ein betrunkener Klotz von Mann an einem Tisch direkt neben ihnen. »Das hier ist eine Bar für Erwachsene! Der Kindergarten ist nebenan! Und jetzt verschwindet!«

Eine unheilvolle Stille legte sich über die Bar. Nur der Harfinist spielte weiter ...

Obwohl Alaire sah, daß er die Muskeln angespannt hatte und darauf vorbereitet war, jederzeit zu flüchten.

Unwillkürlich bewegte sich die Hand des Bardlings näher

zum Schwertgriff. Die Hälfte der Kneipengäste sah zu ihnen herüber; einige standen schnell auf und liefen hastig hinaus.

Der Tisch, an dem der Betrunkene saß, glänzte von verschüttetem Bier. Fünf Männer, vermutlich Seeleute, hatten ihn mit Beschlag belegt. Die brennende Kerze in der Mitte war dick, billig und tropfte. Sie beleuchtete flackernd die bärtigen Gesichter der Männer. Es war kein erfreulicher Anblick, denn es waren nicht gerade hübsche Kerle. Nach ihren Narben und schiefen Nasen zu urteilen, waren ihnen Kämpfe nicht gerade fremd. Und ihre Schrammen auf Händen und Armen legten die Vermutung nahe, daß solche Kämpfe auch nicht fair ausgetragen wurden. Die Verletzungen konnten nur von scharfem Stahl verursacht sein. Die Fünf waren in einer üblen, mürrischen Stimmung, die schnell in Gewalt umschlagen konnte. Sie schienen geradezu darauf zu *brennen*, ihrer häßlichen Narbenkollektion noch ein paar Stücke hinzufügen zu können.

Kai schien die allgemeine Aufmerksamkeit zu genießen. Er sah die Männer streitlustig an. Fünf trübe, biervernebelte Augenpaare stierten zurück.

*Eigentlich nur viereinhalb. Einer trägt ja eine Augenklappe.*

Kai grinste frech. »Ihr Jungs seht aus, als braucht ihr eine Mutter, um auf euch aufzupassen. Seht nur, wie euer Tisch aussieht!« Er drehte sich zu Alaire um. »Scheint so, als wären wir schon im Kindergarten gelandet. Oder eher im Waisenhaus. So häßliche Waisen würde ja keiner aufnehmen.«

*Kai! Halt die Klappe!* hätte Alaire gern gerufen. *Ich bin zwar gut mit dem Schwert, aber* so *gut nun auch wieder nicht.* Er spielte einen Moment mit dem Gedanken, den Jungen aus der Spelunke zu ziehen. Wenn nötig, auch an den Haaren.

Nur glaubte er nicht, daß sie heil herauskommen würden. Kai hätte sich bestimmt gewehrt, und den Seeleuten vermutlich noch weitere Beleidigungen zugerufen. Dann würde zweifellos der Kampf losbrechen, den der Prinz offenbar so ersehnte.

Statt dessen tat Alaire das einzige, was er tun konnte: Er

beobachtete den Tisch und wartete darauf, das typische Muskelzucken bei den Männern zu sehen, das ein Zeichen zum Angriff war.

»Und was ist mit deinem Freund da?« fragte einer der Rauhbeine. »Hübsches Kerlchen. Ich frag mich, ob er deine Braut ist. Oder zieht ihr beide euch nur deshalb wie Mädels an, damit die Leute glauben, ihr wärt hochwohlgeboren?«

»Gib dir keine Mühe zu denken«, erwiderte Kai verächtlich. »Dafür bist du nicht ausgestattet. Wo haben eure Mütter euch überhaut gefunden? Unter einem Felsen? Kein Wunder, daß sie euch nicht behalten wollten.« Er grinste verschlagen. »Sie hätten auch keine Chance gehabt, fünf oder auch nur einen so häßlichen Mann zu finden, den sie als Vater hätten beschuldigen können.«

Die fünf Matrosen reagieren langsam, aber zuverlässig. Alaire vermutete, daß es die Bemerkung über die Vaterschaft gewesen war. Dieser letzte Kommentar löste das erwartete Muskelzucken aus. Sie waren zwar stumpf, aber nicht verblödet, und Kai hatte sie gerade alle *Bastarde* genannt.

»Kommt schon, Jungs, wir wollen im Toten Drachen keinen Ärger haben«, sagte einer der Barkeeper verbindlich. Aber es war zu spät. Die Fünf ignorierten ihn, als wäre er eine Fliege – lästig, aber machtlos. Sie standen auf wie ein Mann. Ihre Augen glühten, und ihre Mienen waren wutverzerrt.

»Ich habe mich schon gefragt, ob ihr Jungs vielleicht zu betrunken seid, um geradezustehen«, sagte Kai lachend und zog sein Schwert.

Alaire zog seines ebenfalls. Die beiden Männer direkt neben ihnen griffen Kai an. Sie hatten kurze Krummsäbel, die Alaire noch nie zuvor gesehen hatte. *Wie zum Teufel kontert man denn* die? dachte er verwirrt. *Wollen die Männer Blut sehen, oder ...*

Und ob sie das wollten.

Der große, häßliche Knabe hatte ein Mondgesicht, das so behaart war, daß es wie ein Vogelnest aussah. Er stank nach Bier, Schweiß und Salzwasser und griff Alaire mit einem

Schrei an, der ihm das Blut in den Adern gerinnen ließ. Er schwang seinen Krummsäbel auf eine Art, die keinen Zweifel an seinen Absichten ließ. Kai hatte es geschafft, das Wortgefecht zu einem Kampf auf Leben und Tod eskalieren zu lassen.

*Wundervoll, wirklich wundervoll ...*

Alaire griff an. Der kürzere Säbel klirrte gegen sein langes Schwert, und da begriff der Bardling plötzlich, warum die Klinge gekrümmt war: Der Seemann klemmte Alaires längeres Schwert ein, bevor der überhaupt wußte, was passierte, und hätte es ihm fast aus der Hand gerissen. Er parierte, doch im nächsten Moment war seine Waffe schon wieder eingeklemmt. Diesmal wich Alaire ein paar Schritte zurück und befreite sein Schwert erneut. Doch das Rauhbein verfolgte ihn, immer noch rasend vor Wut.

*Er darf mir das Schwert nicht aus der Hand schlagen ...* Alaire hatte zwar noch seinen juwelenbesetzten Dolch im Wams versteckt, aber damit würde er gegen ihre Waffen nichts ausrichten können. Der Seemann war behende wie eine Schlange und zwang Alaire zu verzweifelten Paraden, die keine Ähnlichkeit mit dem Kampfstil hatten, den Naitachal ihn lehrte. Wenn der Barde nur da wäre!

Doch Alaire kannte den Dunklen Elfen. Vermutlich würde der sich zurücklehnen und zusehen, wie Alaire sich selbst aus der Misere befreite. Immerhin war er auch ohne Naitachals Hilfe hineingeraten.

*Ich wollte doch nur Informationen sammeln ...*

Aus den Augenwinkeln sah er, daß Kai sich wie ein weißer, metallisch glänzender Fleck hin- und herbewegte. Er hielt sich zwei Widerlinge gleichzeitig vom Leib.

*Er ist vielleicht betrunken, aber er hält sich gut.*

Genaugenommen kämpfte er sogar verblüffend gut gegen seine beiden Gegner, von denen jeder fast doppelt so groß war wie der Prinz. Der eine hatte eine klaffende, blutende Wunde am Handgelenk, wohingegen Kai unverletzt war.

Er schien sich sogar prächtig zu amüsieren.

*Er hat das absichtlich provoziert. Wie ich es mir gedacht habe.*

Alaire wurde plötzlich wütend. Wenn er Kai in die Finger kriegte, würde er ihm den letzten Weingeist aus seinem Körper prügeln!

Aber erst einmal galt es, diesen Kampf zu überstehen ...

Dafür mußte er ruhig bleiben und sich einen Ausweg überlegen. *Immer ruhig. Wut und Furcht vernebeln nur dein Hirn!* Er beruhigte sich, wie Naitachal es ihn gelehrt hatte: indem er sich auf jeden Moment des *Jetzt* konzentrierte. Sein Gegner schien langsamer zu werden – und dann bemerkte Alaire den Nachteil des kleineren Schwertes.

Der geeignete Augenblick kam – und Alaire nutzte ihn.

Diesmal blockierte Alaire das Schwert des Rauhbeins und schleuderte es beiseite. Es fiel auf den Boden zwischen sie beide, und bevor der Seemann sich bücken und es ergreifen konnte, trat Alaire es in den sicheren Schatten unter dem Tisch. Ohne Waffe verlor der Mann die Courage, die das Bier ihm verliehen hatte. Er drehte sich um, floh davon und überließ es Alaire, sich einen neuen Gegner zu suchen.

*Ich sollte Kai einen der beiden abnehmen,* dachte er. *Aber eigentlich waren es doch fünf. Wo sind die anderen ...?*

Aus den Augenwinkeln sah er das Blitzen eines Schwertes. Er duckte sich gerade noch rechtzeitig, als er das laute Zischen der Klinge ganz dicht am Ohr hörte.

In der Ecke spielte der Harfinist standhaft weiter. »Ich werde nicht mehr umherstreifen«, sang er vielsagend. Es war ein seltsamer Kontrapunkt zu dem Todestanz, der sich weiter vorn in der Taverne abspielte.

Alaire dachte keine Sekunde darüber nach, wie knapp dieser letzte Schlag ihn verfehlt hatte. Sein Gegner hatte etwas zuviel Wucht in diesen Hieb hineingelegt und verlor das Gleichgewicht. Bevor er sich wieder ganz aufrichten konnte, schlug Alaire das Schwert des Mannes beiseite und stieß zu. Es war kein wirklich ernst geführter Angriff, aber er ließ den anderen zurücktaumeln. Dabei fiel er über einen kleinen Hocker. Er versuchte, Halt zu finden, ruderte wild mit den Armen in der Luft und krachte in drei weitere Tische. Sie stürzten um, und alles, was darauf stand, vorwiegend Holzhumpen, kippte um und ergoß seinen Inhalt in alle Richtungen. Mit einem Wutschrei packte einer der Gäste seinen Humpen und hieb ihn dem Rauhbein über den Schädel. Damit war der Kampf für ihn vorbei.

*Kai! Wo ...*

Alaire sah sich hastig um, weil er seinen Gefährten zunächst nicht finden konnte. Doch schon tauchte der weiße Wirbelwind aus dem Schatten auf und zeigte keinerlei Anzeichen von Ermattung.

Mittlerweile hatte die Spelunke sich bereits halb geleert, aber ein paar Gäste waren doch geblieben. Einige hatten Wetten abgeschlossen, ob Kai den Kampf ohne Schrammen überstehen würde. Verblüffenderweise benahmen sich diese Leute, als wäre der Kampf eine Art ... Unterhaltung, die für sie veranstaltet wurde. Es war fast, als hätten sie es erwartet.

*Dieser kleine Verrückte.* Alaire kochte vor Wut. Der kämpfte nicht mehr gegen zwei, sondern gegen *drei*. Und die waren auch noch ziemlich groß. Allerdings war ihre Körpergröße in der engen Spelunke von Nachteil. Kai zeigte immer noch sein spöttisches Grinsen, und er hatte ihnen bereits einige blutige Schrammen verpaßt.

Alaire ließ die Szene einen Augenblick auf sich einwirken, bevor er sich in den Kampf warf, um Kai zu Hilfe zu kommen. Spielt *er etwa nur mit ihnen?* In Kais Miene spiegelte sich Wildheit, aber keine Spur von Angst. Nur ein beinah animalisches Entzücken.

Alaire zögerte und reihte sich erst einmal unter die Zuschauer ein. Soweit er den Kronprinzen bis jetzt beurteilen konnte, hätte der die drei Tölpel längst töten können, wenn er das wirklich gewollt hätte. Er schwebte nicht in Gefahr, schon vom ersten Augenblick an nicht. Er genoß es *wirklich!*

Das erklärte auch die entspannte Haltung der Zuschauer. Vermutlich waren es Stammkunden, die den Prinzen kannten. Sie hatten gewußt, daß so etwas passieren würde, als sie Kai zur Tür hereinkommen sahen!

Alaire war über alle Maßen wütend. *Sein Verhalten ist widerlich. Es ist leichtsinnig und dumm, einen Kampf vom Zaun zu brechen, wenn es gar nicht nötig ist. Und mich hat er auch noch mit hineingezogen! Er wußte doch gar nicht, ob ich kämpfen kann! Sie hätten mich töten können!*

»In Ordnung. Aufhören!« ertönte eine laute, befehlende Stimme hinter ihm.

Alaire drehte sich um. Drei uniformierte Männer, anscheinend irgendwelche Wachen, standen in der Tür. Sie trugen graue Mäntel mit goldenen Tressen, glänzende, schwarze Stiefel und einen silbernen Stern auf der Brust. Und betrachteten die Szene höchst mißbilligend.

*Die Wache!* dachte Alaire. *Schutzmänner. Na großartig. Jetzt hat er es geschafft, daß wir auch noch im lokalen Gefängnis landen!* Alaire versuchte, sein Schwert in die Scheide zu stecken, bevor einer der Wachtmeister ihn mit der Waffe in der Faust ertappte, aber es war zu spät. Der ihm am nächsten stand, erwischte ihn dabei. *Ach du meine Güte, was jetzt?* dachte er bestürzt. *In was bin ich da hineingeraten?*

Die übriggebliebenen Gäste in der Spelunke erstarrten. Kai sah sich enttäuscht um und ließ sein erhobenes Schwert sinken. Seine Gegner wichen zurück und liefen zum Hinterausgang, der jedoch von noch mehr Beamten blockiert wurde.

»Du und du«, sagte der erste, wobei er auf Kai und Alaire deutete. »Kommt mit mir. *Sofort!*«

Alaire spielte einen Augenblick mit dem Gedanken wegzulaufen, sobald sie auf der Straße waren. Der Himmel wußte, welche Strafe sie erwartete. Er konnte sich nicht vorstellen, daß diplomatische Immunität auch für Kneipenprügeleien galt.

Hilfesuchend sah er Kai an. Doch der Junge wirkte so beleidigt, als habe man ihn um einen bizarren Spaß gebracht. Mit angewiderter Miene schob er sein Schwert in die Scheide. Alaire folgte dem Uniformierten in einen Lagerraum, der bis an die Decke mit Bierfässern gefüllt war. Hier bestand keine Möglichkeit zur Flucht ...

Doch er schöpfte neue Hoffnung, als die Uniformierten ihnen ihre Schwerter nicht abnahmen.

*Genieße ich doch diplomatische Immunität? Kennen die mich schon? Ich muß in dieser Lage eine Art diplomatische …*

Alaires Gedanken überschlugen sich. Nein. Sie konnten unmöglich wissen, wer und was er war, nicht hier, in dieser Gegend der Stadt. *Kai. Es muß etwas mit ihm zu tun haben. Er ist der Kronprinz! Macht er das so oft, daß die Wachtmeister ihn schon kennen? Ob sein Rang mich auch schützt? Oder soll ich ein bißchen Bardenmagie einsetzen, um sie zu überzeugen …? Nein, lieber nicht!* Er erbleichte, als ihm die strengen Strafen für jede Art unerlaubter Magie einfielen. *Lieber nicht mal daran denken.*

Die Uniformierten befahlen ihnen, sich zu setzen. Kai hockte sich auf ein Bierfaß, nachdem er zuvor sorgfältig den Staub weggewischt hatte, damit seine Kleidung nicht schmutzig wurde. Seine langen Beine baumelten über den Rand. Ihn schien die Situation ziemlich kalt zu lassen.

Aber er hatte auch keine Bedenken gehabt, einen Kampf mit fünf Männern anzufangen, die alle größer als er oder sein Gefährte waren.

»Was ist los?« fragte Alaire ihn schließlich. Er hatte keine Lust mehr, ihre Lage zu erraten. »Kommen wir in den Kerker, oder müssen wir jemanden bestechen?«

Kai wischte die Frage beiseite. »Seid nicht albern. Weder … noch. Ich muß nur wissen …« In dem Moment betrat ein weiterer Mann den Lagerraum, und Kais Miene hellte sich auf. Er verzog sein jungenhaftes Gesicht zu einem strahlenden, etwas albernen Lächeln.

Der Uniformierte war ganz in Schwarz gekleidet. Er trug einen goldenen Stern auf seinem Umhang, der vermutlich einen höheren Rang anzeigte. Mit einem einzigen Blick nahm er alles in sich auf. Nach dem Verhalten der anderen Wachen zu urteilen, schien er ihr Vorgesetzter zu sein.

»Was haben wir denn diesmal hier im *Toten Drachen* …?« Er hielt inne, als er Kai erkannte.

»Tja, hallo, Mac«, sagte Kai, dessen Füße gegen das Faß

baumelten. »Was hat Euch in diesen elenden Teil der Stadt verschlagen?«

»O nein«, sagte Mac mit sinkender Miene. »Habe ich das verdient, nur weil ich Kommandant der Wache bin *und* auf der Universität ein Freund deines Vaters war? Muß ich deine Mätzchen ertragen, wann immer du eine Schnapsidee hast und ein bißchen zuviel Wein in deinem Bauch?«

Er trat neben Kai und schüttelte den Kopf. »Und diesmal«, fuhr er nach einem kurzen Seitenblick auf Alaire fort, »hast du auch noch einen Kumpel mitgebracht. Das hat mir gerade noch gefehlt. Immer wieder dieselbe alte Geschichte ...«

»Ich habe nicht angefangen«, sagten Kai und Mac unisono. Macs Männer lachten unauffällig hinter seinem Rükken.

Mac seufzte. »Sicher, sicher. Warum kannst du das ›Ich habe nicht angefangen‹ nicht auf deinem eigenen Spielplatz tun, hmm? Hast du nicht genug junge Schwertkämpfer am Hof, die dich beschäftigen können?«

»Das haben wir doch schon alles durchgesprochen«, meinte Kai vorwurfsvoll und drohte dem Kommandanten mit dem Finger. »Sie würden niemals wagen, mich zu töten oder auch nur einen Tropfen meines kostbaren königlichen Blutes zu vergießen. So macht die Sache keinen Spaß. Hier dagegen, an solchen vorzüglichen Orten wie dieser Spelunke und anderer in der Gegend habe ich mehr Chancen, auf einen Spielkameraden zu treffen, der *keine* Angst hat, mich zu töten. Daher die echte Herausforderung. Daher der Spaß.«

»Daher meine Kopfschmerzen«, entgegnete Mac. »Wenigstens kannst du auf dich selbst aufpassen. Du scheinst unverletzt zu sein und merkwürdigerweise auch noch nicht im Delirium. Du verträgst wirklich mehr als alle meine Männer. *Zusammen!*«

Kai lachte, als fände er das schrecklich komisch. »Hah! Aber der Abend ist noch jung!«

Mac schnitt eine Grimasse. »Es ist eine Stunde nach Mitternacht!«

Kai wackelte spöttisch mit dem Kopf. »Mein Tag fängt gerade erst an.«

Mac schien antworten zu wollen, doch statt dessen gab er einfach auf. »Wie du willst«, sagte er nach einer langen Pause. »Tust du mir einen kleinen Gefallen?«

»Ja?« fragte Kai liebenswürdig.

»Leg heute abend keinen um, ja? Das Leichenschauhaus ist bis auf die letzte Bahre belegt.« Mit dieser Bemerkung drehte sich der Kommandant herum und ging. Sein schwarzer Umhang wehte hinter ihm her. Seine Büttel folgten ihm.

Kai sprang zu Boden. Sein Enthusiasmus war anscheinend neu entflammt.

»Kommt! Worauf wartet Ihr noch? Auf geht's!« Er lächelte ansteckend. »Wir haben noch *Stunden* bis zum Morgengrauen!«

»Wohin?« wollte Alaire wissen, obwohl er ahnte, daß er die Antwort schon kannte.

»In die nächste Spelunke *selbstverständlich!*«

Alaire seufzte ergeben.

Während der kurzen Zeit, die sie im *Toten Drachen* verbracht hatten, schien sich die Menge auf der Straße verdoppelt zu haben.

*Partyzeit in Suinomen,* dachte Alaire mißmutig.

Die Leute wichen ihnen aus. Anscheinend erkannten die meisten den Kronprinzen. *Das liegt nicht nur an der Kleidung,* dachte Alaire. Es war etwas in seiner Haltung, das – trotz seiner relativ geringen Größe – die Aufmerksamkeit der Menschen um ihn herum erregte. Er benahm sich, als gehörten ihm die Straßen, die Häuser, ja, die ganze Stadt. Und da er der Kronprinz war, war das wahrscheinlich gar nicht mal so abwegig.

Doch aus dem Verhalten des Kommandanten bei Kais Anblick wurde deutlich, daß der Prinz offenbar in diesem Teil der Stadt kein Fremder war. Diejenigen, die hier regelmäßig verkehrten, kannten ihn bestimmt. Und bei seiner

Neigung für spontane Kämpfe war es gut möglich, daß kein Einheimischer es mehr wagte, seine Herausforderungen anzunehmen. Andererseits würden sie sich wohl kaum die Mühe machen, einen Fremden zu warnen.

*Offenbar verspricht er gute Unterhaltung, so wie sich die Leute im Toten Drachen benommen haben. Entzückend. Der* Clown-*prinz.* Obwohl er jetzt eher wie ein Kampfhahn daherschritt, der sich nach dem nächsten Kampf umsieht. Er zeigte ein wichtigtuerisches Gehabe, das Alaire geschmacklos fand.

Dieses Verhalten schien sich mit Kais steigendem Alkoholkonsum zu verstärken, das hatte er ebenfalls beobachtet. Aber er wußte nicht, was er dagegen tun sollte. Oder ob er überhaupt etwas dagegen tun *konnte.*

Die nächste Bar hatte den geheimnisvollen Namen *Das Haar des Hundes* und war ein verschwiegener Ort, an dem Adlige, die billige Vergnügungen suchten, aber ein bißchen gewohnten Luxus nicht missen mochten, sich diskret betrinken konnten. Ein Mann, der ähnlich wie die Palastwachen gekleidet war, überprüfte ihre »Referenzen«. Nachdem Kai für seinen Gefährten gebürgt hatte, betraten sie einen Raum, der fast schon luxuriös war. Diskrete Annehmlichkeiten wie gepolsterte Stühle, elegante Kristallgläser statt der häßlichen Holzhumpen in der letzten Spelunke und ein paar dezent im Schatten bereitstehende Wachen ließen es komfortabel genug erscheinen, um die meisten Adligen zu befriedigen. Alaire gefiel der Ort auch. Zunächst jedenfalls.

»Sir Jehan!« rief Kai, als sie noch in der Tür standen, und winkte jemandem zu. Er packte Alaires Ellbogen. »Kommt mit, Alaire. Ich möchte Euch jemandem vorstellen.«

Er ging geradewegs auf eine kleine Menschengruppe zu, die um einen der Holztische herum stand. Kein Zweifel: Der Mittelpunkt der Aufmerksamkeit war Sir Jehan. Doch er war kein junger Adliger, wie Alaire erwartet hatte. Der Mann war eher im Alter des Königs. Was ihn irgendwie verdächtig machte. Kai hatte keinen Grund, jemanden wie ihn als Saufkumpan zu begrüßen. *Warum wollte er mit dem Prinzen befreundet sein, wenn es sonst niemand wollte?*

Sir Jehan war ein dunkler, gutaussehender Bursche mit allmählich ergrauendem Bart und Haar. Er saß auf einem thronartigen Stuhl und war von kräftigen Männern (*Leibwächtern?*) und Bardamen umgeben. Er hielt zweifellos hof.

»Ah, Kai, mein lieber Junge«, sagte Sir Jehan herablassend. »Ich habe mich schon gefragt, was du heute abend wohl machst.« Drei oder vier Männer seiner Gefolgschaft begrüßten sie, doch die anderen hatten nur Augen für den Edelmann.

Ohne auf eine Einladung zu warten, zog Kai eine Bank heran, setzte sich an den großen Tisch und bedeutete Alaire, dasselbe zu tun. Sofort tauchten zwei Kellnerinnen auf, die sich beflissen um seine Order rissen – und um sein Gold. Kai bestellte zwei Karaffen guten Rotwein und zwei Gläser. Eins für sich und eins für Alaire.

*Wein auf Bier? Mein Güte, was für ein Narr!* Alaire hatte nicht vergessen, daß er genau diese Kombination bei seinem letzten Rausch getrunken hatte. Allerdings hatte er heute kaum Bier zum Abendessen getrunken und war später zu sehr mit dem Kampf beschäftigt gewesen, den Kai vom Zaun gebrochen hatte, um bei ihrer letzten Einkehr viel zum Trinken gekommen zu sein. *Wird schon gut gehen ... wenn ich aufpasse.* Nachdem er sich gesetzt hatte, nahm er sich vor, nur sehr wenig zu trinken, sozusagen nur für den äußeren Schein. *Wenigstens gibt es hier guten Wein. Ein Kater von schlechtem Wein ist schrecklich!*

Sir Jehan starrte Alaire lange an, bevor er sich wieder der Schar von Schönheiten zuwandte, die ihn umschwärmten wie Ameisen einen Tropfen Honig. *Bitte, fragt mich nicht über mich aus,* flehte Alaire. Er wußte nicht, was er sagen sollte, wenn der Adlige ihn befragte. *Ich bin ein Niemand, eine Unperson. Denkt dran, ihr alle.*

*Aber umgibt sich der Prinz normalerweise mit Niemanden? Mit jedermann? Offenbar muß ich wieder den Dummen spielen.*

Der Wein wurde gebracht, und noch bevor das Barmädchen das Tablett abgestellt hatte, schaffte Alaire es, sie ein wenig unbeholfen anzurempeln, so als sei das ein ungeschickter Versuch zu geben. Dabei stellte er sich linkisch genug an, um eines der Gläser umzukippen und Gelächter am Tisch auszulösen.

Alaire setzte sein albernstes Grinsen auf und versuchte, so blöd wie möglich auszusehen. Sir Jehan achtete nicht länger auf ihn. Offenbar war er zu dem Schluß gekommen, daß er keine Aufmerksamkeit wert war.

»Macht Euch *darüber* keine Sorgen«, sagte Kai und stellte das Glas auf. »Seht Ihr? Ihr habt es nicht einmal zerbrochen.«

»Du wirst doch nicht mehr versuchen, direkt aus der Karaffe zu trinken, mein Kleiner, oder?« sagte Sir Jehan an der Brust einer jungen Frau vorbei, die es geschafft hatte, sich auf seinen Schoß zu setzen. »Du siehst aus, als hätte dich jemand durch die Mangel gedreht, mit all dem Rotwein bespritzt.«

Erneut lachten alle, aber Kai achtete nicht darauf. »Natürlich nicht. Ich bin schließlich kein Barbar.« Er schenkte geschickt zwei Gläser voll und reichte eins Alaire. »Trinkt. Der Abend ist noch jung.«

»War das nur ein Gerücht, daß du einen Kampf im *Toten Drachen* vom Zaun gebrochen hast?« sagte Jehan, der offenbar Kai locken wollte. Er hielt selbst ein großes Weinglas in der Hand und half einer seiner lebenden Dekorationen, aus ihrem zu trinken. »Oder bist du wirklich so schnell in Schwierigkeiten geraten?«

Kai lächelte böse, bevor sich sein Gesicht nach einem hörbaren Schluck aus dem Glas wieder glättete. »Würde *ich* so etwas tun?«

»Ja«, antwortete Jehan.

»Tja, da habt Ihr Eure Antwort.«

Während Alaire an seinem Wein nippte und Kai seinen herunterstürzte, beobachtete der Bardling Sir Jehan unauffällig. Die vielen leeren Weingläser auf dem Tisch deuteten auf ein großes Saufgelage hin, doch er bemerkte sehr schnell, daß keineswegs alle Sir Jehan gehörten. Die Mitglieder seines »Hofstaats« waren unterschiedlich stark angetrunken, und Jehan ermunterte sie noch. Er füllte ein Glas sofort, wenn es auch nur halb leer war, prostete ihnen zu und bestellte noch mehr Wein. Aber Jehan selbst trank kaum – höchstens soviel wie Alaire: ab und zu einmal einen Schluck. Während die anderen ganze Karaffen leerten, hielt sich Sir Jehan an einem einzigen Glas fest.

*Seltsam*, dachte Alaire. *Er ist längst nicht so betrunken wie die anderen. Aber er tut so. Warum? Was macht Jehan überhaupt hier? Spioniert er vielleicht Kai nach?*

Das könnte es sein. Aber Alaire zweifelte an der Effektivität des Mannes, unter diesen Umständen. Jehan schien weit mehr an dem zweifelhaften Charme der Frauen in seiner Nähe interessiert zu sein, und außerdem konnte er Kai nur dann ausspionieren, wenn der bei ihm war.

Aber er wußte schon von dem Zwischenfall im *Toten Drachen*. Wurden sie noch von anderen Spionen überwacht? Verfügte Jehan über ein Netzwerk von Spionen, die ihm alles hinterbrachten, während er hier hockte wie die Spinne in ihrem Netz?

Doch das war eine unfreundliche und vielleicht ungerechte Analogie. Sir Jehan wachte wahrscheinlich über Kais Sicherheit.

So mußte es sein. *Er beobachtet den Prinzen, damit ihm nichts passiert, während er sich herumtreibt. Da ihn wohl kaum jemand freiwillig aufhält, verhindert das wenigstens, daß er* wirklich *in Gefahr gerät.* Kai brauchte eindeutig jemanden, der auf ihn aufpaßte, Schwierigkeiten von ihm fernhielt und ihn herausholte, wenn er doch hineingeriet.

Alaire fühlte sich sehr erleichtert. Also war Jehan keine Person, über die er sich allzu große Sorgen machen mußte. Er würde seine Mission weder an Kai noch an jemand anderen verraten. Er konnte nur hoffen, daß seine Vorstellung an diesem Abend überzeugend gewesen war.

Ohne es zu merken, leerte Alaire sein Glas, woraufhin Kai es sofort wieder füllte. *Ich kann es mir nicht leisten, heute abend zuviel zu trinken.* Er führte das Glas an die Lippen, und da niemand auf ihn achtete, setzte er es wieder ab, ohne es zu trinken.

»Ich wünsche Euch allen einen guten Abend«, sagte Sir Jehan würdevoll und stand auf. »Meine kleine Herde und ich haben andere Pläne, nicht wahr, meine Hübschen?« Kichernd erhoben sich alle Frauen, die gesessen hatten, und einen Augenblick dachte Alaire, der Mann würde den Prinzen und dessen Begleiter ebenfalls einladen.

Die anderen Männer verließen wortlos den den Tisch und gingen hinaus. Einige waren offenbar enttäuscht über Sir Jehans arrogante Art, alle Frauen am Tisch für sich zu beanspruchen. Der verschwand, ohne etwas zu sagen, mit seiner »Herde« die Treppe hinauf.

Wenn der Kronprinz das Gefühl hatte, ausgeschlossen worden zu sein, zeigte er es jedenfalls nicht. Dadurch stieg er beachtlich in Alaires Wertschätzung. Obwohl Alaire nicht prüde war, hatte er sich bei Jehans unverhülltem Körperkontakt mit den Barmädchen etwas unwohl gefühlt. *Kai mag ja ein Trunkenbold sein, aber Kai scheint bei Frauen höhere Ansprüche zu stellen als beim Wein.* Das war eigentlich bei seiner Jugend und seinem Hang zum Abenteuer ein kleines Wunder. *Nein, nicht Abenteuer*, verbesserte Alaire sich. *Mißgeschick.*

Sie saßen jetzt zusammen an dem großen Tisch, während die Kellnerinnen sich beeilten, ihre Karaffen zu füllen. Kai fuhr fort, Alaire seine Lebensgeschichte zu erzählen. Es wäre einfacher gewesen, ihm zu folgen, wenn er nicht immer wieder in seine Muttersprache zurückgefallen wäre. Aber wenigstens bekam Alaire das Wesentliche von dem mit, was der Kronprinz ihm mitteilen wollte.

»Wißt Ihr, Sir Jehan ist einer der besten Männer in ganz Suinomen«, sagte Kai undeutlich. »Er ist mein Freund, seit ich dreizehn bin, und er war der einzige Mensch, der Interesse an meiner Zukunft zeigte. Tja, Sir Jehan habe ich sogar meinen ersten Drink zu verdanken. Hier, in genau dieser Bar. Vor ungefähr fünf Jahren.«

*Und seitdem trinkt Ihr. Ihr seit bestimmt ein netter Mensch, wenn Ihr nüchtern seid. Hat Sir Jehan Euch zum Trunkenbold gemacht, oder habt Ihr das ganz allein geschafft?*

Alaire versuchte, seine Rolle so gut wie möglich zu spielen, obwohl sein Prinzenfreund ihm allmählich auf die Nerven ging. Daß Kai möglicherweise Alaires Leben in Gefahr brachte, vor allem, wenn er in seinem jetzigen Zustand einen weiteren Kampf anfing, machte ihm weit weniger Sorgen, als die Tatsache, daß Kai immer mehr die Orientierung verlor. Er war schon am Anfang dieses kleinen Gelages betrunken gewesen, aber jetzt wurde es langsam geschmacklos.

Doch Kai plapperte immer weiter, auf die typische unzusammenhängende Art von Betrunkenen. »Und Ihr, mein Freund, müßt schon mal hiergewesen sein. Ich kenne Euch von irgendwoher. Und da waren wir die besten Freunde, die dicksten Kumpel. Ihr habt damals mein Leben gerettet, bei diesen Seeleuten, wißt Ihr das ...?«

Alaire trank sein Glas aus und Kai füllte es sofort wieder. Als Alaire daran nippte, fiel ihm etwas ein, was Kai über Sir Jehan und diese Bar gesagt hatte. *Jehan hat ihn zum Trinken animiert. Und er hat Kai ermutigt, sich zu besaufen, selbst jetzt noch. Dabei war der Mann selbst gar nicht betrunken. Sehr eigenartig.* In Fenrich war es so gewesen, daß hauptsächlich die Betrunkenen einen aufforderten zu trinken, vor allem diejenigen, die sonst nur wenig tranken.

Sir Jehan schien jetzt wieder der Bösewicht zu sein. Auf ihn paßte dieses Muster nicht: Er hatte kaum genug getrunken, um auch nur einen Schwips zu haben, aber er benahm sich, als wäre er genauso betrunken wie Kai. Vielleicht hatte er ja noch ein anderes Motiv, Kai zu einem Trinker zu machen und dafür zu sorgen, daß er einer blieb.

Es mußte mehr dahinterstecken, etwas, das Alaire jetzt noch nicht erkennen konnte. Was auch immer Jehans Motive waren, sie konnten nicht gut sein. *Was hat dieser Mann an sich, das mir nicht gefällt?* Daß er ihn kennengelernt hatte, warf jedenfalls etwas Licht auf Kais Beziehungen innerhalb Suinomens.

*In der Zwischenzeit will ich seine Annahme verstärken, ich sei ein alter Freund. Wahrscheinlich erinnert er sich morgen sowieso an nichts mehr, wenn er so ist wie die Trinker aus meinem Dorf.*

»Ich war vielleicht schon einmal hier, vor einiger Zeit«, sagte Alaire. »Meine Eltern sind gern gereist. Ich habe tatsächlich schon einmal jemanden getroffen, der so ähnlich aussah wie du.«

»*Wirklich?* Wie lange ist das her?«

»Ich muß damals fünfzehn gewesen sein. Vor etwa vier Jahren? Jedenfalls haben wir in dieser Blockhütte gewohnt, an dem großen See.« Obwohl er sich das alles nur ausdachte, vermutete er, daß es hier irgendwo einen großen See gab, wenn er von den vielen Fjorden ausging, die er bisher in dem Land gesehen hatte. Und da die meisten Häuser aus Holz bestanden, vermutete er, daß eine »Blockhütte« kein so schlechter Tip war.

Kai sah ihn erstaunt an. »Das warst *du*?«

Alaire zuckte mit den Schultern. »Vielleicht.«

Kai gestikulierte aufgeregt auf seinem Stuhl. »Natürlich, du mußt es gewesen sein! Du warst es, Alaire, ich erinnere mich jetzt genau daran. Es war der Sommer, an dem die königliche Familie sich entschied, Ferien auf dem Bauernhof zu verbringen. Und *du* warst da! Mein bester Freund! Wir haben uns ewige Freundschaft geschworen, aber mein Vater schätzte es nicht. Ich dachte, er hätte deine Eltern gezwungen, dich nach diesem schrecklichen Althea zu bringen, und glaubte, dich niemals wiederzusehen!«

Kai beugte sich über den Tisch und umarmte Alaire scheinbar eine Ewigkeit. Das Barmädchen sah sie merkwürdig an, und Alaire machte eine entschuldigende Geste.

*Das ist nicht gerade der Eindruck, den ich erwecken wollte,* dachte Alaire. Aber das neugeschaffene Vertrauen zwischen dem Kronprinzen und ihm versprach sehr nützlich zu sein.

In der nächsten Taverne begann Kai dann ernsthaft mit dem Trinken.

Die Spelunke hatte weder ein Schild noch eine richtige Vordertür. Um sie zu finden, mußte man die Hauptstraße verlassen und in eine noch dunklere Gasse einbiegen. Alaire durchschritt sie mit der Hand am Schwertgriff.

»Müssen wir wirklich dorthingehen?« flüsterte er, während Kai ihn durch die Finsternis führte. Er konnte sich nur schwer vorstellen, daß ihn am Ende dieser Gasse eine Taverne erwartete. Zweimal stolperten sie fast über reglose Gestalten am Boden. Der eine hatte seinen Gürtel verloren und alles, was daran gehangen haben mochte, auch seinen Mantel und alles, was in seinen Taschen gewesen war. Die Hosentaschen waren nach außen gestülpt. Der andere war vermutlich besinnungslos vor Trunkenheit.

Hier schien Kai mehr in seinem Element zu sein als in den beiden anderen Spelunken. Sie betraten die Taverne durch einen Eingang, der von der Gasse aus praktisch nicht zu sehen war. Das sollte wohl auch so sein. Wer das Lokal nicht kannte, gehörte auch nicht hierher. Der Wirt kannte den Prinzen beim Namen und begrüßte ihn einfach mit Kai, nicht mit »Sir« oder »Eure Hoheit«. *Wissen sie überhaupt, daß er ein Prinz ist?* Andererseits hatten sie in den anderen Spelunken auch keine Titel benutzt. Und Sir Jehan wußte schließlich ganz bestimmt, daß Kai der Kronprinz war.

*Es ist fast, als schäme er sich seines Titels,* überlegte Alaire, als sie sich in eine etwas abgeschiedene Nische setzten, diesmal mit Blutflecken an der Wand. Kai schien es nicht zu bemerken. *Womöglich ist er sogar verantwortlich dafür.*

»Also, was nehmen wir diesmal?« fragte Kai aufmunternd.

Alaire hatte es geschafft, heute abend nur vier Gläser Wein oder Bier zu trinken, obwohl er dauernd bedrängt wurde, viel, viel mehr zu trinken. Es war ihm sogar gelungen, etwas betrunken zu wirken, um nicht aufzufallen. Aber Magen und Kopf sendeten jetzt Warnsignale aus. Wenn er noch mehr trank, wurde er tatsächlich betrunken oder, was noch schlimmer wäre, in einem Kampf völlig nutzlos. Und in dieser Gegend waren Kämpfe sicher nicht unwahrscheinlich.

»Oh, das, was Ihr trinkt«, antwortete Alaire. Kai bestellte drei große Humpen einer Brühe, die sich »Kötertöter« nannte. Zwei waren für Kai. Einer für Alaire. Als er einen vorsichtigen Blick in den Humpen warf, sah er Zweige darin schwimmen. Der Himmel mochte wissen, was noch alles darin sein mochte.

»Lecker«, stellte Alaire fest, noch bevor er gekostet hatte. *Wenn ich es auf den Boden gieße, wird Kai es nicht mal merken. Der Boden ist schon so dreckig, daß ein Viertelliter Brühe auch nichts mehr ausmacht.*

Er wollte gerade Kais Geschenk den Göttern zum Opfer bringen, als eine Störung an der Tür ihn ablenkte.

*Die Wache. Schon wieder.* Alaire sah die vier Uniformierten noch vor Kai. Die Beobachtungsgabe des Prinzen war gegen Null gesunken. Sie waren schon fast bei der Bar, als er sie bemerkte. Er wurde blaß, duckte sich hinter seine beiden Humpen und spähte ängstlich zwischen ihnen hindurch.

»Sie wollen nichts von uns«, flüsterte Alaire, aber er war nicht sicher, ob das stimmte.

Die vier Uniformierten gingen ans andere Ende der Taverne. Im Schatten dort konnte Alaire einen entsetzten Mann mittleren Alters und einen genauso erschrockenen, etwas älteren ausmachen. Sie saßen ganz hinten an einem sehr kleinen Tisch.

Kai atmete vernehmlich aus. »Bin ich froh, daß sie es nicht auf uns abgesehen haben«, sagte er. »Dachte schon, sie hätten ihre Meinung geändert und wollten mich einsperren. Um mir eine Lektion zu erteilen.«

»Das ist eine andere Gruppe«, bemerkte Alaire. »Sie haben auch andere Uniformen. Sie sind ganz in Schwarz, wie der Kommandant der Wache. Nicht in Grau.«

»*Schwarze* Uniformen?« fragte Kai und drehte den Kopf, um sich die unerfreuliche Szene anzusehen. Anscheinend sah er die Männer zum ersten Mal klar. »Nein. Nicht hier.«

»*Was?*«

Der Wirt lief hinüber und plapperte die ganze Zeit in ihrer Muttersprache. Es sah so aus, als wolle er für die beiden in der Nische bürgen, aber er hatte kein Glück. Schließlich reichte er den Wachen einige Goldstücke.

»Sie wollten ihn gleich mit einsperren, weil er die beiden

bedient hat«, informierte Kai Alaire. »Mit Gold kann man die Leute hier am besten bestechen.«

»Warum verhaften sie die Leute überhaupt?« fragte Alaire, doch Kai starrte ohne zu antworten auf die Szene. Die Uniformierten führten die beiden ab und schoben sie ruppig zur Tür. Kaum waren sie weg, widmete Kai sich wieder seinen beiden Humpen.

»Magier.« Kai schnaubte verächtlich. »Magier ohne Zauberschein. Diese verdammten Narren lernen es nie!«

*Das hat Naitachal gemeint*, dachte Alaire, der plötzlich Angst bekam. *Jetzt sei vorsichtig. Werde nur nicht zu direkt.* Er bemerkte, daß Kai den Zweig aus seinem Getränk fischte. Mit einem albernen Grinsen rührte er es damit um. *Andererseits, macht es etwas aus, so betrunken, wie er schon ist? Ich bin schließlich sein lange verschollener bester Freund.*

»Das waren nicht die normalen Wachen, oder?«

»O nein. Das waren die *Schergen des Zaubererbundes.* Es sind Spezialeinheiten.« Er nahm einen tiefen Schluck. Alaire erbleichte. »Dann kommen sie und ...«

Kais Augen rollten hinter die Lider, und sein Kopf sank nach vorn. Alaire dachte schon, er würde sich den Kopf am Tisch stoßen, doch der Prinz fing sich gerade noch rechtzeitig.

»Ahem ... Was sagte ich gerade? Ist es schon hell?«

Alaire hatte keine Ahnung, wie spät es war, obwohl es nicht mehr allzulange bis zum Morgengrauen sein konnte. »Der Bund der Zauberer. Ihr habt mir gerade davon erzählt.«

»Ach ja, richtig, die Truppen. Die Elite der Polizei des Zaubererbundes.«

Alaire bemühte sich, ahnungslos und interessiert zu wirken. »Die schützen also die Gesetze über Magie?«

Kai starrte ihn lange an. Sein Kopf wackelte leicht. *Sollte ich diese Diskussion lieber morgen fortsetzen? Er sieht aus, als würde er jeden Moment umfallen. Nach all dem Zeug, was er getrunken hat, hätte er schon vor Stunden besinnungslos sein müssen.*

»Sie nicht. Der Bund. Mehr machen sie nicht. Sie passen

auf, daß keiner ohne Genehmigung zaubert.« Kai zwinkerte mühsam. »Dann schickt der Bund die Schergen los, die die armen Kerle der Bestrafung zuführen. Darum ging es an dem Tisch wahrscheinlich.«

Alaire neigte den Kopf und sah ihn verwirrt an. »*Unerlaubte* Magie? Wie bekommt man denn eine Genehmigung?«

Kai verzog die Nase. »Das *wißt* Ihr nicht?«

Alaire zuckte mit den Schultern. »Ich lebe noch nicht lange hier.«

»Dazu braucht man viel Gold. Viel mehr, als dieser Wirt da hatte«, sagte Kai gleichgültig. »Und ohne Gold – tja, Pech gehabt.«

»Das sind Genehmigungen, die vermutlich der größte Teil der Bevölkerung nicht hat.« Alaire forschte weiter und wunderte sich, daß Kai noch so zusammenhängend antworten konnte.

Der nickte und trank wieder einen Schluck aus seinem Humpen. »Richtig. Die Adligen glauben, sie sollten die einzigen sein, die Magier halten dürfen. Man darf nur in der Halle der Zauberer zaubern. Es gibt nur wenige Ausnahmen, die sehr genau geregelt sind. Und für die man auch im voraus zahlen muß.«

*Sicher. Aber was passiert mit Leuten wie diesen beiden hier?* »Und was ist mit denen, die sich nicht darum kümmern?« fragte er vorsichtig.

Kai lachte nervös. »Der Bund schickt seine Truppen, um die Gesetzesbrecher festzunehmen. Dann muß derjenige, der die ungenehmigte Magie bestellt hat, eine Strafe zahlen, die doppelt so hoch ist wie die genehmigte gewesen wäre.«

*Das ist ein guter Ansporn, lieber gleich den Preis für die Genehmigung zu zahlen.* »Und was ... was passiert mit dem Zauberer? Mit dem, der die Magie wirklich betreibt?«

Kais Miene wurde vollkommen ausdruckslos, und er beugte sich vor. »*Der* wandert in die Gruft der Seelen«, flüsterte er.

Alaire erschauerte bei dem Namen. »Mein Gott, das klingt ja schrecklich.«

»Tja«, sagte Kai und zeigte ein echtes, wenn auch unheimliches Interesse. »Das ist es auch. Ich erzähle es Euch.«

Und das tat er auch. Alaire wünschte später, er hätte es nicht getan.

»Sie legen die Körper für mindestens ein Jahr in sargähnliche Kisten und benutzen Kristalle, um ihre Seelen gefangenzuhalten. Das alles machen sie in einem Raum tief unter der Halle.«

Alaire schüttelte den Kopf. Von einer solchen Magie hatte er noch nie gehört. »Ich verstehe, daß sie sie einsperren, aber ... Kristalle? Mit Seelen darin? Warum?«

Kai senkte seine Stimme noch weiter. »Sie benutzen die Seelen, um ihre *genehmigte* Magie zu betreiben. Dadurch verschwenden sie nicht soviel persönliche Energie für die Zaubersprüche. Das ist die eigentliche Bestrafung, wißt Ihr?«

Alaire bemühte sich um eine gelassene Miene, aber in seinem Innern tobte ein Sturm. *Das ist Geisterbeschwörung, Schwarze Magie!*

»Erzählt mir mehr davon, Kai.«

»Es wird schlimmer«, antwortete der mit gespenstischer Erregung. Er war wie ein Kind, das eine Gespenstergeschichte erzählt. »Jedes Jahr, das ein Magier in der Gruft verbringt, altert sein Körper um zwanzig Jahre. Wenn ein junger Mann von zwanzig ein Jahr später entlassen wird, ist er vierzig. Falls er dumm genug ist, sich bei einem größeren Verbrechen oder ein zweites Mal erwischen zu lassen, ist er sechzig oder achtzig. Ich habe sogar von einem Zauberer gehört, der eine Strafe von fünf Jahren bekommen hat. Als er entlassen wurde, stolperte er ins Licht. Er war kaum dicker als ein Skelett. Und fiel mitten in der Bundeshalle tot um.«

Die Geschichte entsetzte Alaire. *Eine vollkommen gewaltlose Art, die grausamste Bestrafung durchzuführen. Deshalb nehmen die Menschen, die Leute des Königs, sie hin. Sie übt keine direkte Gewalt gegen die Zauberer aus. Also scheint sie vollkommen gerecht und angemessen.*

*Na, ich werde bestimmt keine Bardenmagie in Suinomen anwenden!*

»Aber nur keine Angst. *Hier* gibt es keine Zauberer.« Der Kronprinz warf einen Blick auf den leeren Tisch. »Jedenfalls jetzt nicht mehr.«

Kai leerte seinen zweiten Humpen und bestellte noch einen. Alaire überlegte, ob er eine Bemerkung über Kais Alkoholkonsum machen sollte.

*Nein. Wahrscheinlich nützt das sowieso nichts. Er wird trinken, ob ich versuche, ihn daran zu hindern oder nicht.*

Und so war es auch. Nach einer Weile verfiel Kai in seine Muttersprache, und Alaire nickte und brummte nur in regelmäößigen Abständen. Einige Zeit später, nachdem Kai schon eine ganze Weile in seiner Muttersprache geredet hatte, schaffte Alaire es, ihn zum Aufstehen zu bewegen und deutete auf die Tür. Draußen wurde es schon hell.

Kai stöhnte, als die Morgensonne ihm ins Gesicht schien.

Irgendwie freute sich Alaire darüber. »Das habt Ihr wohl nicht erwartet, was?« fragte er etwas schadenfroh, bekam jedoch keine Antwort.

Er brachte Kai zurück auf die Hauptstraße, die jetzt im Sonnenlicht plötzlich eigenartig ruhig wirkte. Nur ein Betrunkener sang laut in der Gosse. Kurz darauf fanden sie die Kutsche, deren Kutscher drinnen schlief. Alaire verfrachtete Kai auf den Sitz, weckte den Kutscher und machte ihm mit Händen und Füßen klar, daß sie zum Palast zurückfahren mußten.

Langsam, mit erheblich weniger Schwung als bei der Hinfahrt, rollte die Kutsche vorwärts. Obwohl Alaire nicht betrunken war, fühlte er sich erschöpft. Kais kleine Sauftour hatte ihn ganz schön mitgenommen.

*Vielleicht kann ich während der Rückfahrt ein bißchen schlafen ...*

Aber daraus wurde nichts. Trotz seiner Müdigkeit konnte er nicht einschlafen. Er konnte einfach die schrecklichen Bilder von Särgen und Kristallen nicht aus seinen Gedanken verbannen.

»Die Gruft der Seelen«, murmelte Alaire und sah zu Kai hinüber, der seelenruhig schlief. »Mein Güte, Naitachal, in was geraten wir da bloß hinein?«

## 6.

## KAPITEL

Wie Naitachal erwartet hatte, war das Dinner »ihnen zu Ehren« eine Riesenaffäre, mit allen korrekten Sitzstrategien, die es zu einem politischen Ereignis machte. Der Dunkle Elf saß beim König und anderen Adligen an der Hohen Tafel, von der aus er den Speisesaal aus der Vogelperspektive betrachten konnte. Der König schien aber mehr darauf bedacht zu sein, einen vorteilhaften Eindruck auf seine Untertanen zu machen, als mit Naitachal über Politik zu sprechen. Sie wechselten während des Dinners vielleicht ein halbes Dutzend Worte, und danach zog sich König Archenomen mit einer Entschuldigung zurück ... ohne Naitachal eine formelle Audienz am nächsten Tag zu versprechen, um in seinen Räumen die Staatsangelegenheiten zu diskutieren.

Was Naitachal aber ganz gut paßte. Er war vollkommen erschöpft. Der Wein floß in Strömen, doch er tat nur so, als genieße er ihn. Er wußte, daß er sonst in seinem augenblicklichen Zustand einen Narren aus sich machen würde, und damit auch aus Althea. *Und das durfte nicht geschehen. Niemals.*

Es störte ihn etwas, daß Alaire nicht direkt neben ihm sitzen durfte, aber um Alaires Inkognito zu bewahren, schwieg er dazu. Immerhin *sollte* Alaire einen Diener darstellen.*Es wird ihn nicht umbringen. Und vielleicht erfährt er ja etwas!*

Nach dem Abendessen verbrachte Naitachal Stunden damit – jedenfals kam es ihm so lange vor –, den Noblen von Suinomen vorgestellt zu werden. Nachdem er sich schnell an ihre Sprachschattierungen gewöhnt hatte, entnahm er ihren Bemerkungen, daß er mehr als nur eine Sehenswürdigkeit war. Offenbar interessierten sie sich mehr für seine Rasse als für seine Berufung zum Botschafter von Althea. Ein Elf – ein Dunkler Elf sogar! Und nach den Bruchstücken, die er ihren Gesprächen entnehmen konnte, wollte keiner von ihnen wirklich einen Krieg. Ja, die meisten schienen nicht einmal zu wissen, daß der König entsprechende Drohungen ausgestoßen hatte.

Es kam Naitachal merkwürdig vor, daß der Herrscher Suinomens ihm so einfach erlaubte, sich unter das Volk zu mischen. Wenn diese Leute einen Krieg mit Althea vorbereiteten, wäre es doch sicher besser, den Botschafter dieses Landes nach dem Abendessen in seine Privatgemächer zu führen, damit man kontollieren konnte, was er sah und hörte. Statt dessen ließen sie Naitachal frei herumlaufen. Das Schlimmste waren ihre verstohlenen Seitenblicke, wenn er an den Adligen vorbeiging, die in Gruppen zusammenstanden. Naitachal hatte dieses unhöfliche Gestarre bald satt. Bis sich diese Leute an seinen Anblick gewöhnt hatten und ihn nicht mehr wie ein Monster behandelten, legte er nur Wert auf die Gesellschaft von Alaire, König Archenomen oder niemandem.

Ein Edelmann, dessen Titel wohl dem eines Grafen am nächsten kam, zeigte etwas mehr Respekt als die anderen. Er war um die vierzig, trug eine elegante Pelzjacke mit Silberbesatz, der gut zu seinem grauweißen Haar paßte. Er hatte sich während des Essens großzügig Wein eingeschenkt und war ausgesprochen gesprächig. Kurz gesagt, eine exzellente Informationsquelle.

Trotz seiner Sehnsucht nach einem weichen Bett und vierundzwanzig Stunden Schlaf plauderte Naitachal mit diesem Grafen Takalo und brachte das Gespräch sehr geschickt auf die bilateralen Beziehungen zwischen Althea und Suinomen.

»Sie könnten nicht besser sein!« schmetterte der Graf im schönsten Bariton, unter deren Klang alle Kristallpokale in Hörweite erzitterten. »Ich hoffe sogar, daß ich bald einen freien Handel etablieren kann.«

Naitachal nickte verständnisvoll. »Ich bin sicher, daß dieses Vorhaben in Althea auf Gegeninteresse stößt. Vor allem, wenn dieser Handel auch Dieren einschließt. Vorausgesetzt natürlich, Ihr seid bereit, Euch von einigen Eurer Herden zu trennen.«

»Dazu kann ich Euch nichts sagen«, erwiderte der Graf listig. »Mein Plan sieht den Verkauf nur von Dieren eines Geschlechts vor. Seid Ihr deswegen hier? Um über Geschäfte zu reden?«

Naitachal lächelte beruhigend. »König Reynard hat mich mit verschiedenen Aufgaben betraut.«

Während des Gesprächs bemerkte Naitachal, daß Alaire mit jemandem plauderte, der seiner aufwendigen Kleidung nach zu urteilen adlig war. Zuerst beunruhigte es den Barden, da Alaires Rolle ihn weiter unten auf der sozialen Leiter ansiedelte als seinen Gesprächspartner. Doch dann entspannte er sich. Wenn der Fremde freiwillig mit Alaire sprechen *wollte*, erfuhren sie vielleicht etwas Nützliches. Und auch, wenn Alaire einen sozialen Lapsus beging, war das nicht weiter schlimm: Schließlich waren sie ja dumme Ausländer.

*Mit der Betonung auf* dumm *für Alaire. Hoffentlich übertreibt er die Rolle eines ungebildeten, naiven Burschen vom Lande nicht. Wenn er wirklich in Schwierigkeiten gerät, muß er wohl selbst damit fertig werden.* Mit Befriedigung bemerkte Naitachal, daß der Bardling noch sein Schwert trug.

Graf Takalo sah, in welche Richtung Naitachal blickte, und deutete mit einem Nicken auf Alaire und den anderen Jüngling. »Ist das nicht Euer Assistent?«

»So ist es«, antwortete Naitachal. Erstaunt betrachtete er das Verhalten des Jüngeren, der offenkundig betrunken war. Sehr betrunken. »Wer ist der Bursche bei ihm?«

Der Graf zuckte mit den Schultern, als wäre das Verhalten des jungen Mannes unwichtig. »Oh, das ist der Kronprinz Kainemonen.«

Der Elf sah den Adligen erstaunt an. »Der Prinz?« *Aber er macht sich doch in aller Öffentlichkeit zum Narren. Stört das seinen Vater nicht?*

»Ach ja …« Der Graf war eindeutig verlegen. »Ich fürchte, er trinkt ein bißchen mehr, als er sollte. Er ist noch jung. Wie ich gehört habe, war der König genauso.« Als der Graf über die königliche Familie sprach, senkte er die Stimme. »Der König fürchtet wohl, daß der Prinz ein bißchen früh nach dem Thron strebt, wenn Ihr wißt, was ich meine.«

Naitachal täuschte Ahnungslosigkeit vor. »Eigentlich nicht. Meint ihr eine Revolte?«

»Vielleicht.« Der Graf schüttelte sein massiges Haupt. »Ich bin mir zwar nicht sicher, aber den König scheint diese Möglichkeit ziemlich zu ängstigen. Ich wüßte zwar niemanden, der Kai ernst nimmt, aber es ist immerhin möglich, daß jemand ihn als Marionette benutzt.«

*Zweifellos.* »Ist der Prinz immer, ahem, alkoholisiert?« fragte Naitachal vorsichtig.

Der Graf überlegte kurz. »Nicht immer. Er hat einige helle Momente ... wenn die Sonne aufgegangen ist.«

Naitachal seufzte, als dächte er über die Sünden der Jugend nach. »Diese junge Generation ... Ich verstehe sie einfach nicht. Wie sollte solch ein Bursche genug Vertrauen für eine Revolution wecken? Das erscheint mir unwahrscheinlich.«

»Da muß ich zustimmen«, antwortete der Graf. »Doch die Angst existiert trotzdem.« Es war ihm sichtlich unangenehm, solch heikle Themen zu besprechen, und er wechselte prompt das Thema. »Wie lange bleibt Ihr hier?«

»Das kann ich noch nicht mit Sicherheit sagen«, erwiderte Naitachal. »Aber vielleicht könnt Ihr mir ein paar Sehenswürdigkeiten empfehlen?«

Das Gespräch versickerte in ungefährlicheren Bahnen, und kurz darauf tauchte eine große, vollbusige Dame auf, die, offensichtlich die Gräfin, den Grafen mit sich fortzog, nachdem er Naitachal noch eine gute Nacht gewünscht hatte.

Müdigkeit überfiel Naitachal wie ein schwerer Mantel. Eigentlich sollte er zwar noch hier bleiben und Informationen von den Männern sammeln, aber er war einfach zu abgespannt von der Reise. Außerdem hatten die restlichen Adligen angefangen, in kleinen Gruppen miteinander zu plaudern und schienen für Fremde in diesen Kreisen nicht besonders empfänglich zu sein. Der Abend war plötzlich *langweilig* geworden.

*Jetzt weiß ich auch wieder, warum ich keine Funktion am Hofe ertragen kann.* Mit dem Gedanken an ein warmes Bett, einen prasselnden Kamin und die wohlverdiente Ruhe verabschiedete Naitachal sich, verließ den Speisesaal und ging in sein Quartier.

Aber die Informationen, die er gesammelt hatte, gaben ihm reichlich Stoff zum Nachdenken. *Der Kronprinz. Seltsam. Sehr, sehr merkwürdig.* Während er über den kleinen Gedankenaustausch mit Graf Takalo nachsann, wünschte er, Alaires Mutter, Köngin Grania, wäre da. *Sie hätte die Versammlung mit Leichtigkeit gesprengt und für sich eingenommen. Sie hätten ihr mehr erzählt, als sie wollten, bevor sie noch gewußt hätten, was eigentlich vorging.* Grania war sehr weise, sehr geschickt und dafür berühmt, den Leuten die Informationen mit Charme zu entlocken. Sie wäre sicherlich hier weit mehr von Nutzen gewesen als Naitachal.

*Als Mann und dann noch Dunkler Elf bin ich einfach im Nachteil.*

Aber Grania verdankte ihren Einfluß nicht nur ihrem *natürlichen* Zauber. Einiges davon kam aus einer vollkommen anderen Quelle, wie Alaires Bardenbegabung bewies. Wußte Alaire, daß seine Mutter eine mächtige Magierin gewesen war, bevor sie seinen Vater geheiratet hatte? Verblüffenderweise wußte Naitachal darauf keine Antwort. Sie hatte jedenfalls immer gewußt, wann einer ihrer Sprößlinge in einer Klemme steckte, auch ohne dafür extra einen Zauberspruch bemühen zu müssen. Obwohl sie damals schon offizell nicht mehr zauberte. *Jedenfalls hat Alaire wohl seine Begabung von ihr,* dachte Naitachal.

Sie hatte oft gesagt, daß die Hofzauberer alle auftretenden Probleme mühelos lösen konnten. Königin Grania war lieber die rechte Hand Reynards als irgendeine Zauberkünstlerin. Naitachal dachte erneut, wie gern er sie bei sich hätte. *Sie wäre innerhalb kürzester Zeit durch ihre bloße Persönlichkeit diesem Geheimnis auf den Grund gekommen. Und jetzt sieht es so aus, als müßten ihr Sohn und ich uns bei der Lösung auf unsere Intelligenz und Verschlagenheit verlassen.*

Naitachal fand den Rückweg in sein Zimmer aus dem Gedächtnis. Er ging durch geschmückte Säle, steile, kahle Treppenfluchten, dann wieder durch kleinere, feuchtere Korridore, die mit Fackeln oder Kerzen beleuchtet waren. Je näher er seinem Zimmer kam, desto größer wurden die Abstände zwischen den Lichtquellen, bis sie nur noch vereinzelte Inseln in einem Meer der Dunkelheit bildeten. Und offenbar hielten sich in diesem Teil des Palastes nur sehr wenig Menschen auf.

Als er seinen Raum betrat, bemerkte er, daß die Tür nur angelehnt war. Erst dachte er, daß Alaire vor ihm angekommen war. Doch sein Schüler hätte die Tür niemals offengelassen, schon gar nicht in einer fremden und möglicherweise feindlich gesonnenen Umgebung. Noch während der Dunkle Elf darüber nachdachte, spürte er eine Bewegung der Luft hinter sich, als käme jemand näher.

Er drehte sich um … zu spät. Die Garotte, eine tödliche Würgeschlinge in erfahrenen Händen, legte sich um seinen Hals und klemmte seine Luftröhre ab.

Naitachal griff nach dem Draht und trat zurück. Gleichzeitig rang er nach Luft. Er konnte den Angreifer nicht erkennen, aber er war wohl größer und kräftiger als er selbst. Er zog stärker und versuchte, den Mann gegen die Wand zu pressen. Doch der Angreifer gab nicht nach. Naitachals Lungen schienen zu brennen.

Er griff nach oben, um die Handgelenke des Attentäters zu fassen. Ein Gedanke formte sich ungewollt in seinem Kopf.

*Archahai Necrazach. Geisterhauch. Berührung des … Todes …*

In dem Moment, als er die Kräfte einsetzen wollte, die er für den Todeszauber brauchte, seine erste und instinktive Abwehr, fing er sich. Gerade noch rechtzeitig.

*Ich darf in diesem Land keine Magie benutzen! Und schon gar nicht* diese *Magie!*

Schnell griff er nach dem Messer, das er in der Armscheide am Unterarm verborgen hatte. Mit einer flüssigen Bewegung schlitzte er die Hand auf, die die Garotte führte.

Der Druck auf den Hals ließ nach. Naitachal wirbelte herum und bot seinem Angreifer offen die Stirn.

Der Mann schien nicht besonders beunruhigt darüber zu sein, daß Naitachal sich befreit hatte. Durch einen Nebel, der sich allerdings rasch klärte, weil er jetzt wieder atmen konnte, starrte Naitachal auf den Angreifer. Er stand im Schatten und ging in Angriffshaltung.

*Warum läuft er nicht weg?*

*Weil er glaubt, daß er mich immer noch umbringen kann. Wahrscheinlich hat er sogar recht ...*

Sie umkreisten sich mit erhobenen Waffen wie Katzen, die sich gleich aufeinander stürzen wollten. Naitachal begriff plötzlich, wie sehr er sich in solchen Kämpfen immer auf seine Magie verlassen hatte, in Kämpfen, bei denen es um sein Leben oder um das eines anderen ging, der ihm nahestand. Selbst die Bardenmagie konnte eine gefährliche Waffe sein ...

Der Mensch war vollkommen in Schwarz gekleidet. Er trug einen gazeartigen, enganliegenden Anzug, der ihm eine vollkommene Bewegungsfreiheit verlieh. Der Elf sah in seinem Blick nur kühle Kalkulation, weder Furcht noch Panik. Es schien ihn nicht zu kümmern, daß die Garrote bei seinem Gegner nicht funktioniert hatte. Seine Haltung war irgendwie ... professionell. Naitachal kannte das von einer ganz bestimmten Sorte von Handlangern. Diese Haltung besagte wortlos, daß Mord dem Mann nichts Unbekanntes war.

*Er ist ein gedungener Mörder,* dachte Naitachal. *Ein Assassine.* Sein Mut sank. *Wahrscheinlich bedeutet das, daß er mich töten kann.*

Unwillkürlich fielen dem Dunklen Elfen all die Zauber ein, mit denen er diese Augen schlagen könnte, aber laut der Gesetze in diesem Land war das verboten.

Andererseits, ohne die Garotte war er unbewaffnet, wodurch der Elf eindeutig im Vorteil war.

»Wer bist du?«

Keine Antwort. *Na ja, es war einen Versuch wert.*

Der Assassine riß einen verzierten Messingkerzenständer von einem Marmorregal in der Wand und löschte die Kerze.

»Glaubst du ernsthaft, daß mich *das* stört?« fragte Naitachal, als es dunkel wurde.

Seine Augen stellten sich schnell auf die neuen Lichtverhältnisse ein ... gerade noch rechtzeitig, um dem Assassinen auszuweichen, als der mit dem Messingständer nach ihm schlug.

*Ungeschickt,* dachte Naitachal und konterte mit einem Hieb. Sein Messer zerschnitt mehrere Sehnen, als die Klinge die Hand des Mörders aufschlitzte.

Der Mann gab keinen Laut von sich. Auch das war ein Zeichen seiner hervorragenden Ausbildung. Statt dessen ließ er den Kerzenständer fallen und flüchtete.

Naitachal verfolgte ihn. Die Jagd führte zum Ende des Flurs, der sich in weitere Korridore teilte. Nach ein paar Abzweigungen verlor der Elf seinen Mann und gab die Verfolgung auf.

*Er muß durch einen Geheimgang verschwunden sein,* dachte Naitachal finster, während er zu seinem Zimmer zurückkehrte. Diesmal achtete er darauf, ob etwas in den Schatten lauerte. *Tja, ich werde es nicht herausfinden. Wenn er durch eine Geheimtür verschwunden ist, dann muß er sich in dem Palast gut auskennen. Was entweder auf die königliche Familie hindeutet oder auf jemandem, der dem König treu ergeben ist.*

Beides gefiel Naitachal überhaupt nicht, und er überlegte seinen nächsten Schritt. Wenn er die Palastwachen von diesem Angriff verständigte, würden sie den Eindringling vielleicht finden. Aber es gab noch eine Möglichkeit: nichts zu unternehmen. Was die Palastangestellten in den nächsten Stunden taten, konnte ihre wahren Absichten enthüllen, vor allem, wenn er so tat, als wäre der Vorfall nie geschehen.

Als er den Dolch wieder einsteckte, bemerkte er das Blut auf der Klinge. *Das Blut des Mörders.*

Er betrachtete diesen Beweis, wie ein Verhungernder ein Stück Fleisch angesehen hätte. *Wie bemerkenswert, ausgerechnet Blut zurückzulassen! Zu schade, daß ich es nicht benutzen kann.* Es war mehr als genug Blut auf der Schneide, um den Mann mittels Magie aufzuspüren. Vielleicht war das ein Teil des Plans; vielleicht wollten sie ihn so dazu bringen, Zauberei auszuüben, damit er sich diskreditierte, seinen König und die Mission. Das wiederum könnte dann auch gleich als *Anlaß* für eine Kriegserklärung an Althea benutzt werden!

*Wenn ich nur …*

Naitachal empfand plötzlich Mitleid mit all den Zauberern in Suinomen. Er wußte, daß es mindestens ein paar gab. *Was müssen sie ertragen, um ihr Handwerk ausüben zu dürfen?* Dadurch kam er auf einen alarmierenden Gedanken. *Was ist mit Alaire? Wenn sie mich angreifen wollen, wäre da nicht der Bardling ein hervorragendes Ziel?* Als er wieder in seinem Zimmer war, schüttelte er diesen Gedanken ab. *Natürlich nicht. Er ist ja nur ein dummer Diener, dem man keinerlei Beachtung schenkt. Es sei denn, das närrische Kind hätte sich selbst verraten!*

Der Dunkle Elf glaubte zwar nicht, daß Alaire seine Identität ausplauderte, aber er machte sich trotzdem Sorgen. Naitachal hatte keine Ahnung, wohin Alaire und Prinz Kainemonen gegangen waren. Und er wußte auch nicht, wie es in dieser Stadt nachts zuging. Wenn sie Ähnlichkeit mit den Küstenstädten in Althea hatte, warteten auf den Bardling einige rauhe Überraschungen in den Spelunken. Gesellschaft von der Art, mit der er nicht umgehen konnte, obwohl er alles andere als verweichlicht war.

In seinem Zimmer stocherte der Barde im Kaminfeuer und entfachte die Flammen neu. Statt sich ins Himmelbett zu legen, wartete er lieber in einem der Sessel auf Alaire. Er kämpfte gegen den Schlaf an, wurde jedoch schließlich von ihm überwältigt.

Einige Stunden später wurde er wach, als Alaire das Schlafgemach betrat. Die Strahlen der Sonne lugten durch die zugeklappten Fensterläden. Naitachal hätte zwar lieber ausgestreckt im Bett geschlafen, aber auch der kurze Schlummer im Stuhl hatte ihn gekräftigt.

Alaire schlich mit den Stiefeln in der Hand auf Zehenspitzen ins Zimmer und sah dabei auf das Bett, das im Dunkeln lag. Naitachal sah, wie der Atem des Bardlings sich als Nebel niederschlug. Offenbar war das Feuer ausgegangen. Anscheinend dachte der Königssohn, Naitachal läge im Bett und hatte ihn noch nicht bemerkt.

»Meine Güte, sieh mal einer an, wer da von einer durchwachten Nacht nach Hause kommt!« sagte er leise. Seine sanfte Stimme ließ Alaire trotzdem heftig zusammenfahren. Naitachal konnte nicht abstreiten, daß es ihn befriedigte, seinem Bardling einen Schrecken einzujagen. Es störte ihn, daß sein Schüler die ganze Nacht unterwegs gewesen war.

»Naitachal«, sagte Alaire verlegen. »Ich habe Euch nicht gesehen!«

»Offensichtlich. Würde es dir etwas ausmachen, mir zu verraten, wo du warst?«

In solchen Momenten fühlte er sich wie die meisten Eltern, obwohl der Junge für seine neunzehn Jahre schon sehr verständig war und durchaus in der Lage, auf sich selbst aufzupassen. *Aber trotzdem, der Morgen graut! Wo bei allen sieben Höllen kann er sich so lange herumgetrieben haben?*

Alaire war ganz offensichtlich in wenigstens einen Kampf geraten, hatte Bier und Weinflecken auf seiner zerknitterten Kleidung und ein schmutziges Gesicht. Nur seine aufgeregte Miene paßte nicht so recht zu seinem mitgenommenen Äußeren.

*Aha,* dachte Naitachal, als er begriff. *Er hat sich ›amüsiert‹, wie die Menschlinge das nennen.*

»Bist du ... blau?« wollte er wissen.

»Aber nein!« erwiderte Alaire und setzte sich auf den Bettrand. »Allerdings war ich in Gesellschaft von Leuten, von denen einige *sternhagelvoll* gewesen sind.«

Naitachal hob die Brauen. »Einschließlich des Kronprinzen dieses Reiches. Kainemonen, richtig?«

»Genau der«, bestätigte Alaire. »Und was habt *Ihr* bis jetzt herausgefunden?«

»Nicht viel«, erwiderte der Barde gleichgültig. »Einige Adlige scheinen anzunehmen, daß der junge Kainemonen nach der Krone strebt.« Er wollte Alaires Erinnerung an diesen Abend nicht beeinflussen. *Wenn ich ihm erzähle, was mir passiert ist, bildet er sich vielleicht ein, daß ihm alle möglichen Leute gefolgt sind.*

Alaire beschrieb Kainemonen bis ins schrillste Detail. Naitachal war angewidert und konnte sich nicht erklären, warum der König seinen Jungen derartig Amok laufen ließ. Kämpfe, Saufgelage ... Obwohl Kai jung und klug war, erzählte Alaire traurig, daß der Kronprinz den unglaublichsten Bierdurst hatte, den er jemals bei einem Lebewesen erlebt hatte. »Er hat genug getrunken, um Euch, mich und meine ganze Familie unter den Tisch zu saufen.«

»Auch deinen Bruder Craig?« Naitachal war widerwillig fasziniert.

Alaire seufzte. »Gegen ihn wirkt Craig wie ein Antialkoholiker. Ich habe selbst etwas getrunken, aber darauf geachtet, mich nicht zu berauschen. Es war schwieriger, als ich gedacht hatte. Jedenfalls hat er mich für einen lange verschollenen Freund gehalten, bevor der Abend zu Ende war. Könnte uns das helfen?«

Das war sogar eine vielversprechende Wendung. »*Falls* er sich morgen daran erinnert. Vielleicht hat er sogar vergessen, daß er dich gestern abend überhaupt getroffen hat.«

Alaire schüttelte traurig den Kopf. »Das ist wohl wahr. Aber da ist noch etwas. Etwas weit mehr ... Bedrohliches.«

Naitachal gefiel der Ton überhaupt nicht, den sein Bardling plötzlich anschlug. Bedrohlich? Waren etwa auch auf Alaire Assassinen angesetzt worden?

Er nickte, als der Bardling innehielt. »Ja, Alaire, bitte, fahr fort.«

Alaire blickte einen Moment auf die Wand, als erinnerte er sich an etwas, das zu schrecklich war, es zu beschreiben oder überhaupt darauf zu reagieren. Er rieb sich die Schläfen und wirkte, als müsse er Mut fassen, um über das zu reden, was er erfahren hatte.

»Kai und ich waren in einer Taverne«, fuhr Alaire schließlich fort. »Da kamen Wachtmeister herein und verhafteten zwei Männer. Kai hat mir sofort erzählt, daß es illegale Magier waren und daß die Büttel die Schergen des Zauberbundes seien, die sie aufgespürt hatten.«

Naitachal hielt ruhig eine Hand hoch. »Die Schergen *wovon*?«

»Das ist die Organisation, die die Gesetze über Magie schützt. Sie sind ganz in Schwarz gekleidet und operieren in Sechsergruppen, mit einem Anführer. Sie scheinen jeden, den sie inhaftieren, für schuldig zu halten, ohne Verfahren. Aber das war nicht das Erschreckendste. Als ich Kai bat, mir zu erklären, was mit diesen Männern passiert, hat er mir von der Gruft der Seelen erzählt.«

Sofort fühlte Naitachal, wie sich seine Stimmung verfinsterte, als hätte jemand die Vorhänge zugezogen und die Sonne ausgesperrt. Die plötzliche Kälte in ihm ließ ihn erschauern. Sie hatte nichts mit der Kühle im Schlafzimmer zu tun. Die Sonne schien immer noch und wärmte seine Füße auf dem Teppich. Hinter diesem Namen steckte mehr, als die Sprache ausdrücken konnte. Er stellte sich die Finsternis in diesem Gefängnis vor und auch die gequälten Seelen, die dort gelagert wurden. *Ja, gelagert. Hatte das mein Vater erlebt, als er hierhergereist war? War er bis nach Rozinki gekommen?*

Der kalte Hauch, den Naitachal empfunden hatte, schien auch Alaire zu umwehen. Denn der Bardling erschauerte ebenfalls. »Es ist kein normales Gefängnis, wie wir sie zu Hause haben. Es ist mehr wie ein, na ja, eben eine Gruft, ein Mausoleum. Sie lagern die Körper in sargähnlichen Kisten und entziehen ihnen irgendwie die Seelen. Die bewahren sie getrennt in Kristallen irgendwo tief in der Bundeshalle auf.«

»Meine Güte!« rief Naitachal angewidert und schüttelte den Kopf. »Selbst mein Volk ist bisher noch nicht auf etwas so … Boshaftes gekommen. Oder so Grausames!«

»Und das ist noch nicht einmal alles.« Alaire war aufgestanden und fuchtelte in der Luft herum, als könnte er so die kalte Angst vertreiben. »Längst nicht. In jedem Jahr, das man in diesem Gefängnis verbringt, altert der Körper um zwanzig Jahre.«

»Das heißt ... mal sehen, ob ich das richtig verstanden habe ...«

»Das heißt«, fiel Alaire ihm ins Wort. »Wenn sie mich *zwei* Jahre in dieses Ding stecken, dann bin ich sechzig, wenn ich entlassen werde. Stellt Euch das vor! Und sollte einer dumm genug sein ...!«

»Oder verzweifelt genug«, warf Naitachal ein. *Meine Güte, was für eine bösartige Erfindung. Aber man muß die Quelle berücksichtigen.*

»Das hat dir ein junger Trunkenbold erzählt, der deiner Schilderung nach berauscht war. Bist du sicher, daß er nicht übertrieben hat? Es ist fast zu schrecklich, um es glauben zu können.«

Alaire dachte kurz darüber nach. »Das denke ich nicht. Jedenfalls nicht in diesem Fall. Diese Verhaftung in der Spelunke schien ihn schlagartig ernüchtert zu haben. Einen Augenblick war er so klar, daß er fast jeden überzeugt hätte, keinen Tropfen angerührt zu haben. Schon die Beschreibung dieses Ortes hat ihm Angst eingejagt. Ich habe es in seinen Augen gesehen. Und mir auch.«

Naitachal war zwar noch nicht restlos überzeugt, wollte die Geschichte aber erst einmal akzeptieren. *Ich muß sie noch von irgend jemandem bestätigen lassen. Vorläufig nehme ich an, daß sie stimmt. Alaire zittert immerhin allein schon bei der Schilderung.*

»Ich glaube, jemand wollte mich heute abend dazu verleiten, Magie einzusetzen«, sagte Naitachal und erzählte Alaire von dem Mordanschlag. »Ich war nur einen Atemzug davon entfernt, einen richtig ekligen Todeszauber auszusprechen, der ihn zerbröselt hätte.«

»Habt Ihr Euch noch stoppen können?« fragte Alaire sichtlich erschüttert.

»Gerade noch. Ich war müde und reagierte instinktiv. Ob

dieser Assassine ahnte, wie nah er dem Tod gewesen ist? Er wollte mich jedenfalls nicht töten, sondern nur in eine Lage bringen, in der ich verzweifelt genug war, einen Zauber gegen ihn zu benutzen.«

Naitachal versuchte, die Situation locker zu schildern. Es hatte keinen Sinn, den Jungen noch weiter zu verängstigen. »Wenn ich Magie benutzt hätte, wäre es auch nicht gleich das Ende der Welt gewesen. Ich bin immerhin ein Dunkler Elf. Wer weiß, vielleicht hätte ich mir hier sogar Freunde gemacht. Möglicherweise wären sie der Meinung, daß ich ein besserer Lehrer wäre, als eine Seele hinter Glas.«

Alaire schnitt eine Grimasse.

Naitachal zwang sich zu einem Lachen. »Und bei meiner Elfenkonstitution macht ein Jährchen auch nichts, genauso wenig wie der Alterungsprozeß.«

Alaire runzelte die Stirn und legte den Finger auf den wunden Punkt. »Aber in dem Jahr könnte der Krieg zwischen unseren beiden Königreichen ausbrechen, und Ihr wäret dann nicht da, um uns zu helfen.«

Naitachal wischte die Bemerkung beiseite. »Vergiß es. Wir haben diesen Abend ohne Mißgeschick überstanden, und jetzt kennen wir ja die Fallstricke. Du mußt mir nur versprechen, daß du keine Art von Magie einsetzen wirst, solange wir hier sind. Es sei denn, um dein Leben zu retten – oder das von jemand anderem.«

»Das muß ich Euch nicht versprechen. Ich werde mich hüten, meine Gabe zu nutzen, solange ich hier bin.«

Naitachal nickte zufrieden. »Gibt es noch etwas, was ich wissen sollte?«

»Tja, dieser Sir Jehan«, sagte Alaire verwirrt. »Ich habe ihn in einer dieser Tavernen getroffen. Er ist sehr eigenartig. Ein älterer Mann, etwa Mitte vierzig, adlig, und er *scheint* so lasterhaft zu sein, wie Kai in einigen Jahren vielleicht sein wird. Ich weiß nicht genau, wie seine Stellung ist. Kai mag ihn sehr, und ich weiß nicht genau, warum. Vielleicht, weil er der einzige Edelmann am Hof ist, der sich um ihn kümmert. Aber irgendwie ist er mir suspekt. Ich habe das Gefühl, daß seine Haltung genau kalkuliert ist.«

*Interessant.* »Kannst du etwas genauer werden?«

Alaire schüttelte den Kopf. »Im Moment nicht, nein. Es ist nur ein Gefühl, eine Ahnung. Er manipuliert Kai irgendwie. Und dann gibt es noch den Kommandanten der Wachen, auch ein Freund von Kai. Ich habe zwar gestern nicht viel davon mitbekommen, aber so, wie Kai mit ihm geredet hat, scheint er auch ein ›Freund‹ am Hof von Suinomen zu sein.«

*Sehr interessant.* »Das müssen wir genauer untersuchen. Es könnte wichtig sein, oder auch gar nichts bedeuten. So lange scheint Kai unsere beste Informationsquelle zu sein.«

»Das stimmt«, antwortete Alaire. »Jetzt muß ich herausfinden, wie ich mit ihm zurechtkomme, wenn er nicht betrunken ist. Dann ist er ja vielleicht ein ganz anderer Mensch.«

Naitachal betrachtete die Sonne, die wie ein ungebetener Gast verstohlen durch die Lamellen der Fensterläden lugte. »Mein Tag scheint zu beginnen. Du solltest dich lieber hinlegen und schlafen, mein junger Freund. Was Kai wohl im Moment auch machen dürfte.«

Naitachal schob Alaire zu seinem Bett, und der Jüngling nahm sich kaum die Zeit, sich auszuziehen, bevor er auch schon hineinsank. Im Grunde war der Barde stolz auf seinen Schüler. Er gab kluge Einschätzungen ab, dachte selbstständig und hatte die Gefahr der Situation gut im Griff. Jetzt hatte Naitachal nur noch Angst, daß er sich zu weit einließ und zu viele Risiken einging. Er war ein kluger junger Mann. Aber ihre Gegner waren mindestens genauso gerissen.

Naitachal stand energisch auf und ging zu einer Waschschüssel. Als er sich das kalte Wasser ins Gesicht spritzte, hörte er hinter sich Alaires Schnarchen, das aus einem Haufen von Bettdecken kam.

# 7.
# KAPITEL

Naitachal trat aus seinem Schlafzimmer und registrierte, wie die Burg um ihn herum erwachte. Obwohl er nur wenig geschlafen hatte, war er nicht so müde, wie ein Mensch in seiner Lage gewesen wäre. Er hatte erst im letzten Jahrhundert seines Lebens angefangen, soviel zu schlafen wie die Menschen. Das war ein sicheres Zeichen dafür, daß er seine Elfenjugend hinter sich hatte. Die Menschen wachten im Vergleich zu der Elfenrasse nur langsam auf. Er hörte die erstickten Geräusche aus den Zimmern und entlang der Korridore, als würden Bären aus einem langen Winterschlaf erwachen. Wenn Naitachal daran dachte, wie lange sie schliefen und wie kurz sie lebten, wunderte er sich, daß sie es geschafft hatten, so etwas wie eine Zivilisation zu entwikkeln.

In dem dämmrigen Flur hielt Naitachal ein junges Dienstmädchen an und fragte sie, wo er den Oberdiener Paavo finden könne. Er war die einzige Person, die König Archenomen ihnen zugewiesen hatte. Sie erwiderte etwas in ihrer Muttersprache und machte eine Handbewegung, die in allen Sprachen das gleiche bedeutete: *Ich verstehe nicht!* Dann fuhr sie fort, die Kerzen im Flur zu löschen. Interessanterweise schien sie den fehlende Kerzenhalter nicht zu bemerken, der neben Naitachals Tür gestanden hatte.

Der Dunkle Elf betrachtete die Steinkorridore mit Widerwillen und Verachtung. *Sie haben nicht einmal einen Wächter in Zivil herbeordert, um diesen Flur zu bewachen,* dachte er leicht verärgert. Althea gewährte seinen diplomatischen Gästen den größtmöglichen Schutz.

*Es könnte entweder Sorglosigkeit oder etwas ganz anderes sein. Immerhin bin ich gestern abend hier angegriffen worden. Zeit, den König aufzusuchen.* Er versuchte sich zu erinnern, ob König Archenomen irgendwelche Anweisungen für ein Treffen gegeben hatte. Während des Dinners hatte der König lieber das Verhalten seiner Untertanen beobachtet, als sich mit dem Diplomaten zu unterhalten, der ihn besuchte.

Hätte Naitachal eine paranoide Veranlagung, könnte er jetzt mit Leichtigkeit in jedem Schatten einen gedungenen Mörder in der Kleidung der königlichen Familie sehen. Aber das wäre wohl etwas übertrieben gewesen. *Immer mit der Ruhe. Noch kann ich niemanden beschuldigen. Es könnte einen guten Grund dafür geben, warum ich keine Wachen vor der Tür habe. Vielleicht glauben sie wirklich nicht, daß ich nicht in Gefahr schwebe.* So oder so, es schien jedenfalls einen Mangel an Interesse zu geben an diesem strahlenden Morgen.

*Es wird Zeit für Antworten.* Je länger sie im Dunklen schlummerten, desto größer wurden die Chancen der Kräfte der Finsternis, einen Vorteil ihnen gegenüber zu gewinnen. Und ohne den Vorteil seiner magischen Kräfte war es besser, wenn er und sein Schüler so schnell wie möglich die Wahrheit erfuhren. Im Augenblick waren Kenntnisse, diplomatisches Geschick und sein Schwertdie einzig verfügbaren Waffen für ihn.

Naitachal gelangte in den Hauptkorridor und merkte sich den Rückweg, falls er überraschend einen schnellen Rückzug antreten mußte. Hier gab es mehr Diener. Einige von ihnen schienen gerade die Spuren der vergangenen Nacht zu beseitigen. Paavo war unter ihnen. Er erteilte Befehle und überwachte die Säuberung, tat selbst aber kaum etwas dazu.

Naitachal versuchte, von der anderen Seite des Flurs die Aufmerksamkeit des Dieners zu erregen, aber Paavo schien ihn zu ignorieren. Ja, fast sah es aus, als drehe er dem Barden absichtlich den Rücken zu. *Er tut so, als sähe er mich nicht*, erkannte der Dunkle Elf. Das ärgerte ihn mehr, als es sollte.

Er dachte nicht daran, nachzugeben, und näherte sich dem Diener bis auf einen halben Meter. Als er hinter Paavo stand, sprach er ihn wieder an. »Vielleicht könnt Ihr mir helfen«, sagte er so laut, daß es noch ein anderer Diener hörte, der weiter abseits stand. Zwei weitere drehten sich um und gafften Naitachal an. Paavo tat gar nichts.

*So nicht, mein Freund.* »Pardon«, sagte Naitachal, trat um den Mann herum und stand jetzt direkt neben ihm. *Nur Geduld. Vielleicht ist er schwerhörig.* Allerdings hatte er gestern nichts davon bemerkt.

Langsam und zögernd drehte Paavo sich um und sah Naitachal an. »Oh, Botschafter. Vergebt mir, ich habe nicht gesehen, wie Ihr hereingekommen seid.«

Naitachal warf ihm einen scharfen Blick zu, und Paavo zuckte zusammen. »Ich möchte eine Audienz beim König. Mit wem muß ich wohl sprechen, um das zu bewerkstelligen?«

»Ich bin nur ein einfacher Diener«, erwiderte Paavo entschuldigend. »Um das zu arrangieren, kann ich Euch schwerlich von Nutzen sein.«

*Gestern hattest du diese Probleme nicht. Da konntest du uns direkt vor deine Majestät führen.* Naitachal hatte den zweiten Brief von König Reynard, den an König Archenomen, in seiner Brusttasche. Das war mehr als Grund genug, auf der Stelle zum Monarchen vorgelassen zu werden. Naitachal hatte sich entschlossen, ihn dem König direkt zu übergeben. *Ansonsten könnte er vielleicht ... auf dem Postweg verlorengehen.*

Der Elf wartete einen Augenblick und gab Paavo die Möglichkeit, weiterzusprechen und die zweite Hälfte der Frage zu beantworten. Paavo lächelte ihn unschuldig und höflich an, tat aber so, als verstehe er nichts, als spreche Naitachal in einer ihm vollkommen fremden Sprache.

Naitachal nahm einen neuen Anlauf. »Na gut. Könnt Ihr mich zu jemanden führen, vielleicht zu einem Mitarbeiter des Königs, der das arrangieren kann, was Ihr nicht könnt?«

Paavo schien angestrengt zu überlegen, wie er die Frage beantworten sollte. Oder – *nicht* beantworten sollte. »Das ist eine gute Frage, Botschafter. Mal sehen, wer hat gerade keinen Urlaub ...« Der Diener kratzte sich am Kinn und schien nachzudenken.

»Vielleicht erspart es Euch die Mühe, wenn Ihr mich direkt zum König bringt? *Gestern* schien das kein Problem zu sein«, sagte Naitachal nachdrücklich.

Paavo schüttelte über diesen Vorschlag liebenswürdig den Kopf. »Leider ist mein Rang einfach nicht hoch genug, versteht Ihr. Wenn ich könnte ...«

*Sicher. Na ja, es ist sinnlos, weiter darauf zu beharren. Oder ihn daran zu erinnern, daß sein Rang gestern sogar hoch genug war, um dem König Ratschläge zu erteilen. Er würde nur neue Ausreden erfinden. Oder behaupten, ich hätte seinen Zwillingsbruder gesehen ...* »Dann sagt mir bitte, wessen Rang hoch genug ist.« Naitachals Geduld ging allmählich zu Ende.

»Das dauert seine Zeit«, antwortete Paavo. »Habt Ihr heute morgen schon Euer Fasten gebrochen?«

Naitachal starrte ihn an. Er hätte große Lust, den Mann einfach zu erwürgen. *Was bei den sieben Höllen geht hier vor? Was hat sich von gestern auf heute geändert? Und warum hindert dieser Narr mich daran, zum König zu gelangen?*

»Nein. Ich. Habe. Nicht. Gegessen.« Naitachal sprach langsam und betonte jedes Wort. »Ich sprach gestern mit dem König, und obwohl ein Dinner nicht der richtige Moment oder Ort dafür ist, über die Staatsangelegenheiten unserer beiden Königreiche zu plaudern, hat er angedeutet, daß er mich heute gern sehen möchte. Könnten wir das arrangieren? Heute noch, bitte.«

»Habt Ihr einen Termin?« fragte Paavo demütig.

Naitachal überlegte, ob er lügen sollte. »Nein. Das erschien unnötig.«

Paavo runzelte die Stirn. »Wenn Ihr in den großen Saal gehen mögt, können wir Euch vielleicht ein Frühstück zubereiten. Inzwischen werde ich tun, was ich kann, um eine Audienz beim König zu arrangieren. Mir ist eingefallen, daß Seine Majestät ein Mitglied seines Personals zu Eurer Verfügung abgestellt hat.«

*Warum hast du das nicht gleich gesagt?* Er schluckte die Worte hinunter. Und hielt sich mit Mühe zurück, Paavo gleich mitzuschlucken.

»Sehr gut«, sagte Naitachal. Seine Stimme troff vor Ironie. »Danke Euch, mein Freund, für Eure ... Hilfe.« Damit ging er in den großen Saal zurück.

Eine Sekunde später verwünschte er sich, weil er vergessen hatte, den Lakaien zu fragen, wer genau dieser Jemand war und welche Position im Stab er bekleidete. Aber hatte er wirklich Lust, all die Ausweichmanöver von Paavo, um *diese* Frage *nicht* zu beantworten, noch einmal zu ertragen? *Wenn ich Geduld und Glück habe, treffe ich diesen Jemand vielleicht vor dem Frühling.*

Der große Saal war leer, aber ein junges Dienstmädchen erschien, führte ihn zu einem Tisch und verschwand dann wieder. Naitachal folgte ihr mit dem Blick und sah, wie sie an langen Tischreihen vorbei durch zwei Schwingtüren ging, die anscheinend in die Küche führten. Zwei andere Diener, Köche, nach ihren Mützen zu urteilen, starrten Naitachal über diese Tür hinweg an und stritten sich anscheinend heftig.

*Das riecht nach einer Verschwörung*, dachte Naitachal. Ein anderes Dienstmädchen erschien mit einem Teller, einem Bierkrug und einem Brotkorb. Sie balancierte die Dinge unsicher auf einem Weidentablett, das schon bessere Tage gesehen hatte. *Ganz offensichtlich ist niemand hier. Und es gibt auch keine Anzeichen dafür, daß irgend jemand heute morgen hier gegessen hat. Außerdem war das Essen schon vorbereitet. Sie hätten sich kaum eine bessere Verzögerungstaktik einfallen lassen können.* Das Dienstmädchen stellte das Essen vor ihm ab und verschwand wieder in der Küche. Naitachal fragte sich, wann der Rest der Burgbewohner frühstückte, bis ihm klar wurde, daß wahrscheinlich nur die wenigsten Gäste über Nacht geblieben waren. Im anderen Fall mußten sie während seines Spaziergangs von seinem Zimmer hierher unglaublich leise und vollkommen unsichtbar gewesen sein. Wahrscheinlich wurden die Mahlzeiten den ständigen Bewohnern des Palastes auf die Zimmer serviert. Oder aber die anderen wußten, daß er hier sein würde, und machten einen großen Bogen um ihn.

Naitachal betrachtete verärgert das Essen. Das Brot war kalt und hart. Das Holzbesteck drang nicht durch die Kruste, also packte Naitachal den Laib und schlug ihn unfreundlich gegen die Tischkante. Er mußte diese Aktion mehrmals wiederholen. Dabei wäre der wacklige Tisch beinah umgefallen, was kein großer Verlust gewesen wäre. Der Fasan oder das kleine Hühnchen oder der Wildvogel – Naitachal wußte nicht, was es sein sollte – war kalt und lag in seinem erstarrten Fett auf dem Holzteller. Naitachal hütete sich, diesen Vogel anzurühren, weil er fürchtete, er könnte vergiftet sein, absichtlich oder unabsichtlich. Also knabberte er an dem Brot, das eher aus Stein als aus Teig war.

Er sah hoch und bemerkte, daß man ihn beobachtete. Die Köche, die Dienstmädchen und ein halbes Dutzend anderer Leute lugten über die Tür und wechselten amüsierte Blicke. Sie kicherten sogar verhalten über diese demütigende Szene.

*Das kann ewig dauern,* dachte Naitachal und ignorierte die Zuschauer, während er auf dem harten Kanten herumkaute. Wahrscheinlich war das auch beabsichtigt, da bisher alles versucht worden war, sein Treffen mit König Archenomen zu verzögern. Er stellte sich vor, wie der König in diesem Augenblick mit seiner Kutsche in den Wald fuhr, um zu picknicken. Und das nur, um ihm, Naitachal, aus dem Weg zu gehen. *Sie hatten reichlich Zeit, das alles zu planen,* sagte er sich finster. *Eine Audienz zu bekommen wird vielleicht schwerer, als ich zuerst angenommen habe.*

Er sah zum Eingang, wo Paavo auftauchte. In seinem Gefolge war ein kurzer, breiter Bursche, der teilweise von dem Diener verdeckt wurde. Sie schienen sich über etwas zu streiten und warfen beunruhigte Blicke in seine Richtung. Anscheinend drehte sich die Unterredung um Naitachal.

Der wollte gerade das Festmahl im Stich lassen, um dem neuen Kerl entgegenzugehen, als Paavos Gefährte nicht gerade begeistert auf seinen Tisch zusteuerte. *Endlich jemand, der mich zum König führt. Hoffe ich jedenfalls.*

Der Mann schritt geradewegs auf Naitachals Tisch zu, und seine Haltung wurde immer wichtigtuerischer, je näher er kam. In Naitachals Augen allerdings rechtfertigte das Kostüm des Mannes keineswegs seinen aufgeblasenen

Stolz. Es sah aus, als habe er es sich aus fünf oder sechs verschiedenen Stilen zusammengestellt. Er trug einen breitkrempigen, schwarzen Hut mit einem silberfarbenen Satinschal darum. Ein Wehrgehänge aus blauem Samt, das an einem breiten, geflochtenen, goldfarbenem Gürtel befestigt war. Sein Umhang war ein trübes Orange und hatte lange, weite Ärmel, und das Hemd endete knapp über den Knien seiner grünen Strumpfhose. Seine schwarzen Stiefel klackten auf dem Holzfußboden, und der Lärm endete abrupt, als er stehenblieb und den Botschafter musterte, als wäre der eine Laune der Natur.

»Bitte, behaltet Platz«, sagte der Mann, obwohl Naitachal keinerlei Anstalten machte, aufzustehen. »Ich bin Johan Pikhalas und Euch vom König zu Euren Diensten zugewiesen.« Er lächelte schmierig, was den Elfen an den unberührten Vogel auf dem Holzteller vor sich erinnerte. Er war jünger, als Naitachal gedacht hatte, vielleicht Mitte vierzig. Selbst unter dem breiten Hut war ersichtlich, daß Johan Haare ließ. Er benahm sich wie jemand, dem man eine wichtige, aber ungewollte und unerfreuliche Aufgabe übertragen hatte.

»Setzt Euch doch.« Naitachal deutete auf einen leeren Stuhl. *Und leistet mir bei einem toten Vogel Gesellschaft.*

Aber Pikhalas schien lieber stehen zu bleiben, das gab ihm einen Vorteil. Er schüttelte höflich den Kopf. »Ich habe gehört, daß Ihr um eine Audienz beim König nachsucht.«

»Allerdings. Ich habe gestern abend mit ihm gesprochen. Er hat angedeutet, daß er heute gern mit mir reden wolle.«

Pikhalas schien seine Worte sehr genau abzuwägen. »Verstehe. Paavo hat mir gesagt, Ihr wäret erst heute angekommen. Welches Thema, wenn ich fragen darf, wollt Ihr denn mit König Archenomen diskutieren?«

»Ich bin der Botschafter von Althea«, sagte Naitachal langsam und zügelte seine Wut. »Und das hier betrifft eine sehr delikate Angelegenheit. Ich habe den Befehl, es direkt mit Seiner Majestät zu besprechen. Vergebt mir, wenn ich irgendwelche Sitten in Eurem Land verletzt habe, die ich nicht kannte. Ich verstehe ja, daß Ihr Euren König schützen wollt, aber der Hof hat gestern abend meine Beglaubigungsschreiben akzeptiert. Und ein Gesandter und Botschafter hat neben seinen Pflichten auch gewisse Privilegien.«

Naitachal griff nach dem Brief, doch Pikhalas hob abwehrend die Hand.«

»Das ist nicht nötig. Eure Glaubwürdigkeit steht nicht in Zweifel. Aber König Archenomen hat viel zu tun, und Ihr seid leider zu einer sehr ungünstigen Zeit angekommen. Versteht Ihr, es ist Erntezeit, und der König hat die letzte Woche Grafen aus dem ganzen Königreich empfangen. Interne Angelegenheiten. Steuererhebungen. Wir halten unsere verschiedenen Adelshäuser am kurzen Zügel. Die Schätzung ihres Eigentums erfordert unsere ungeteilte Aufmerksamkeit.«

Das kaufte der Dunkle Elf ihm nicht ab. *Ernte? Selbst eine späte Ernte findet nicht im Winter statt. Die Landwirtschaft mag ja hier im hohen Norden problematisch sein, aber warum sollte der König höchstpersönlich die Getreidemengen abwiegen?* Vielleicht wußte Pikhalas von dem Angriff gestern abend, oder hatte ihn sogar selbst arrangiert. *Oder auch nicht. Keine voreiligen Schlußfolgerungen.*

Aber es wurde Zeit, die Samthandschuhe auszuziehen. »Laßt mich das klarstellen. Wollt Ihr mir ins Gesicht sagen, daß der König sich weigert, den Botschafter von Althea zu empfangen?«

Pikhalas zuckte bei dieser Anschuldigung zusammen, aber Naitachal nahm die Frage nicht zurück. »Ganz gewiß nicht, Botschafter. Der König wird sicher mit Euch reden, aber nicht heute. Und da Ihr Euer Anliegen nicht mit mir besprechen wollt, sieht es so aus, als wären wir an einem toten Punkt angelangt.«

»Möglich«, erwiderte Naitachal schlicht. »Ich bin hier, um etwas sehr Wichtiges zu besprechen, etwas, das die Zukunft unserer beiden Königreiche beeinflußt. Ich bin sehr geduldig und passe mich natürlich jeder Terminplanung an, die der König von mir erwartet. Aber ich bin eine sehr weite Strecke gereist. In Althea hätte König Reynard keine Zeit verschwendet, einen Repräsentanten Eures Landes zu empfangen. Ich sehe die Wichtigkeit ein, die Bücher ordentlich zu führen, aber normalerweise delegieren wir solche Aufgaben an unsere Schreiber und Buchhalter.«

Er hielt inne und wartete auf Pikhalas' Reaktion. Dessen Miene war so leer und undurchdringlich wie eine Totenmaske. »Darf ich respektvoll fragen, wann der Stundenplan des Königs meine wichtige Audienz bei ihm gestattet?«

Pikhalas schwieg lange, und schließlich ließ er die Maske fallen. Jetzt sah er Naitachal mit unverhohlener Verachtung an. Selbst seine Stimme verriet Geringschätzung. »Wir haben ein Sprichwort in Suinomen, das mir hier zu passen scheint. Wenn ich es frei in Eure barbarische Sprache übersetze, lautet es ungefähr: ›Gäste sollten nicht vergessen, daß sie Gäste sind.‹ Wenn Ihr wirklich geduldig seid, Botschafter, dann zeigt es uns durch Taten, nicht durch leere Worte. Ich werde es mit dem König besprechen. Ich kann vielleicht morgen etwas arrangieren, versprechen kann ich es Euch aber nicht. Wenn das Euren fast anmaßenden Forderungen nicht genügt, dann schlage ich vor, daß Ihr Euch auf den Weg macht und dorthin zurückkehrt, woher Ihr gekommen seid.«

Pikhalas drehte sich brüsk herum. »Guten Tag, Botschafter«, warf er über die Schulter zurück, während Naitachal ihn anstarrte.

Er stampfte davon, zurück zu seinen »wichtigen Geschäften«, was auch immer das sein mochte, bei denen Paavo ihn unterbrochen hatte. Seine Haltung und sein Gang zeigten allzudeutlich, wie wenig er davon hielt, sich mit diesem Dunklen Elfen abgeben zu müssen.

Naitachal sah ihm nach und unterdrückte den Drang, ein kleines bißchen zu zaubern, damit der Kerl stolperte und auf die Nase fiel.

Als das Dröhnen der Schritte in der Ferne verklang, stand Naitachal auf. Er sammelte alle Gelassenheit, die er aufbringen konnte, was nicht mehr viel war, aber es reichte, um seine Wut zu maskieren, und verließ den Speisesaal mit etwas mehr Fassung und mit erheblich weniger Lärm als Pikhalas.

*Wenn ich vorsichtig bin, kann ich mich vielleicht ein bißchen an Orten umsehen, an denen sie mich lieber nicht haben würden. Und zwar, bevor sie sie zu verbotenen Zonen erklären. Mehr scheine ich nicht tun zu können.*

*Bei Zerberus! Selbst Alaire bekommt mehr heraus als ich!*

## 8. KAPITEL

Alaire machte sich auf, Prinz Kainemonen zu suchen, zog sich aber vorher noch kurz schlichte, frische Kleidung an. *Am besten etwas Schwarzes, damit er nicht erblindet oder Kopfschmerzen kriegt. Ich bezweifle, daß er heute in bester Form ist.* Seine jetzige Kleidung war weit besser für einen nächtlichen Ausflug geeignet als die bunten Fetzen von gestern, und Alaire schickte ein Stoßgebet zum Himmel, daß Kai nicht etwa auf die Idee kam, schon wieder eine Sauftour zu unternehmen. Ein hoher Diener oder ein Landjunker würden in einem anderen Land vielleicht tatsächlich so eine schwarze Hose, das dazu passende schwarze Wams und ein kurzes Cape tragen.

Am Abend zuvor war Alaire in Kais Gegenwart ein paarmal unaufmerksam gewesen, aber nachdem er Naitachals Geschichte über den gefährlichen Besucher gehört hatte, waren seine Sinne bis zum Zerreißen gespannt. Man hätte den Kronprinzen leicht verdächtigen können, denn schließlich hatte er den Gefährten des Barden beschwatzt, seinen Meister alleinzulassen. Doch tief in seinem Innern wußte Alaire, daß Kai nichts mit dem Angriff zu tun hatte. Ja, wahrscheinlich wußte er nicht mal etwas davon.

Kai war einfach nicht hinterhältig. Verrückt vielleicht, aber nicht böse.

Alaire grübelte darüber nach, wieviel er Kai von seinem eigenen Leben erzählen sollte. Seine Herkunft war zum größten Teil sowohl in Suinomen als auch in Althea ein Geheimnis ... damit seine Tarnung hielt. *Wenn ich bis zu ihm vordringen kann, muß ich mich wahrscheinlich mit ihm auf eine Stufe stellen. Oder zumindest fast. Natürlich darf ich ihm nicht von meiner Bardenmagie erzählen. Aber wenn ich ihm sage, daß auch ich aus guter Familie stamme, öffnet das vielleicht einige Türen.*

*Oder entfremdet uns vollkommen.*

Doch dieses Risiko mußte er eingehen. Alaire war zufrieden, daß er jetzt endlich die richtige Balance in seinem Äußeren getroffen hatte. Jetzt sah er weder wie ein demütiger Bauer noch wie ein gut ausgestatteter Adliger aus. Letztere schien Kai am meisten zu verachten. Alaire verließ das Zimmer und streifte durch die Flure, auf der Suche nach einem Diener, der ihn zum Kronprinzen führen könnte.

Rückblickend fand er es gut, daß er Naitachal gegenüber den Kampf in der Taverne nicht erwähnt hatte, obwohl sein Meister die reichlich vorhandenen Spuren dieses Kampfes sicherlich gesehen hatte. *Mehr war das nicht, im Dragon Inn. Eine einfache Wirtshausprügelei in einer üblen Gegend der Stadt. Sie hatte nichts mit dem Anschlag auf Naitachals Leben zu tun. Also muß ich ihm auch nichts davon erzählen. Wenn er glaubt, daß ich in Schwierigkeiten gerate, wird er mich wohl kaum dazu ermuntern, Freundschaft mit Kai zu schließen.*

Naitachal sah nur die Möglichkeit, praktische Informationen zu bekommen, wenn Alaire das Vertrauen des Kronprinzen gewann, doch der Bardling wollte mehr als das. *Kai braucht hier einen richtigen Freund. Eines Tages kommt die Wache vielleicht nicht mehr rechtzeitig, um den Kampf zu unterbrechen. Und auch wenn das nicht passiert, braucht er jemanden, der die Leute schützt, mit denen er kämpft. Vielleicht tötet er eines Tages noch jemanden aus Versehen ...*

Alaire runzelte die Stirn, als ihm ein anderer Gedanke kam. *Was, wenn irgend jemand genau das will?*

In diesem frühen Stadium des Spiels war es einfach, hinter jeder geschlossenen Tür, an der Alaire vorbeiging, eine Verschwörung zu vermuten. In Wirklichkeit war er einer tatsächlichen Verschwörung nicht nähergekommen als gesten abend ... Es sei denn, Sir Jehan wäre der Drahtzieher.

Alaire stieß auf Paavo, der die Reinigung des großen Saals überwachte. Der Diener drehte sich um und gab sich keine Mühe, seinen Widerwillen zu kaschieren.

»Ach du«, sagte er leise. »Kannst du dich nicht irgendwo anders aufhalten?«

Alaire war aufgebracht über das Verhalten des Lakaien, aber er hielt sich zurück. *Es ist klar, daß sie mich so behandeln. Ich bin ja nur ein dummer Assistent, sonst nichts. Eine Klette.* »O doch, eigentlich schon. Könntet Ihr mir den Weg zu Prinz Kainemonens Suite zeigen?«

Der ältere Diener sah ihn leicht erstaunt an. »Warum sollte ihn jemand besuchen wollen? Vor allem um diese Zeit. Es ist schließlich noch hell.«

Alaire schien den Tölpel sehr glaubwürdig zu spielen. »Warum? Ich wollte mich nur persönlich bei ihm bedanken, weil er mir so einen interessanten Abend bereitet hat. Empfängt er heute?«

»Das ist nicht die Frage.« Paavo schnüffelte verächtlich. »Er empfängt immer, aber keiner will ihn sehen.« Er seufzte und schien sich in das Unvermeidliche zu ergeben. »Komm hier entlang. Wenn du deine Zeit mit diesem betrunkenen Kind verplempern willst, dann bist du herzlich eingeladen. Wenigstens kommst du mir dann nicht in die Quere.«

*Sehr seltsam, so über den Kronprinzen zu reden. Als wenn er keine Rolle spielt. Als wenn er ... niemals den Thron besteigen wird ...*

Paavo führte ihn einen anderen Gang entlang, dessen Wände zu beiden Seiten mit primitiven Waldszenen bemalt waren. Alaire sann die ganze Zeit darüber nach, wieso selbst Diener es wagten, den Kroprinzen so verächtlich zu behandeln ... auch wenn er ein Trinker sein mochte. Alaire kannte ein paar Diener aus dem Palast seiner Eltern, die der königlichen Familie ähnlich nahestanden, aber sie wären niemals so vermessen gewesen wie dieser Mann hier.

*Merk es dir für später. Paavo können wir immer noch genauer untersuchen.*

Er hatte erwartet, daß der Prinz in einer königlichen Unterkunft lebte, doch die Tür, vor der Paavo stehenblieb, war nicht auffälliger als Alaires Zimmertür in Fenrich.

Der Lakai deutete mit einer hochfahrenden Geste auf die Tür. »Du kannst allein eintreten. Ich habe Wichtigeres zu tun.«

Damit drehte Paavo sich um und ging weg. Er war eindeutig gereizt.

Alaire zuckte mit den Schultern, öffnete die Tür und trat unangemeldet ein. Der Raum hatte wohl keine Lüftung und anscheiend auch keine Fenster, denn es roch nach Wein und schalem Bier (was sonst!). Es war inzwischen Mittag, und Kai schlief anscheinend in künstlicher Dunkelheit.

»Kai?« Alaires Augen gewöhnten sich allmählich an das Dunkel. »Ich bin's, Alaire. Seid Ihr wach?«

*Blöde Frage,* dachte er und schloß die Tür hinter sich. Er zögerte, denn es gab keine Lichtquelle. Aber er wollte ungestört mit dem Kronprinzen reden, und eine offene Tür würde nur Lauscher anziehen oder möglicherweise sogar Paavos Neugier wecken. Der Raum hatte doch Fenster, aber etwas Schwarzes, Undurchdringliches verdeckte sie. Nur am Rand schien etwas Licht durch einen dünnen Spalt, genug, damit Alaire den größeren Möbelstücken ausweichen konnte.

Dann sah er im Dunkeln das Himmelbett in einer Ecke des Zimmers. Es stand schräg im Raum, und schwere Samtvorhänge verwehrten einen Blick in das Innere. Vermutlich war es in dem Bett noch dunkler als im übrigen Raum.

Alaire hörte dumpfe Geräusche vom Bett, ein ersticktes Gähnen und ein Stöhnen, als strecke sich jemand darin.

Unsicher blieb er mitten im Zimmer stehen und fragte sich, ob er in seiner schwarzen Kleidung überhaupt zu erkennen war. Dann fiel ihm ein, daß Kai möglicherweise nicht allein war. Doch er erinnerte sich daran, daß Kai besinnungslos gewesen war, als sie heute morgen zurückgekommen waren, und verwarf den Gedanken.

An der Wand stand ein Tisch, und darauf etwas, das eine Laterne sein konnte. Alaire ging hinüber. Es *war* eine Laterne. Die Klappen waren geschlossen, aber der Docht brannte. Er öffnete sie und drehte ihn hoch. Das half zwar nicht viel, aber wenigstens sah er jetzt mehr als nur die bloßen Umrisse.

Die Bettvorhänge bewegten sich ein bißchen, als jemand einen Spalt in ihnen öffnete, und ein bleiches Gesicht mit blutunterlaufenen Augen erschien.

»O nein, Alaire. Was macht Ihr denn hier zu dieser unmöglichen Stunde?«

Alaire drehte sich mit der Laterne in der Hand um, und Kai wendete den Kopf ab. »Diese unmögliche Stunde ist die Mittagsstunde«, verkündete Alaire. »Wollt Ihr den ganzen Tag verschlafen?«

Die Vorhänge schlossen sich, Und Kai drehte sich dahinter noch einmal herum. »Genau das habe ich vor.«

Alaire beachtete ihn nicht und suchte vergeblich die Fenster nach einem Hebel ab, um sie zu öffnen.

Die Vorhänge wurden erneut zurückgeschoben. Kai war rasch in eine Hose geschlüpft, die er von einem Haufen Kleidungsstücke gezogen hatte, die auf dem Bett verstreut herumlagen. Er schien allein geschlafen zu haben. Barfuß und ohne Hemd ließ der Kronprinz die Beine über den Bettrand baumeln. Er murmelte etwas Unverständliches und rieb sich die Stirn.

»Darf ich Euch vorschlagen, heute mit mir zu frühstükken?« bot Alaire an. Sein Magen knurrte vor Hunger, während er bei Kais Anblick vermutete, daß dessen Magen aus ganz anderen Gründen knurrte.

»Um Himmels willen, nein!« erwiderte Kai heftig und streckte angewidert die Zunge heraus. »Was ist Frühstück eigentlich? Ich frühstücke nie!«

»Vielleicht kann ich dann noch eine Laterne entzünden, oder eine Kerze. Oder vielleicht darf ich ja ein Fenster öffnen.«

»Laßt die Fenster bloß geschlossen, bitte«, sagte Kai.

»Wenn Ihr es unbedingt hell haben müßt, könntet Ihr diesen Ofen in Gang bringen und eine Kerze entzünden. Aber nur eine.«

Der Kachelofen war so ähnlich wie der in Alaires Raum, nur war hier ein Blasebalg in der Seite eingelassen. Es war hier nicht so kalt wie in Alaires Zimmer, als er aufgewacht war. Vermutlich sahen hier in regelmäßigen Abständen Diener nach dem Ofen und hielten ihn am Brennen. Kai hatte das sicher gar nicht bemerkt.

Schnell hatte Alaire ein prasselndes Feuer entfacht und legte von einem ebenfalls gekachelten Ständer Holz nach.

Als er die Kerze entzündet hatte, war Kai aufgestanden und lief suchend im Zimmer herum. Es sah aus wie auf einem Schlachtfeld. Auf dem Boden waren ebenfalls abgeworfene Kleidungsstücke verstreut, nur die tortenstückförmige Stelle, wo sich die Tür öffnete, war noch frei. Kai wühlte in dem Abfall herum, als suche er nützliche Stücke, die er vor einem Hausbrand retten wollte.

»Was sucht Ihr?«

»Was glaubt Ihr wohl?« Kai klang verärgert. »Ich muß den Tag irgendwie in Gang bringen.«

Mit dieser Antwort konnte Alaire nichts anfangen, bis Kai eine Weinflasche aus einem Kleiderhaufen herauszog.

*O nein, nicht schon wieder!* dachte Alaire. *Das kann er jetzt bestimmt nicht gebrauchen!*

Glücklicherweise war es die Flasche, die Kai am Abend zuvor bei sich gehabt hatte. Sie war leer. Verlegen sah Alaire zu, wie der Junge die Flasche schüttelte, als käme er um vor Durst. Doch trotz aller Mühe kam nicht einmal ein einziger Tropfen heraus.

Mutlos warf Kai die Flasche auf den Boden und starrte ins Leere. Er sah aus, als würde er gleich in Tränen ausbrechen.

Alaire wollte ihn aufmuntern. »Sieht aus, als wäre sie leer«, stellte er fröhlich fest. »Kommt schon, Kai, braucht Ihr wirklich so früh einen Drink?«

Kai ignorierte ihn und fing an, hektisch in dem Chaos herumzuwühlen. »Diese verfluchten Diener. Paavo befiehlt ihnen, meine privaten Vorräte wegzunehmen, wenn ich spät nach Hause komme.« Dann erhellte sich sein Gesicht. »Aber ich habe vielleicht doch noch einen Ersatz! Vorausgesetzt, diese zweimal verfluchten Lakaien haben ihn nicht gefunden!«

Er öffnete eine Garderobe neben dem Bett und fuhr mit der Hand innen am Holz entlang. »Aha! Da ist es ja!«

Als Kai sich umdrehte, hatte er einen Weinschlauch in der Hand, der größer war als der Lederflakon, den er in der Nacht zuvor bei sich gehabt hatte. Und er war prall gefüllt. Alaire sah weg.

»Das gefällt Euch nicht, oder?« sagte der Kronprinz. Alaire glaubte, echte Besorgnis in Kais Stimme gehört zu haben und drehte sich um. Doch der Junge trank bereits direkt aus dem Schlauch.

*Na ja, warum nicht? Vielleicht erziele ich damit ja eine Wirkung*, dachte Alaire. »Ehrlich gesagt: nein. Hört Ihr denn niemals auf zu trinken?«

»Nur, wenn nichts mehr da ist«, sagte Kai trotzig. »Warum sollte ich aufhören?«

Alaire dachte darüber nach. *Wie soll ich darüber mit einem Alkoholiker diskutieren?* Das hatte er noch nie besonders gut gekonnt. *Aber wenn ich es nicht versuche ...*

Hatte Kai nicht erzählt, daß Sir Jehan ihm den ersten Drink gegeben hatte? Und hatte der Mann nicht Kai gestern abend immer wieder zum Trinken ermutigt? Trotzdem war Sir Jehan nicht für Kais Zustand verantwortlich. Das hatte allein der Kronprinz zu verantworten, sonst niemand.

*Warum trinken manche Leute mehr als andere? Wie kann jemand nach einem Becher aufhören, während der Mann neben ihm einen nach dem anderen bestellt?* Darüber hatte er noch nie nachgedacht.

Halte dich an das Naheliegende. »Na ja, einmal zerstört es Euren Körper und Euren Verstand. Nicht unbedingt in dieser Reihenfolge.«

Kai zuckte schwach mit den Schultern. »Ist das wirklich wichtig? Ich bin ein Trunkenbold, das sagen alle. Dagegen kann ich nichts tun.« Er sah Alaire an, und wieder lag Trotz in seinem Blick. »Ich könnte jederzeit aufhören. Aber ich will eben nicht!« Er nahm noch einen Schluck. »Und es ist auch nicht wichtig, ob ich bald ins Delirium falle. Mein Vater haßt mich und würde mich lieber tot sehen als auf dem Thron!«

*Aha, jetzt haben wir's. Danach habe ich gesucht.*

Er räusperte sich dezent. »Habt Ihr Euch eigentlich jemals gefragt, warum ich hier bin und wie ich Euch, den Kronprinzen, vor so langen Jahren hätte kennenlernen können? Selbst angenommen, es wären ›einfache Ferien‹ gewesen, kann trotzdem nicht jeder in die Nähe des Königssohns gelangen.«

Kai sah ihn merkwürdig an und setzte sich dann mit gekreuzten Beinen auf einen Haufen Kleidungsstücke am Boden. »Ihr habt recht. Ihr hättet nicht in unsere Nähe kommen können, es sei denn, es hätte einen anderen Grund hinter diesem sogenannten ‚Urlaub' gegeben. Hm. Jetzt seid Ihr in irgendeiner diplomatischen Mission aus Althea hier, oder?«

Alaire nickte. »Genau. Der Dunkle Elf ist der Botschafter, den König Reynard ausgesendet hat.«

Kai fand das anscheinend ziemlich amüsant. »Richtig, der Elf. Der hat an unserem kleinen Hof einen ziemlich großen Aufstand verursacht. Ich habe darüber gestern ein bißchen gehört, vor dem Abendessen. Ist Euer Vater vielleicht ein Diplomat?«

Alaire holte tief Luft und sagte dann die Wahrheit. »Ich bin der Sohn von König Reynard, dem Herrscher von Althea.«

Prinz Kainemonen sog hörbar die Luft ein. Er war offensichtlich wirklich überrascht. »Meine Güte, seid Ihr etwa … bist du etwa der Prinz?«

*Das hat ihn aufgerüttelt. Und da er mir jetzt zuhört …*

Er lächelte listig. »*Ein* Prinz, genaugenommen. Einer aus einer ganzen Horde. Mein Vater hat mich hergeschickt, um aus erster Hand etwas über Diplomatie zu lernen. Woher weißt du so genau, was dein Vater denkt? Ich bezweifle, daß er dich wirklich haßt. Dasselbe habe ich auch über meinen Vater gedacht. Ich stehe so weit hinten in der Thronfolge, daß ich nicht glauben konnte, ich wäre ihm viel wert. Aber vor einer Weile habe ich festgestellt, daß es ganz anders war.«

Kai starrte ihn an. »Unten in der Rangordnung? Du bist nicht der Kronprinz von Althea?«

Alaire lachte. »O nein. Das ist mein ältester Bruder Derek, der Erstgeborene. Ich darf mir selbst aussuchen, was ich aus meinem Leben mache!«

»Verstehe.« Kai nickte. »Irgendwie freut mich das. Du hast dich auch nicht wie ein Kronprinz benommen.«

Alaire wollte schon fragen: *Und du?*, unterließ es dann aber und fuhr statt dessen mit seinem Familienstammbaum fort.

»Ich verstehe das als Kompliment. Meine Identität ist ein Geheimnis, also muß ich meine Rolle wohl ziemlich gut gespielt haben.« Er grinste, und Kai lächelte schwach. »Ich bin der jüngste von acht Brüdern. Die Laufbahn der anderen sind alle für sie geplant worden. Grant, der zweitälteste, ist ein geborener Kämpfer und wird zum Kriegslord ausgebildet. Trevor, der dritte, wird wegen seiner Intelligenz und Schlagfertigkeit Seneschal des Reiches. Der versonnene Phyllip war unser ›Familiengeschenk‹ an Priesterschaft und Kirche. Als Vater vorgeschlagen hat, daß Roland studieren sollte, um Hofarchivar und -bibliothekar zu werden, hat er vor Freude beinah einen Anfall bekommen ...«

Kai starrte ihn an. Anscheinend faszinierte es ihn, daß König Reynard sich so viel Mühe gemacht hatte, um für seine Söhne Berufe zu finden, die zu ihren Neigungen paßten.

Alaire unterdrückte ein Lächeln. »Nachdem die naheliegendsten Positionen besetzt worden waren, wurde es etwas schwieriger, einen passenden Beruf für meine Brüder zu finden. Ich erinnere mich daran, daß Vater Mutter fragte, warum sie ihm nicht zur Abwechslung einmal ein Mädchen gebären könne. Aber wir haben es geschafft. Als sich herausstellte, daß Drake, die Nummer sechs, ein Temperament hatte, das seinem Namen, Drache, alle Ehre machte, entschied Vater, daß er am besten unter Grant dienen solle, damit sein Temperament durch militärische Zucht gebändigt würde. Der siebte, Craig, weiß immer noch nicht, was er tun will. Das letzte, was ich hörte, war, daß Vater es ihm selbst überläßt.« Er unterschlug die Tatsache, daß Craig so etwas wie das schwarze Schaf der Familie war, der sich bei den Hofdamen herumtrieb und außer Wein, Frauen und Kleidung wenig Interesse hatte. *Besser, ich bringe ihn nicht noch auf Ideen.*

»Und du bist Nummer acht ...« Kai ließ den Satz offen.

Alaire nickte. »Selbst als Kind empfand ich schon die Demütigung, ohne darüber mit jemandem reden zu können. Ich war nur die ›Zugabe‹. Ich dachte, Vater würde mich hassen, nachdem ich seine Bemerkung zu meiner Mutter über Töchter gehört hatte.«

»Ich glaube, mein Vater hätte auch lieber eine Tochter«, sagte Kai verbittert.

Alaire schüttelte den Kopf. »Sei da nicht so sicher. Ich dachte schon, mein Vater hätte mich aufgegeben, da überraschte er mich. Ich erinnere mich noch genau an den Tag. Ich war erst sechs Jahre alt. Damals kam er in den Kindergarten des Palastes und scheuchte die Kindergärtnerinnen weg, um mit mir allein ›von Mann zu Mann‹ reden zu können, wie er sagte. Er fragte mich, was ich werden wolle, und sagte, daß ich es mir ganz frei aussuchten dürfe. Erst wußte ich nicht, was ich sagen sollte.«

»Und dann?« Kai war fasziniert und hing Alaire an den Lippen.

»Ich sagte ihm, daß ich ein Bar ... na ja, eben ein Musikant werden wolle.« *Hoffentlich hat er den kleinen Versprecher nicht bemerkt.*

Kai lachte. »Ein Bar-Musikant? Ist das so eine Art Kneipenmusiker, der wenig Geld verdient und den man nur in Tavernen findet?«

Alaire lachte nervös. »Nein. Es ist ein Fahrender Sänger. Vater hat mich gefragt, warum ich ausgerechnet das werden wollte, und ich erwiderte ...« *Na los, Alaire, denk schneller!* » ... daß solche Musikanten überall hingehen und alles sehen, ohne daß jemand auf sie achtet. Sie werden zu einem Teil des Inventars und lernen eine Menge. Ich wollte das werden, um Dereks Augen und Ohren zu sein und Dinge zu erfahren, die niemand ihm geradewegs ins Gesicht sagen würde. Und ich habe mir auch schon ein Instrument ausgesucht. Die Harfe.«

Ihm wurde klar, daß er sich völlig umsonst Gedanken gemacht hatte, weil Kai sich nur auf das letzte Wort stürzte. »Eine Harfe! Hast du sie bei dir?«

»Klar. Sie ist in meinem Zimmer«, erwiderte Alaire gelassen.

»Bitte, du mußt mir etwas vorspielen!« drängte Kai. Er wirkte so aufgeregt wie ein Kind, dem man ein Geschenk versprochen hatte.

Alaire willigte ein. Er war froh, daß er endlich wieder spielen konnte. *Es ist schon ein paar Tage her, seit ich etwas gespielt habe, mit oder ohne Bardenmagie. Ich muß zugeben, daß ich mich richtig freue über eine Möglichkeit zur Übung.*

»Später«, versprach er. »Nachdem wir gefrühstückt haben. Dann sehr gern.«

Kai freute sich überschäumend über dieses Versprechen. »Ich wußte nicht, daß du ein Instrument spielen kannst. Ich habe versucht, Laute zu lernen, aber ich habe wohl kein Talent dafür.« Seine Miene wurde finster. »Wie für nichts in meinem Leben.«

»Das ist nicht wahr«, widersprach Alaire automatisch. Aber ihm fiel kein vernünftiger Grund ein, warum das nicht stimmen sollte. *Wenn ich ihn nur besser kennen würde. Vielleicht wüßte ich dann, wie ich ihn wieder aufheitern kann. Jetzt wird er nur wieder sentimental.*

»Vater redet nie so mit mir«, fuhr Kai traurig fort. »Ich war immer nur ein Ärgernis für ihn. Jedenfalls seit ich zehn war. Davor verstanden wir uns gut, aber dann ... na ja, da ist etwas passiert.«

»Es ist nichts Ungewöhnliches, daß Väter und Söhne Probleme haben. Obwohl sie sie normalerweise klären«, meinte Alaire beruhigend. Gleichzeitig überlegte er, was wohl geschehen sein könnte, als Kai zehn war. *Ein sehr schwieriges Alter für solche Probleme. Eine frühe Pubertät vielleicht?*

»Aber nicht unsere Probleme. Er würde mich lieber tot sehen.« Kai trank einen Schluck, leckte sich die Lippen und rülpste trotzig. »Ist unwichtig. Was sollte es auch ändern? Wenn ich ihm schon keine Freude mache, kann ich mich wenigstens selbst amüsieren.«

Alaire zuckte mit den Schultern. *Immerhin habe ich das Eis ein bißchen aufgetaut. Für den Moment jedenfalls. Alles, was ich hier sehe, dieses betrunkene, dumme Kind, ist nur ein Schutz gegen seine eigenen Gefühle und alle Menschen, die er als Feinde betrachtet.*

»Also?« fragte Kai. »Bist du dabei?«

»Wobei?«

»Eine neue Runde Spaß, was sonst? Immerhin bist du auch überflüssig.«

Eigentlich wollte Alaire nicht schon wieder auf Sauftour gehen, diesmal sogar noch früher als gestern. Aber er erinnerte sich an das Versprechen, das er Naitachal gegeben hatte. *Freunde dich mit Kai an und finde soviel heraus wie möglich.*

Tja, Kai brauchte wirklich einen Freund. Und Alaire spürte, daß er es im Lauf der Zeit werden könnte. Aber er konnte sich nicht vorstellen, viele nützliche Informationen aus dem Kronprinzen herauszuholen.

Alaire hatte erwartet, daß Kai wieder in den Kneipenbezirk gehen würde. Doch zu seiner Überraschung nahm er ihn nur mit auf einen kurzen Spaziergang über das Gelände des Palastes. Es war ungewöhnlich warm, also trugen sie keine Mäntel. Alaire hatte trotzdem keine Ahnung, wohin sie gingen, bis sie die Weingärten erreichten. Diese Trauben waren Kais Stolz und Freude, wie der Kronprinz ihm erzählte.

»Ich habe sie selbst gezogen«, sagte Kai stolz, als sie vor

den langen Reihen brauner Weinstöcke standen, die jetzt den Winterschlaf hielten. Selbst ohne das Laub war deutlich zu sehen, daß es sich um einen besonders robusten und gesunden Wein handelte. »Dort drüben ist die Kelterei«, sagte Kai und deutete zu einem groben Steinhaus, das sich an die Palastmauer lehnte. Alaire nickte. Das paßte gut, daß der Prinz seinen eigenen Weinbau betrieb, wenn man bedachte, wieviel der Bursche konsumierte.

»Und wohin gehen wir heute?« fragte Alaire. Er sehnte sich nach einem Happen zu essen, aber Kai schien sich nichts aus Nahrungsmitteln zu machen. Der Hunger hatte zwar ein bißchen nachgelassen, aber Alaire wußte, daß dieser Zustand nicht lange andauern würde.

»Nicht zur Kelterei. Ich habe was anderes für uns geplant.«

Kai führte ihn durch einen Wilden Garten, der jetzt, im Winter, braun war. Es gefiel Alaire, wie diese Menschen es dem urspünglichen Wachstum der Natur überließen, die Form ihrer Garten zu bestimmen. In Althea pflanzten, beschnitten und trimmten die Gärtner die Palastgärten zu sterilen, ordentlichen Nachbildungen von Tieren, die selbst im Winter ständiger Pflege bedurften. Er hoffte, diesen Garten hier im Frühling sehen zu können und sich vielleicht zu einigen Ideen für zu Hause inspirieren zu lassen.

Sie erreichten ein großes Holzgebäude, das Alaire keinen Hinweis darauf gab, was es beinhaltete – bis sie drin standen.

*Um Himmels willen!* dachte er und betrachtete die Ständer mit den Waffen und die offene Arena. *Das ist eine Fechtschule!*

Hier im Norden schien es sinnvoll zu sein, überdachte Kampfarenen zu bauen. Was er hier sah, war einfach ein Trainingsplatz mit einem Boden aus Lehm. An der Wand hingen verschiedene Waffen, sowohl Übungswaffen aus Holz als auch richtige, tödliche. Er erkannte fünfzehn verschiedene Schwerter und einen Schrank voller Dolche. Es roch hier nach Leder, Staub und Schweiß. Und jemand erwartete sie bereits.

»Junker Kainemonen«, brummte der große, kräftige Mann. »Ihr seid zu spät.«

»Ich entschuldige mich, Hauptmann Lyam«, sagte Kai ernst. »Ich habe einen Freund mitgebracht. Einen ... Diplomaten aus Althea.«

Hauptmann Lyam ignorierte die Vorstellung. Der Mann war groß, mindestens so groß wie Alaires Vater, und es war klar, daß sein beträchtliches Gewicht von Knochen, Muskeln und Sehnen herrührte. Seine Stiefel sahen aus, als könnte Alaire darin einen See überqueren und noch Angelzeug mitnehmen. Sein vernarbtes Gesicht schien auseinandergerissen und ungeschickt wieder geflickt worden zu sein. Ein Auge saß etwas höher als das andere. Er trug keine Abzeichen, weder auf dem lockeren Hemd noch auf der dunklen Hose. Aber seine Haltung, solide wie ein Fels und genauso unbeweglich, strahlte eine natürliche Autorität aus. Kai erzitterte und sah rasch weg.

Der Hauptmann schnüffelte. »Wie ich es mir gedacht habe. Wir haben schon wieder getrunken, stimmt's?«

Kai sah aus, als wolle er es abstreiten, statt dessen nickte er jedoch demütig.

»Ja, Sir«, erwiderte er kläglich. »Es tut mir leid.«

»Und ob«, versicherte Lyam ihm in einem Ton, bei dem sich Alaire die Nackenhaare sträubten. »Und ob es Euch leid tun wird!«

Die Szene war Alaire unangenehm und machte ihn nervös. Lyam war bestimmt fünfmal größer und schwerer als Kai und hatte weit längere Arme und Beine. Beides war ein eindeutiger Vorteil in einem Schwertkampf. Außerdem hatte Kai einen schrecklichen Kater, was Lyam offenbar außerordentlich störte.

Kai schien sich jedoch in sein Schicksal zu fügen. Er ging zur Wand und wählte ein Schwert; Lyam tat dasselbe. Als sie ihre Positionen mitten in der Übungsarena eingenommen hatten, zeigte Kais Miene denselben wilden Ausdruck wie in der Nacht zuvor. Die Berührung mit dem Schwert hatte anscheinend die gleiche Verrücktheit in ihm ausgelöst, von der er während des Kampfes mit den Seeleuten besessen gewesen war.

Sie verschwendeten keine Zeit. Sie hoben ihre Schwerter zum Gruß und stürzten sich sofort aufeinander. Alaire fiel es schwer, dem Sausen der Schwerter zu folgen, die wie ein metallisch glänzender Nebel auf ihn wirkten. Lyam hatte Vorteile. Er trieb Kai an den Rand der Arena, aber noch hielt der Junge sich wacker und wehrte jeden Schlag Lyams ab. Aber er machte keine Fortschritte gegen den Mann. Heute verteidigte er sich nur und schien keine Energie mehr zu haben.

Und Lyam machte es ihm nicht absichtlich leicht. Der Hauptmann schien alles zu geben. Er bot ein erschreckendes Bild, ganz unabhänging von Kais Kondition. Die Schwerter klirrten, doch trotz Lyams Bemühungen, den Jungen in die Enge zu treiben, gelang es dem Kronprinzen immer wieder auszuweichen, im Kreis zurückzugehen und dabei nirgendwo in die Klemme zu geraten. Er war zwar kleiner als Lyam, aber dafür viel beweglicher als dieser Koloß von Mann. Und das nutzte Kai zu seinem Vorteil aus.

Zwei andere Männer erschienen an der Arena. Sie waren wie Lyam gekleidet, aber keiner von ihnen strahlte auch nur annährend soviel Autorität aus. Der Bärtige hatte eine dunkle, verwitterte Haut. Er war gewiß lange zur See gefahren. Der andere war ein bißchen korpulenter, aber sonst genauso kräftig gebaut wie der Hauptmann.

»Du, übernimm!« befahl Lyam dem kleineren der beiden. Der nahm seine Stelle ein und begann einen Sparringskampf mit Kai. Der Junge schwitzte jetzt aus allen Poren, aber er ging den neuen Gegner sofort an und jagte ihn nach kurzer Zeit durch den Ring, wie Lyam es noch Momente zuvor mit ihm gemacht hatte.

Alaire entspannte sich, nachdem der Hauptmann Kai mit einem ebenbürtigeren Gegner zusammengebracht hatte. Der Mann war nur ein bißchen größer als der Junge und schien außerdem von dem Training nicht übermäßig begeistert zu sein. Aber er war frisch und litt nicht unter den

Nachwirkungen einer durchzechten Nacht. Obwohl kein schillernder Herausforderer, war er doch ein annehmbarer Gegner. Und sie benutzten richtige, todbringende Waffen, mit denen sogar ein Anfänger hätte töten können.

Als der neue Mann sich für seine Arbeit erwärmte, zeigte er eine gewisse sadistische Begeisterung. Er streute ein paar gelungene Hiebe ein und schlug Kai mit der flachen Seite des Schwerts auf den Hintern, um seine Aufmerksamkeit zu stimulieren, als sie nachließ. Außerdem benutzte er hinterhältige Tricks, die man sonst bei Straßenkämpfen einsetzte. Das war genau die Art von Schwierigkeiten, in die Kai bei einem Wirtshauskampf geraten konnte.

Doch Alaires Erleichterung war nur von kurzer Dauer. Er hatte das unangenehme Gefühl, daß jemand ihn beobachtete und drehte sich um. Lyam mustete ihn mit einem kühlen, forschenden Blick.

»Nun, Junker Kai, wie gut ist denn Euer Freund hier?« fragte er und deutete mit dem Schwert in Alaires Richtung.

»Ganz passabel!« rief Kai, ohne den Kampf zu unterbrechen. Sein kurzes Achselzucken hinderte ihn nicht daran, sein Schwert gegen das seines Gegners klirren zu lassen. »Gewährt ihm eine Runde, wenn Ihr Lust habt.«

*Mir?*

»Bewaffnet Euch, junger Mann«, sagte Lyam grinsend. »Alvar, finde heraus, aus welchem Holz er geschnitzt ist.«

Der andere Mann trat in die Arena und nahm Position an, während Kai und sein Gegner ungestört weiterfochten. Alaire verschwendete keine Sekunde und wählte ein einfaches Holzschwert. Es hatte die Größe und das Gewicht des Schwertes, das er zu Hause benutzte. Er hob grüßend die Waffe und bereute sofort seine Wahl. Alvars Schwert war gut zwei Handbreit länger, obwohl der Mann ohnehin eine größere Reichweite hatte.

Doch dafür war Alvar nicht sehr schnell. Das längere Schwert sollte offenbar seine geringere Beweglichkeit ausgleichen. Alaire berührte ihn schnell an mehreren lebenswichtigen Stellen und landete sogar einmal aus Versehen einen harten Hieb gegen den Arm des Mannes. Alvar schien es nicht einmal zu bemerken und kämpfte unbeeindruckt weiter. Offenbar war er ein erprobter Trainingspartner, aber nicht mehr. Alaire mußte wachsam bleiben, aber er konnte ihm keinen ernsten Schaden zufügen.

Lyam hatte sich ausgeruht und übernahm jetzt die Stelle von Kais Gegner, der bereits wankte. Alaire wußte nicht, woher Kai diese Energie nahm. Er kämpfte mit derselben Geschicklichkeit, die Alaire in der vergangenen Nacht bei ihm gesehen hatte. Seltsamerweise aber schien er diesmal keine Freude dabei zu empfinden. Das hier war bloßes Handwerk, Kunstfertigkeit mit dem Schwert. Allerdings schien Lyam diesmal entschlossen zu sein, Kai in die Enge zu treiben.

Lyam trieb ihn aus dem Ring und an die Wand. Kai duckte sich unter dem großen Mann hindurch, schlug einen Purzelbaum und kam wieder hoch, das Schwert schlagbereit in der Hand.

Alvar nutzte Alaires Ablenkung. Sein Schlag traf Alaires Körper. Hätten sie echte Waffen benutzt wie Kai und Lyam, wäre sein Hieb Alaire sicher mitten ins Herz gegangen.

Lyam übernahm jetzt Alaires Übungseinheit und ließ den untersetzten Mann wieder gegen Kai antreten. Er überragte Alaire bei weitem, doch der Bardling bemerkte, daß Lyam müde wurde. Trotzdem war er ein erfahrener Berufskämpfer, und er machte keinerlei Fehler, nicht einmal, wenn er müde war. Alaire mußte sein ganzes Geschick aufbieten, um mit dem Hauptmann mitzuhalten. Es ging sogar so weit, daß er Kais Ausweichmanöver imitierte. Aber er machte nicht denselben Fehler wie bei seinem vorigen Gegner. Seine Konzentration ließ nicht nach. Lyam suchte nach einer Lücke, aber er fand keine.

»*Halt!*« rief der Hauptmann dröhnend, und sofort hörten die Kampfhandlungen auf. Alaire begriff nicht sofort, daß damit die Übungstunde vorbei war, und bereitete sich auf einen neuen Ausfall vor. Ein warnender Blick von Lyam traf ihn mitten in der Bewegung. Jetzt ließ auch er das Schwert sinken.

Der ganze Kampf konnte nicht länger als eine Viertelstunde gedauert haben, aber Alaire war vollkommen erschöpft. Seine Trainingsstunden mit dem Dunklen Elfen waren nicht mit dem hier zu vergleichen. Sie schienen sich hier auf einen Kampf auf Leben und Tod vorzubereiten, der am nächsten Tag stattfinden sollte.

Seltsamerweise war Alaire sehr mit sich zufrieden. Er hatte Lyam keinen Treffer gegönnt und sich sogar von dem Hauptmann ein paar Tricks abgeschaut. Die würde er beim nächsten Übungskampf gegen Naitachal einsetzen.

Kai atmete schwer, seine Kleidung und sein Haar waren vollkommen naßgeschwitzt. Kein Wunder, daß der Junge erschöpft war, wenn man Lyams Angriffe und dann auch noch den ständigen Wechsel der Gegner bedachte. Er hatte ohne Zweifel jeden Tropfen Alkohol ausgeschwitzt, den er seit gestern getrunken hatte.

»Gut gemacht«, sagte Lyam, und Alaire grinste verlegen, weil er nicht wußte, welchen von beiden er meinte. Die Assistenten waren auf einen unauffälligen Wink hin schweigend verschwunden.

Lyam sah Kai finster an. »Wenn Ihr morgen auch betrunken in die Übungsstunde kommt, werde ich Euch den Alkohol richtig austreiben!«

Kai verbeugte sich leicht, aber als Lyam sich umdrehte und die Arena verließ, schnitt der Kronprinz hinter seinem Rücken eine Grimasse und bewegte die Lippen in einer stummen Erwiderung, die Alaire überraschte. Fast wäre er vor Lachen herausgeplatzt, doch es gelang ihm gerade noch, es zu unterdrücken. Das wollte er sich doch lieber aufheben, bis Lyam weit, weit weg war.

Kai trug seine Waffe langsam zu einem anderen Regal. In Althea hatte Alaire eine ähnliche Vorrichtung in seinem Trainingshaus, wenn es auch etwas mehr verziert war. Außerdem waren immer Diener in der Nähe, um die Waffen entgegenzunehmen und zu schärfen. Dies hier waren zwar Übungsschwerter aus Metall, aber trotzdem schärfer, als es Alaire lieb war. Er steckte seine Waffe ebenfalls weg und spürte Muskeln, von deren Existenz er bisher gar nichts gewußt hatte.

»Meine Güte, Kai«, sagte Alaire, während er das Schwert neben das seines Freundes steckte. »Ist das eine typische Trainingsstunde?«

Der mittlerweile vertraute, arrogante Ausdruck erschien wieder auf dem Gesicht des Kronprinzen. »War das etwa hart für dich?«

»Tja ...« Alaire wollte nicht zugeben, wie gemütlich dagegen sein Training mit Naitachal gewesen war. »Bringt er häufig andere Partner mit ins Spiel?«

Kai grinste gerissen. »Immer. Deshalb kann ich jeden in den Hintern treten, wann immer ich will.«

Alaire gab zu, daß es Sinn machte, aber er mochte nicht, was das über Kai aussagte. Er hatte nicht gewußt, daß der Junge ein Maulheld war ...

»Jetzt müssen wir uns in der Sowna reinigen«, sagte Kai und schüttelte sich den Schweiß aus dem Haar.

»Der was?«

»Komm mit. Ich zeig's dir.«

Alaire wußte nicht, was er erwarten sollte, doch dies hätte er sich nie träumen lassen. Kai führte ihn in einen bewaldeten Teil der Palastanlagen, in dem ein Weiher war,der von einer sprudelnden Frischwasserquelle gespeist wurde. Direkt am Rand lag ein niedriges, quadratisches Gebäude aus Holz, das in einen kleinen, eindeutig künstlich aufgeschütteten Hügel hineingebaut worden war. Aus einem Schornstein quoll Rauch. Anscheinend war das Feuer von einigen Bediensteten schon in der Gewißheit ihrer Ankunft geschürt worden. Der Schweiß auf seinem Rücken war abgekühlt, und Alaire wollte so schnell wie möglich aus der kalten Luft heraus.

»Das ist die Sowna«, erklärte Kai, als sie das kleine Gebäude durch eine schmale Tür betraten. »Ich habe gehört, daß ihr so etwas im Süden nicht habt. Das ist wirklich schade. Es ist richtig gut und genau das richtige Mittel gegen Muskelschmerzen.«

Die Sowna bestand aus zwei kleineren Räumen. Im ersten waren Handtücher, Flaschen mit Duftwässern und Seifen, ein großer Holztrog mit Wasser und ein Regal, auf dem die Kleidung von jemandem trocknete. Ein starker, scharfer Duft nach Kiefer und Zeder machte Alaire ganz benommen. Gleichzeitig klärte er seinen Kopf. Kai zog sich sofort aus.

Alaire zögerte, folgte dann jedoch seinem Beispiel. Er fragte sich, ob auch Frauen an diesem Ritual teilnahmen. Kai war schlank, durchtrainiert und für einen siebzehnjährigen gut gebaut. Obwohl Alaire zwei Jahre älter und größer war, hatte er doch nicht so viele Muskeln und zog den Babyspeck ein, der sich um seine Mitte angesetzt hatte. Er beneidete Kai um seine Figur; aber andererseits hatte der Kronprinz auch einen Schinder als Trainer.

Als Kai die Tür zum zweiten Raum öffnete, hätte die Hitzewelle Alaire beinahe umgeworfen, und er trat einen Schritt zurück.

»Du gewöhnst dich daran«, versicherte Kai ihm, aber Alaire beugte sich nach unten, wo die Hitze nicht so groß war. Im Innern des Raums gab es ein paar Holzstühle, und der Raum war erfüllt von einem Gemisch aus Dampf und Rauch. In einer Ecke wurde ein Gestell aus Steinen von glühenden Kohlen erhitzt.

»Was ist das? Ein Ofen?« wollte Alaire wissen, während er sich auf einen Stuhl setzte. Mit einem lauten Schrei sprang er wieder auf, als sein Rücken das heiße Holz berührte, und führte einen kleinen Tanz um die Stühle herum auf.

»Das ist überhaupt nicht komisch!« rief Alaire, während Kai vor Lachen gluckste. »Du hättest mich wenigstens warnen können!«

»Dir ist das alles völlig unbekannt, oder?« Kai goß aus einem Wassereimer, den er mitgebracht hatte, erst etwas über Alaires Stuhl, dann über die Steine. Sofort stieg die Temperatur an.

»Das ist gut«, behauptete Kai. »Tut dir nach dem Kampf etwas weh?«

»Nur ein paar Stellen«, sagte Alaire. In Wahrheit jedoch

schmerzten ihn viele Muskeln. Vor den Schwertübungen machte er normalerweise einige Dehnübungen, doch heute hatte er diesen Luxus nicht genießen können. Zudem hatte er sich unbewußt verspannt, als ihm klargeworden war, daß Lyam ihn wie Kai durch den Fleischwolf drehen wollte. Das hatte seine Verspannungen noch schlimmer gemacht.

»Das geht in der Sowna vorbei. Setz dich und entspanne!«

Alaire gehorchte und atmete den Dampf durch die Nase ein und durch den Mund aus, wie Kai es ihm vormachte. Der Kronprinz goß noch mehr Wasser auf die Steine, die hell zischten. Alaire liefen Schweißtropfen über Gesicht und Rücken. Doch die Hitze löste seine Verkrampfungen, und der Dampf klärte seinen Kopf.

»Verstehst du mich jetzt?« wollte Kai wissen und streckte die Arme. »Dies hier solltest du in Althea verbreiten, wenn du zurückkehrst.«

»Das tue ich vielleicht auch«, sagte Alaire ein bißchen benommen.

»Ich habe gar nicht gemerkt, wie gut du wirklich gewesen bist«, sagte Kai geradeheraus. »Lyam hat sich nicht zurückgehalten, als er dich in der Mangel hatte. Und die beiden, die gegen uns gekämpft haben, sind zwei seiner besten Leute. Wer trainiert dich bei euch zu Hause?«

»Der Botschafter«, erwiderte Alaire, ohne nachzudenken. »Der Dunkle Elf.«

Kai pfiff überrascht auf. »Erinnere mich daran, daß ich ihn nicht herausfordere. Er ist ein guter Trainer und kann offenbar mit dem Schwert umgehen.«

Alaire wollte gerade mit Naitachals verflossenen Großtaten mit der Klinge angeben, hielt sich aber zurück. *Ich könnte zu leicht in Versuchung geraten, Magie zu erwähnen. Ich muß wirklich aufpassen, wieviel ich erzähle.* Er musterte den Jungen neben ihm unauffällig, aber Kai massierte gerade seine Schulter. *Versucht er, Informationen aus mir herauszulocken? Ich sollte besser achtgeben.*

»Wo ich herkomme, dort trainieren alle den Schwertkampf«, sagte Alaire beiläufig. »Selbst die Bauern. Man weiß ja nie, ob uns nicht mal jemand den Krieg erklärt.«

Sollte die letzte Bemerkung irgendeinen Eindruck auf den Kronprinzen gemacht haben, ließ er sich jedenfalls nichts davon anmerken. »Aber du mußt zugeben, daß man als Prinz gewisse Privilegien hat. Die besten Lehrer und die beste Ausrüstung. Was du da eben gezeigt hast, hat mich wirklich beeindruckt. Und was noch besser ist ... Lyam ebenfalls. Was nicht gerade einfach ist.«

Alaire wußte nicht, was er darauf sagen sollte. Sein Stolz war geschmeichelt, und er vergaß vollkommen die Hitze. Selbst seine Muskelschmerzen schmolzen wie Butter auf den Sownasteinen.

»Was hast du denn heute abend vor?« fragte Kai schließlich.

»Als erstes möchte ich gern etwas essen«, sage er. Der Hunger hatte sich nach dieser harten Trainingsstunde mit doppelter Kraft zurückgemeldet. *Er will doch nicht etwa eine Nacht in der Stadt vorschlagen? Nicht schon wieder!*

»Und danach? Was hältst du davon, wenn wir wieder in das Kneipenviertel gehen?« schlug Kai hoffnungsvoll vor. »Du bist ein guter Spießgeselle.«

Alaire verbarg seine Bestürzung. »Ich weiß nicht ... Lieber nicht, wenn ich ehrlich sein darf. Außerdem könnte Naitachal mich brauchen. Ich bin tatsächlich sein Assistent.« *Macht Kai das jede Nacht?*

Der Kronprinz schnitt eine Grimasse, gab aber nach. »Der Tag gehört dir, mein Freund. Ganz, wie du willst.«

Kai klang fast so, als wollte er einmal ohne Wein auskommen ...

Doch Alaire vermutete, daß der Kronprinz trotzdem eine Möglichkeit finden würde, sich zu betrinken, ganz gleich, was Alaire sagte oder tat.

# 9.
# KAPITEL

Naitachal kehrte in das Zimmer zurück und sah nach, ob Alaire schon wach war, mußte aber feststellen, daß sein Schützling bereits ausgeflogen war. Das überraschte ihn. Immerhin hatte der Bardling nur wenig Schlaf bekommen, während er zu Hause oft bis über den Mittag hinaus im Bett lag. *Er streunt wohl wieder mit dem Kronprinzen herum. Gut. Vielleicht bekommt er ja die Antworten, die ich vergeblich gesucht habe.*

Paavos und Pikhalas' Verhalten bewiesen Naitachal nur, daß eine finstere, unheilvolle Verschwörung bis in die höchsten Ebenen des Königshauses von Suinomen reichte. Aber der Kronprinz schien nicht daran beteiligt zu sein ...

Das war seltsam. Sie wußten zwar immer noch wenig über Kai, aber was Alaire bisher herausgefunden hatte, deutete darauf hin, daß der Junge kein Komplize war. Wenn überhaupt, dann zielte diese Verschwörung gegen ihn genauso wie gegen Alaire und Naitachal selbst.

*Kai ist ein schwarzes Schaf, ein Außenseiter innerhalb des Königreiches, das er eines Tages rechtmäßig erben sollte. Damit wäre er sowohl ein leichtes als auch geeignetes Ziel für jeden, der Macht gewinnen will oder selbst nach der Krone strebt.*

Die ganze Sache war besorgniserregend. *Sind wir da etwa mitten in einen Putsch gestolpert? Oder arbeiten sie, wer auch immer ›sie‹ sein mögen, gerade an der Grundlage für einen? Dann sind wir vermutlich im ungünstigsten Moment gekommen.*

Er hatte das Gefühl, daß die Leute in unmittelbarer Nähe des Königs diesen gegen alle fremden Besucher abschirmten, und daß der Monarch gleichzeitig davon nicht die geringste Ahnung hatte. Naitachal hatte beim Abendessen wirklich den Eindruck gehabt, als wollte der König ihn empfangen.

*Na gut. Wollen wir annehmen, daß er mit mir reden wollte und seine Büttel mich daran hindern, zu ihm zu gelangen. Wenn das stimmt, dann ist der König von Feinden umgeben. Paavo, Johan Pikhalas und vielleicht auch dieser Sir Jehan, von dem Alaire gestern abend sprach, stehen dann ganz oben auf der Liste.*

Naitachal machte sich plötzlich sowohl um Alaire als auch um sich selbst und um Kai Sorgen. *Wir sind die ersten und besten Zielscheiben. Wenn es einen Putsch gibt, sterben wir zuerst.*

Während der Dunkle Elf diese finsteren Gedanken wälzte, hörte er ein leises Klopfen an der Tür. Obwohl es fast zögernd klang, zuckte er zusammen und griff nach seiner Klinge. Erneut kopfte es, und Naitachal trat mit gezogenem Schwert an die Tür.

»Ja? Wer da?« fragte er und wappnete sich innerlich gegen eine ganze Garnison Soldaten, die jeden Moment hereinstürmen könnten.

»Ich bin hier, um Euer Zimmer zu säubern, Sir.« Es war eine junge, männliche Stimme. Eine junge, männliche und furchtsame Stimme.

Naitachal entspannte sich, wenn auch nicht ganz. *Könnte trotzdem eine Falle sein.*

»Kommt herein«, sagte er. *Vergiß nicht: keine Magie, nur Fertigkeit mit dem Schwert, falls das der nächste Assassine ist.*

Die Tür ging langsam auf, und ein Junge mit einem Staubwedel und einem Lappen trat herein. Das Kind war höchstens dreizehn. Er trug die einfache Kleidung, die auch die übrigen Diener trugen. Ein Wams aus weichem Leder und kurze Stiefel, die fast wie Pantoffeln aussahen. Sein langes braunes Haar fiel ihm über die Stirn, doch seine Augen leuchteten hindurch, als benutzte er es wie einen Schleier, um sein Gesicht zu verstecken. Als der Junge das Schwert in Naitachals Hand sah, blieb er wie angewurzelt stehen.

*Er ist keine Bedrohung,* dachte Naitachal und schob die Klinge in die Scheide zurück. »Keine Angst«, sagte er und bedeutete dem Diener mit einer Handbewegung, einzutreten. »Ich übe nur.«

Der Junge lächelte erleichtert und trat näher auf Naitachal zu. Er sah zu dem Dunklen Elfen auf, und das Haar fiel ihm aus dem Gesicht. Seine Miene verriet sein Erstaunen. Er starrte den Elfen einige Sekunden sprachlos an, bis es fast unangenehm wurde.

*Ich bin der erste Elf, den dieses Kind jemals gesehen hat,* erkannte Naitachal und entspannte sich noch mehr. Unter anderen Umständen hätte er diese linkische Aufmerksamkeit nicht hingenommen, aber nach der Behandlung, die er bisher von den Erwachsenen in diesem Land erfahren hatte, war ein Lächeln ein willkommener Anblick, selbst wenn nur Neugier dahintersteckte.

»Du sprichst Altheanisch«, stellte der Elf fest.

»Ja. Ein bißchen«, sagte das Kind schüchtern. »Sie lehren es in der Schule. Ich bin ziemlich gut darin. Die Lehrer meinen, es sei wichtig, die Sprache zu lernen, weil wir bald mehr Handel mit Euch treiben werden.«

»Sagen Sie das, wirklich?« Naitachal klang etwas sarkastischer, als er gewollt hatte. Er hatte sich schon gefragt, warum die meisten Einheimischen fließend Altheanisch sprachen. *Lehren sie ihre Kinder die Sprache, um mit uns Handel zu treiben, oder weil sie uns erobern wollen? In beiden Fällen wäre es nützlich, die Sprache zu kennen.*

Der Junge kicherte und legte schnell eine schmutzige Hand auf den Mund. »Habe ich etwas Lustiges gesagt?«

»Eure *Ohren*. Sie haben sich eben gespitzt.«

Naitachal spürte, wie er errötete. Es war die typische Reaktion auf eine bekannte Demütigung, und er konnte sie einfach nicht unterdrücken. Immer, wenn ein Mensch seine Ohren bemerkte, war seine Reaktion die gleiche. Vielleicht hatte es etwas damit zu tun, daß er in einer relativ abgeschotteten Elfenkultur aufgewachsen war. Diesmal allerdings war er hauptsächlich amüsiert.

»Das haben sie gemacht, weil du etwas Interessantes gesagt hat«, erklärte er dem Jungen mit einem verschwörerischen Lächeln. »Erzähl mir, was die Erwachsenen über Althea sagen.«

Naitachal wackelte mit den Ohren, und der Junge kicherte wieder.

»Na ja, daß es warm ist und schön, und daß es selten

schneit.« Das Kind seufzte, als wäre das ein Wunder. »Und daß wir viel Gold verdienen können, wenn wir ihnen männliche Dieren verkaufen.«

»Aber keine weiblichen Dieren?«

»Aber nein«, sagte der Junge, als hätte Naitachal etwas unglaubliches Dummes gesagt. »Dann könntet Ihr ja Eure eigenen Herden züchten.«

Naitachal lachte schallend auf. Der Junge wickelte ihn um den Finger. Das Kind riß die Augen weit auf, doch nicht vor Angst, sondern vor Freude.

*Der Junge kann in vielerlei Hinsicht hilfreich sein,* dachte er und konzentrierte sich wieder auf die praktischen Seiten ihres Auftrags. *Es ist schon eine Ironie, daß wir die einzigen Informationen über dieses Land von den Jugendlichen bekommen haben.*

Er grinste, und der Junge grinste zurück. Anscheinend war er von Naitachals Harmlosigkeit überzeugt. »Wie heißt du, Bursche?«

»Erik«, antwortete der Junge stolz. »Sohn von Eliel aus dem Haus Lieslund.«

»Ich bin Naitachal«, antwortete der Barde mit einer leichten Verbeugung. »Und was macht dein Vater?«

Erik zögerte einen Moment. »Er ist Lehrer an der Schule. Ich wollte auch Lehrer werden, aber mein Vater meint, es wäre eine große Ehre, dem König zu dienen, auch wenn man nur die Gästezimmer saubermacht.« Er sah sich in dem Raum um und zuckte die Achseln. »Sieht nicht so aus, als gäbe es hier viel sauberzumachen. Nicht so, wie in den anderen Räumen, die ich gesehen habe.«

»Ich erinnere mich an ein spätes Fest gestern abend«, antwortete Naitachal abwesend. »Vielleicht kannst du mir ja helfen. Der Assistent des Königs hat mich gebeten, bei den Schergen in der Halle des Zaubererbundes zu erscheinen. Ich muß in einer Stunde dort sein, aber ich habe keine Ahnung, wo das sein könnte.«

Das unschuldige Gesicht des Jungen verzerrte sich zu einer Maske des Entsetzens. »Oh, freiwillig geht Ihr dort bestimmt nicht hin! Wollen sie Euch für etwas bestrafen?« Er ging rückwärts zu Tür, als könnte die Nähe zu Naitachal ihn irgendwie anstecken.

»Ist schon gut«, beruhigte ihn Naitachal, von der Reaktion des Jungen verwirrt. »Wir haben in Althea eine ähnliche Einrichtung. Sie wollen mir nur zeigen, wir ihr System funktioniert.«

»Ihr habt keine Magie ausgeübt, ohne dafür das Gold zu zahlen?«

»Natürlich nicht«, sagte Naitachal, verschränkte die Arme und setzte eine eigensinnige Miene auf. »So dumm sehe ich doch nicht aus, oder? Sie wollen mir nur genau erklären, wie der Bund die Gesetze schützt. In meinem Land bin ich selbst so etwas wie ein Gesetzgeber.«

Das schien aber keinen großen Unterschied zu machen. Erik senkte den Blick zu Boden. »Dann kann ich es Euch wohl erzählen.« Er trat ans Fenster. »Da hinten. Ihr könnt es von hier aus sehen. Es ist außerhalb des Palastes.«

Erik deutete auf ein niedriges, wuchtiges Gebäude, das von kahlen Bäume umgeben war. In der Wintersonne war es kaum zu sehen. Es lag direkt hinter dem Park des Palastes. »Da hinten, am Südwall. Sieht nach nichts aus. Aber da ist ...« Er wollte mehr sagen, überlegte es sich aber anscheinend anders.

»Was ist da?« fragte Naitachal beiläufig. »Die Gruft der Seelen vielleicht?«

»Das kann ich nicht sagen. Ich meine, ich darf es nicht sagen. Wahrscheinlich habe ich sowieso schon zuviel gesagt.« Erik drehte sich um und wollte gehen. »Kann ich Euch etwas bringen? Saubere Laken? Eine Decke?«

»Tja«, sagte Naitachal. Sollte jetzt seine letzte nützliche Informationsquelle versiegen? *Jedenfalls im Augenblick. Der Junge ist empfänglich und neugierig. Ein andermal kann er mir sicher Dinge über diesen Palast erzählen, die mir kein Erwachsener verraten würde.* »Wir haben etwas wenig Holz. Aber bevor du gehst, möchte ich, daß du eins weißt: Ich werde dich nicht verraten. Was wir reden, bleibt ein Geheimnis. Wenn du etwas gesagt hast, was du nicht sagen durftest, dann habe ich das einfach nicht gehört.« Er zwinkerte dem Jungen zu und hoffte, daß diese Geste das Kind beruhigte.

»Bitte, sagt Paavo nichts«, flehte der Junge. »Der zieht mir bestimmt das Fell über die Ohren.«

»Dieser Dummkopf?« Naitachal lachte bei dem Namen. »Ich rede mit diesem ...« fast hätte er »Mensch« gesagt, verbesserte sich aber gerade noch, » ... Dummkopf so wenig wie möglich. Dummkopf. Das ist das einzige Wort, das auf ihn paßt.«

Erik kicherte beruhigt. Er verbeugte sich. »Danke, Sir. Ich komme sofort mit Eurem Holz zurück.«

Dann verschwand er.

Naitachal lauschte einen Moment, wie die leisen Schritte des Jungen im Flur verklangen, und schloß dann fest die Tür.

*Na ja, sieht so aus, als hätte ich wenigstens einen Bundesgenossen in diesem gottverlassenen Nest gefunden!*

Keiner stellte sich Naitachal in den Weg, als er durch die Korridore des Hauptpalastes ging. Trotzdem spürte er, wie jemand ihn beobachtete und all seine Bewegungen verfolgte. Er verabschiedete sich nicht von Paavo, als er das Hauptportal der Burg passierte, bemerkte aber, wie der Lakai ihm mit seinen glänzenden Augen nachsah. *Wenn schon, dachte er. Sollen sie doch wissen, wohin ich gehe. Vielleicht bekomme ich ja meine Audienz beim König, wenn sie merken, daß ihre kindischen Spielchen meine Neugier nicht dämpfen.*

Naitachal hatte nicht erwartet, daß es in diesem Land jetzt so warm werden konnte. Trotz der kahlen Bäume, des braunen Grases und der schlummernden Weinstöcke war es fast wie an einem Frühlingstag. Aus irgendeinem Grund dachte er an seine Harfe und vor allem daran, wie wenig er in letzter Zeit gespielt hatte. Die Schönheit der Natur erinnerte ihn an Musik. Musik, von der er in seinen jungen Jahren nichts gewußt hatte ...

Na ja, er hatte damals ohnehin wenig Spaß gehabt, da er sein Leben der Geisterbeschwörung, der Schwarzen Magie gewidmet hatte. Das einzige Schöne, das in seinem Volk erlaubt war, fand er im Wald. Bis er Kevin kennenlernte. Damals, in den glorreichen Jahren des Kampfes gegen Carlotta, hatte er sein musikalisches Talent niemals bemerkt. Jetzt meldete sich seine wahre Natur, und Naitachal beschloß, später am Tag noch zu üben.

Selbstverständlich ohne Bardenmagie.

Und er würde auch Alaire zum Üben anhalten. Trotz der Hofintrige, in die sie da hineingeraten waren, konnte der Junge es sich nicht leisten, seine Fähigkeiten sein zu lassen. Bardenmagie war eine Verteidigungswaffe, aber Musik war eine Kunst.

*Die Götter mögen uns helfen, wenn wir jemals in einen Kampf geraten, der uns zwingt, diese verwünschten Gesetze Suinomens zu verletzen.* Bedachte man die Verbissenheit, mit der man sie in diesem Königreich geltend machte, würden wohl selbst die Götter nicht viel für sie tun können, sagte sich Naitachal sarkastisch.

Und alles, was er wußte, hatte er aus zweiter Hand von Alaire erfahren. Er zweifelte zwar nicht an den Worten des Jungen, aber er mußte einige der Informationen bestätigen, die der Bardling ihm gegeben hatte. *Dieses ganze Rätsel könnte mit etwas zusammenhängen, daß ich da unten in der Halle des Zaubererbundes finden kann.*

Er wußte allerdings nicht, wie man ihn dort empfangen würde, was ihn forscher ausschreiten ließ und seine Wachsamkeit erhöhte. Nach kurzer Zeit fand er das Gebäude, das Erik ihm so zögernd von seinem Zimmerfenster aus gezeigt hatte. Überall standen die Häuser so eng zusammen, daß kaum eine Hand zwischen die Wände paßte.

Nur hier nicht.

Es gab hier keine anderen Häuser, nur ein tristes Gewirr von Bäumen und Büschen, das das Bauwerk umgab und von den anderen trennte. Dahinter stieg der Hügel steil an. Zu steil, um darauf zu bauen. Rechts von dem Gebäude verlief die Mauer des Palastgartens, davor war die Straße. Und links davon …

Links davon war ein freies, dicht bewachsenes Feld, das die Halle von den Nachbargebäuden trennte. Es schien, als *wollte* auch gar keiner zu nah an diesem Haus bauen.

Ein schmaler Pfad führte zu dem Anwesen. Er war mit Blättern übersät, was darauf hindeutete, daß nur wenig Fußgänger ihn benutzten. Doch der Ort selbst hatte eine merkwürdige Ausstrahlung, als verberge er etwas tief unter der Erde ... etwas Schlimmes. Etwas sehr Schlimmes, Bizarres.

Um das weiter zu erforschen, hätte Naitachal allerdings seine Magie einsetzen müssen, aber er hatte keine Lust, im Gefängnis zu landen. Er war sehr nahe an der Bundeshalle und würde wohl kaum viel Zeit haben, bis die Hexenmeister und Magie-Macher herauskamen und den suchten, der dumm genug war, aus dieser Nähe einen Zauber zu beschwören.

Es waren keine Wachen zu sehen. Naitachal vermutete einen Wachzauber, der jene im Haus alarmierte, wenn sich ein Fremder näherte. Doch auch vor der Eingangstür, die in einem höchst reparaturbedürftigen Zustand war, spürte Naitachal nichts. Entweder hatten sie gar keinen Zauber benutzt, oder sie waren besser, als er ihnen zugetraut hatte.

Er neigte dazu, ersteres anzunehmen, denn bisher hatte er bei seinem Besuch in diesem Land noch keinen Beweis für fortschrittliche Zauberei gesehen. *Sie müßten schon sehr beeindruckend sein, um mich zu überraschen,* dachte Naitachal. Manchmal war es einfach für ihn, unter Menschen zu leben und seine Vergangenheit als Schwarzer Magier, seine Lehrer und den Clan der Dunklen Elfen zu vergessen. Die Beherrschung der Magie unter den Elfen reichte Tausende von Jahren zurück, wohingegen die Menschen gerade erst die rudimentärsten Anfänge erlernt hatten. *Schon, doch in den Händen von Anfängern kann Magie sehr gefährlich sein.*

Er klopfte an eine der großen Holztüren, deren Farbe abblätterte, so daß das bloße Holz durchschimmerte. Nachdem er einen Moment gewartet hatte, beschloß er, uneingeladen hineinzugehen.

Doch da hörte er Schritte, die sich der Tür näherten,

gefolgt von einem lauten Knarren, als sie geöffnet wurde. Ein kleiner, nervöser Mann spähte durch den Spalt, sah Naitachal und machte Anstalten, ihm die Tür vor der Nase zuzuschlagen.

»Nicht so hastig«, sagte Naitachal. Er verzichtete zwar auf seine magische, manipulierende Stimme, doch auch seine normale Stimme klang gebieterisch genug. »Ich bin hier, um zu sehen, was es mit diesem Ort auf sich hat.« Der Dunkle Elf trat einen Schritt vor. »Welche wundervolle Magie Ihr hier beschwört. Ihr scheint ja nicht einmal Licht für Eure Arbeit zu brauchen.«

»Wir ... Elfen haben hier aber keinen Zutritt«, sagte der Mann schüchtern.

Naitachal ignorierte ihn einfach. »Seid nicht albern. Ich bin ein Diplomat. Niemand hat mir gesagt, daß dieser Ort verboten wäre.« Er betrat eine finstere Eingangshalle, die von einigen Kerzen spärlich erleuchtet wurde. Einige waren nur noch Stummel. Es gab keine Fenster, dabei hätten ein oder zwei schon gereicht. »Wer ist hier der Verantwortliche?«

»Ich«, ertönte eine laute, dröhnende Stimme. »Was fällt einem Dunklen Elfen ein, die Schwelle der Bundeshalle zu verfinstern?«

»Soren!« rief der Mann, der die Tür geöffnet hatte. »Er ist gewaltsam eingedrungen. Ich kann nichts dafür.« Er lief in den Schatten und blieb dort heftig gestikulierend stehen.

Der andere antwortete ungeduldig, während der Kleine jammerte. Naitachal stand reglos in der Dunkelheit und belauschte ihren Streit. Seine Elfenaugen gewöhnten sich schnell an die Finsternis. Ein übergewichtiger Hexenmeister in einer knallbunten Robe betrachtete ihn von einer Wendeltreppe aus. Naitachal fragte sich, wie das dünne Gestell den fetten Mann überhaupt tragen konnte, doch offenbar machte der sich keine Sorgen darüber.

Oben an der Treppe sah Naitachal eine geöffnete Tür. Er erhaschte zwar nur einen kurzen Blick in den Raum, aber von seinem Standort aus wirkte es wie ein ... Etablissement von zweifelhaftem Ruf.

Dürftig bekleidete Frauen erschienen in der Tür und lugten herab. Sie bestätigten damit Naitachals Verdacht. Dann liefen sie eilig in das Zimmer zurück und schlossen die Tür hinter sich.

»Vergebt mit mein Eindringen«, begann Naitachal gelassen. »Ich bin Botschafter Naitachal vom Königreich Althea. Ich respektiere Eure Gesetze und will sie keineswegs verletzen. Aber ich würde gern erfahren ...«, er warf einen Blick auf die geschlossene Tür, » ...wie exakt die Praxis der Zauberei in Eurem schönen Land geregelt und ausgeübt wird.«

Der Hexenmeister errötete, ging aber polternd zum Angriff über: »Wir gestatten keinen Wesen wie Euch die Anwesenheit in der Bundeshalle.«

Naitachal hob maliziös eine Braue. »Und warum nicht?«

»Es ist ... ahem ... verboten.«

Der Barde dachte über die Situation nach. *Ich kann entweder einfach gehen, oder ich kann aus dieser Sache einen ernsthaften diplomatischen Zwischenfall machen und dann gehen. Irgend etwas sagt mir, daß ich die Hintergründe dieses Ortes in Erfahrung bringen muß. Jedenfalls soweit ich sie dazu bringen kann, sie mir zu zeigen.*

»Dann gehe ich wohl besser«, begann Naitachal. »Soren, so heißt Ihr doch, richtig?« Er hüstelte geziert. »Ich muß zugeben, daß ich ein wenig enttäuscht von dem bin, was ich bisher gesehen habe. In Althea stellen wir unseren Magiern Häuser zur Verfügung, die denen unserer reichsten Edelmänner gleichkommen. Und Zauberer gelten im Rat des Königs genausoviel wie alle anderen Adligen. Ich dachte, daß *Eure* Magier ebensoviel Macht und Prestige besitzen, aber das war anscheinend ein Irrtum. Vielleicht gibt es für mich hier gar nicht so viel zu sehen.«

Der Dunkle Elf wandte sich mit enttäuschter Miene ab.

»Wartet einen Moment«, sagte Soren schnell. »Es ist nicht gerecht, unseren Bund nach dem zu beurteilen, was Ihr gerade gesehen habt. Wir haben tatsächlich Macht und genießen auch alle Ehren!«

Naitachal blieb stehen. »Ehrlich gesagt«, warf er über die

Schulter zurück, »kann ich nichts sehen, was diese Behauptung unterstützt. Es sei denn, es befindet sich ein Beweis dafür im Inneren der Halle.«

Der Hexenmeister zögerte, als wäre er versucht, dem Barden zu beweisen, daß seine Worte keine leere Prahlerei waren.

»Was schadet es schon?« fuhr Naitachal fort. »Mein Verbindungsmann hat nicht gesagt, dieser Platz wäre mir verboten. Macht nur. Beeindruckt mich, wenn Ihr könnt.«

Der Hexenmeister murmelte etwas Unverständliches vor sich hin. Naitachal zuckte verächtlich mit den Schultern und ging zur Tür.

»Wenn Ihr mir folgen würdet«, stotterte Soren. »Ich führe Euch in das Herz der Bundeshalle, zu dem Ort, an dem wir unsere heiligste Magie ausüben. Aber Ihr müßt mir versprechen, nicht auf eigene Faust umherzulaufen.«

»Sehr gern«, stimmte Naitachal zu und drehte sich um. Soren kam den Rest der Treppe hinunter und bedeutete dem Barden, ihm zu folgen.

Der Hexenmeister führte Naitachal durch einen kurzen Gang und öffnete mit einer schwungvollen Gebärde eine Tür. »Seht!« sagte er stolz. »Der Herz des Bundes!«

Das ist alles? Fast hätte Naitachal die Worte laut ausgesprochen. Er konnte es kaum glauben. *Die ganze Magie des Königreichs wird in diesem Kämmerchen beschworen?*

Obwohl der Saal beträchtlich größer war als der Festsaal im Palast, ließ er viel zu wünschen übrig. Wenigstens fiel hier etwas Sonnenlicht durch zwei hohe Fenster hinein, die in Höhe der Dachsparren eingelassen waren. Dadurch war es hell genug, um die Kargheit des Raumes zu erkennen. Einfache Holzplanken dienten als Boden und Wand, ein Kohlebecken hing über ihnen, und die Wände waren nicht gestrichen. Der widerliche Geruch in der Luft erinnerte Naitachal an kochenden Teer.

»Soweit ich es verstanden habe, muß alle Magie hier beschworen werden, und zwar nur mit einer Genehmigung.« Er hob seine Brauen. »Für jemandem aus meinem Land wirkt das etwas ... beschränkt.«

»Der König ist sehr großzügig in der Vergabe von Genehmigungen«, erwiderte Soren beinah verteidigend. »Er hat fast noch nie jemanden zurückgewiesen.«

»Sehr interessant.« Naitachal bemühte sich, auch interessiert auszusehen. »Wie teuer ist eine Genehmigung? Sagen wir, für einen einfachen Glückszauber?«

Soren strahlte. »Oh, das macht dreitausend Kronen. Oder mehr, je nach Wirkungsdauer des Zaubers.«

Naitachal war nicht ganz sicher, ob er die Zahl richtig ins Altheanische übertrug, aber sie klang hoch. Er sah hier keinen Grund, warum diese Dinge gesetzlich geregelt sein sollten, und es gab auch keine Spur von den offiziellen Magiern, die angeblich hier sein sollten. Wo waren zum Beispiel die Hexenmeister, die bei seiner Ankunft in die Audienzhalle gestürmt waren? Möglicherweise wohnten sie ja mehr oder weniger ständig im Palast.

Oder auch nicht. Vielleicht waren sie trotz ihrer Roben und lächerlichen Hüte gar keine Hexenmeister gewesen. Wenn dies alles hier nur eine Fassade war?

In diesem Fall stellte sich allerdings die Frage, wer dann in der letzten Nacht die »illegalen« Zauberer aufgespürt hatte. Und wer hatte diesen Wachzauber zu ihm und dem Bardling ausgesendet, noch bevor sie die Grenze erreicht hatten?

Der Saal war nicht ganz leer. An einem Ende saß ein Hexenmeister vor einem groben Pentagramm, das er vermutlich mit Salz auf die Erde gestreut hatte. Er starrte auf den Inhalt eines Glases, das mitten in dem Pentagramm stand, wirkte unendlich gelangweilt und gähnte sogar, als Naitachal ihn betrachtete.

»Der ist schon den ganzen Tag hier. Ich weiß nicht genau, was er eigentlich vorhat«, sagte Soren. »Hoffentlich wollt Ihr nicht auch zaubern. Er hat den Saal für den ganzen Tag gebucht.«

»Und wenn ich es wollte?« fragte Naitachal. »Und auch das nötige Kleingeld hätte?«

Soren schüttelte nervös den Kopf. »Ich fürchte, das wird einfach nicht erlaubt werden. Erstens seid Ihr kein Bürger dieses Landes ...«

Der Dunkle Elf vermutete, daß dies der am wenigsten gewichtige Grund war.

»Und …« fuhr der Hexenmeister fort, » … Ihr seid ein … Elf.«

Naitachal kicherte. Der Magier hatte ihn verblüfft. »Das weiß ich. Meine Eltern verrieten es mir vor langer Zeit, und mein Spiegel wird nicht müde, es mir jeden Tag aufs neue zu zeigen. Was genau bedeutet das?«

Soren runzelte die Stirn und richtete seinen Blick ausweichend auf den Holzboden. »Ihr solltet jetzt besser gehen.« Er ging zur Tür. »Hier entlang, Sir.«

Naitachal zuckte mit den Schulten. Er hatte nichts, was Licht in die Sache hätte bringen können. Es begeisterte ihn nicht gerade, daß keine seiner wichtigsten Fragen beantwortet worden war.

*Hier jedenfalls praktizieren sie keine echte Magie, sondern lassen nur die Amateure dilettieren und auf Pentagramme und Kristalle starren. Die Antwort muß in irgendeinem Raum des Palastes sein, an einem Platz, den ich bisher noch nicht gefunden habe.*

Als Soren ihn zur Vordertür brachte, spürte Naitachal etwas unter der Halle, tief im Boden. Es war dieselbe bedrohliche Finsternis, die er schon früher wahrgenommen hatte. Nur war sie diesmal stärker und schien von einem Ort direkt unter ihm auszugehen. Soren bemerkte sie offenbar nicht, was allerdings auch zusammenpaßte. Der Dunkle Elf war längst zu dem Schluß gekommen, daß der »Zauberkünstler« alles andere als ein »echter« Magier war. *Seine magischen Fertigkeiten dürften kaum höher entwickelt sein als die des armen Kerls, der dort in sein Glas starrt.*

Aber da unten war ein – Etwas, unter der Halle. Es lebte, war bösartig und war sich eindeutig seiner, Naitachals, Gegenwart bewußt. *Es lauert etwas da unten, etwas, das nicht von dieser Erde stammt, und es beobachtet mich.*

Er wollte es ertasten, um zu sehen, was für ein Ding es war, aber dazu hätte er Magie benutzen müssen. *Es ist so verlockend …*

*Und vielleicht will jemand genau das provozieren.*

# 10. KAPITEL

Nachdem sie so lange im Dampf gesessen hatten, wie sie es ertragen konnten, führte Kai Alaire wieder aus der Sowna heraus und sprang sofort in den kleinen Weiher, der daneben lag. Er wies Alaire an, ihm zu folgen.

»Vertrau mir!« rief Kai.

Alaire schüttelte den Kopf und musterte zweifelnd den Weiher. Er tat so, als wolle er dafür sorgen, daß niemand sie störte. Was allerdings in Anbetracht der kahlen Bäume, die sie vom Gelände des Palastes trennte, ein vergebliches Unterfangen war. Jedenfalls zögerte er eine Weile, bis er beschloß, seinen nackten Körper dem eiskalten Wasser auszusetzen. Als Kais Spott immer beißender wurde, tauchte Alaire schließlich einen Zeh in den Weiher.

»Auuuu!« schrie er und sprang zurück. Am Ufer bildete sich eine dünne Eisschicht. *»Du machst wohl Witze!«*

Kai stand bis zur Hüfte im Wasser, und seine Miene besagte deutlich, daß er Alaires Männlichkeit ernsthaft in Frage stellte.

Die kalte Luft erinnerte den Bardling unangenehm daran, daß sowohl unter als auch *über* Wasser Winter herrschte. Er biß die Zähne zusammen und sprang. *Wenn ich schon friere, kann ich wenigstens dabei Kai beeindrucken …*

Das eiskalte Wasser betäubte seine Haut sofort. Er drehte sich um, weil er so schnell wie möglich wieder hinauswollte, und trat in eine tiefe Senke. Eiskaltes Wasser schlug über seinem Kopf zusammen. Er schlug panisch mit den Armen um sich, bis er wieder festen Grund unter den Füßen fühlte. Als er wieder an die Oberfläche kam, wollte er schreien, aber seine Stimme versagte ihren Dienst.

»Schon besser«, stellte Kai fest. Er stieg aus dem Wasser und ging zur Sowna, wo ihr Kleider waren.

»Wo … wohin ge … gehst … d … du?« brachte Alaire zähneklappernd heraus.

Kai grinste. »Wieder in die Sowna.« Er deutete auf den Weiher. »Da drin ist es zu kalt!«

Alaire hätte ihn am liebsten erwürgt. Aber das wäre wohl für die zukünftigen diplomatischen Beziehungen zu Suinomen nicht förderlich gewesen. Er folgte Kai aus dem Weiher und hüpfte am Ufer auf und ab, um seinen Kreislauf anzuregen. Grimmig bemerkte er, daß ein ziemlich wichtiger Teil seiner Extremitäten sich entsetzt in das Innere seines Körpers zurückgezogen hatte.

*Alles Opfer, die ich für Althea bringe,* dachte Alaire und lief bibbernd vor Kälte in die Sowna zurück.

Er hatte keine Ahnung, wohin Kai ihn führte. Sie hatten ihre einfache Kleidung angezogen und gingen zum Palast zurück. Der Kronprinz hatte kein Sterbenswörtchen über das Ziel verraten.

»Wohin gehen wir?« fragte Alaire beiläufig, als sie den warmen Palast betraten. »Wir gehen doch nicht etwa wieder aus, oder?«

Kai schnitt eine Grimasse. Er wirkte, als hätte er noch ein amüsantes Geheimnis in der Hinterhand. »Das habe ich doch schon gesagt. Außerdem, glaubst du wirklich, daß ich mich in *dieser* Kleidung in der Öffentlichkeit zeige?«

Alaire zuckte mit den Schultern. Er würde wohl erst wissen, wohin sie gingen, wenn sie ankamen. Er mußte zugeben, daß er nach dem Dampf in der Sowna und dem Bad in dem eiskalten Wasser des Weihers hellwach war. Und auch die Schmerzen in den Muskeln waren abgeklungen.

Er erwähnte das Kai gegenüber, und der erwiderte: »Die Hitze in der Sowna und das kalte Wasser helfen immer. Du wirst deine Muskeln morgen bestimmt immer noch spüren. Sie werden nur längst nicht mehr so stark schmerzen. Ich sagte dir doch, daß es für alles einen guten Grund gibt!«

Alaire brummelte etwas von Barbarei und Folter, aber Kai ignorierte ihn vorsätzlich.

Sie schlenderten durch schön dekorierte Teile des Palastes. Die Hallen waren mit Wandmalereien bäuerlicher Feste verziert, eingefaßt von kompliziert verschnörkelten Leisten ... so wirkte es auf den ersten Blick. Als Alaire genauer hinsah, bemerkte er, daß ein kunstfertiger Maler die Gipsornamente nur aufgemalt hatte. Um einen skulpturartigen Eindruck zu erzielen, hatte er sogar die Schatten geschickt hinzugefügt. Alaire fragte sich, ob das eine versteckte Anspielung auf die Gesellschaft Suinomens sein sollte.

Diener hielten mit ihrer Arbeit inne und verbeugten sich tief, als sie vorbeigingen, aber Kai achtete nicht darauf, sehr zu Alaires Überraschung. *Er fühlt sich nicht wie ein Prinz*, dachte er. *Vielleicht fühlt er sich wirklich so nutzlos, wie er immer behauptet hat.*

Das Ende des Ganges führte auf einen großartigen, ringsum verglasten Balkon, von dem aus man die Bucht überblicken konnte. Dieser Teil des Palastes hing direkt im Felsen, ebenso wegen der Sicherheit als auch wegen des wunderschönen Ausblicks, wie Alaire vermutete. Boote dümpelten im flachen Wasser des Hafenbeckens unter ihnen an ihren Ankerketten. Der Ausblick und die Sonne, deren Strahlen den Balkon erwärmten, benebelten ein wenig Alaires Sinne.

»Ah, Helena, meine Liebe«, säuselte Kai, als ein gutgebautes Mädchen von einem Stuhl am Fenster zu ihnen trat und ihn auf die Wange küßte. »Bist du jetzt bereit, mich zu heiraten?«

Helena kicherte, wie auch die drei anderen jungen Frauen, die auf den gepolsterten Bänken vor den Fenstern saßen. Zwei hätten Zwillingsschwestern sein können, und als Alaire sie aus der Entfernung anerkennend musterte, begriff er, daß sie es wohl auch waren. An den Wänden des Balkons hingen lange, seidige Vorhänge, die dem Balkon eine sehr feminine Note verliehen.

Alaire fühlte sich unbehaglich, als er sich die Lage klarmachte, in die Kai ihn gebracht hatte. Das hier sah nicht aus wie der Wintergarten seiner Mutter ... und auch nicht wie irgend etwas anderes, das er kannte.

Er fürchtete, daß die jungen Frauen hier nicht so wie die jungen Damen waren, mit denen er verkehren durfte.

Bei dieser Vorstellung verkrampfte sich sein Magen.

Alaire war trotz seiner neunzehn Jahre noch jungfräulich, und trotz des natürlichen Bedürfnisses, dieser Situation abzuhelfen, wußte er, daß es verrückt wäre, auch nur davon zu träumen, es hier und jetzt zu versuchen. ›Gehe davon aus, daß jede freundliche Frau, die du kennenlernst, in den Diensten unserer Feinde steht‹, hatte Naitachal ihm eingebleut. Alaire mußte zögernd zugeben, daß dies ein kluger Rat war. Wie oft hatte der Barde erwähnt, daß Alaire eine seltsame Mischung aus Naivität und Straßencharme besaß.

*Nur nichts überstürzen,* dachte Alaire. *Du weißt doch gar nicht, was hier eigentlich vorgeht. Es könnte schließlich auch eine vollkommen harmlose Erklärung geben!*

Richtig, das sind Kais Klassenkameradinnen. Und diese Boote da unten werden sich in die Luft erheben und wie Möwen davonfliegen,

»Und wer ist das?« fragte Helena und trat dichter an Alaire heran, der unwillkürlich einen Schritt zurückwich. »Ein neuer *Freund?*«

»Erlaube mir, ihn dir vorzustellen«, begann Kai, zögerte jedoch bei Alaires warnendem Blick unmerklich. »Er ist einer der Botschafter aus Althea. Ich möchte dich mit seiner Lordschaft Alaire Rey ... Risto bekanntmachen. Alaire, dies ist Helena.«

Helena verbeugte sich leicht und streckte ihre Hand aus. Alaire ergriff sie und küßte sie galant.

Die Zwillinge kicherten hysterisch, und Alaires Gesicht wurde feuerrot vor Verlegenheit. Kai ließ sich nicht beirren.

»Und hier haben wir ...« er deutete auf die Zwillinge, » ... in der Reihenfolge ihres Erscheinens Heikki und Aini.« Er beugte sich zu Alaire herüber. »Ich glaube, sie mögen dich«, flüsterte er. »Sie teilen gern, wenn du verstehst, was ich meine!«

Alaire unterdrückte einen Schwindelanfall. »Ich bin entzückt, Euch kennenzulernen«, sagte er zu keiner im einzelnen. Seine Stimme klang eine Oktave höher als gewöhnlich.

Er beugte sich zu Kai hinüber. *»Nein. Ich weiß nicht, was du meinst«*, ewiderte er ebenfalls flüsternd.

»Die vierte Lady«, fuhr Kai fort, »ist Rajanen.« Er deutete auf eine etwas bescheidener gekleidete Dame, die ein bißchen älter schien als die vier Mädchen. »Sie wird uns heute mit der Harfe unterhalten.«

»Mit der ...« Alaire sah sich in dem Raum um. Was er zuerst für eine merkwürdige Skulptur gehalten hatte, war tatsächlich eine Harfe. Und zwar eines dieser großen, sperrigen Instrumente, das in Musikzimmern stand und nur selten transportiert wurde.

Rajanen lächelte höflich und stand auf. Graziös schritt sie zu dem Instrument, setzte sich auf einen kleinen Stuhl, stützte die Harfe gegen ihre Schulter und begann zu spielen. Es war eine sanfte, einschläfernde Melodie, die offenbar beruhigend wirken sollte. *Oder die Nervosität beseitigen soll,* dachte Alaire. *Vielleicht hat sie meine Unsicherheit ja bemerkt.* Sein Gesicht brannte noch stärker vor Verlegenheit.

»Komm, wir wollen uns setzen.« Kai führte sie zu den niedrigen Sofas und klatschte dreimal in die Hände. »Jetzt gibt es endlich die Mahlzeit, um die du schon seit heute morgen bettelst.«

Alaires erster Gedanke war, daß Kai auf etwas anderes als Essen anspielte. *Hier? In aller Öffentlichkeit? Ich sollte vielleicht eine Geschichte erfinden, etwas Normales, Glaubwürdiges, und etwas, das mich aus dieser ...* Er dachte fieberhaft nach. *Jetzt habe ich es!*

»Zu Hause bin ich verlobt!« platzte er heraus. Seine Bemerkung wurde kommentarlos zur Kenntnis genommen. Als sie sich auf die gepolsterten Bänke setzten, die mittlerweile direkt von der Sonne beschienen wurden, erschienen zwei Diener mit Speisen. *Oh.* Die jungen Männer schienen die Frauen nicht zu bemerken, sondern hielten ihre Blicke starr geradeaus gerichtet. Sie öffneten kleine Klapptische, stellten die Tabletts darauf und nahmen die versilberten Hauben wieder mit. Kai achtete kaum auf sie.

Alaire betrachtete die Speisen mit gemischten Gefühlen.

Er war hungrig, aber sein Magen war wie zugeknotet. Doch die Schwertübung hatte ihn ausgelaugt, und das eiskalte Wasser hatte seinen Hunger noch verschärft.

»Fasan!« rief er anerkennend. »Und ... was ist das?«

»Das sind natürlich Dierrippen, was sonst? Ihr eßt doch Fleisch in Althea, oder?«

»Selbstverständlich«, sagte Alaire und nahm sich ein Rippchen. Er sah nirgendwo Besteck und nahm an, daß man hier mit den Fingern aß. »Aber wir haben keine Dieren. Ich habe nicht einmal ein lebendes Dier gesehen, bis ich herkam.«

»Nein?« Kai war einen Moment perplex, bis seine Aufmerksamkeit wieder von den Frauen in Anspruch genommen wurde. Sie hatten sich zu ihnen gesellt und hingen förmlich an Kais Lippen. Seine Stellung schien sie zu berauschen.

Helena hatte sich dicht neben Alaire gesetzt und fuhr mit den Fingern sanft über seinen Schenkel. Alaire schwitzte aus allen Poren.

Rajanen spielte weiter Harfe und war vollkommen in der Musik aufgegangen.

Nach dem Essen kamen die Diener, räumten die Tabletts und die Tische fort und stellten statt dessen einen gekühlten Korb mit Bierflaschen hin.

»Ah, das ist schon besser«, sagte Kai und griff nach einer Flasche.

»Oh, benimm dich nicht so barbarisch!« sagte Helena scherzhaft. »Du drückst ja den Korken in die Flasche.«

»Aber ich bin ein ordinärer Barbar«, antwortete Kai. »Außerdem schiebe ich immer den Korken hinein. Dann fließt das Bier nicht so schnell weg, wenn man sie auf den Kopf stellt!«

Alaire lachte zwar mit den anderen, aber er fand es nicht amüsant. *Es fängt schon wieder an. Neuer Tag, neuer Suff für Prinz Kainemonen. Wenigstens sind wir diesmal im Palast und nicht in irgendwelchen Spelunken in zweifelhafter Gesellschaft.* Er verbesserte sich jedoch schnell, als er an Naitachals Erfahrung mit dem Assassinen und all die unbeantworteten Fragen über die politische Großwetterlage in Suinomen dachte und runzelte die Stirn. *Vielleicht wären wir ja im Toten Drachen sicherer!*

Kai reichte ihm ein Bier, öffnete dann noch mehr Flaschen für die Ladies und noch eines für sich.

Dann begann er einen langen, ausführlichen Bericht über ihr Abenteuer vom vergangenen Abend, schmückte ihn mit Horden von Seeleuten und Banden räuberischer Ganoven aus, schilderte bis ins Detail eine Verfolgungsjagd durch die nächtlichen Straßen, dicht gefolgt von den Wachtmeistern. Die Krönung war eine Begegnung mit einem illegalen Magier, dessen Zauberspruch die Spelunke in Brand setzte, in der sie gerade Wein tranken. Die Ladies lauschten lustvoll. Sie glaubten ihm offenbar jedes Wort. Sicherheitshalber fügte er ein paar heroische Details über Alaire hinzu, und erklärte, daß der Bardling, natürlich mit Kais Hilfe, vier der Seemänner mit einem einzigen Säbelstreich geköpft habe. Kai trank und phantasierte, während er eine Flasche nach der anderen leerte. Bald rötete sich sein Gesicht, und er war fast so betrunken wie am Abend zuvor.

»Tja«, sagte Kai schließlich und umschlang die beiden Schwestern. »Entschuldigt uns einen Moment. Wir sind gleich zurück.«

Besorgt verfolgte Alaire, wie Kai, Haikki und Aini aufstanden und der Kronprinz ihm zuzwinkerte. Sie verschwanden in einem Gang, der vermutlich irgendwo in einem Bett endete.

*Und jetzt?* dachte Alaire und sah sich nervös um, mied aber vorsätzlich Helenas Blick. Die rückte näher, und Alaire sah zu der Harfinistin, um sie zu bitten, die unheilvolle Stille mit einem Lied aufzulockern. Erst jetzt fiel ihm auf, daß die Musik irgendwann während Kais Erzählung aufgehört hatte, und er sah, daß Rajanen ebenfalls verschwunden war. *Sehr diskret. Wahrscheinlich wußte sie, was passieren würde.* Er warf Helena einen Seitenblick zu, die irgendwie noch dichter gerückt war und beinah schnurrte. Sie hatte selbst während Kais Geschichte nicht aufgehört, Alaires Schenkel zu liebkosen.

Panisch sprang Alaire auf. Er wollte ein bißchen auf dem Balkon auf und ab gehen. Zu spät bemerkte er, was er getan hatte. Helena lag ausgestreckt auf dem Boden.

*Um Himmels willen!* dachte er und war mit einem Schritt bei ihr. »Es tut mir so leid!« Als er ihr hochhalf, sah er dankbar, daß sie nicht verärgert war. »Ich weiß nicht, was plötzlich in mich gefahren ist.«

Er reichte ihr die Hand, und Helena ergriff sie. Dabei fuhr sie mit ihrem langen Fingernagel verführerisch über seine Handfläche.

Bei dieser unerwarteten Berührung ließ Alaire ihre Hand wieder los, und Helena landete ein zweites Mal auf derselben Stelle.

»O nein! Helena, ich ...«

Diesmal verriet ihre Miene, daß sie ihn am liebsten geohrfeigt hätte. Dabei war Alaire schon kurz davor, sich selbst zu schlagen. Erneut hielt er ihr die Hand hin, doch diesmal schlug sie seine Hilfe aus. *Sehr klug*, dachte er.

»Ich glaube, ich schaffe es allein«, sagte sie leise, aber eine gewisse Schärfe in ihrem Tonfall war nicht zu überhören. »Stimmt etwas nicht?«

Alaire setzte sich neben sie auf die Bank und schlug die Hände vors Gesicht. Er hoffte, daß diese Haltung Mitleid erweckte, aber er bezweifelte es.

»Es tut mir wirklich leid«, sagte er. »Aber ... ich bin verlobt und soll bald heiraten.«

»Ich habe keinen Verlobungsring gesehen«, erwiderte sie beleidigt. »Aber ich hätte vielleicht keine voreiligen Schlüsse ziehen sollen.«

»Es ist eine lange Geschichte«, sagte er und hoffte, daß sie nicht nachfragen würde. »Ihr seid wunderschön, Helena. Prinz Kainemonen hat ...« *Guten Geschmack? Attraktive Freundinnen? Angenehme Gesellschaft?* » ... die Umstände falsch interpretiert. Ich habe diesen ...« *Harem?* » ... Balkon nicht erwartet. Bitte nehmt meine Entschuldigung an. Ich wollte Euch nicht beleidigen.«

Sie lächelte, diesmal mit sichtlichem Bedauern. »Wie schade«, sagte sie geziert, stand auf und sah ihn schmollend an. Alaires Magen verkrampfte sich. Schon wieder.

»Eure Lady hat viel Glück«, sagte sie einfach und verließ den Balkon auf demselben Weg, den Kai und die Zwillinge genommen hatten.

Alaire sah ihr einen Moment hinterher. Er wünschte, die ganze Sache wäre nie geschehen oder wenigstens ... anders verlaufen. Plötzlich spürte er Bedauern und Sehnsüchte. Gut, daß sie schon gegangen war!

*Was wird Kai jetzt von mir denken? Wird er mir die Geschichte von der Verlobten abnehmen? Wahrscheinlich, obwohl er sich bestimmt wundert, warum ich sie nicht früher erwähnt habe.*

Dann begriff er. *Sie geht zu ihnen! Drei? An einem Nachmittag? Kein Wunder, daß er gestern abend nicht auf irgendwelche Frauen geachtet hat.*

Der ganze Vorfall war Alaire peinlich und deprimierte ihn. Eine unangenehme Mischung von Gefühlen. *Ich bin doch nicht prüde, oder?* Die Barmädchen von gestern abend hatten sich besser benommen als diese angeblichen Ladies. *Hofdamen sollten so etwas nicht tun.* Andererseits, vielleicht erwartete er ja zuviel. *Hier ist schließlich nicht Althea. Ich kann nicht fordern, daß die Leute sich hier nach demselben Codex benehmen wie bei uns. Aber sie waren immerhin in Begleitung des Kronprinzen. Und offenbar waren sie sehr gut miteinander befreundet.*

»Es gefällt Euch nicht, stimmt's, junger Botschafter?«

Alaire drehte sich hastig herum. In der Tür stand Hauptmann Lyam. Er hatte die Arme vor der Brust gekreuzt und lächelte ironisch. Der Bardling sprang auf und kam sich wie ein Schuljunge vor, der bei etwas Verbotenem ertappt worden war.

Der Hauptmann betrat das Zimmer so gelassen, als gehöre es ihm. Einem anderen wäre es nicht aufgefallen, aber Alaire kannte diesen vorsichtigen, fast schon zu unauffälligen Blick. *Er überzeugt sich, daß wir allein sind.* Der Bardling entspannte sich. Das war keine Bedrohung, eher eine Rettung.

»Ich wollte nicht lauschen«, begann Lyam. »Aber von diesem Raum aus trägt der Schall sehr gut, und Kai hat keinen Hehl daraus gemacht, wer hier war. Und auch nicht, *warum*.«

Alaires Ohren brannten vor Verlegenheit, als er überlegte, was genau der Hauptmann wohl gehört haben mochte. Ob er das kleine Intermezzo zwischen ihm und Helena mitbekommen hatte? *O nein. Hat er etwa gehört, wie ich die offene Einladung dieser wunderschönen jungen Frau ausgeschlagen habe?* Jetzt ging es nicht mehr nur um sein Benehmen als Botschafter eines fremden Landes. Jetzt stand seine Männlichkeit auf dem Spiel. *Die Sache wird persönlich.*

»Helena schien sehr darauf bedacht, Euch zu unterhalten, junger Mann«, sagte Lyam und schlenderte zu einer Bank. Er setzte sich hin, als wäre er hier zu Hause. »Was war denn der *wahre* Grund, warum Ihr sie abgewiesen habt?«

Alaire unterdrückte erfolgreich ein Gurgeln. »Ich ...« Er blieb hilflos stecken. *Er hat die Geschichte mit der Verlobten durchschaut!* »Sie war, wie soll ich sagen, zu ... zu ...«

»Aufdringlich?«

Alaire zuckte mit den Schultern.

»Keck? Unverschämt?«

Alaire nickte stumm. *Das trifft es ziemlich genau.*

»Da stimme ich Euch zu«, erklärte Lyam. »Sie ist ein bißchen ... na ja, leichtsinnig ist wohl der höfliche Ausdruck dafür.«

Alaire sah verwirrt auf. *Er wollte sie anders titulieren, und ich weiß,wie!*

»Einige Frauen sind es wert, daß man um sie wirbt«, fuhr Lyam fort und kratzte sich nachdenklich das bärtige Kinn. »Lange wirbt. Monate, manchmal sogar Jahre. Wenn dann der richtige Moment kommt, und Ihr die Frau liebt und sie dieses Gefühl erwidert, dann sind die Ergebnisse dieser Liebe angemessen.«

Alaire entspannte sich in der Gegenwart dieses Mannes, der plötzlich eine andere Peson zu sein schien als die, mit der er heute trainiert hatte. Lyam wirkte mehr wie ein besorgter Vater, nicht wie ein gefährlicher Gegner. Alaires Beulen rieten ihm zwar, in Gegenwart dieses Mannes ein bißchen vorsichtiger zu sein, aber sein Herz sagte ihm, daß es nicht nötig war.

»Wohin ist der Prinz gegangen?« fragte Lyam plötzlich.

*Er muß die Antwort doch kennen!* Aber Alaire tat ihm den Gefallen. Er deutete mit einem Nicken zur Tür.

Lyam rollte die Augen und schüttelte dann langsam den Kopf.

»Das gefällt Euch nicht«, stellte Alaire fest.

Der Mann schnitt eine Grimasse. »Euch anscheinend auch nicht.«

Da seine Männlichkeit nicht länger in Frage stand, fühlte Alaire sich frei, zu sagen, was er dachte. »Nein, Sir, das tut es nicht. In unserem Königreich benehmen sich die Ladies nicht so, und wenn doch ... na ja, dann sind es keine Ladies, und ihr Betragen wird nicht toleriert. Und, Sir ... kein Prinz sollte solche Freunde haben.«

»Diese Frauen sind nicht seine Freundinnen«, erwiderte Lyam verächtlich.

»Genausowenig wie Sir Jehan«, entfuhr es Alaire.

Lyam musterte ihn mit einem scharfen Blick. Alaire bedauerte sofort, daß ihm diese Worte entschlüpft waren. *Was sagst du da, du Narr!* schalt er sich. *Du weißt doch gar nicht, auf wessen Seite er steht!* Der Blick wurde jedoch weicher, und Lyam nickte zustimmend.

»Allerdings nicht.« Trotzdem betrachtete er Alaire weiter. Seine Miene ließ Alaire an verborgene Messer denken und Hinterhalte in dunklen Plätzen. »Ich weiß einfach nicht, was ich von Euch halten soll, junger Bardling. Ihr seid ein sehr ... scharfer Beobachter.«

Aber sein Blick verriet Alaire, daß er seine Meinung längst ...

*Moment mal! Junger Bardling? Bardling? Woher weiß er das?*

Ja, genau. Woher konnte er das wissen? Jetzt machte Alaire sich Sorgen um seine Sicherheit. *Lyam. Ich sitze hier allein und unbewaffnet im selben Zimmer mit einem meisterhaften Schwertkämpfer, der nur dann wissen kann, daß ich die Bardenmagie studiere, wenn er nicht nur Hauptmann der Wache ist, sondern auch der königliche Spion ...*

Alaire suchte angespannt nach einem Ausweg.

Lyam blieb reglos sitzen und betrachtete ihn, ohne mit der Wimper zu zucken.

»Ich würde weder schnell sprechen noch mich schnell bewegen an Eurer Stelle«, ertönte plötzlich die tiefe, beruhigende Stimme von Alaires Meister irgendwo hinter den Vorhängen. Sie bewegten sich, und Naitachal trat hervor. Er war so gelassen, als wäre das die normalste Art, einen Raum zu betreten.

Lyam reagierte nicht und schien auch nicht überrascht zu sein. Seine Miene blieb ausdruckslos.

Naitachal erklärte seine Anwesenheit nicht, und Lyam stellte keine Fragen. Der schwarze Umhang des Dunklen Elfen wehte in dem Luftzug, der aus dem Gang hereindrang. Naitachal trat geschmeidig ein paar Schritte vor und blieb dann stehen. Er wirkte so ruhig wie immer.

*Woher wußte er, daß ich hier bin?* fragte sich Alaire. Er hatte keine Ahnung, wie sein Meister das ohne Magie geschafft hatte, aber trotzdem war der Bardling froh, ihn zu sehen. *Vielleicht überlebe ich das jetzt.* Er konnte sich nur vorstellen, daß Naitachal aus irgendeinem Grund erraten hatte, daß Kai und er auf diesen Balkon gehen würden. Dann mußte er hinter die Vorhänge geschlichen sein, bevor sie hereingekommen waren.

Lyam blieb ruhig sitzen und zeigte keinerlei Besorgnis. »Glaubt mir, Botschafter, wollte ich den Tod Eures Schützlings, wäre er schon tot.«

»Würdet Ihr dieselbe Taktik benutzen, die Euer Handlanger gestern abend gegen mich angewendet hat?« fragte Naitachal schnell.

Zum ersten Mal war Lyam sichtlich verblüfft. »Gestern abend?«

Naitachal musterte ihn schweigend. Alaire kannte den

Gesichtsausdruck seines Lehrers gut. Seine leise Stimme und die klugen verbalen Manöver konnten jemandem direkt die Worte aus dem Mund ziehen und jeden dazu bringen, beinah alles zu gestehen. *Ich kann nur hoffen, daß er jetzt keine Magie zu Hilfe nimmt ...*

»Botschafter, wollt Ihr etwa behaupten, man hätte Euch angegriffen?« Lyam starrte den Dunklen Elfen mißtrauisch an. »Warum habt Ihr keine Hilfe geholt?«

Naitachal zuckte mit den Schultern. »In dem Moment schien keiner in der Nähe gewesen zu sein, und hinterher machte es wohl keinen Unterschied mehr. Also: Ihr habt mir keinen Assassinen auf den Hals gehetzt?«

Das schien Lyam zu verwirren. »Aus welchem Grund sollte jemand das tun?«

Naitachal runzelte die Stirn. »Ich hätte Euch nicht für so begriffsstutzig gehalten, Hauptmann. Natürlich, um einen Krieg auszulösen. Aber wenn Ihr nicht ...«

»Natürlich nicht!« rief Lyam aus. »Ich sehe in Euch einen Verbündeten, nicht das Ziel eines Attentates!«

Danach herrschte langes Schweigen. »Wer könnte dann dahinterstecken?« fragte Naitachal grimmig.

Alaire war ein wichtiges Wort in Lyams letzter Äußerung aufgefallen. *Verbündeter. Das deutet auf irgendeinen politischen Kampf hin, in dem wir nach den Wünschen dieses Mannes Stellung beziehen sollen. Vielleicht waren unsere Vermutungen doch nicht so weit hergeholt.*

Naitachal setzte sich auf eine Bank, faltete die Hände und legte sie friedlich in den Schoß. Diese Haltung hatte den gewünschten Effekt: Lyam entspannte sich ein bißchen, was zeigte, wie wenig er sich überhaupt angespannt hatte.

»Meine Nachforschungen führen mich dazu, Ihnen zu trauen, Sir. Ich habe Sie sogar gesucht, Hauptmann Lyam. Ich würde gern meine ... Karten auf den Tisch legen, sozusagen.«

Lyam nickte zurückhaltend.

»Ich habe ... Fragen. Die erste und wichtigste für mich ist die, warum sich so wenig Nicht-Menschen in Eurem Land aufhalten. Das war vor einigen Jahren noch nicht so. Obwohl es nicht sehr viele andere Rassen gab, waren die Zwerge hier zahlreich vertreten. Sie sind exzellente Handwerker und Waffenschmiede und haben auch nicht viel für Magie übrig.«

Lyam nickte zustimmend und wollte schon etwas sagen, überlegte es sich aber anders und ließ Naitachal ungestört weiterreden.

»Mein Volk und auch das der Weißen Elfen besuchten Suinomen oft genug, so daß die meisten Leute wenigstens wußten, wie ein Elf *aussah!* In Eurer Wache dienten viele Riesen oben an der nördlichen Grenze Eures Landes. Aber das alles hat sich geändert.« Naitachal hob fragend eine Braue. »*Warum?*«

Lyam räusperte sich, aber Alaire sah, daß er damit nur Zeit gewinnen wollte, um eine Antwort zu formulieren. *Ja, Hauptmann der Wache. Warum? Wenn jemand das weiß, dann Ihr.*

»Also«, begann Lyam. »Die Nicht-Menschen waren einmal sehr zahlreich, das muß ich zugeben. Aber vor ungefähr fünfundzwanzig oder dreißig Jahren hat die Regierung sie aufgefordert, das Land zu verlassen. Irgend etwas muß damals passiert sein. Was, kann ich leider nicht sagen, aber es muß etwas Wichtiges und sehr Plötzliches gewesen sein. Ich war damals noch ein Kind und hütete Diere in den Bergen. Ich erinnere mich nur noch daran, daß die Nicht-Menschen plötzlich verschwunden waren. Und zwar nicht etwa über mehrere Jahre. Es geschah fast über Nacht. Und jetzt empfiehlt unsere Regierung ihnen immer noch, unserLand sofort zu verlassen, wenn sie ihre Angelegenheiten erledigt haben. Sobald sie von der Gruft der Seelen hören, haben die meisten sowieso plötzlich dringende Geschäfte woanders.«

Naitachal nickte wissend. »War das etwa zu der Zeit, in der freie Magie ungesetzlich wurde?«

Lyam runzelte die Stirn. »Suinomen hat Magie immer gesetzlich geregelt«, widersprach er. »Doch damals wurde sie noch schwerer zu praktizieren. Es war die Zeit, in der der

Bund gegründet wurde. Und natürlich das Gefängnis der Seelen, wie es korrekt heißt.«

»Und die Schergen der Zauberer?« wollte Naitachal wissen.

»Dasselbe. Sie sind der vollstreckende Arm des Bundes. Eigentlich ist Magie nicht ungesetzlich. Sie bedarf nur einer Erlaubnis.«

Naitachal schnaubte verächtlich. »Wir wollen keine Haarspalterei betreiben, mein lieber Hauptmann. Semantik ist mein Fachgebiet. Magie ist in Suinomen in jeder Hinsicht illegal. Ich habe mir die Halle angesehen und den Hokuspokus erlebt, der da geboten wird. Kein Magier von Rang würde sich dafür hergeben. Und wie hoch ist der Preis für eine solche ›Genehmigung‹? Höher, als die meisten es sich erlauben können. Das ist eine verbreitete Strategie, mein Freund ... Wenn man etwas schwer erreichbar machen will, ohne es gleich zu verbieten, dann schraubt man den Preis hoch. Und selbst, wenn jemand wie ich das Geld hätte, um sich eine Lizenz kaufen zu können, gäbe es bestimmt andere Hindernisse, sie zu erlangen, als bloßes Gold.«

Lyam steckte den Tadel ein. Offenbar hatte er nicht vor, die Zauberpolitik Suinomens zu verteidigen. »Natürlich müßte der fragliche Magier bestimmte Bedingungen erfüllen. Er dürfte zum Beispiel keinerlei Grund für irgendeine Beschwerde der Justizbehörden Suinomens bieten.«

»Ihr meint, er darf keine Vorstrafen haben«, übersetzte Naitachal. »Das finde ich vernünftig. Was noch?«

»Seine politische Einstellung muß mit der des Königshauses konform gehen.«

Naitachal zuckte mit den Schultern. »Und?«

»Es wäre sicher hilfreich, genaugenommen sogar notwendig, einen Freund beim Zaubererbund zu haben.«

»Das versteht sich von selbst«, bemerkte Naitachal trokken. »Gut. Angenommen, jemand würde all diese Bedingungen erfüllen, was wäre dann der Preis für eine unbegrenzte Genehmigung ... sagen wir, so eine, wie sie die Magier des Bundes haben?«

Lyam sog den Atem ein und schüttelte den Kopf. »Zehntausend Kronen.«

»Das ist ungeheuerlich.« Naitachal sprach das aus, was Alaire dachte. »Wie soll irgend jemand, ganz zu schweigen von einem weniger erfahrenen Magier, eine solche Summe aufbringen?«

Lyam hob hilflos die Hände. Es war eine seltsame Geste bei einem körperlich und geistig so starken Mann wie ihm. »Ich mache die Gesetze nicht, Botschafter. Die Antwort ist: Keiner bringt diese Summe auf, weil es keine professionellen Zauberer in Suinomen gibt, abgesehen von denen, die in den Diensten des Königs stehen. Mit anderen Worten: in den Diensten des Bundes.«

Naitachal nickte. »Damit schließt sich der Kreis. Magie ist legal, aber sie ist es doch nicht. Und die einzigen Zauberer, die ihrem Beruf frei und ohne Beschränkungen nachgehen können, tanzen nach der Pfeife des Königs. Habe ich etwas übersehen?«

Alaire zuckte bei der letzten Bemerkung seines Meisters zusammen. *Wenn er nicht aufpaßt, wird er Hauptmann Lyam vor den Kopf stoßen. Aber wir brauchen den Mann.*

Doch Lyam nahm keinen Anstoß an Naitachals Einschätzung Suinomens. Wenn überhaupt, dann schien er ihr voll zuzustimmen.

»Nein. Ich glaube, Ihr habt das sehr gut gesehen«, sagte er schlicht. »Wie ich schon sagte: Ich mache diese Politik nicht.«

»Ja, ich weiß. Noch eine andere Frage«, sagte Naitachal. »Wer hat dem König in den Kopf gesetzt, daß sein Sohn sich gegen ihn verschwört?«

Lyam schien davon nicht überrascht zu sein, was darauf hindeutete, daß es sich hier um eine verbreitete Ansicht handelte. »Ich genieße nicht das Vertrauen Ihrer Majestät. Allerdings bin ich sowohl der Schwertmeister des Kronprinzen als auch sein Freund. Ich glaube nicht, daß an diesem Gerücht auch nur ein Funken Wahrheit ist.«

Naitachal warf Alaire einen fragenden Blick zu, als solle

der Bardling Lyams Worte bestätigen. Alaire wählte seine Worte sehr sorgfältig. »Hauptmann Lyam ist ein hervorragender Schwertkämpfer, und soweit ich das begriffen habe, verbindet ihn und den Prinzen eine einzigartige Freundschaft. Ich glaube, daß der Kronprinz Freunde braucht. Er ist keineswegs so ... ahem ... reif, wie er gern erscheinen möchte.«

Lyam nickte. »Der Junge ist noch ungeschliffen, das ist sicher. Er benimmt sich wie eine Wildkatze, die man in die Ecke getrieben hat, wenn man ihn falsch behandelt, und er würde nicht zögern, sich in einem Kampf zu veteidigen. Aber ich kenne keinen einzige Grund, warum er nach dem Thron streben sollte. Ich glaube sogar, daß er lieber auf den Thron verzichten würde. Er fürchtet den Tag, an dem er ihn besteigen muß, weil er genau weiß, daß sein leichtsinniges Leben dann zu Ende ist. Und er fürchtet den Tag wohl auch, weil er weiß, wie schlecht er auf diese Rolle vorbereitet ist.«

»Vermutlich ist das der heimliche Grund für seinen ausschweifenden Lebenswandel«, sagte Naitachal. »Und dieser könnte wegen seiner Jugend seine Gesundheit erheblich belasten.«

»Der Hauptmann hält ihn in Form«, warf Alaire ein.

»Falls es nicht andersherum ist«, meinte Lyam. »Er würde nie glauben, daß ich so etwas sage, deshalb kann ich es Euch anvertrauen: Dieser kleine Hitzkopf macht mir mehr zu schaffen als er glaubt, wenn wir trainieren.«

Das sah Alaire anders. Was er heute morgen gesehen hatte, überzeugte ihn nicht von der Richtigkeit dieser Bemerkung. *Er setzt seine eigenen Fähigkeiten herab, damit wir ihn unterschätzen. Clever, aber überflüssig mißtrauisch. Was nicht heißt, daß er ein Feind ist. Es bedeutet nur, daß er nicht sofort alle Karten auf den Tisch legen will.*

Naitachal richtete seinen Blick in die Ferne, über Lyams Schulter hinweg. »Wenn Kai nicht hinter dem Thron her ist, wer denn dann?«

Lyam runzelte die Stirn. »Ich weiß nicht genau, was hier im Gange ist. Leider bin ich nicht in alle Palastangelegenheiten eingeweiht.«

»Aber als Hauptmann der Wache …« Naitachals Stimme troff vor Ironie.

*Und als königlicher Spitzel,* fügte Alaire in Gedanken hinzu.

»Das bedeutet nicht, daß ich über alle königlichen Angelegenheiten informiert bin«, erwiderte Lyam entschieden. »Früher mag das einmal so gewesen sein, aber ich vermute, daß ich diese Position nur bekommen habe, weil ich ein Außenseiter bin. Das klingt für einen Fremden vielleicht seltsam, aber die wirkliche Macht liegt nicht bei irgendwelchen Militärs.«

Naitachal war verblüfft. »Bei wem liegt sie denn?«

Jetzt schnaubte Lyam verächtlich. »Natürlich bei den Zauberern. Der Palast hat das Monopol auf Zauberei, versteht Ihr? Es sind mächtige Hexenmeister, die die Mauern dieses Palastes in wenigen Augenblicken mit ihren geballten Energien in Schutt und Asche versinken lassen können.«

Naitachal lachte leise. »Ich bitte Euch. Was ich in der Halle gesehen habe, hat mich nicht beeindruckt.«

Lyam lächelte. »Wer sagt denn, daß sie in der Halle sind? Nur die Amateure machen da ihren Budenzauber. Als Ihr den König zum ersten Mal gesehen habt, und seine Leibwächter – und Zauberer – vorgestürzt sind, um ihn gegen den Elfen zu verteidigen … Was glaubt Ihr wohl, woher die gekommen sind?«

Naitachal brauchte nicht lange um darüber nachzudenken. »Selbstverständlich. Sie sind hinter dem Königsthron hervorgestürmt. Also leben sie hier im Palast.«

Lyam stand auf und machte dem Gespräch ein Ende. »Wir haben uns jetzt lange genug unterhalten.« Er wandte sich an Alaire. »Ich wäre Euch dankbar, wenn Ihr dem Kronprinzen weiterhin Gesellschaft leisten würdet. Wenn ich ihn schon nicht von seinen Eskapaden abhalten kann, beruhigt es mich zu wissen, daß jemand seinen Rücken deckt, dem ich vertrauen kann.«

Er ging zur Tür, blieb aber plötzlich stehen und drehte sich noch einmal herum. »Und noch etwas: Vermeidet jede Magie. Ich bin nicht sicher, ob Euch die diplomatische

Immunität in diesem Fall schützen würde. Falls Ihr heute abend noch weiter konferieren wollt: Mein Zimmer liegt einen Stock und, wenn ich nicht irre, zwei Türen nördlich über Eurem Raum. Es ist die Ecksuite, die der König mir erfreulicherweise zugewiesen hat. Aber seid diskret. Es würde Gerüchte in die Welt setzen, wenn jemand sähe, daß Ihr mir einen Besuch abstattet. Guten Tag, Meister Barde.«

*Meister Barde*? Alaire staunte. *Gibt es etwas, das Lyam nicht über uns weiß?*

Er und sein Lehrer sahen dem großen Mann nach und bemerkten, daß der Hauptmann gerade unter den Türsturz hindurchpaßte. Naitachal schien nachdenklich.

»Er ist oder war des Königs Agentenführer«, sagte er nach einer langen Pause. »Ich glaube, er war es einmal. Er hat immer noch ein Netzwerk von Spionen, aber es ist jetzt kleiner, und er genießt nicht mehr das Vertrauen des Königs.«

Alaire wollte wissen, woher sein Meister das so genau wußte, aber die Erfahrung hatte ihn gelehrt, daß der Dunkle Elf kein Freund überflüssiger Worte war und schon gar keine wertvolle Zeit auf Erklärungen verschwendete. Wenn überhaupt, würde er seinen Schüler tadeln, weil der nicht allein darauf gekommen war.

Und kurz darauf wußte Alaire es auch: »Er ist ein Freund des Prinzen, aber er weiß nicht, warum der König seinem eigenen Fleisch und Blut mißtraut. Und er kann nichts dagegen tun. Das heißt, er steht dem König nicht mehr nahe.«

Naitachal nickte. »Genau. Vielleicht ist seine Unterstützung des Prinzen sogar der Grund, warum er in Ungnade gefallen ist. Und er weiß auch nicht, wer hinter den Scherereien zwischen Vater und Sohn steckt, oder hinter denen zwischen seinem und unserem Land. Da bin ich mir ganz sicher.«

Alaire seufzte und stand auf. »Was machen wir jetzt?«

»Du, mein junger Freund, bleibst bei Kai.« Naitachal dachte kurz über etwas nach und fuhr dann fort: »Ich dagegen werde mir jetzt diesen Sir Jehan vorknöpfen.«

## 11. KAPITEL

Naitachal ließ Alaire auf dem Balkon allein und sah sich prüfend im Flur um, ob vielleicht jemand sie belauscht haben könnte. Er fand niemanden, nicht einmal einen Diener, und vertraute darauf, daß sein Gespräch mit Hauptmann Lyam unbeobachtet geblieben war. Die Unterhaltung mit dem kräftigen Schwertkämpfer hatte ihn überzeugt, daß sie hier beide in Gefahr schwebten. Er erwog, nach Althea zurückzukehren … um Alaire zu schützen. *Sie hätten einen anderen Botschafter entsenden sollen. Jemanden, der mit solchen politischen Schwierigkeiten Erfahrung hatte.* Fast hätte er gedacht: »… und entbehrlich ist.« *Diese Situation hier ist viel gefährlicher, als ich angenommen habe.*

Aber wenn er jetzt abreiste, würde das nur Alaire demütigen, ohne daß sie irgend etwas für Althea erreicht hätten. Außerdem waren sie draußen auf den Straßen noch verwundbarer. Naitachal konnte sich mit Leichtigkeit ausmalen, wie schnell ihre Gegner sie beide eliminieren konnten. Es gäbe keine Zeugen, und man würde das alles auf die Fährnisse der Reise schieben: Raubtiere, Banditen oder einfach nur Pech. Sie waren in vieler Hinsicht hier in dieser Wolfsgrube sicherer, weil jeder Schaden, den man ihnen hier zufügte, nur schwer dem aufgebrachten König Reynard erklärt werden könnte.

Das gewährte ihnen zwar keine Immunität gegen die Gefahren, die im Palast auf sie lauerten, aber sie hatten zumindest eine bessere Ausgangspositon. Vorausgesetzt natürlich, Suinomen erklärte Althea nicht geradeheraus den Krieg. In diesem Fall war ihr Schicksal fraglich.

*Es ist besser, sich dem jetzt zu stellen,* dachte er und fand sich mit der Herausforderung ab, die auf ihn wartete.

Er fand das Vorzimmer zu den Gemächern des Königs, ein Raum fast von der Größe des Saals. Er war geschmackvoll mit Polstermöbeln und den Trophäen einiger großer Dieren und anderen Kreaturen der Bergwälder dekoriert, die an den gegipsten Wänden hingen. Der Boden bestand, wie überall im Palast, aus hellem, unbehandelten Kiefernholz. Etwa dreißig offenbar hochgestellte Individuen standen allein oder in Gruppen herum und unterhielten sich angeregt in ihrer Muttersprache. Die meisten Höflinge hatten sich um das lodernde Feuer in dem großen Kamin geschart. Irgendwo hinter den Doppeltüren am anderen Ende des Zimmers mußte der Empfangssaal des Königs sein und der Salon für seine privaten Audienzen. Es machte den Dunklen Elfen fast verrückt, so dicht vor dem Ziel zu sein, und dennoch die Türen nicht passieren zu können. Wenn er nur Magie benutzen dürfte ... Dann könnte er sich unsichtbar machen.

Aber das kam ja nicht in Frage.

Keiner schien ihn zu beachten, als er eintrat. *Vielleicht sind diese Leute einfach zu höflich, um mich anzustarren.* Er konnte es nur hoffen.

John Pikhalas kam durch die Doppeltür am anderen Ende des Raums. In seiner Begleitung war ein grauhaariger Edelmann, den im gleichen Moment jemanden aus einer Gruppe mit Namen rief. Naitachal erkannte jetzt endlich etwas hier im Saal: den Namen Sir Jehans. Offenbar war das der Mann, den Pikhalas gerade zum König geführt hatte.

*Er ist also ein Vertrauter des Königs,* dachte Naitachal. *Sehr interessant. Wirklich, sehr aufschlußreich.*

Pikhalas erblickte den Dunklen Elfen sofort. Während Naitachal fürchtete, er würde mit Sir Jehan durch den nächstgelegenen Ausgang fliehen, tat der Handlanger des Königs genau das Gegenteil. Er flüsterte seinem Gefährten etwas zu, der daraufhin nickte und den Elfen gelassen betrachtete. Beide gingen ohne zu zögern auf Naitachal zu.

*Was habe ich doch für ein Glück,* dachte der Barde. *Oder?*

»Ach, mein lieber Botschafter«, begrüßte Pikhalas ihn. »Wir haben beide viel Glück.« Er streckte die Hand aus und schüttelte Naitachals herzlich. »Gestattet mir, Euch Sir Jehan vorzustellen. Er möchte gern mit Euch reden.«

Daraufhin entschuldigte Pikhalas sich schnell und überließ Elf und Mensch sich selbst. »Wir sollten besser irgendwo anders hingehen«, schlug Sir Jehan vor und sah sich verstohlen um. »Hier sind zu viele scharfe Ohren und lockere Zungen.«

Naitachal nickte feierlich und folgte dem Edelmann in die kleinere Bibliothek nebenan. Sie hatte nur ein Fenster, von dem aus man auf die Bucht sehen konnte. Allerdings war es auf dieser Seite des Palastes kälter als auf der, wo der sonnendurchflutete Balkon lag. Gegenüber dem Fenster waren mehrere Türen mit goldenen Griffen. Das Feuer in dem Ofen drohte zu erlöschen, und Sir Jehan schürte es, bis es wieder loderte.

Naitachal nutzte die Gelegenheit, den Mann zu betrachten. Er war kein Bürgerlicher, jedenfalls wenn der Hermelin am Saum seines Mantels echt war und kein auf Hermelin getrimmtes Kaninchen, das den königlichen Pelz imitieren sollte. Ansonsten war er in graue und schwarze Seide gekleidet, dazu trug er schwarze Stiefel aus weichem Leder, deren Spitzen mit Silber beschlagen waren. Obwohl Alaire ihn als einen Schuft beschrieben hatte, schien dieser Sir Jehan das genaue Gegenteil zu sein. Das Grau in Bart und Haar verlieh ihm ein distinguiertes Flair, das Alaires Beschreibung vollkommen widersprach.

»Es ist ziemlich kalt«, sagte Sir Jehan liebenswürdig und drehte sich zu dem Elfen herum. »Ich fürchte, das angenehme Wetter während Eures bisherigen Aufenthaltes ändert sich ziemlich abrupt.«

»Ich habe mich schon gefragt, ob es das typische Klima hier ist«, erwiderte Naitachal vorsichtig. »Es war wirklich sehr angenehm.«

Sir Jehan deutete auf zwei Lederstühle. »Bitte, setzt Euch doch. Wir haben viel zu besprechen.«

Das tat Naitachal und stellte überrascht fest, wie bequem die Stühle waren. Sir Jehan beugte sich vor und betrachtete forschend seine Hände. Trotz seiner modischen Kleidung und seinen erstklassigen Manieren hatte der Mann etwas an sich, was den Dunklen Elfen zur Vorsicht mahnte.

*Was immer er verbirgt, er wird es mir nicht mitteilen,* dachte Naitachal. *Jedenfalls jetzt noch nicht.*

»Ich weiß nicht genau, wie ich es formulieren soll«, begann Sir Jehan zögernd, »weil ich Euch nicht beleidigen will, Sir.«

»Ich glaube, daß wir alle Probleme lösen können, die zwischen unseren Königreichen bestehen«, erwiderte Naitachal schnell. »Deswegen bin ich ja hier.«

Sir Jehan wirkte verblüfft. »Nein, Ihr mißversteht mich. Ich freue mich zwar, das zu hören, aber diese Situation meinte ich nicht.«

»Verstehe«, entgegnete Naitachal. »Und was meintet Ihr?«

Jehan hüstelte. »Euren Assistenten. Ich glaube, er heißt Alaire.«

*Um Himmels willen,* dachte Naitachal. *Haben sie rausgefunden, daß er der Sohn des Königs ist? Vielleicht sollte ich ihn lieber wegzaubern, solange ich noch die Chance dazu habe.*

Jehans glatte Miene verriet nichts. »Es ist kein Geheimnis, daß er seit Eurer Ankunft gestern abend ein Gefährte unseres teuren Prinzen geworden ist.«

*Unterstellt er dabei etwas Schäbiges?* »Ja. Ich glaube, sie haben sich gestern kurz nach dem Dinner kennengelernt. Prinz Kainemonen hat meinen Assistenten eingeladen, mit ihm einen ... amüsanten Abend zu verbringen.« *Als wenn du das nicht selbst miterlebt hättest! Oder glaubst du etwa, Alaire hätte mir das verschwiegen?* »Hmm. Ich verstehe wohl, worauf Ihr hinauswollt. Solch eine Freundschaft zwischen einem Prinzen und einem ausländischen Diplomaten, ja sogar nur dem Sekretär des Diplomaten, wäre in Althea nicht allzu unschicklich. Haben wir damit vielleicht in Eurem schönen Land einen gesellschaftlichen Faux-pas begangen?«

»O nein«, erwiderte Sir Jehan. »Im Gegenteil. Ich betrachte eine solche inoffizielle Vermischung von Leuten unserer beider Länder sehr wohlwollend. Euer Assistent hat nichts Unschickliches getan, als er sich mit dem Prinzen anfreundete, obwohl ich glaube, daß die beiden in der Stadt anscheinend in Schwierigkeiten geraten sind. Ich hörte durch meine Kontakte im Tavernendistrikt, daß der Prinz mit einigen unvernünftigen Seeleuten einen Schwertkampf angefangen hat. Bedauerlicherweise ist Euer Assistent ebenfalls darin verwickelt worden. Ich fürchte, daß unserem zukünftigen Herrscher ein solches Verhalten nicht ansteht, und muß zugeben, daß der Vorfall mich beschämt.«

Naitachal nickte. Worauf wollte der Mann hinaus? »Alaire ist vielleicht nicht noch nicht sehr alt, aber er kann gut auf sich selbst aufpassen. Suinomen muß sich dennoch für nichts entschuldigen. Er ist freiwillig mit dem Prinzen gegangen, ohne mein Wissen und meine Zustimmung. Nicht, daß er unbedingt eine Erlaubnis brauchte, versteht Ihr ... Er ist nicht der Botschafter, sondern ich. Und wie Ihr wißt, brauchen junge Männer ihre kleinen Aufregungen.«

»Das habe ich gestern abend gemerkt.« Sir Jehans Lächeln konnte seine Augen nicht erwärmen. »Nach allem, was ich gehört habe, ist Euer Assistent bemerkenswert geschickt mit dem Schwert.« Sir Jehan hob bei diesen Worten fragend eine Braue, machte aber keinen weiteren Kommentar über Alaires Training, sondern redete mit gesenkter Stimme weiter. »Wenn ich darf, würde ich gern offen mit Euch sprechen. Aber was ich jetzt sage, muß unter uns bleiben. Es hat nichts mit diplomatischen Angelegenheiten zu tun. Ich mache mir Sorgen um Euren Assistenten. Der Prinz übt einen schlechten Einfluß aus, und obwohl Euer Sekretär ein Erwachsener ist und auf sich selbst aufpaßt, heißt das nicht, daß er dadurch immun gegen gewisse geschmacklose Versuchungen in unserem Land wäre.«

»Ich hatte den Eindruck, daß die beiden nur getrunken haben«, sagte Naitachal zur Verteidigung der beiden jungen Burschen. *Von welchen Versuchungen spricht der Kerl?*

»Vielleicht ist da noch mehr gewesen«, sagte Sir Jehan. Seine Worte hatten einen unangenehmen Unterton. »Ich kann leider nicht deutlicher werden. Aber es könnte mehr hinter Kainemonens nächtlichen Ausflügen stecken, als wir glauben. Er unternimmt diese alkoholischen Exzesse regelmäßig, und immer in den übelsten Spelunken der Stadt. Keine Lady aus gutem Hause würde sich jemals mit ihm einlassen, nicht einmal inkognito.«

Das beantwortete die Frage, die Naitachal beschäftigt hatte, seit er Kai, Alaire und ihren »Mädchen« nachspioniert hatte. *Diese Frauen stehen viel tiefer in der Rangordnung. Sie sind vermutlich höchstens Dienerinnen. Das hätte ich mir auch denken können.*

»Ich glaube trotzdem, daß Alaire diesen Versuchungen trotzen kann«, erwiderte er. »Er hat genug Verstand, sich nicht mit Frauen einzulassen, die letztlich nur versuchen, ihm Ärger zu bereiten. Es sei denn, es gäbe noch andere Faktoren, die Ihr bisher nicht erwähnt habt.«

Falls Sir Jehan davon beleidigt war, zeigte er es nicht. »Ich hoffe, daß ein Freund in seinem Alter Kai ein wenig beruhigt. Ich fürchte nur, daß Alaires Persönlichkeit noch nicht gefestigt genug ist, um Kais Verderbtheit zu widerstehen. Offen gestanden ... Alaire scheint mir ein wenig jung für eine diplomatische Mission. Selbst, wenn er nur ein Assistent ist.«

»Er soll hier seine Fertigkeiten unter meiner Anleitung verfeinern«, informierte Naitachal ihn. »Aber er steht dem Herzen des Königs nah. *Sehr* nah.«

Sir Jehan warf ihm einen wissenden Blick zu, als verstünde er zu gut, daß Alaire ein unehelicher Sproß des Königs sei. *Gut. Seine Tarnung scheint zu halten.*

Naitachal lächelte dünn. »Ich habe hauptsächlich deswegen zugestimmt, daß er mein Assistent wird, um König Reynard einen Gefallen zu tun. Ich muß zugeben, daß er noch ein wenig ungeschliffen ist, und hatte gehofft, daß Eure feine Kultur ihn während dieses Besuches etwas abschleifen würde. Er hat Althea bisher noch nie verlassen. Bitte vergebt ihm sein ungehobeltes Benehmen, falls Ihr es beobachtet. Aber ich versichere Euch, daß er eine ausgeprägte Persönlichkeit und klare Moralvorstellungen hat.«

Sir Jehan seufzte und schüttelte traurig den Kopf. »Kais Zügellosigkeit ist der Grund für die Spannungen zwischen ihm und seinem Vater. Der Junge weigert sich einfach, sich wie ein zivilisierter Erwachsener zu benehmen oder auch nur wie ein zivilisiertes Kind. Auf jeden Fall verweigert er ein Benehmen, das einem Prinzen anstünde.«

Naitachal zuckte mit den Schultern. »Und warum bleibt Kai dann Kronprinz? Wenn er einen jüngeren Bruder hätte ...« Er hob eine Braue. »Dieses Problem scheint mir eine einfache Lösung zu haben.«

Sir Jehan schüttelte traurig den Kopf. »Kainemonens Geburt war sehr kompliziert. Die Königin kann leider nicht mehr Mutter werden. Sie ist in Ungnade gefallen und erscheint selten in der Öffentlichkeit. Im Gegensatz zu anderen Monarchien kann der König sich ihrer nicht einfach entledigen oder einen bevorzugten ... Bankert erwählen. Das ist in unserem Land nicht möglich.«

»Also erbt entweder Kai den Thron oder niemand.« Naitachal spitzte die Lippen, als dächte er nach. »Ich glaube, ich begreife das Problem so langsam.«

Jehan wischte es mit einer Handbewegung fort. »Das alles ist für unser Gespräch nicht von Bedeutung. Meine Besorgnis gilt Eurem Assistenten. Seine enge Verbundenheit mit Kai könnte Eure Mission hier leicht diskreditieren.«

Das überraschte Naitachal. Aber bisher gab es noch keinen Hinweis darauf, daß sie Alaires wahre Identität kannten.

»Und warum?« Er machte aus seiner Verblüffung keinen Hehl.

»Die Motive einer Person, die mit einem potentiellen Unruhestifter befreundet ist, werden in unserem Land in Frage gestellt«, antwortete Sir Jehan. »Und er *ist* nun mal Euer Assistent. Was er tut, schlägt auf Euch zurück. Ich erwarte keine Schwierigkeiten, weder für Euch noch für Euren jungen Sekretär. Aber es sieht ... verdächtig aus für Euch, für Euren Assistenten und für Euer Königreich ganz allgemein.«

Auch das begriff Naitachal langsam. *Ist dieser Sir Jehan vielleicht ein Teil der feindlichen Kräfte, vor denen Hauptmann Lyam uns beide gewarnt hat?* Er würde nicht zulassen, daß dieser

Mann sie einschüchterte. Die Richtung, in die sich dieses Gespräch entwickelte, ließ darauf schließen, daß hier der Versuch einer Einschüchterung unternommen wurde. Daran konnte auch der höfliche Tonfall Sir Jehans nichts ändern.

Ein altes Sprichwort seiner Familie kam dem Dunklen Elfen in den Sinn. *Versuch niemals, einen Schwarzen Magier einzuschüchtern.* Sicher, eigentlich war er kein Schwarzer Magier mehr, aber trotzdem ...

»Soll ich das so verstehen«, erwiderte Naitachal gespielt gereizt, »daß ein Freund des Prinzen kein Freund des Königs sein kann?«

Sir Jehan zuckte mit den Schultern und drehte die Handflächen nach oben. Eine Geste, mit der Naitachal wenig anfangen konnte.

*Es wird allmählich Zeit, ein paar Karten auf den Tisch zu legen und zu beweisen, daß Alaire vertrauenswürdiger ist, als Sir Jehan glaubt.* »Ich hatte den Eindruck, daß der Prinz Euch als einen Freund betrachtet.«

Sir Jehan wirkte, als hätte der Elf ihn bei einer subtilen Täuschung ertappt. »Ich versuche mit allen Kräften, die Kluft zwischen Vater und Sohn zu überbrücken, aber ich kann wenig unternehmen, wenn sich der Junge weigert, sich zu ändern. Aber es gibt noch Hoffnung: Er ist noch jung. Vielleicht kann ich etwas tun, wenn der junge Prinz zur Vernunft kommt. Falls das jemals geschieht.«

Damit stritt Sir Jehan seine Doppelrolle weder ab noch bestätigte er sie nachdrücklich. Naitachal wollte diese besondere Frage nicht weiterverfolgen. Statt dessen überlegte er sich eine passende Geschichte, die sowohl Alaires Identität schützen als auch Sir Jehan einige Informationen entlocken sollte, mit denen er sonst nicht herausrücken würde.

»Was kann man da schon tun?« fragte Naitachal und schüttelte betrübt den Kopf. »Das ist kein Problem, mit dem ich auf meiner Mission hier gerechnet habe. Ich vertraue Alaire, daß er sich auf keinen Fall auf etwas einläßt, was sich gegen die Interessen unserer beider Königreiche richtet.

Falls er dennoch in Schwierigkeiten gerät, ist er ganz auf sich allein gestellt. Das weiß er auch. Ich verlasse mich auf seinen gesunden Menschenverstand. Vielleicht kann er sogar seinen positiven Einfluß auf den Kronprinzen verstärken, den dieser Eurer Meinung nach braucht.« Naitachal beugte sich vor, als wollte er etwas Vertrauliches erzählen. »Meine Familie hat eine lange Tradition darin, Magie zu praktizieren. Sagt Euch der Begriff *Geisterbeschwörer* etwas?«

Ein kurzes Flackern des Blickes in dem ansonsten unbeweglichen Gesicht Sir Jehans verriet, daß er das kannte. *O ja, er weiß genau, wovon ich rede. Aber wird er es auch zugeben?*

»Mir ist dieser Ausdruck nicht geläufig«, sagte Sir Jehan. Aber er mußte den Blick abwenden, und sein sichtliches Unbehagen strafte seine Worte Lügen. »Ich weiß, daß es eine besondere Art von Zauberer beschreibt.«

Naitachal lächelte freudlos. »Ja, einen Zauberer. Einen *sehr mächtigen* Zauberer. Diese Art von Zauberei ist für mich so natürlich wie für Euch das Atmen. Obwohl ich es niemals wagen würde, Euch diese Fähigkeiten vorzuführen. Schließlich sind sie in diesem Land ja ungesetzlich. Ich könnte einen Leichnam von den Toten auferstehen lassen und jede Seele zwingen, mir Rede und Antwort zu stehen. Und ... ich verfüge über noch so viel mehr Möglichkeiten, einen Gegner verschwinden zu lassen, daß ich nicht die Zeit habe, sie Euch alle zu schildern. Aber sie sind alle sehr schmerzhaft. Und meine Ausbildung hat schon vor vielen, vielen Jahrhunderten begonnen.«

Sir Jehan sah ihn nachdenklich an, sagte aber nichts.

Naitachal lächelte immer noch. »Es gibt bestimmte Wege, wie ich diese Kräfte benutzen kann, um mich selbst zu verteidigen. Wege, die mir nach den Gesetzen Eures Landes einen langen Aufenthalt im Gefängnis der Seelen einbringen würden.«

Naitachal sah, wie der Mann anerkennend die Augenbrauen hob. »Also habt Ihr schon davon gehört.«

Naitachal warf ihm einen Blick zu, der sagen sollte: *Was denn? Glaubt Ihr, ich bin taub, blind und dumm?* »Allerdings.

Und ich möchte natürlich auf keinen Fall an einem solchen Platz eingesperrt sein.«

»Ihr braucht Euch keine Sorgen zu machen«, versicherte ihm Sir Jehan. »Unsere Gesetze gelten eigentlich nur für die Bauern und die niederen Klassen, nicht für unseresgleichen. Wir haben den Bund geschaffen, um möglicherweise gefährliche Magie unter den einfachen Leuten zu unterbinden, damit sie diese Kräfte nicht benutzen können, um sich gegenseitig zu unterdrücken oder sie als Werkzeug in einer Revolte anzuwenden.« Er legte die Hände aneinander und setzte eine nachdenkliche Miene auf. »Und das, fürchte ich, bringt Euch und Euren Assistenten wieder in Gefahr. Ich kann das Gerücht weder bestätigen noch entkräften, aber es heißt, daß Kai höchstpersönlich Magier damit beauftragt hat, seinen Vater vom Thron zu stürzen und die Herrschaft schon jetzt an sich zu reißen. Das wäre eine furchtbare Tragödie, die wir um jeden Preis verhindern müssen. Ihr werdet unsere Gesetze über die Magie einschränkend finden, möglicherweise sogar unfair, aber ich versichere Euch, daß es gute Gründe für diese Regulierung gibt. Sicher begreift Ihr die Klugheit solcher Vorsichtsmaßnahmen.«

»Selbstverständlich«, sagte Naitachal glatt. »Ich wollte auch nicht sagen, daß diese Vorsichtsmaßnahmen unnötig sind. Und ich würde niemals etwas tun, das jemanden zu der Auffassung veranlassen könnte, ich setzte diese Kräfte gegen den König ein. Das wäre mehr als dumm!«

»Ich bin sehr froh, daß Ihr dieses Thema zur Sprache gebracht habt.« Sir Jehan stand auf. Sein Lächeln war gezwungen, als bekäme er einfach kein offenes Lächeln mehr zustande. »Das ist eines der Themen, über das der König mit Euch sprechen möchte.« Er deutete auf die beiden Doppeltüren. »Hier entlang, bitte.«

Als sie das Zimmer hinter den Doppeltüren betraten, sah Naitachal König Archenomen, der an dem hohen Fenster stand und auf die karge Winterlandschaft hinaussah. Die blasse Nachmittagssonne umrahmte ihn, und er wirkte, als mache er sich über etwas entsetzliche Sorgen.

Sir Jehan räusperte sich. »Sir«, verkündete er. »Der Botschafter Naitachal von Althea, Gesandter von König Reynard.«

»Danke, Jehan«, sagte der König, ohne den Blick von der Landschaft zu nehmen.

Sir Jehan verbeugte sich leicht und verließ dann das Zimmer.

Naitachal stand mitten im Raum und fragte sich, was da draußen so faszinierend sein konnte, daß es die Aufmerksamkeit des Königs so fesselte. Er wußte nicht, ob er beleidigt oder geschmeichelt über den Mangel an Interesse sein sollte, mit dem der König ihn bedachte.

»Bitte, macht es Euch bequem«, sagte der König und drehte sich um. »Möchtet Ihr ein Bier, Botschafter?«

Es wäre unhöflich, es abzulehnen, also nickte der Dunkle Elf. »Es würde mich freuen, Eure Majestät.« Vorsichtig setzte er sich auf einen der drei schweren Holzstühle, die in einem Halbkreis vor dem Thron standen. Letzterer war ein breites, großes, mit Samt gepolstertes Kunstwerk auf einem Podest. Wenn der König darauf saß, mußten seine Zehen ungefähr in Augenhöhe desjenigen auf dem Stuhl sein.

Der König betrachtete Naitachal sichtlich besorgt und zwang sich dann zu einem Lächeln. Ein Diener erschien mit zwei großen Bierkrügen und bot dem Dunklen Elfen einen an. Den anderen servierte er dem König. Als Naitachal sein Bier entgegennahm, unterdrückte er seinen Widerwillen. Er mochte kein Bier, und das hier war darüber hinaus auch noch eine starke, bittere Brühe.

Aber der Wunsch des Königs war Befehl. Naitachal entspannte sich und probierte das Bier, wobei ihm kurz der Gedanke durchs Hirn schoß, ob es wohl vergiftet war. Aber da er die freie Wahl bei den Krügen gehabt hatte, war das unwahrscheinlich.

Der König trank und setzte sich auf einen der kleineren Stühle neben Naitachal, statt auf den Thron zu steigen. Obwohl er dieselbe purpurne Robe trug wie gestern, war seine Kleidung zerknittert. Er wirkte erschöpft, hatte Schatten unter den Augen und war nicht sehr sorgfältig rasiert, und in seinem Gesicht zeigten sich scharfe Falten von Anspannung. *Entweder ist der König krank, oder er macht sich wegen irgend etwas wahnsinnig große Sorgen.* Naitachal trank sein warmes Bier und bemühte sich, gelassen zu wirken.

»Ich will direkt zur Sache kommen«, begann der König. »Es ist Uns zu Ohren gekommen, daß es in letzter Zeit unter den Bauern beträchtlich viele Fälle von abtrünniger Magie gegeben hat. Es gibt Annahmen, daß einige dieser Zauberer mit jemandem in Eurem Land in Verbindung stehen.«

*Was?* Diese Anschuldigung war Naitachal neu, und sie verblüffte ihn. *Was noch?* dachte er. Er hielt das für einen Versuch, das wahre Thema zu verschleiern, was es auch sein mochte.

»Wenn diese Zauberer heimlich Magie in Suinomen betreiben«, erwiderte Naitachal gelassen, »dann kann ich das kaum wissen. Obwohl mein Volk eine lange Tradition hat, was Zauberei betrifft, habe ich diese Fähigkeit sorgsam vermieden, seit ich in Euer Land gekommen bin. Und Ihr, Sir, habt meinen König niemals davon in Kenntnis gesetzt, daß diese Abtrünnigen Euch Schwierigkeiten machen. Was genau ist denn ihre Verbindung zu Althea, von der Ihr gesprochen habt?«

»Nichts ... Faßbares«, gab der Monarch zu. »Und Wir wollen Euch auch nicht beschuldigen. Es wirft einige Themen auf, die Wir gern unter dem Gesichtspunkt besprechen würden, daß Wir nicht beabsichtigen, jemanden zu beleidigen. Es ist äußerst günstig, daß Ihr gerade hier sei, um zu verhandeln. Es erspart Uns die Schwierigkeiten und die Zeit, einen Botschafter in Euer Land zu schicken.«

Als das Wort »verhandeln« fiel, spitzten sich die Ohren des Dunklen Elfen. *Kommen jetzt endlich diese Kriegsdrohungen zur Sprache?*

Der König schien unruhig. »Die Magie war einmal eine Bedrohung für Unser Königreich, vor vielen Jahren. Damals haben Wir die Schergen der Zauberer eingesetzt und das Land von illegaler Zauberei gesäubert. Seitdem herrschte hier Ruhe. Bis vor kurzem. Es hat nicht viele Reisende zwischen unseren beiden Ländern gegeben, aber im letzten halben Jahr hat sich diese geringe Zahl beinah verdoppelt. Vielleicht ist es kein Zufall, daß die unerlaubte Zauberei um denselben Faktor gestiegen ist.«

Naitachal verstand, worauf der König hinauswollte, und es gefiel ihm überhaupt nicht. *Er will Althea für das Scheitern seiner Politik verantwortlich machen und für seine Unfähigkeit, die Zauberei in einem Land zu unterbinden, in dem es offenbar viele gibt, die diese Fähigkeiten besitzen, wenn auch nicht die Ausbildung.*

Aber die nächsten Worte des Königs überraschten Naitachal vollkommen. »Wir glauben, es wäre ein großer Segen für unsere beiden Länder, wenn Ihr die überlegene Politik des Bundes anerkennen und ihn in Eurem Königreich ebenfalls einführen würdet. Für Uns ist eindeutig Euer Land die Quelle dieser Plage. Wenn Ihr den Bund bei Euch gestatten würdet, mit der Aufgabe, die Zauberei zu unterbinden, könnten Wir dieses Problem ein für allemal lösen.«

Der König sah ihn hoffnungsvoll an. Ganz offensichtlich fand er an seiner Bitte nichts Schlimmes.

Naitachal starrte ihn lange an. Dieses Ersuchen brachte ihn so sehr auf, daß er alles neu beurteilte, was er über Suinomen und dessen König erfahren hatte. *Verstehe ich das richtig? Er hat Angst vor Magie und ist mißtrauisch seinem eigenen Sohn gegenüber. Er wird von irgendeiner unbekannten politischen Macht kontrolliert. Er ist möglicherweise über Althea vollkommen in die Irre geleitet worden. Glaubt er denn, daß wir wirklich in unserem Königreich die Magie ausrotten wollen? Es wäre schon schlimm genug, eine andere Macht ins Land zu lassen, aber dann auch noch von einem Land, dessen Absichten höchst fragwürdig sind? Glaubt er wirklich, daß dies ein vernünftiges Ersuchen ist?*

»Ich verstehe«, sagte Naitachal und zwang sich zu einem souveränen Verhalten. Am liebsten hätte er mit etwas Bardenmagie selbst den letzten Rest dieser Idee aus dem Gehirn des Königs gezaubert. »Ich bin natürlich nicht in der Position, ein solches Ersuchen zu gewähren. Es könnte eine gute

Idee sein, und ich werde meinen König gewiß sofort von diesem Vorschlag in Kenntnis setzen.«

König Archenomen runzelte die Stirn, als hätte er eine augenblickliche Übereinkunft erwartet. »Aber Ihr versteht doch sicher die Dringlichkeit ...«

Naitachal machte eine zustimmende Gebärde. »Natürlich verstehe ich, wie wichtig dies für Euch ist. Aber Ihr müßt auch verstehen, daß dies bedeuten würde, fast alle Nicht-Menschen, Elfen, Feen, Spinnenwesen und auch die menschlichen Zauberer aus Althea zu vertreiben. Ich bin nicht einmal sicher, ob das möglich ist. Die Nicht-Menschen besitzen viel Land innerhalb unserer Grenzen, und sie sind mittlerweile unentbehrlich, was den Handel und Wohlstand unseres Königreiches angeht. Versteht Ihr, die Nicht-Menschen werden den Menschen nicht einfach so erlauben, die Magie gesetzlich zu regeln. Magie ist das Rückgrat ihrer Existenz. Würde unser König es ihnen verbieten, bekäme er gewiß ernsthafte politische Probleme.«

»Wir hätten erwartet, daß der König von Althea einen entschlosseneren Botschafter geschickt hätte, um Staatsangelegenheiten zu diskutieren«, sagte Archenomen enttäuscht.

»Das ist keine Frage der Entschlußkraft«, erwiderte Naitachal. »Sondern der Klugheit. In unserer Regierung haben wir viele Nicht-Menschen in mächtigen Positionen. Nicht-Menschen wie ich selbst.«

»Ach ja, richtig«, antwortete der König offenkundig verärgert. Er schüttelte den Kopf, als habe er bisher die dunkle Haut und die spitzen Ohren des Wesens vor ihm übersehen. »Ihr seid ein Dunkler Elf, nicht wahr?«

*Ist er ein Kretin? Oder wird er schwachsinnig? Das ist ja unglaublich!* Naitachal beherrschte seine Miene, damit sie keinen seiner Gedanken verriet. »Solche Gesetze wären, gelinde gesagt, eine offene Beleidigung vieler mächtiger Wesen in unserem Land. Aber diese Sache zu entscheiden liegt nicht in meiner Hand.«

Archenomens Miene hellte sich auf. »Richtig, Ihr habt das nicht zu entscheiden. Überbringt König Reynard die Botschaft, wenn Ihr wollt. Wir werden wohl besser ebenfalls einen Botschafter aussenden, um sicherzugehen, daß er sie auch wirklich erhält.« Der König stand auf. Die Audienz war offensichtlich beendet. »Ihr könnt Euch zurückziehen.«

Naitachal stand sofort auf, verbeugte sich und ging rückwärts hinaus. Er war froh, daß diese Unterhaltung vorbei war und stolz auf sich, daß er den König nicht in ein herrschaftliches Aschehäufchen verwandelt hatte.

Naitachal kehrte in sein Zimmer zurück und hoffte, Alaire dort vorzufinden. Er wollte diese neue und sehr beängstigende Entwicklung mit seinem Schützling besprechen. *Der Junge schwebt weit mehr in Gefahr, als ich erwartet habe,* mußte er schuldbewußt zugeben. *Und es wäre noch gefährlicher, ihn jetzt nach Hause zu schicken.*

Als er sein Zimmer betrat, war dem Dunklen Elfen klar, daß er bei dem König nicht mehr erreichen würde. *Reynard hätte einen Menschen entsenden sollen,* dachte er finster. *Jetzt kann nur noch ein Mensch Fortschritte erzielen.* Der Monarch von Suinomen besaß weit mehr Angst vor Magie, als Naitachal gedacht hatte. Und wenn Archenomen jemals erfahren sollte, daß er und Alaire Barden waren, könnte das der Auslöser für einen Krieg sein. Es war Naitachal klar, daß sie ohnehin nur nach einem Vorwand suchten. Das war die einzige rationale Erklärung für ein derartiges Ersuchen. Die Show, die der König abgezogen hatte, war nicht mehr als das ... eben eine Show. Sicher konnte er nicht so dumm, senil oder verrückt sein, anzunehmen, König Reynard würde auch nur eine einzige Sekunde an solch eine wahnsinnige Idee verschwenden!

*Die Schergen der Zauberer nach Althea zu senden ... Nein, keiner kann so verrückt sein. Ich glaube, wir beide müssen langsam einen Weg finden, diesen schrecklichen Ort zu verlassen,* dachte Naitachal. *Wenn wir jetzt abreisen, überraschen wir sie vielleicht. Ja. Wir werden noch heute abend nach Althea aufbrechen.*

»Alaire?« rief Naitachal leise, als er die Tür hinter sich schloß. Aber das Zimmer war leer.

»Lieber Himmel«, sagte er und nahm den Zettel vom Bett.

*Fürst der Finsternis.*
*Ich bin mit Ihr-wißt-schon-wem wieder ausgegangen. Ich bin vorsichtig, Ehrenwort. Macht Euch keine Sorgen um mich. Und bleibt nicht auf, es könnte spät werden.*
*Alaire*

Naitachal blickte auf die Nachricht und fluchte leise und erstickt vor sich hin.

## 12.
## KAPITEL

Während Naitachal auf seine diplomatische Suche nach Sir Jehan gegangen war, kehrte Alaire auf ihr Zimmer zurück, um etwas Schlaf nachzuholen. Das Bier, das er bei den Gespielinnen des Prinzen getrunken hatte, hatte ihn schläfrig gemacht, und er konnte genausogut jetzt schlafen wie zu jedem anderen Zeitpunkt. Kurz bevor er einschlief, überlegte er, ob er die Tür abgeschlossen hatte oder nicht ... Zu spät.

Alaire wachte auf, als jemand ihn an der Schulter rüttelte. »Wach auf, du Faulpelz!« schrie Kai ihm ins Ohr. »Wir müssen ausgehen! Beeil dich! Wir verlieren Zeit!«

Die Stimme des Kronprinzen klang so eindringlich, daß Alaire sich panisch von seinen Träumen losriß. Gab es einen Notfall?

»Was ...?« stieß er hervor und tastete nach seiner Waffe.

Kai ließ seine Schulter los und lachte spöttisch über Alaires Gesichtsaudruck. »Immer mit der Ruhe. Hätte ich gewußt, daß es so schwer ist, dich zu wecken, dann wäre ich früher gekommen.«

Alaire erkannte Kai, der auf dem Rand des großen Bettes

saß. Er trug ein neues Prachtgewand und darüber den durchwirkten Mantel, aber er sah trotzdem so aus, als hätte er sich in aller Eile angezogen. »Wir gehen heute abend aus.«

»O nein, nicht schon wieder!« Alaire richtete sich auf und bemerkte, daß Kai schlechte Laune hatte. Er war verdrossen und aufgebracht, vielleicht sogar richtig wütend. Jedenfalls hatte Kai im Moment nichts Spielerisches an sich. »Was ist los, Kai?« wollte er wissen. Plötzlich war er hellwach.

»Sir Jehan hat mir befohlen, ich solle ... »Kai zögerte, schüttelte dann den Kopf und biß die Zähne zusammen. »Ach nichts. Überhaupt nichts. Ich werde mich heute besaufen. Du kannst mitkommen, wenn du willst.«

Er sprang auf und ging zur Tür.

»Moment mal!« rief Alaire und stand auf.

Kai blieb stehen und sah zurück. »Kommst du mit?« fragte er hoffnungsvoll.

»Tja, ich ...«

»Gut«, unterbrach Kai ihn einfach. »Und nimm deine Harfe mit. Vielleicht kannst du mich damit aufheitern.«

»... denke, ich komme mit«, beendete Alaire den Satz.

Sie fuhren wieder mit der Kutsche in das Kneipenviertel. Der Himmel verfinsterte sich immer mehr. Heute schien der Kutscher nüchtern zu sein, deshalb war die Fahrt in die Altstadt nicht ganz so aufregend wie am vergangenen Abend. Die Taverne, in der sie landeten, war ein oder zwei Stufen schlechter als die von gestern abend. Sie brauchten einen Moment, bis sie Stühle und einen Tisch fanden, der nicht bei einer Schlägerei demoliert worden war. Es war noch früh am Abend, und laut Kai war das Beste aus dem Vorrat der Spelunke noch nicht ausgegangen. Anscheinend war dies das einzige, was Kai aufheitern konnte: ein nie versiegender Strom von Wein und die Aussicht auf das totale Vergessen.

*Er will nichts weiter als aus diesem Leben scheiden*, dachte Alaire. War es wirklich eine gute Idee, Kai zu begleiten? Er hatte fast das Gefühl, daß er dem Prinzen unbeabsichtigt bei der Suche nach diesem Vergessen half.

Diesmal betrank der Kronprinz sich nicht mit Bier oder Wein, wie am vorangegangen Abend. In dieser Kaschemme servierte man nur harten Schnaps, und bezeichnenderweise war ihr Name: *Toten Mannes Gelage* in einen hölzernen Grabstein über der Tür eingebrannt.

»Sie destillieren *Aakaviit* aus einer Knolle, die wild oben in den Bergen wächst«, erklärte Kai beiläufig, als er ein Glas dieses Zeugs hinunterstürzte. Er trank es wie Wasser. Alaire konnte das einfach nicht begreifen und musterte sein eigenes kleines Glas. Ein einziger Schluck brannte wie Feuer in seinem Hals und Rachen, und er beäugte besorgt die brennende Kerze zwischen ihnen auf dem Tisch.

*Das ist ja fast reiner Alkohol*, dachte er.

Er wünschte sich, er hätte die Harfe nicht mitgenommen. Es hatte eine erhitzte Diskussion darüber gegeben, und zu guter Letzt hatte Alaire nachgegeben, in der Hoffnung, daß Kai dann vielleicht nicht soviel trank. Die Harfe war sein wichtigster Besitz, und dann riskierte er es, sie an einen solchen Ort mitzunehmen! Obwohl er sie in einen dicken Leinensack gewickelt hatte, damit sie unauffällig aussah, würde sie einen Kampf nicht unbeschadet überstehen. Er stellte sie so hin, daß ihr auch nichts passierte, wenn eine Flasche *Aakaviit* darüberkleckerte. Das starke Zeug zerfraß vermutlich sofort den Lack.

Alaire hatte gehofft, daß der Schnaps Kais Zunge löste. Diese geheimnisvolle Bemerkung über Sir Jehan ließ ihm keine Ruhe. Was hatte der Mann gesagt? Und – würden sie ihn heute abend wieder treffen? Alaire hatte sogar vorgeschlagen, wieder in die Spelunke zu gehen, in der sie Jehan getroffen hatten. Vielleicht fielen ja interessante Informationen ab, wenn die beiden zusammen waren. Aber Kai hatte behauptet, die Taverne wäre so früh am Nachmittag noch geschlossen. Ihr Ziel wäre erst einmal das *Toten Mannes Gelage*. Als Kai gereizt wurde, hielt Alaire den Mund und lehnte sich in der Kutsche zurück.

Kai hatte danach nur über unwichtige Dinge gesprochen. Über den Spaß, den er mit den Zwillingen gehabt hatte, die heurige Weinernte, die ziemlich dürftig ausgefallen war, und den Wetterumschwung. Als sie ausgestiegen waren, bemerkte Alaire, daß es erheblich kälter geworden war. Die eiskalte Luft schnitt scharf in seine Nüstern, und sein Atem bildete Wolken. Als sie die Taverne erreichten, fiel bereits der erste Schnee. Kai sagte voraus, daß es noch viel schlimmer werden würde.

»Ich besaufe mich gern, wenn es schneit!« verkündete er. »Eigentlich bei jedem schlechten Wetter, bei Gewittern, Überflutungen, jedenfalls so lange ich nicht drinstecke, und bei Schneestürmen. Frag mich nicht, warum. Vielleicht macht die Angst es so erregend, die in der Luft liegt!«

In Fenrich war der Schnee nicht unbekannt, aber er fiel selten so früh. Es schneite im Winter genug, daß er liegen blieb, und für gewöhnlich taute er erst zum Frühlingsanfang wieder weg. Aber Suinomen lag weiter im Norden, und die Temperatur war heute abend drastisch gefallen.

»Wie stark schneit es hier?« fragte Alaire.

»Wahrscheinlich liegt er morgen früh hüfthoch«, erwiderte Kai beiläufig. »Warum?«

»*Was?*«

Kai lachte und leerte sein Glas *Aakaviit*. »Du tust, als hättest du noch nie zuvor Schnee gesehen.«

»Doch, habe ich«, sagte Alaire stolz. »Aber nicht hüfthoch!« Er versuchte sich den Anblick vorzustellen. »Wie halten die Dächer das aus? Brechen sie unter dem Gewicht des Schnees nicht zusammen?«

Kai brach erneut in Lachen aus. »Wie kommst du denn auf so eine Idee? Aus was sind eure Dächer denn? Aus Stroh?«

Alaire runzelte die Stirn. »Einige schon.«

»Natürlich.« Kai hörte genauso schnell auf zu lachen, wie er angefangen hatte.

Alaire war jedoch mehr über die Wirkung besorgt, die der Schnee auf die Straßen haben mochte. »Wenn es heute abend so stark schneit, sollten wir lieber früh heimkehren.«

»Keine schlechte Idee«, sagte Kai, aber sein übermütiger Blick ließ vermuten, daß er diese Idee nicht sehr ernst nahm.

»Aber wenn es zu schlimm wird, können wir immer noch in einer Herberge übernachten. ›Das ist zwar nicht unbedingt das Geeignete für eine Hoheit‹, wie Sir Jehan sagen würde, aber sehe ich so aus, als störte mich das? O nein! Ich habe schon an viel übleren Orten genächtigt.«

Alaire spitzte bei der Erwähnung von Jehans Namen die Ohren. *Ja? Und?* Er wartete darauf, daß der Junge weiterredete.

Hinter ihnen ging eine Schlägerei los, aber Kai schien es nicht zu bemerken. Alaire beobachtete die beiden Kampfhähne, die sich, soweit er verstand, um eine Flasche *Aakaviit* stritten.

Kai hatte noch eine Flasche bestellt, aber in dem Moment kam der Wirt und erklärte entschuldigend, daß die beiden Herren dort hinten um die letzte Flasche *Aakaviit* stritten.

Kai drehte sich um und beobachtete den Kampf. Jetzt schien ihn das Ende zu interessieren. Als die beiden Männer mit der Flasche hin- und herschwankten, legte er die Hand auf den Griff seines Schwertes, zog es aber nicht. Der Wirt erbleichte, als er die Waffe sah, und verschwand sofort.

Alaire wurde übel. Der Anblick der beiden Männer, die um die Flasche rauften, und Kais, der offenbar sogar bereit war, dafür zu töten, war einfach zuviel.

»Hier«, sagte Alaire. »Nimm den Rest von meinem Glas.«

Es war immer noch halb voll. Schon das wenige, das er getrunken hatte, war ihm zu Kopf gestiegen, also hatte er sofort aufgehört. Obwohl er leicht angesäuselt war, hoffte er, daß es seine Kampftüchtigkeit nicht beeinträchtigte. *Einer von uns beiden muß wenigstens teilweise nüchtern bleiben,* dachte er besorgt. *Kai wird nicht mehr viel wert sein, wenn er so weitermacht. Wahrscheinlich ist er jetzt schon nicht mehr in der Lage, sein Schwert zu führen. Ich habe noch nie gesehen, daß jemand so viel trinkt wie er und immer noch gehen kann.*

Der Kampf ging weiter. Kai beobachtete die beiden Männer begeistert und leckte sich die Lippen, als hätte er Appetit. Plötzlich gab es einen Knall. Die Flasche *Aakaviit* war zu Boden gefallen und zersprungen. Aber der Kampf ging trotzdem weiter. Die beiden Männer waren nun wütend wegen des Verlustes der Flasche und gingen sich gegenseitig an die Kehle. Ein dritter kroch zu der Stelle, wo die Flaschenscherben lagen und versuchte, das Zeug vom Boden aufzulecken.

*Nichts wie raus hier!* dachte Alaire verzweifelt. Aber wie sollte er Kai überreden? Der Prinz schien von dem Kampf fasziniert und betrachtete gefesselt den Betrunkenen am Boden, der den Schnaps aufleckte ...

Dann warfen die Kämpfer eine Kerze zu Boden. Mit einem hörbaren Fauchen entzündete sich der *Aakaviit*.

Das Zeug brannte lichterloh, wie Alaire vermutet hatte. Das Feuer breitete sich mit einem Brüllen über den Boden aus, von ihnen weg. Blaue Flammen züngelten an den billigen Holzmöbeln.

Die Leute gerieten in Panik und stürzten aus Vorder- und Hinterausgängen aus dem Schankraum. Der Wirt schlug mit einem Lappen auf die Flammen ein. Dadurch verbreiteten sie sich noch rascher.

Das Feuer breitete sich schnell aus. Zu schnell. Die Flammen mußten gleich die Ausgänge blockieren!

»Komm schon, Kai! Nichts wie raus hier!« schrie Alaire, packte Kais Arm und zog ihn hoch.

»Na gut«, antwortete Kai verdrossen, als versuche Alaire ihn mitten aus einer amüsanten Vorstellung zu lotsen.

Alaire packte mit einer Hand den Leinenbeutel mit der Harfe, hielt mit der anderen Kais Arm und zerrte ihn durch die Leute zum Vordereingang. Als sie an der Tür ankamen, blickte Alaire sich um, ob noch jemand in dem Raum gefangen war. Die Spelunke war leer bis auf die beiden Kampfhähne, die immer noch ineinander verkeilt waren. Ihre Silhouetten hoben sich gegen die Flammen ab.

*Vergiß sie!* dachte Alaire. *Nichts wie zurück zum Palast, bevor wir hier einschneien.*

Er drehte sich um – und blinzelte überrascht. *Schnee. Ihr Götter, Kai hat über den Schnee keine Witze gemacht!* Eine dicke, weiße Decke hatte sich über den Tavernenbezirk gelegt, und große, runde Flocken fielen ununterbrochen vom Himmel. Alaire sah zu Boden. Er stand knöcheltief im Schnee. Er stolperte aus der Tür, Kai immer noch im Schlepptau, und suchte Schutz in der Tür eines Hauses der Taverne gegenüber.

Die Leute begannen zu schreien, als einer der Passanten bemerkte, daß ein Gebäude brannte. Aus der Vordertür drang Rauch. Der Wirt rannte hilflos umher und rutschte im Schnee aus. Keiner schien etwas gegen das Feuer zu unternehmen, sondern alle sahen nur zu.

Plötzlich schien Kai den Schnee wahrzunehmen. »Na gut!« rief er und stürzte sich in das dichte Schneetreiben. Er formte einen Ball und warf ihn auf Alaire. Das Feuer, das hinter ihm aus der Tür loderte, beachtete er nicht.

In dem Moment tauchten mehrere entschlossene Männer auf. Sie bildeten eine menschliche Kette und reichten Eimer mit Wasser weiter, die sie in das Feuer gossen. *Vielleicht sollten wir helfen*, dachte Alaire.

Andererseits war das vielleicht keine so gute Idee. Kai juchzte immer noch im Schnee. Alaire konnte sich nicht vorstellen, daß der Kronprinz etwas so Verantwortungsvolles tun würde wie zum Beispiel ein Feuer löschen. *Nein, wir müssen hier weg, solange wir noch die Möglichkeit haben. Der Schnee ist noch nicht so hoch, daß wir nicht mit der Kutsche zurück zum Palast fahren können.*

Er folgte Kai, der auf der Straße schlitterte und wie verrückt lachte. »Kai, sollten wir nicht lieber zum Palast zurückfahren?«

»Nein«, rief der über die Schulter zurück. »Noch zu früh.«

Aber Alaire blieb hartnäckig. »Aber wenn wir zurückfahren, solange wir können ... Meinst du nicht ...?«

Kai murmelte etwas von einer nächsten Taverne und bog in eine schmale Straße ein, ohne auf Alaire zu warten. Obwohl er gerade ging, merkte Alaire, daß Kai sehr betrunken war. Er redete mit sich selbst, als stände Alaire neben ihm.

Die Situation ging dem Bardling auf die Nerven. *Warum*

*soll ich mich um ihn kümmern, wenn er nur an sich selbst denkt? Muß ich wirklich mit ihm gehen?* Er widerstand dem Drang, allein zum Palast zurückzugehen, nachdem er einige Schritte in diese Richtung getan hatte. *Ich kenne den Weg nicht so gut, und in diesem Schnee sieht alles anders aus. Außerdem ist es kalt! Vielleicht bin ich ja in irgendeiner Taverne besser aufgehoben. Wenigstens brennt dort ein Feuer. So bleibe ich warm und behalte Kai im Auge.*

Er stöhnte, als ihm klar wurde, daß er soeben beschlossen hatte, wieder den Aufpasser für Kai zu spielen.

Alaire lief hinter dem Prinzen her und verfluchte die glatten Straßen. Er achtete darauf, nicht auszurutschen und auf seine Harfe zu fallen. Die Sonne war untergegangen, und nur Fackeln und Laternen spendeten ein spärliches Licht. Es waren nur noch wenige Fußgänger unterwegs, die dem Schnee trotzten.

»Also, wohin gehen wir jetzt?« fragte Alaire verärgert und umklammerte die Harfe fester, als könne sie ihn gegen die Kälte schützen. Kai hatte den Mantel weit geöffnet, und er trug keinen Hut, wie Alaire. Anscheinend spürte er wegen seiner Trunkenheit die Kälte nicht.

»Oh, laß uns noch einmal zum *Toten Drachen* gehen«, sagte er. »Vermutlich werden sie uns nicht gleich rauswerfen.«

Das Geschrei wegen des Feuers war schwächer geworden, und jetzt senkte sich eine seltsame Ruhe über sie. Trotz seiner Verärgerung über Kai und sich selbst, und trotz seiner unangenehmen Lage war Alaire von dem Schnee fasziniert. Er hatte noch nie soviel auf einmal vom Himmel fallen sehen, und dann so plötzlich, mit so großen Flocken. Sie fielen wirbelnd auf ihn herab und landeten auf seinem Gesicht und seiner Kleidung. Er streckte die Zunge aus und erwischte eine. Die große Flocke schmolz sofort in seinem warmen Mund und erinnerte ihn daran, wie sehr es ihn nach einfachem, frischen Wasser dürstete. *Vielleicht bekomme ich ja im Toten Drachen etwas,* dachte er. *Kai trinkt schließlich genug für uns beide.*

Er hoffte, daß sie die Spelunke bald erreichten. Die Kälte fraß sich langsam durch seine Kleidung hindurch.

Da hörte er hinter sich ein Geräusch und fuhr herum. Er sah gerade noch, wie eine dunkle Gestalt in einem Schatten verschwand.

Ihm lief ein kalter Schauer über den Rücken, der nichts mit dem Wetter zu tun hatte. Alaire tastete nach dem Griff seines Schwertes und schob sich die Harfe auf den Rücken. Er sagte nichts zu Kai, der etwas in seiner Muttersprache vor sich hinbrabbelte. Vorsichtig ging Alaire weiter durch den Schnee und lauschte, auf ein weiteres verräterisches Geräusch. Als er es hörte, wußte er mit Sicherheit, daß man sie verfolgte. Er drehte sich diesmal nicht um, sondern horchte nur und bemerkte, daß jemand genau mit ihnen Schritt hielt und das Geräusch, das sie machten, als Dekkung benutzte.

*Vielleicht ist es einer von Sir Jehans Leuten, die den Prinzen nicht aus den Augen lassen sollen,* dachte er hoffnungsvoll, aber der Gedanke tröstete ihn nicht besonders.

*Ich muß es Kai sagen. Auch betrunken ist er noch ein guter Kämpfer.*

»Ich glaube, wir werden verfolgt«, flüsterte er Kai zu.

Kai sah hoch und zuckte mit den Schultern. Aber trotz dieser herausfordernden Geste benahm er sich etwas wachsamer. »Wie viele?« erwiderte er schließlich genauso leise wie Alaire.

»Mindestens einer. Vielleicht mehr.« *Waren das noch mehr Schritte oder ein Echo unserer eigenen?* Der Schnee dämpfte leider die Geräusche.

Plötzlich tauchten zwei Gestalten mit gezogenen Schwertern vor ihnen auf. Kai zischte, als er unbeholfen seine Waffe zog und zurückstolperte.

Alaire hatte es erwartet und war vorbereitet. Er stürzte sich mit gezogenem Schwert auf den Nächststehenden. Sein Gegner schien von diesem aggressiven Angriff überrascht. *Hast wohl gedacht, ich bin auch betrunken, was?* dachte Alaire kurz, als ihre Klingen sich kreuzten.

Nach einigen Hieben war ihm klar, daß dies hier keine gewöhnlichen Beutelschneider waren. *Das sind Berufsmör-*

*der! Assassinen!* dachte Alaire entsetzt, als er ihre schwarze Kleidung bemerkte und die Schals, die sie sich um das Gesicht gewickelt hatten, damit sie ihre Identität nicht preisgaben. Warum sie allerdings Schwarz trugen, begriff er nicht. So hoben sie sich gut gegen den Schnee ab. *Es sei denn, daß der Schnee sie auch überrascht hat.*

Die Schwerter durchschnitten zischend die Vorhänge aus Schnee, und nach kurzer Zeit war Alaire von Kai und dem anderen Mordbuben getrennt. Er hörte das Klirren ihrer Schwerter hinter sich, und der Gedanke, daß er nur seinen Gegner sehen konnte, behagte ihm nicht. Was war mit den Männern, die hinter ihnen gewesen waren? Wo steckten die?

Straßenkämpfe forderten ihre entsprechenden Taktiken. Es gelang Alaire, seinen Gegner einen Moment abzulenken. Sofort stieß er zu und traf den Mann am Handgelenk. Auf dem Schnee erschienen hellrote Flecke. Das erste Blut.

Der Assassine stieß wohl einen Fluch aus, aber Alaire hatte diese Sprache noch nie gehört. Er machte eine Finte, parierte zweimal und drängte den Mörder in den Lichtschein einer Fackel an der Mauer. In dem flackernden Licht sah er die schwarzen Augen und die dunkle Haut des Mannes. Die Wunde an dessen Handgelenk hinterließ immer noch eine rote Spur im Schnee und mußte ihn stark behindern. Aber er wechselte nicht die Hand, wie Alaire es in seiner Lage getan hätte. Anscheinend war der Lehrer dieses Kerls nicht so gut gewesen wie Naitachal.

Alaire trat zurück, sah eine Lücke und stieß zu.

Das Metall durchdrang die Haut des Mannes weniger glatt als Alaire erwartet hatte. Das erinnerte ihn daran, daß er sein Schwert nach dem Kampf im *Toten Drachen* nicht geschärft hatte. Aber trotzdem fand es sein Ziel, und als er es zurückzog, strömte Blut aus einer klaffenden Wunde.

Der Assassine stöhnte, ließ sein Schwert fallen und preßte eine Hand auf die Wunde. Der Blutfleck unter ihm im frischen Schnee breitete sich immer weiter aus. Der Mann starrte darauf. Seine Augen wirkten im Licht der Fackel glanzlos. Dann stolperte er in die Finsternis und war im nächsten Moment wie vom Erdboden verschluckt.

Alaire drehte sich suchend nach Kai um, doch außer Schnee war nichts zu sehen. Dann hörte er hinter einer Ecke das Klirren von Schwertern. Er lief dem Geräusch nach, rutschte auf dem Schnee aus und fand die beiden neben einem anderen Gebäude. Hier spendeten die Straßenfackeln helles Licht. Die Spitze von Kais Schwert war abgebrochen, was dem Assassinen einen Vorteil gewährte. Das Gesicht des Kronprinzen war eine Maske reinen Entsetzens: Er wußte, daß er in ernstlichen Schwierigkeiten steckte.

Und Alaire war noch gut sieben Meter entfernt.

Er schrie, um den gedungenen Mörder abzulenken, doch der beachtete ihn nicht.

Als Alaire sich auf den Assassinen stürzte, sprang der vor und stach Kai in den Bauch. Der Junge schrie schmerzerfüllt auf und fiel hintenüber.

Der Meuchelmörder blickte auf. Anscheinend war er mit seinem Werk zufrieden. Dann lief er weg.

Alaire stürzte an Kais Seite. Er lag mit dem Rücken im Schnee, schwenkte immer noch das Schwert und stöhnte.

Alaire wehrte vorsichtig den schwachen Hieb mit seinem eigenen Schwert ab und nahm ihm sanft die Klinge aus der Hand.

Er beugte sich über Kai und rief seinen Namen.

Aber der Junge starrte nur blicklos nach oben. Seine Haut war genauso weiß wie der Schnee um ihn herum. Ein roter Fleck breitete sich auf seinem Wams und Hemd aus, aber Alaire sah keine Wunde. Er öffnete das Hemd und entblößte einen roten Einstich neben Kais Nabel. Die Wunde blutete schwach. Ein Stich in die Eingeweide. Das war das Schlimmste.

*Er wird sterben.*

Kai öffnete den Mund und wollte sprechen, aber er war schon zu schwach, um noch etwas zu sagen. Er würde sterben.

Es sei denn ...

*Nein!* schrie etwas in Alaires Verstand. Doch ohne nachzudenken sah er sich hastig nach seiner Harfe um. Er rannte stolpernd zu der Stelle zurück, wo er sie hatte liegenlassen. *Wo ist sie? Hat jemand sie genommen?* Noch während er das dachte, sah er den Leinensack. Er packte ihn und hastete zu Kai zurück.

Alaire riß den Sack mit steifen Fingern auf; sein Herz schlug wie wild. Kais Blick wurde glasig, und der dünne Odem, der aus seiner Nase drang, wurde mit jedem Atemzug schwächer. Heiße Tränen liefen Alaire über die Wangen, während er dagegen ankämpfte, vor Hilfslosigkeit zu schreien, zu fluchen oder zu stöhnen ...

*Denk nicht daran. Denk an gar nichts. Nur an die Magie ... an die Macht ...*

Er holte tief Luft, sammelte sich und begann zu spielen.

Die Harfe war verstimmt, und die Musik klang schräge. Seine Finger waren kalt und taub. Aber er spielte trotzdem und ignorierte eine gerissene Saite. Er spielte das einzige Lied, von dem er wußte, daß es möglicherweise helfen konnte. Es war ein kurzes Stück, das Naitachal komponiert hatte, als eines ihrer Lieblingspferde von einem Wolfsrudel angegriffen worden war. Das Pferd war dem Tode nahe gewesen ...

*Wie Kai ...*

Bardenmagie hatte es geheilt, hatte sein Leben gerettet.

Als Alaire das Lied aus dem Gedächtnis spielte, bewegten sich seine Finger lockerer, und die Noten kamen flüssiger. Er spielte das Lied einmal und sah dann auf Kai hinab. Er lag ruhig da und sah im Schnee fast friedvoll aus. Dann atmete er einmal heftig und verkrampft aus. Danach war Ruhe.

Die Magie hatte versagt.

»*Nein!*« rief Alaire. Tränen strömten ihm übers Gesicht und verschleierten seine Wahrnehmung. Er fühlte eine Leere mitten in seiner Brust, die größer zu werden schien, während er auf Kais lebloses Gesicht blickte. Er unterdrückte ein Schluchzen.

Jetzt schmolz der Schnee nicht mehr auf Kais Zügen, wie noch Momente vorher, sondern blieb liegen.

Alaire weinte, ohne etwas dagegen tun und ohne aufhören zu können. Er hielt die Harfe locker in den Händen, bis sie fast in den Schnee gefallen wäre. Da erklangen plötzlich die Worte seines Meisters in seinem Kopf.

*Die Essenz der Bardenmagie ist die Fähigkeit, zu schaffen und rückgängig zu machen.*

Den Tod rückgängig zu machen – und Leben zu schaffen?

Alaire suchte tiefer in seiner Seele nach der Macht. Er zwang Finger und Arme, sich zu bewegen, und spielte das Lied mechanisch ein viertes Mal, doch diesmal konzentrierte er sich mit Geist und Herz auf etwas anderes.

Sein geistiges Auge folgte den Ranken der Lebensquelle hinunter bis zum Grund. Hier fand er riesige Becken unbenutzter Macht, die in diesem Land so selten genutzt wurde. Sie war direkt unter der Oberfläche. Sie sehnte sich danach, befreit zu werden. Er stellte sich Kais Wunde vor, schloß sie und heilte die Verletzung von der Klinge des Assassinen. Er fügte die Haut zusammen, verschloß die Adern, schmolz sie zusammen mit Licht. Dann strömte frisches Blut langsam in die Venen zurück und ersetzte, was verloren war. Irgendwann hörte Alaire auf, Naitachals Lied zu spielen und begann mit einem eigenen, das zu der Magie paßte, die er wob, die das Spiel der Macht und der Mächte miteinander ergänzte …

Als Alaire die Augen öffnete fand er sich und Kai in eine Wolke eingehüllt, umgeben von hellen Sternen, die zu der Musik der Harfe zu pulsieren schienen. Die ungestimmten Saiten spielten eine gespenstische Melodie, die sich in bunten Lichtern zu spiegeln schien, die sanft dahinschwebten und einen Zauber des Lebens spannen.

Die Musik hörte auf, als jemand laut und schrill hustete.

*Kai.*

Kai atmete tief ein, und seine Augen weiteten sich vor Angst. Seine Lungen rangen nach Luft. Er japste wieder und krallte mit eine blutige Hand in den Schnee, während die andere nach einem Schwert tastete, das nicht mehr dalag.

Alaire blieb ein feierlicher Augenblick, ein Moment der Freude über sein Gelingen.

Dann entglitt ihm die Harfe, als die Erschöpfung ihn schlagartig übermannte und ihn in die Finsternis zerrte, während plötzlich ganz andere Sterne seine Sehkraft trübten. Er hörte noch undeutlich, wie jemand seinen Namen rief, dann versank er ins Nichts.

## 13. KAPITEL

Naitachal warf die Nachricht auf das Bett zurück. *Warum mußte er ausgerechnet heute abend gehen?* In dem Augenblick, in dem das Blatt auf das Bett schwebte, verwandelte sich sein Ärger in Furcht. Irgend etwas stimmte hier nicht, ganz und gar nicht ...

Er verwünschte Alaire, verwünschte sich selbst, ihr Pech und am meisten verwünschte er den Kronprinzen.

Es war fast Zeit zum Abendessen, aber wenn er daran teilnahm, würden ihn die Formalitäten des Dinners für wer weiß wie lange festhalten. Und er hatte keine Zeit zu verlieren.

Erschöpft von der Situation ließ der Dunkle Elf sich auf einen Stuhl fallen und rieb sich das Gesicht. Als er so dasaß und nachdachte, überfiel ihn eine schreckliche Vorahnung, was Kai und seinen letzten Ausflug in das Kneipenviertel anging ...

Und nicht nur Kai. Naitachal spürte, daß auch Alaire in Gefahr war. Um dem weiter nachzugehen, mußte er jedoch Kräfte wecken, die hier verboten waren. Der Barde hatte nicht vor, diese diplomatische Mission oder seine persönliche Freiheit dadurch zu gefährden, daß er sich die Schergen der Zauberer auf den Hals hetzte.

*Ich muß sofort zu Hauptmann Lyam. Wenn jemand mir in dieser schwierigen Lage helfen kann, dann er. Er weiß vielleicht sogar, wohin sie gegangen sind.*

Naitachal steckte den Kopf aus der Tür und sah sich im Flur um. Palastgäste und Edelleute strebten dem großen Speisesaal zu. Wenn er jetzt zu Lyam ging, wurde er vielleicht in ein unsinniges Gespräch gezogen, noch bevor er überhaupt die Treppe erreichte. *O nein. Und wenn ich woanders entlanggehe als durch diesen Flur, errege ich nur unerwünschte Aufmerksamkeit.*

Als er das große Fenster öffnete, drang ein beißender Wind in den Raum. Naitachal beschloß, lieber etwas wärmeres als seinen üblichen schwarzen Umhang überzuwerfen. Er zog den dicken Dierenmantel an und weiche Lederhandschuhe, dann stieg er über das Fensterbrett auf einen schmalen Vorsprung, der um die Mauern der Burg führte. Anschließend schloß er das Fenster hinter sich.

Ihr Raum lag nur im dritten Stockwerk, aber der Vorsprung war vereist, und hier draußen pfiff der Wind besonders stark. Naitachal kamen Bedenken wegen dieses närrischen Unterfangens, aber er beschloß, weiterzugehen. War er ein Elf oder nicht? Besaß er nicht die doppelte Beweglichkeit und Kraft eines Menschen?

War er nicht ein vollkommener Idiot?

*Zwei Türen nördlich, ein Stockwerk höher ... Eine Ecksuite.* Er spähte in die Dunkelheit hinaus. *Der einzige Raum, in dem noch Licht ist. Ihr Götter, hoffentlich ist er da.*

Er fand ein eisfreies Stück Mauer über sich und zog sich hoch. Allein diese Bewegung wäre für die meisten Menschen zu schwierig gewesen.

Seine Muskeln beschwerten sich bitter. Sicher, er war ein Elf, aber trotzdem nicht daran gewöhnt, mitten in Schneestürmen auf schmalen Mauervorsprüngen herumzubalancieren. Er fluchte, biß die Zähne zusammen und hievte sich auf den Vorsprung hinauf ...

Da blieb er einen Moment liegen und rang keuchend nach Luft.

Aber das Schlimmste hatte er hinter sich. Kurz darauf

schaute er durch das Fenster in das Zimmer Hauptmann Lyams. Es war ein gemütlicher Raum, in dessen Kamin ein prasselndes Feuer loderte. Der Hauptmann saß an seinem Schreibtisch, mit dem Rücken zum Fenster.

*Gut, daß ich kein Assassine bin,* dachte Naitachal, als er durch das Fenster einstieg.

»Bitte schließt das Fenster hinter Euch, Botschafter«, sagte Lyam höflich. Er hatte sich nicht einmal herumgedreht. »Die Luft ist heute abend ziemlich kühl.«

Der Dunkle Elf sprang zu Boden und tat, wie ihm geheißen. »Ich hoffe, daß mein Besuch auf diese Weise diskret genug ist, Hauptmann«, sagte Naitachal lässig. Er war von der Ruhe und den scharfen Sinnen des Hauptmanns unwillkürlich beeindruckt.

Lyam stand auf und bot dem Elfen einen Becher warmen, gewürzten Apfelwein an. Naitachal nahm ihn dankbar entgegen und stellte sich einen Moment neben den Kachelofen.

Elf oder nicht, die Kälte draußen war streng genug gewesen, daß sich ein Marmorpferd die Ohren abgefroren hätte.

Von seiner Position am Ofen erkannte er jedoch, daß Lyams Gelassenheit nur Fassade war. Der Hauptmann machte sich offensichtlich Sorgen, und Naitachal glaubte zu wissen, worüber.

»Kai ist schon wieder verschwunden«, sagte der Hauptmann unvermittelt. »Jehan hat mich darüber informiert – *nachdem* Kai weggelaufen war –, daß er ihm einen Diener hinterhergeschickt hat, um auf ihn aufzupassen. Ich habe dem Aufpasser meinerseits einen Aufpasser hinterhergeschickt. Mein Mann hat mir berichtet, daß er Jehans Diener tot aufgefunden habe. Es sei so viel Blut geflossen, daß er einen Hinterhalt vermute. Wir glauben, daß noch jemand gestorben ist.«

»Der Kronprinz?« Naitachals Mund war trocken vor Furcht. Ihm fiel seine Vorahnung wieder ein ...

Lyam zuckte mit den Schultern. »Das wissen wir nicht. Die Schergen des Bundes suchen im Moment den Bezirk ab.«

*Was?* Naitachal starrte den Hauptmann an. »Warum die Schergen?«

Der Hauptmann erwiderte den Blick, und der Dunkle Elf hatte den Eindruck, daß der Mann nach Anzeichen eines möglichen Verrates suchte. »Irgend jemand, vielleicht ein unerlaubter Magier, hat in dieser Gegend einen sehr machtvollen Zauber praktiziert. Sir Jehan hat die Schergen losgeschickt, um den Gesetzesbrecher aufzuspüren. Man hat Spuren dieser Magie auch am Ort des Verbrechens gefunden.« Der Hauptmann schüttelte traurig den Kopf. »Während wir uns unterhalten, sucht die ganze Truppe nach dem verantwortlichen Magier.«

Naitachals Blick schwankte nicht. »Und wenn sie die Quelle finden?«

»Sie werden ihn verhaften. Oder beide.« Lyam starrte den Elfen grübelnd an. »Sie wissen allerdings noch nicht, wer der Magier ist, aber wenn es Euer Schüler war, dann hat er die Spuren noch an sich. Und Kai werden sie wegen Hochverrat anklagen.«

Naitachal wurden die Knie schwach. Er setzte sich auf einen Stuhl Lyam gegenüber.

»Gibt es etwas, das Ihr mir mitteilen wollt?« fragte der Hauptmann.

Naitachal wirkte nach wie vor gelassen. »Ich weiß nichts von diesem Vorfall. Aber als ich auf mein Zimmer zurückkehrte, fand ich eine Nachricht von meinem Sekretär. Offensichtlich ist Alaire wieder mit Kai losgezogen. Ich glaube, sie wollten in den Tavernenbezirk.«

Lyam nickte. »Das wissen wir schon. Paavo, der Seneschal, hat sie beide vor ein paar Stunden mit einer Kutsche wegfahren sehen. Der Kutscher hat sie in der Nähe des Bezirks aussteigen lassen.« Der Hauptmann beugte sich vor und senkte die Stimme. »Dieses Gespräch ist vollkommen vertraulich.«

Naitachal nickte. »Das weiß ich zu schätzen. Aber wenn Ihr Alaire verdächtigt, Magie einzusetzen, um zu töten, muß ich Euch entschieden widersprechen. Das habe ich ihm weder beigebracht noch hat er es selbst zu erlernen versucht. Er ist durchaus in der Lage, sich mit dem Schwert zu verteidigen.«

Lyam preßte die Lippen zusammen. »Das habe ich sehr wohl gemerkt. Nein, ich glaube nicht, daß er Magie benutzt hat, um zu töten. Aber *irgend jemand* hat nach dem Mord oder den Morden einen mächtigen Zauber beschworen. Und man hat nur eine Leiche gefunden.«

Naitachal runzelte die Stirn und schüttelte den Kopf. »Gibt es eine Verbindung zwischen den jungen Männern und dem Gebrauch von Zauberei? Könnten sie nicht vielleicht in irgendeiner Taverne die Zeit totschlagen?«

»Der Bund weiß, daß Kai und Alaire in der Gegend waren«, sagte Lyam warnend. »Ein Agent hat sie in einer Taverne gesehen, die heute abend ausgebrannt ist. Der Bund glaubt, daß der Prinz und sein Gefährte darin verwikkelt waren.«

Naitachal schnitt eine Grimasse. »Das ist ... nicht gut.«

»Vielleicht ist es aber auch nicht so schlimm, wie Ihr denkt«, gab Lyam zurück. »Ich bin der einzige, der weiß, daß Ihr ein Barde seid. Ich habe diese Information niemandem weitergegeben. Euer Geheimnis ist bei mir sicher. Meine Hauptsorge gilt jedoch der Frage, wie sehr dieser Zwischenfall den Prinzen in Mißkredit bringen wird. Der König wähnt, Kainemonen sammle heimlich ein Kader von Magiern, um den Thron zu usurpieren. Obwohl das nur Gerüchte sind, sorgen Männer in unmittelbarer Nähe des Throns dafür, daß der König ihnen Glauben schenkt.«

Naitachal wandte den Blick ab und starrte einen Moment in das prasselnde Feuer. *Könnte Alaire tatsächlich machtvolle Bardenmagie angewendet haben? Ich hätte das bei dem Stand seiner Ausbildung gar nicht für möglich gehalten. Und warum sollte er so etwas tun, es sei denn, ihm blieb keine andere Wahl?*

»Ja?« Lyam hatte offenbar in Naitachals Miene gelesen. »Euch ist etwas eingefallen?«

»Ich hatte heute nachmittag ein Gespräch mit Sir Jehan«, antwortete Naitachal. »Er schien davon überzeugt, daß Kai

Absichten auf den Thron hat und dieselben Mittel benutzt, von denen Ihr gerade gesprochen habt. Er wollte mir unbedingt einreden, daß jeder, der mit dem Kronprinzen befreundet wäre, nicht als Freund der Krone betrachtet werden könne. Ich hatte das Gefühl, daß er sich große Mühe gab, mich zu überreden, Alaire den Umgang mit dem Prinzen zu verbieten.«

»Selbstverständlich«, erwiderte Lyam abschätzig. »Sie haben nicht mit Eurem Auftauchen gerechnet und noch weniger erwartet, daß sich ein Außenseiter mit Kai anfreunden würde. Wenn Sir Jehan dahintersteckte, würde er alle Überredungskünste benutzen, um Eure Aufmerksamkeit von Kai abzulenken.«

Noch etwas beschäftigte Naitachal. »Was ist mit diesen sogenannten ›Aufpassern‹? Ist das üblich? Alaire hat keinen Leibwächter erwähnt, als sie gestern abend ausgingen.«

Lyam schüttelte den Kopf. »Als ich ›Aufpasser‹ sagte, habe ich nur Sir Jehans Sprachregelung zitiert. Es sind eher Spione, die Geschichten sammeln, die sie dem König über Kai hinterbringen können. Vermutlich halten sie sich versteckt und hoffen, daß sie ihn beobachten können, ohne selbst gesehen zu werden.«

»Hätte Kai ihre Anwesenheit bemerkt, hätte er sie dann eliminiert?« Es war eine stichhaltige Frage, jedenfalls fand Naitachal das. »Könnte man deshalb nur einen Toten gefunden haben? Hat Kai vielleicht einen verwundet und den anderen umgebracht?« Das wäre besser für Alaire, und das deutete auch auf einen anderen ungenehmigten Zauberer hin als ihn.

Hauptmann Lyam erhob sich und ging auf und ab. Er überragte Naitachal um einiges und machte für einen Mann seiner Größe überraschend wenig Lärm. In seiner Uniform wirkte er noch beeindruckender als bei ihrem ersten Zusammentreffen, aber Naitachal fühlte sich eher beschützt als bedroht. »So etwas würde er nicht tun«, sagte der Hauptmann, nachdem er darüber nachgedacht hatte.

»Das sollte keine Beleidigung sein.«

Lyam wischte die halbherzige Entschuldigung beiseite. »Habe ich auch nicht so verstanden. Ich weiß Eure Offenheit zu schätzen. Ihr seid von Anfang an ehrlich zu mir gewesen, und dafür danke ich Euch. Ich muß zugeben, daß es oberflächlich betrachtet so aussieht, wie Ihr vermutet. Vor allem für jemanden, dessen Wahrnehmung von Bütteln wie Sir Jehan beeinflußt worden ist. Der König ist davon überzeugt, daß ein Aufstand unmittelbar bevorsteht.«

Naitachal erinnerte sich daran, daß das Abendessen serviert war, und stand auf. »In Anbetracht der neuen Umstände ist es wohl klug, am Abendessen teilzunehmen. Mein Fehlen würde auffallen und vielleicht sogar verdächtig wirken.«

*Obwohl ich nicht weiß, wie ich etwas herunterbekommen soll. Mein Magen ist so verkrampft vor Sorge ...*

Er ging zur Tür.

»Bevor Ihr geht, möchte ich noch eine Sache erwähnen«, sagte Lyam. »Ich glaube, daß es eine Falle war, vielleicht eine Falle, die nicht zugeschnappt ist. Ihr werdet sicher mit hineingezogen, falls Ihr nicht schon drinsteckt, ohne es zu wissen. Bitte seid vorsichtig. Und vergeßt nicht: Ihr wart niemals hier.«

Naitachal verbeugte sich und ließ den Hauptmann mit dessen Sorgen allein.

Der Dunkle Elf kam gerade noch rechtzeitig zum Abendessen in den großen Saal. Man starrte ihn neugierig an, und einige Blicke waren sogar offen feindselig. *Aha. Mein Ruf schreitet mir voran. Jedenfalls der Ruf, den mir jemand anhängen will.* Pikhalas sah ihn und eilte quer durch den Saal auf ihn zu.

»Da seid Ihr ja«, platzte der ängstliche Mann heraus. Er zerknautschte eine Fellmütze nervös zwischen den Fingern, bis sie zu einem unidentifizierbaren Stück Stoff geworden war. »Wir haben überall nach Euch gesucht. Ihr wart nicht in Eurem Zimmer, und wir haben schon angefangen, uns Gedanken zu machen ...«

»Ach? Worüber denn? Stimmt irgend etwas nicht?« fragte Naitachal unschuldig.

»Eine Situation … ist aufgetaucht«, erwiderte Pikhalas zögernd. »Der König speist heute abend ganz privat, und er lädt Euch herzlichst ein, ihm Gesellschaft zu leisten.«

»Aber selbstverständlich!« sagte Naitachal liebenswürdig und lächelte. »Geht voran!«

Von dem großen Saal ging ein kleineres, intimeres Speisezimmer ab, in dessen Mitte ein langer Marmortisch stand. König Archenomen saß am Kopfende, Sir Jehan zu seiner Rechten. An jeder Seite saßen irgendwelche Adligen, und nur der Platz zur Linken des Königs war frei. Pikhalas führte Naitachal zu diesem Stuhl. An beiden Enden des Raums stand ein kräftiger Wachposten.

Als Naitachal sich dem Tisch näherte, verstummten die Gespräche der Edelmänner, und alle sahen ihn an, als er sich tief vor dem König verneigte, den anderen höflich zunickte und sich dann setzte.

»Guten Abend, Majestät«, sagte er so gelassen wie möglich. *Hätte ich mich auch verbeugen müssen, als ich eintrat und bevor ich mich setzte? Ach was, jetzt ist es zu spät.* »Soweit ich verstanden habe, ist heute abend ein Problem aufgetaucht. Ich hoffe sehr, daß dies dem Mahl und der Unterhaltung keinerlei Abbruch tut.« *Was kann ich wissen? Nichts. Absolut nichts.*

Das Dinner hatte schon begonnen, und nachdem Naitachal sich gesetzt hatte, aßen alle weiter. Sir Jehan warf Naitachal verstohlene Blicke zu, während er an einem Stück Geflügel herumkaute. Der große, skelettartige Leichnam auf dem Tisch paßte zu Naitachals Stimmung, wenn auch nicht zu der Fröhlichkeit, die er vorgaukelte.

Als ein Diener ihm Wein nachschenkte, fragte der König nach einer langen Pause: »Wo ist Euer Assistent heute abend?«

Naitachal zuckte nicht mit der Wimper. »Soweit ich weiß, ist er wieder mit dem Prinzen ausgegangen«, sagte er. »Er hat mir eine entsprechende Nachricht hinterlassen. Ich erwarte nicht, ihn hier zu sehen. Dafür hat es zu stark geschneit. Vermutlich wird er versuchen, den Prinzen zu bewegen, irgendwo in einer Herberge Quartier zu nehmen, bis das Wetter sich aufklärt ...«

Er unterbrach sich und tat, als bemerke er erst jetzt, daß der König und Sir Jehan ihn ansahen, als suchten sie wichtige Geheimnisse in seinen Worten. »Meine Güte ... Euer fähigster Lakai hat mir gesagt, daß eine ›Situation aufgetaucht‹ wäre. Diese ›Situation‹ hat doch hoffentlich nichts mit dem Prinzen und meinem Sekretär zu tun, oder?«

»O doch«, sagte Sir Jehan plötzlich gehässig. »Unsere Agenten haben die Leiche des Leibwächters von Prinz Kainemonen gefunden. Der Prinz ist verschwunden, und wie vorherzusehen war, Alaire ebenfalls.«

Naitachal runzelte die Stirn und zeigte den zu erwartenden Ausdruck von Schreck und Bestürzung. Er sah den König an. »Warum, Majestät? Was ist geschehen? Habt Ihr Eure Wachen nach ihnen geschickt? Gibt es Anzeichen für ein Attentat?«

»Da seht Ihr es!« schrie der Monarch. »Er weiß nicht das Geringste! Und Ihr wolltet deswegen einen Krieg riskieren ...!«

Er unterbrach sich und konzentrierte sich ganz auf sein Essen. *Meine Güte,* dachte Naitachal und sah Sir Jehan verdutzt an. *In was bin ich hier hineingeraten?*

Die anderen Anwesenden wirkten ebenfalls beschämt. Naitachal räusperte sich, und alle sahen ihn wieder an. »Eure Majestät, wenn dem Prinzen etwas widerfahren ist, was ist dann mit meinem Sekretär geschehen? Er hätte den jungen Kai sicher verteidigt, und ich muß zugeben, daß ich mir allmählich Sorgen mache. Wie ich von Alaire weiß, ist Kainemonen sehr geübt im Umgang mit der Klinge. Was ist den beiden passiert?«

»Wir wissen im Moment noch sehr wenig«, sagte der König und trank schlürfend aus seinem Pokal. Anscheinend interessierte ihn das Schicksal seines Sohnes nicht besonders. »Die Schergen des Bundes suchen nach einem Magier.

Versteht Ihr, anscheinend ist auch Zauberei im Spiel. Man hat Anzeichen dafür bei der Leiche gefunden. Wir beten, daß beide in Sicherheit sein mögen, aber ... sie sind in einer sehr verrufenen Gegend der Stadt.« Er drehte sich um, sah Naitachal an und versuchte vergeblich, eine besorgte Miene aufzusetzen. »Es zeigt nur Unser Scheitern als Vater, daß er sich an einem solchen Ort zu vergnügen sucht. Wir wissen, daß Euer Assistent es nur gut gemeint hat, aber die Situation ist ziemlich kompliziert geworden.«

»Wie kann ich helfen?« fragte Naitachal. Jetzt durfte er endlich alle Register ziehen und konnte seiner echten Sorge freien Lauf lassen. »Ich bin genauso wie Ihr an der Sicherheit der beiden interessiert. Wenn es ...«

»Es wäre unter diesen Umständen das Beste«, unterbrach Sir Jehan ihn giftig, »wenn Ihr Euch von ...«

»Laßt den Mann ausreden!« schrie der König ihn an. »Wir sind nach wie vor nicht davon überzeugt, daß Althea dahintersteckt!«

Naitachal sah Sir Jehan an, der nervös den Blick abwandte. »Althea?« fragte der Elf leise.«Das wäre eine sehr ... unkluge Unterstellung.«

»Natürlich. *Wir* glauben ja auch nicht, daß man Althea die Schuld dafür geben kann«, brauste der Monarch auf. Der Wein schwappte über den Rand seines Bechers. »Und auch sonst niemandem hier am Tisch! Hinter dieser ... dieser Verschwörung stecken Kräfte, die immer noch rätselhaft sind. Wir fürchten, Ihr seid mitten in eine sehr unschöne staatliche Auseinandersetzung geraten.«

Naitachal spreizte hilflos die Hände. »Ich will Euch nicht bedrängen, Majestät, aber was ist das für eine Auseinandersetzung? Ich weiß nichts davon, und König Reynard noch weniger. Wir scheinen nur deshalb darin verwickelt zu sein, weil wir Fremde in Eurem Land sind. Meine Hauptsorge gilt der Sicherheit der beiden jungen Männer. Wenn ich Euch irgendwie helfen kann ...

Sir Jehan sprang plötzlich auf, warf Naitachal einen finsteren Blick zu und stürmte aus dem Speisezimmer. Der

Dunkle Elf tat, als müsse er sich verkneifen, hinterherzustarren. Natürlich mit wenig Erfolg.

»Ignoriert ihn einfach«, sagte der König. Sir Jehans Schritte dröhnten über den Holzboden und waren überraschend weit zu hören. »Wir machen Euch keine Vorwürfe. Er sieht hinter jeder geschlossenen Tür einen Verräter.«

*Dabei solltet Ihr das lieber tun,* dachte Naitachal.

»Wir haben Euch bei Eurer Ankunft nicht gewarnt«, sagte der König. »Der Kronprinz ist noch sehr unreif und steckt voller Ehrgeiz. Wir fürchten, sein Ehrgeiz ist zu groß geworden, und nun wirft er neiderfüllte Blicke auf die Macht und die Stellung, die er nicht haben kann. Aber er begreift nicht, wie mächtig Unsere Zauberer sind. Wir schweben nicht in Gefahr.«

Doch sein Ton und sein Verhalten erzählten eine ganz andere Geschichte. König Archenomens Blick glitt unstet umher, seine Stimme bebte und seine Hände zitterten leicht. Er konnte Naitachal kaum in die Augen sehen. *Hat er Angst vor mir?*

Der Barde betrachtete kühl die übrigen Gäste, sah ihnen ins Gesicht und schloß aus ihrer Kleidung auf ihre Stellung. Er erkannte nur den Grafen, mit dem er am ersten Abend geplaudert hatte. Einige der anderen waren in dem Vorzimmer gewesen, wo er Sir Jehan getroffen hatte.

Einer war unzweifelhaft ein Magier, der sich vergeblich als Edelmann zu verkleiden suchte.

Alle schienen das Intermezzo zwischen dem König und dem Dunklen Elfen zu ignorieren. Doch in Wirklichkeit lauschten sie sehr angestrengt auf jedes Wort, während sie gleichzeitig taten, als wären sie unsichtbar.

Der König schüttelte den Kopf. »Wenn es eine Gefahr für Uns gibt, was Wir bezweifeln, dann liegt sie darin, daß Wir unsere Abwehr gegen Bedrohungen übertreiben, die gar nicht existieren. Sir Jehan wird sich wieder beruhigen. Und dann können Wir wieder zur Tagesordnung übergehen.«

Das Dinner verlief schweigend, und langsam gingen die anderen Gäste einer nach dem anderen hinaus. Das alles kam dem Dunklen Elfen sehr merkwürdig vor. Er hätte erwartet, daß man zumindest etwas Sorge um Alaire und den Prinzen vorgespielt hätte. Naitachal gestattete sich, seine Besorgnis zu zeigen, während er sich fragte, was wirklich in dem Tavernenbezirk geschehen sein mochte.

Nachdem die Tafel aufgehoben war, nahm der König Naitachal beiseite. »Wir werden Euch auf dem Laufenden halten, Botschafter«, sagte er. Offenbar war er der Meinung, er müsse Naitachal besänftigen. »Ich bin davon überzeugt, daß es keinen Anlaß zur Sorge gibt. Bis zum Morgengrauen werden die beiden nach Hause getorkelt sein und mit Wein und Weibern prahlen. Ach, und bevor Ihr geht«, sagte er, »vielleicht solltet Ihr Euch lieber in Euren Gemächern aufhalten.«

Als Naitachal ihn anklagend ansah, fügte er hastig hinzu: »Damit wir Euch schneller finden, selbstverständlich. Und zu Eurer Sicherheit.«

Naitachal hob eine Braue. »Ich wußte gar nicht, daß meine Sicherheit bedroht ist.«

Der König wischte die Bemerkung mit einer Handbewegung fort. »Nur eine Vorsichtsmaßnahme. Guten Abend, Botschafter.«

»Danke, Eure Majestät.« Naitachal verbeugte sich tief. »Guten Abend.«

Als er die Treppe zu seinem Zimmer hinabstieg, sah er Sir Jehan im Schatten stehen. Er sprach mit einer Handvoll Adliger und unterbrach sich, als Naitachal in Sicht kam. Er schickte die Edelleute fort und wandte sich dann selbst demonstrativ ab. Doch vorher warf er dem Elfen einen kalten, abschätzenden Blick zu und lächelte hinterhältig.

## 14. KAPITEL

Als Alaire aufwachte, war er ziemlich verwirrt, erschöpft und steckte bis zum Hals in einem Heuhaufen auf einer Tenne über einem Stall. Unter sich hörte er Pferde schnauben und stampfen. Durch die geschlossenen Fensterläden am anderen Ende der Tenne drang dämmriges, graues Licht herein. Von Kai war nichts zu sehen. Schwach richtete der Bardling sich auf.

Es war sehr kalt, und nur das Heu hielt ihn warm. Er sah sich um und fragte sich, was er hier machte und wie er hierhergekommen war. Eine Leiter ragte in Armesweite gegen den Rand der Tenne. Offensichtlich bot sie die einzige Möglichkeit, heraufzukommen. Alaire hatte einen unangenehmen Nachgeschmack von dem Schnaps im Mund. *War ich betrunken und habe vergessen, was passiert ist?* Er hatte solche Aussetzer bei seinem Bruder Craig erlebt, der oftmals nicht in der Lage gewesen war, sich an einen ganzen Abend zu erinnern, an dem er getrunken hatte. Mehr als einmal hatte er ihn bei einem seiner notwendigen Familienbesuche in Silver City nach zuviel Biergenuß ins Bett gebracht. Aber ihm, Alaire, war das nie passiert.

Noch nicht.

Andererseits hatte er auch noch nie mit einem Quartalssäufer wie Kai mithalten müssen.

*Irgendwann ist immer das erste Mal. Hat jemand mich hier heraufgeschleppt, weil ich bewußtlos war? Ihr Götter, was ist mit mir passiert?*

Durch ein rundes Luftgitter über ihm fiel Licht in den Raum. Unter dem Heuhaufen sah er die rohen Bohlen des Bodens, die knarrten, als er sich bewegte. In dem Dämmerlicht machte er die vagen Umrisse seiner Harfe in ihrem Leinenbeutel aus, die an der Wand lehnte. Neben ihm lag sein blutiges Schwert, das in dem schwachen Licht glänzte.

*Blut? Was um alles ...?*

Das Blut war bereits an der Klinge getrocknet. Mit einem Schlag erinnerte er sich an alles.

»O nein!« flüsterte er. Die Worte formten in der kalten Luft kleine Wolken vor seiner Nase. Ein Schauer lief ihm eiskalt über den Rücken, und er unterdrückte ein heftiges Zittern. *Ich habe Magie eingesetzt.*

Diese Erkenntnis machte ihn hellwach. Obwohl er von der Anstrengung noch erschöpft war, stand er mühsam auf. Er schwankte ein bißchen, aber er achtete auf jedes Geräusch im Stall. Die Kälte betäubte sofort seine Glieder. Von unten stieg der Geruch von Pferden empor, vielleicht auch von Dieren. Die Tiere machten wenig Lärm. Alaire vermutete, daß es schon recht spät war und sie schliefen. *Am besten, wir lassen es dabei.*

Er erwog die Möglichkeit, daß Kai ihn alleingelassen und nur an sich gedacht hatte, um vielleicht zum Palast zurückzukehren. Er mußte zugeben, daß es zwecklos für den Thronfolger gewesen wäre, bei ihm zu bleiben. *Es ist besser, er ist nicht mehr da, wenn die Schergen des Bundes mich holen.*

Er kletterte auf einen Heuhaufen und spähte zwischen den Schlitzen des Fensterladens hinaus auf die schneebedeckte Straße. Die ganze Gegend lag unter einer dichten Schneedecke, die auch die Straßen des Tavernenbezirks bedeckte. Die letzten Nachzügler der gestrigen Zecher stolperten über sie. Alaire dachte, er sähe die beiden Männer, die gestern um die Flasche *Aakaviit* gekämpft hatten, aber das interessierte ihn nicht. Wichtig war nur, daß er nicht allzuweit vom Schauplatz seines »Vergehens« entfernt war. Warum hatten ihn die Schergen nicht schon längst gefunden?

*Wird man nicht automatisch verhaftet, wenn man einen Zauberspruch losläßt?* Vielleicht nicht. Vielleicht waren die Zauberer des Bundes doch nicht so gut, daß sie den Gesetzesbrecher sofort erwischten.

Vor der Verhaftung der beiden Magier am Abend vorher hatten die Beamten zuerst mit dem Wirt geredet. *War dieser Mann vielleicht ein Informant, der ihnen gesagt hat, wen sie verhaf-*

*ten mußten?* Ein schwacher Hoffnungschimmer keimte in ihm auf. *Vielleicht verlassen sich die Schergen bei ihren Verhaftungen auf Spitzel, um den Eindruck zu erwecken, sie wären »allwissend«, was ihre Autorität sicher fördert.*

*Der Mann, der Kai erstochen hat, ist geflohen , als er mich sah. Er war schon lange weg, als ich die Harfe gefunden habe. Wenn es keine Zeugen dafür gibt, daß ich Bardenmagie einsetzte, dann ist vielleicht einfach ...*

Wenn er noch lange in diesem Stall blieb, würde er erfrieren. Wenn überhaupt, war es nur unten bei den Tieren warm. Und ihr Besitzer würde sicher bei Tagesanbruch kommen und sie versorgen, wenn nicht noch früher.

Am anderen Ende des Stalles öffnete sich knarrend eine Tür. Alaire hielt den Atem an. Sein Herz schlug so schnell, daß er fürchtete, seine Schläge könnten ihn verraten.

Von da oben konnte er nichts sehen, aber wer auch immer hereingekommen war, er blieb nicht bei den Tieren stehen. Die Leiter klapperte etwas, als die Person hinaufkletterte. Alaire griff nach seinem Schwert und ging in Position.

Kai steckte den Kopf über den Rand der Tenne und erstarrte, als er die Schwertspitze direkt auf seinen Adamsapfel gerichtet fand.

Der Kronprinz sah Alaire an, dann das Schwert und dann wieder Alaire. »Wie ich sehe, bist du wach«, sagte er dann leise. »Wie geht es dir?«

Alaire atmete aus und zog das Schwert zurück. »Besser. Komm rauf.«

Kai hatte zwei Leinenbeutel dabei. »Ich habe Frühstück mitgebracht. Und etwas zum Anziehen. Wir können nicht mehr wie Edelleute herumlaufen.«

Kai wirkte grimmig, aber er war wach und nüchtern. »Also«, begann Alaire leise, damit sie niemanden aufweckten. »Die Schergen suchen uns also?«

»Alle suchen uns«, flüsterte der Prinz und ließ seinen Sack zwischen sie fallen. Obwohl seine Kleidung noch blutig war, schien er sich erholt zu haben. Falls die Wunde noch schmerzte, ließ er es sich nicht anmerken. »Die Schergen des

Bundes, die Wachtmeister, die Königliche Wache. Du solltest lieber fragen, wer nicht nach uns sucht!« Er musterte Alaire prüfend. »Du mußt mir eine Menge Fragen beantworten!«

»Wieso?« Der Bardling war volkommen überrascht. »Ich habe nur ...«

»Warum hast du mir nicht gesagt, daß du ein Barde bist?« wollte Kai wissen, öffnete den Leinensack und holte die Lebensmittel heraus. Würste, Käse und Brot. Selbst eine Flasche Wein. Schon bei dem Anblick verkrampfte sich Alaires Magen vor Hunger. *Ich bin am Verhungern!* dachte er und vergaß Kais Zorn.

Sie aßen und schnitten das Essen mit Alaires Dolch auf. Nach einiger Zeit beruhigte sich Alaires Magen, und er fühlte sich viel besser auf alles vorbereitet, was da kam.

»Wie gesagt«, meinte Kai streng und fuchtelte mit einer Wurst herum. »Warum hast du ausgerechnet Magie benutzt? Wir hätten diese Schläger erledigt! Jetzt haben wir alle im Königreich am Hals. Man hat sogar eine Belohnung auf uns ausgesetzt. Zehntausend Kronen.«

»Tot oder lebendig?« fragte Alaire, während er ein Stück Käse von dem mächtigen Rad abschnitt.

»Ich mache keine Scherze«, protestierte Kai und stopfte sich Brot und Wurst in den Mund.

Alaire betrachtete ihn von der Seite. Dann dämmerte es ihm. *Er erinnert sich an nichts von dem Moment an, als die Assassinen uns angriffen, bis zu dem, als der Zauber ihn heilte. Entweder kommt das vom Trinken oder von der Magie. Ich kann kaum glauben, daß ich das geschafft habe.* Er sah zu der Harfe hinüber, die hinter Kai an der Wand lehnte. *Bin ich jetzt ein Barde?*

Kai schalt ihn weiter aus. Er dachte offensichtlich, daß Alaire dumm und feige gewesen war und einen Kampf vermeiden wollte.

»Erstens«, erwiderte Alaire geduldig. »Ich bin kein Barde, sondern lerne noch, einer zu werden. Diesen Rang habe ich noch nicht erreicht. Wir haben es vorher nicht erwähnt, weil wir den Befehlen unseres Königs, meines Vaters, gehorchen mußten. Er wollte, daß wir es für uns behielten. Hättet ihr uns die Einreise in euer Land gestattet, wenn ihr es gewußt hättet? Nein«, beantwortete er seine Frage an Kais Stelle. »Die Frage ist ohnehin überflüssig. Ich habe den Zauber beschworen, weil du sonst nicht hier sitzen und mit mir reden würdest. Du warst tot. Du hast eine tödliche Wunde erlitten. Erinnerst du dich?«

Kais Blick machte deutlich, daß der Kronprinz ihm nicht glaubte. »Wovon redest du?« fragte er ärgerlich.

Alaire seufzte. »Woran erinnerst du dich noch, Kai?«

Der Junge dachte kurz nach. »Wir haben die Taverne verlassen. Zwei Räuber griffen uns an. Du hast mit einem gekämpft, und ... und ...«

»Und was?« drängte Alaire.

Kais Blick richtete sich in die Ferne, und ein seltsamer, ängstlicher Ausdruck erschien auf seinem Gesicht. »Ich weiß nicht mehr. Ich scheine mich nicht mehr erinnern zu können. Irgend etwas ist da geschehen, etwas, das ... Es muß an der Magie liegen.«

Alaire musterte ihn prüfend. »Ist das alles?«

Kai sah aus, als wolle er ihm den Käse an den Hals werfen. »Was denn noch?«

Seine Wut verriet, wovor er sich fürchtete. *Er weiß es,* erkannte Alaire. *Er weiß, was geschah, und will es nur nicht zugeben. Wer kann ihm das verdenken? Würde ich es zugeben?*

Er beschloß, das Gespräch in eine andere Richtung zu lenken. »Die Räuber, wie du sie nennst, waren keine. Es waren gedungene Mörder. Und sie wollten unser Leben, nicht unsere Geldbörsen. Ich weiß das, weil dieselben oder ähnliche Leute Naitachal, meinen Meister, in deinem Palast töten wollten. Ich habe bei dem einen Glück gehabt und konnte ihn erledigen, ohne auch nur einen Kratzer abzubekommen. Das verdanke ich der Übungsstunde mit deinem Hauptmann Lyam. Sie hat mir wahrscheinlich das Leben gerettet. Ich habe von deinem Lehrer Dinge gelernt, die mir einen Vorteil verschafft haben. Erinnere mich daran, daß ich mich bei ihm bedanke.«

»Er ist der Beste«, sagte Kai stolz. Dann runzelte er die Brauen. »Wenn du so gut mit dem Schwert bist, warum mußtest du dann Magie beschwören?«

Alaire seufzte. »Weil der Assassine, gegen den du gekämpft hast, dich tötete. Oder dich zumindest so schwer verletzt hast, daß du fast gestorben wärst.«

»Klar doch«, erwiderte Kai ungläubig.

»Du erinnerst dich nicht?« fragte Alaire gereizt. »Du weißt nicht mehr, wie der Meuchelmörder dich durchbohrt hat? Oder wie du gefallen bist? Du hast vergessen, wie dein Blut den Schnee gerötet hat und wie ich neben dir saß und gesungen habe?«

»Tja ... ich ...« Einen Moment war Kais Arroganz verschwunden. Doch dann kehrte sie zurück. »Beweis es mir!« verlangte er streitlustig.

*Phh!* »Na gut«, sagte Alaire. »Das mach' ich. Heb dein Hemd hoch.«

Kühn kam der Prinz dieser Aufforderung nach und entblößte, ohne zu zögern, seinen flachen, weißen Bauch. »Wonach suchst du?« wollte er wissen und sah dann hinab.

Als er die frische, rote Wunde sah, die noch ein bißchen klaffte, sog er scharf den Atem ein. »Ihr Götter!« flüsterte er. »Wie ist das geschehen? Die war gestern noch nicht da.«

»Da hat der Assassine dich durchbohrt«, erklärte Alaire ihm grimmig. »Ich bin in dem Moment gekommen, als es passierte. Er sah mich und dachte wohl, er habe seinen Auftrag erledigt. Also hat er sich umgedreht und ist weggelaufen. Du lagst im Schnee mit einer Wunde im Bauch und hast so stark geblutet, daß es einen See gefüllt hätte.«

Diese Enthüllung und der sichtbare Beweis erschütterten Kai nachhaltig. »All das Blut«, sagte er schwach. »Ich dachte, es stammte von dem Räuber.«

Alaire schnaubte verächtlich. »Nein. Es war deins. Ich wußte, daß du sterben würdest, wenn ich nicht etwas dagegen unternähme, also habe ich einen Zauberspruch benutzt, den mein Meister einmal angewendet hat. Er hat dich von den Toten wieder zurückgeholt.« Alaire breitete die

Hände aus. »Ich mußte es einfach tun«, sagte er. »Du bist schließlich mein Freund, Kai.«

Der Kronprinz starrte ihn ungläubig an. »Du hast alles riskiert, damit ich lebe«, sagte er langsam. »Das hat noch keiner für mich getan. Und ich wüßte auch niemanden, der es täte, außer Hauptmann Lyam vielleicht.« Er sah weg und wischte sich mit dem Ärmel über das Gesicht. Als er sich wider umdrehte, rollte ihm eine Träne über die Wange.

»War ich wirklich tot?«

Alaire zögerte, bevor er schließlich nickte. »Irgend etwas in meiner Magie, etwas, das ich noch nicht verstehe, hat dich zurückgeholt.« Er wußte nicht, was er noch sagen sollte. »Ich glaube, deshalb bin ich ohnmächtig geworden.«

Erst saß Kai einfach nur da und starrte ihn an. Sein Gesicht wurde grau, und dann begann er zu zittern. Seine versteinerte Miene löste sich, und Tränen rannen ihm über die Wangen.

Erst dachte Alaire, er wäre vielleicht betrunken. Der Kronprinz stank immer noch nach *Aakaviit*. Er hatte schon oft Betrunkene so weinen sehen.

Aber dann krümmte Kai sich zusammen, beugte sich zu Alaire hinüber und schluchzte. *Das hier ist anders,* dachte der Bardling. *Er ist nicht einfach nur betrunken.*

Zögernd klopfte er Kai auf den Rücken und bot ihm unterstützend seine Schulter an. Kai lehnte sich ohne falschen Stolz an. Alaire hielt ihn fest, und da brach er vollkommen zusammen. Er vergrub das Gesicht an Alaires Schulter und erstickte sein Schluchzen im Stoff des Mantels.

Sie hielten sich dort oben auf der kalten Tenne lange fest. Alaire lauschte auf Kais zusammenhangloses Weinen und die Geräusche der schlafenden Tiere. Er blieb ruhig und respektierte es, wie jeder Barde es getan hätte. Als Kai sich schließlich ausgeheult hatte, richtete er sich wieder auf.

Er sah Alaire mit geschwollenen Augen an. »Wenn ich an diesem Abend nicht betrunken gewesen wäre, hättest du das vielleicht nicht tun müssen. Wäre ich nüchtern gewesen, hätte der Assassine nicht den Hauch einer Chance gehabt. Und du wärst nicht in Schwierigkeiten, weil du mein Leben gerettet hast.«

»Das weiß ich nicht«, log Alaire. »Die beiden waren Fachleute.«

»Pferdekacke«, sagte Kai wenig respektvoll. »Es hat mich endlich kleingekriegt. Das hätte ich nie gedacht.«

»Was? Das Schwert?«

Er schüttelte den Kopf. »Nein. Das Saufen.« Kai runzelte die Stirn und sah mit wachsendem Entsetzen auf das Blut an seiner Kleidung herab. »Höllenhunde! Das ist *mein* Blut!«

Hastig riß er sich die Kleidung herunter, während Alaire ihm belustigt zusah. *Jetzt glaubt er mir endlich. Er friert sich sogar den Hintern ab, um diese blutigen Klamotten vom Leib zu bekommen!*

Blaß, mager und nackt sprang Kai zu dem anderen Leinensack, den er mitgebracht hatte, und zog eine Lederhose heraus, Stiefel, ein Wollhemd und ein Lederwams. In seinem lädierten Zustand und mit diesen einfachen Kleidern sah er wie ein ordinärer Bauernbursche aus.

»Jetzt verrate mir eins«, meinte Alaire. »Wie hast du mich hier bloß raufgekriegt?«

Kai zuckte mit den Schultern. »Nach dem ... Zauberspruch warst du plötzlich ganz schwach. Ich habe dich bis zu diesem Stall geschleppt. Du hast dich irgendwie die Leiter hinaufgezogen, bist ins Heu gefallen und hast das Bewußtsein verloren. Ich habe dich mit Heu zugedeckt, damit du nicht frierst.«

Alaire lächelte gequält. »Der Zauberspruch hat mich erschöpft, denke ich. Aber jetzt geht es mir besser, und das Essen hat geholfen. Danke.«

Kai warf ihm Kleidung aus dem Sack zu. »Du solltest dich lieber umziehen. Wenn wir nicht wie Bauern aussehen, fallen wir auf wie ein Pfau im Hühnerstall.«

Alaire zögerte, bevor er seine nackte Haut der beißenden Kälte aussetzte, schlüpfte dann aber rasch in die neue Kleidung. *Kai ist ein Einheimischer. Er kennt den Ort hier besser als ich.* »Wo sind wir, und woher hast du das Essen bekommen?«

»Der Stall wird von Gallen geführt, dem Besitzer des *Toten Drachen*, und er gehört einem Grafen an der Ostgrenze. Er kommt zweimal im Jahr nach Rozinki und taucht erst wieder in ein paar Monaten hier auf. Die Diere unten gehören Händlern, die hier in der Stadt ihre Vorräte auffrischen. Ich habe diesen Ort aus zwei Gründen gewählt. Erstens sehen die Händler lieber weg, wenn sie uns erblickt haben sollten. Sie wollen weder mit dem Bund etwas zu tun haben noch sind sie scharf auf die Belohnung. Ich weiß zuviel über sie, Dinge, die nicht ganz legal sind. Zum Beispiel, daß sie ungenehmigte Zauberei benutzen, wenn sie am Rand unseres Königreiches sind. Das wissen sie, und auch, daß ich nicht zögern würde, sie einsperren zu lassen, wenn sie mich auslieferten. Also sind wir einigermaßen sicher. Aber nicht zu lange. Morgen früh wird es von Schergen auf der Straße nur so wimmeln.«

»Wohin sollen wir dann gehen?« *Und was willst du tun?*

Kai sah nachdenklich drein. »Na ja, Gallen ist auf unserer Seite. Seit Monaten schon besteche ich ihn damit, daß ich ihm Schutz und Protektion verspreche, wenn ich erst einmal König bin. Mein Vater besteuert diese Spelunken sehr hoch, und ich habe versprochen, ihre Steuern fast auf Null zu senken. Außerdem weiß ich, daß die Hälfte des Alkohols, den er serviert, keine Steuermarke trägt. Ich weiß, wer ihm das Zeug beschafft und wie er es schmuggelt.«

*Das erklärt wahrscheinlich, warum die meisten Spelunken ihn überhaupt hereinlassen.*

Kai wirkte zuversichtlicher. »Er hat einen warmen Keller, wo wir uns tagelang verstecken können, wenn es sein muß. Die Schergen und die Wachtmeister haben ihn schon durchsucht. Sie könnten zurückkommen, aber das ist eher unwahrscheinlich. Sie glauben, daß Gallen der Krone treu ergeben ist. Das ist der beste Plan, den ich mir ausdenken kann.«

Alaire dachte über seine Möglichkeiten nach und sah, daß ihm kaum noch andere blieben. *Verhalte dich wie die Einheimischen.* Er zog das letzte Kleidungsstück an, ein Wams, das ein bißchen zu groß war. Die Stiefel waren sogar besser als die, die er vorher getragen hatte, denn sie waren mit Pelz gefüttert und für die Kälte gemacht. Sie schlangen sich lange, gestrickte Schals um die Köpfe, was ihnen ein unbestreitbar ärmliches Aussehen verlieh.

Aber Kai hatte Alaires Frage nicht wirklich beantwortet. »Kai, wie geht es jetzt weiter? Was werden wir tun?«

Der Kronprinz steckte sich erst den Schal in das Wams, bevor er antwortete. »Wir werden gesucht, weil sie uns ›verhören‹ wollen. Aber das heißt, sie haben uns längst verurteilt.« Er runzelte die Stirn, als er angestrengt nachdachte. »Vielleicht gelingt es mir zu erklären, was passiert ist. Ich kann behaupten, ein Magier wäre vorbeigekommen, und *du* hättest nicht gezaubert. Oder so etwas ähnliches. Sollte ich meinen Vater überzeugen können, daß man mich umbringen wollte, könnte sich die Lage ändern. Vater hat die Macht, uns zu begnadigen.«

Kai erwähnte die Gruft der Seelen nicht, aber dadurch dachten sie nur noch mehr daran. *Das Gefängnis der Seelen.* Alaire hätte Kai gern weiter danach gefragt, aber er fürchtete sich vor der Antwort.

*Mindeststrafe ein Jahr. Sie legen die Körper in Särge und stecken ihre Seelen in Kristalle. Als Verstärkung für ihre Magie. Die Hölle. Oder ist es das Nichts? Ist es schmerzhaft, ein langsames Brennen, als röste man an einem Spieß? Zwanzig Jahre für eins. Nein, das darf nicht passieren.*

Kalte Furcht preßte seinen Magen zusammen, und er hätte fast sein Frühstück wieder ausgespuckt. Aber Alaire zwang sich zur Ruhe und dachte an andere Probleme. Ein nicht weniger wichtiges war, daß Kai zum Palast zurückgehen wollte. Das war wirklich närrisch. *Werden sie ihm glauben? Kann er den König wirklich dazu bringen, diesen kleinen Zwischenfall zu ignorieren?*

*Ist er meine einzige Chance?*

Kai schien jetzt vollkommen von seinem Erfolg überzeugt zu sein. »Sobald du im Keller in Sicherheit bist, gehe ich zurück zum Palast und rede mit Vater. Gallen wird sich um dich kümmern. Tu einfach, was er sagt, dann wird alles gutgehen.«

»Das bezweifele ich«, erwiderte Alaire traurig. »Unsere sogenannte diplomatische Mission ist jetzt ein vollkommenes Fiasko.« Er blickte hoch und machte sich plötzlich Sorgen um seinen Meister. »Weißt du, wie sie Naitachal behandeln? Steht er unter Arrest?« Alaire vermutete, daß es seinem Lehrer und Freund in einem Gefängnis Suinomens nicht gut ergehen würde. Und Althea würde das sicher als kriegerische Handlung betrachten.

Die beiden Prinzen starrten sich an. Offenbar dachten sie beide das gleiche.

»Wie dumm von mir!« rief Kai und schlug sich gegen die Stirn. »Das war der Grund für den Hinterhalt! Dein Meister ist ein Elf, und ich wette, sie haben sich gedacht, daß du auch magische Fähigkeiten hast! Wenn sie dich auch nicht töten konnten, so wollten sie dich doch dazu zwingen, diese Magie zu benutzen. Diese Feinde im Palast, wer auch immer das sein mag, haben das alles sehr genau durchdacht. Ja, Naitachal wird vermutlich verhaftet werden. Würde Althea deswegen einen Krieg anfangen?«

Alaires Magen rebellierte wieder. »Vielleicht, aber wenn sie den Königssohn einsperren, selbst unabsichtlich ...« Er stützte den Kopf in beide Hände, als drohe er ihm vor Sorgen und Schmerz zu explodieren. »Bei allen Göttern! Was soll ich nur tun? Wenn ich nicht aus Suinomen fliehen und meinem Vater berichten kann, was hier vorgeht, haben wir keine Chance, einen Krieg zu verhindern.«

Wie hatte sich das alles in der kurzen Zeit so dramatisch entwickeln können?

Kai sah grimmig drein. »Vermutlich gibt es an allen wichtigen Straßen und Häfen Wachposten und Kontrollen. Aber es gibt trotzdem noch Wege. Wenn es zum Schlimmsten kommt, kann ich euch immer noch auf ein Boot nach Althea verfrachten.«

»Wenn es soweit kommt. Was ich nicht hoffe.« Alaire schüttelte unglücklich den Kopf. Die Erschöpfung drohte wieder die Oberhand zu gewinnen. »Was ist das nur für eine verfahrene Situation! Will jemand im Palast so dringend einen Krieg, daß er so viel Mühen auf sich nimmt?«

Jetzt wirkte Kai verwirrt. »Ich kann nicht sehen, wie irgend jemand daraus einen Vorteil ziehen sollte. Aber es scheint jedenfalls so. Ich muß Vater von dem überzeugen, was da vorgeht. Es ist unsere einzige Chance.«

Sie bereiteten sich darauf vor, zu Gallen zu gehen. Kai beäugte mißtrauisch die Harfe und schlug dann vor, daß Alaire sie mitnahm, falls er sich vereidigen müsse. Alaire schlang sie mit ihrem weiten Lederriemen auf seinen Rükken, damit er beide Hände für sein Schwert frei hatte.

*Er überschätzt meine Bardenfähigkeiten,* dachte Alaire irritiert, auch wenn es ihm schmeichelte. Aber dann erinnerte er sich an die vergangene Nacht ...

*Wer weiß, vielleicht habe ich sogar die Macht, mich gegen eine ganze Armee zu verteidigen. Klar, und wenn ich will, verwandeln sich alle Schweine in Schwäne!*

Sie sammelten die alten Kleidungsstücke zusammen und stopften sie in einen der Beutel. Kai befahl Alaire, sie so schnell wie möglich zu verbrennen.

Im Morgengrauen krochen die beiden Bauernjungen aus dem Stall. Es fiel nur noch wenig Schnee, aber Alaire hatte schon Schwierigkeiten, das zu bewältigen, was sich bereits angesammelt hatte.

»Du mußt es besser machen«, ermahnte ihn Kai. »Jemand könnte dich beobachten.« Alaire wußte nicht, worüber der Kronprinz redete. »Wenn wir so tun, als wären wir betrunken, dann fällt es vielleicht niemandem auf, wenn du ausrutschst.«

Alaire nahm die Flasche Wein aus dem Beutel, trank einen Schluck und reichte sie zögernd Kai. Der Junge starrte sie lange an, zog dann die Nase kraus und lehnte ab.

»Nein, danke. Ich bin im Moment ... wirklich nicht in der Stimmung dafür.«

Alaire sah ihn ungläubig an. *Hätte nie gedacht, daß ich das einmal aus deinem Munde höre!*

Um den Eindruck zu erwecken, als habe er die ganze Nacht getrunken, tröpfelte er etwas Wein auf sein Wams und besprühte auch Kai damit. Jetzt rochen sie beide wie ein Weinkeller. Mit *billigen* Weinen. Er schraubte die Flasche zu und hielt sie so, daß jeder sie sehen konnte.

Nach dem hellen Streifen am Horizont zu urteilen mußte der Morgen bald grauen. *Hoffentlich ist dieser Ort sicher genug, daß ich schlafen kann,* dachte er und unterdrückte ein Gähnen. *Ich könnte auf der Stelle vor Müdigkeit umfallen.*

Er erkannte einige der Tavernen wieder. Die meisten waren geschlossen, auch die von Kais letzter Sauftour. Einige waren aber noch geöffnet und begrüßten den Morgen, der sich nurmehr als ein undefinierbarer Silberstreif am östlichen Horizont ankündigte. ausgebrannte Spelunke, in der ihr Mißgeschick begonnen hatte, war ein schwarzes Gerippe, das immer noch nach Qualm roch. Als sie vorbeigingen, spürten sie die Wärme, die von ihm ausging. Sie tat ihnen gut, aber sie konnten nicht lange stehenbleiben. Am Ende der Straße erschien eine Gestalt auf einem Dieren. Sie trug eine Uniform, und Kai blieb wie angewurzelt stehen.

»Mach dasselbe wie ich«, flüsterte er schnell. Der Uniformierte sah sie und lenkte sein Reitdier auf sie zu. Es bewegte sich verblüffend sicher im Schnee, und Alaire wurde klar, daß es sie problemlos einholen würde, wenn sie auf die Idee kämen zu fliehen.

Alaire dachte schon wieder, er würde sein Frühstück von sich geben, diesmal allerdings vom anderen Ende seines Körpers. Als der Mann näherkam. sahen sie, daß es ein Scherge des Bundes war. Alaires Mund wurde trocken, und seine Knie schienen aus Maisschleim zu bestehen. Obwohl die dicken Pelzmäntel ihre Schwerter verdeckten, waren sie in Griffweite. *Muß ich zweimal an einem Tag jemanden töten?* Alaire hätte so ziemlich alles getan, um der Gruft der Seelen zu entgehen. Außer Kai zu opfern. Vielleicht.

»Denk nicht mal dran«, flüsterte Kai. »Es wären sofort mindestens fünfzig andere zur Stelle. Komm mit und sag nichts.«

Entsetzt sah Alaire, wie Kai auf den Soldaten zulief.

*Kai, was hast du vor?*

»Almosen!« rief Kai und hoppste wie ein kleines Kind auf und ab. »Almosen für einen armen Bettler, der seit drei Tagen nichts gegessen hat!« Er hielt die Hand hoch zu dem Soldaten, der verwirrt anhielt. Alaire lief ebenfalls hin und streckte dem Mann die offene Handfläche entgegen. Er sah ihn hungrig und verzweifelt an. Letzteres erforderte beängstigend wenig Schauspielkunst.

»O bitte, lieber Sir!« jammerte Kai pathetisch. »Habt Ihr nicht mal 'nen Taler? Eine kleine Münze? Ein Kupferstück? Bitte, Sir, wir sind am Verhungern!«

»Ho! Verschwindet, ihr kleines Bettlerpack!« rief der Soldat. Das Dieren war stehengeblieben. Es schien sich absolut nicht für diese beide Bauernlümmel zu interessieren. Der Soldat schnüffelte. »Ihr seid hungrig, weil ihr euer Geld versoffen habt, statt etwas zu essen davon zu kaufen!« rief der Soldat entrüstet. »Da habt ihr's! Kein Wunder, daß ihr jetzt hungrig seid!«

Der Uniformierte deutete auf Alaires Weinflasche, die er immer noch in der Hand hielt. Alaire grinste unschuldig, schraubte die Flasche auf und hielt sie dem Soldaten hin.

»Geht nach Hause ins Bett, ihr Bauernlümmel! Ich bin auf der Jagd nach Verbrechern!« Er gab dem Tier die Sporen, und das Dieren trottete weiter, immer noch auf der Suche nach dem Prinzen von Suinomen und einem aufrührerischen Bardling.

»Geizhals!« spie Kai hervor und sah dem Soldaten hinterher. »«Sie bekommen sechshundert Kronen monatlich, und gestern war Zahltag!«

Alaire kannte Gallen noch vom ersten Abend, als er mit Kai in der *Herberge zum Toten Drachen* eingekehrt war. Er war einer der Barkeeper gewesen, die Kai vergeblich davon abzuhalten versucht hatten, sich mit den fünf betrunkenen Seeleuten zu schlagen. Er hatte eine Glatze, für die er eigentlich noch zu jung war. Alaire schätzte ihn auf dreißig, mit einer Kartoffelnase und einer Hautfarbe wie rote Bete, als schäme er sich ständig wegen irgend etwas. Er blickte sie nicht gerade einladend an, als sie die Hintertür der Spelunke erreicht hatten. Nervös sah er sich auf der Gasse um und scheuchte die beiden Jungen dann ins Innere des Hauses.

»Das ist also Euer Freund, der die ganzen Scherereien ausgelöst hat?« knurrte er mürrisch. »Na ja, kann man nichts machen. Mitgefangen, mitgehangen. Kommt mit.«

Er führte sie eine steile Treppe hinunter in einen finsteren Raum. Darin duftete es nach nasser Erde, schalem Bier und gegorener Hefe. Es gab kein Geländer, und Alaire stieg nervös die schlüpfrigen Stufen hinunter. Unten wurde es hell, als Gallen eine einzelne Kerze entzündete.

»Hier lagern wir unser bestes Bier und brauen auch die billige Brühe. Laßt die Finger davon, sonst unterbrecht ihr den Gärungsprozeß. Kommt mit, Euer Platz ist hier hinten.«

Hinter den Fässern war ein schmaler Durchgang, der mit Brettern abgestützt war. Er sah aus wie der Eingang zu einer alten Mine. Als Alaire nachfragte, bestätigte Gallen es.

»Hier hat man vor vielen Jahrhunderten nach Kristallen gegraben, bis die Krone es verboten hat. Der Stollen reicht nicht weit unter die Erde, aber ich habe eine kleine Höhle vorbereitet, die man nicht so leicht findet. Es gibt nur einen Rauchfang, der mit dem Hauptschornstein oben verbunden ist, und man kann nur ein kleines Feuer dort entfachen. Ich habe gerade eins in Gang gebracht.«

Sie betraten einen ausgehöhlten Abschnitt, der aussah, als habe er einmal zu einer Kaverne gehört. Die Wand war leicht gewölbt. Ein heißer Ofen stand in der Ecke, und ein Reihe grob gezimmerter Betten mit Heumatratzen standen an der Wand.

»Mac war hier, nachdem Ihr verschwunden seid«, informierte sie Gallen. »Euer Freund, der Wachtmeister. Dachte, Ihr wärt vielleicht hier. Mir gefällt das nicht, Kainemonen. Das Versteck ist nicht sicher.«

»Wir haben kein anderes«, gestand Kai traurig. »Ich

werde mich sowieso nicht lange aufhalten, weil ich noch heute abend in den Palast zurückkehre. Gestern abend hat man versucht, mich umzubringen. Mein Vater muß das erfahren.«

Gallen schien zu resignieren. »Wenn Ihr wollt. Was auch immer Ihr tut, verratet nichts von diesem Versteck! Sie würden mich wegen Hochverrats hinrichten!«

Kai nickte und wirkte plötzlich eigenartig erwachsen. »Das weiß ich«, sage er. »Alaire wird sich etwas ausdenken, was du ihnen erzählen kannst. Etwas, das deinen Hals aus der Schlinge zieht.«

*Vielen Dank, Kai!* Aber sie sollten ihre Geschichten tatsächlich aufeinander abstimmen.

Alaire verstaute die Harfe unter dem untersten Bett und setzte sich auf den Rand. Es war warm im Raum, und seine Augenlider wurden schwer.

»Kai, eins muß ich noch wissen«, sagte er plötzlich. »Wie gut können die Schergen Zauberer aufspüren? Als sie die beiden neulich verhaftet haben, wurden sie da von einem Spitzel hingeführt, oder können sie die Gesetzesbrecher irgendwie ›sehen‹ und lokalisieren?«

»Sie sind nicht so gut, wie sie immer behaupten«, antwortete Gallen. »Normalerweise verpfeift jemand die illegalen Zauberer. Wenn Euch niemand gesehen hat, dann wissen sie nicht, wer der Schuldige war. Sie ›fühlen‹ zwar, daß jemand gezaubert hat, aber sie können die Suche nur auf bestimmte Gebiete der Stadt eingrenzen. Wenn wir Euch lange genug verstecken können, dann verflüchtigen sich auch die Spuren der Magie, und sie können Euch überhaupt nichts beweisen.«

Aber dann drehte sich der Wirt wieder zu Kai um. Seine Miene verriet nackte Verzweiflung. »Könnt Ihr Euch das nicht noch einmal überlegen? Ein anderer Stadtteil, weiter im Norden, wäre vielleicht sicherer?«

Kai reckte stur sein Kinn vor. »Da kenne ich niemanden.«

Gallen sah aus, als bräche er gleich in Tränen aus. »Aber Ihr seid der Prinz!«

Kai warf ihm einen finsteren Blick zu. »Aber hier sind alle meine Freunde, hier im Rotlichtbezirk. Da oben kenne ich keinen. Und vergiß nicht, was ich alles weiß, Gallen!«

Das krebssrote Gesicht des Mannes wurde plötzlich kalkweiß.

»Wenn du mein Freund bist«, fuhr Kai fort, »hilfst du mir. Kümmere dich bitte um Alaire, schütze ihn, verpflege ihn und verstecke ihn. Ich komme wieder so schnell ich kann.«

Diese letzten Worte verklangen, als Alaire von der Erschöpfung übermannt wurde. *Ob ich nun an einem sicheren Ort bin oder nicht*, dachte er. *Ich kann ... nicht ... mehr.* Dann sank er aufs Bett, und seine Augen fielen zu.

## 15. KAPITEL

Naitachal bereitete sich unterdessen in ihrem gemeinsamen Zimmer auf das Frühstück im großen Saal vor, als jemand an die Tür klopfte. Naitachal griff nach dem Schwert, ließ es aber in der Scheide stecken. Nach dem letzten Klopfen war nur der kleine Erik hereingekommen, um sauberzumachen. Der Elf entspannte sich. Es wäre sicher nicht gut für den Jungen, wenn er ein zweites Mal eine Schwertspitze auf sich gerichtet sehen würde, wenn er das Zimmer betrat, und der Barde glaubte nicht, daß das Kind ihm noch einmal die Geschichte mit der »Übung« abnehmen würde.

»Tretet ein«, sagte Naitachal.

Die Tür öffnete sich, und Erik schob einen Servierwagen herein. »Euer Frühstück«, sagte der Junge fröhlich. »Paavo hat mich damit hergeschickt, Sir.«

Der Dunkle Elf hob die Brauen, als er sah, was man ihm da geschickt hatte. Dierensteak, gekochte Eier, ein Laib frisches Brot, ein Laib Käse, ein Topf Marmelade. Im Vergleich zu der »Mahlzeit« vom vorigen Tag war das ein richtiges Festessen.

*Hmm,* dachte Naitachal. Er versuchte, das dichte Netz zu durchschauen, das man um ihn herum webte. *Sie bedienen mich in meinem Zimmer am dritten Tag meines Besuches. Sie wollen mich anscheinend aus dem Weg haben, damit ich niemandem begegnen kann, der mir Fragen über den Aufenthaltsort von Kai und Alaire stellen könnte.*

»Wo möchtet Ihr es gern einnehmen?« fragte der Junge, der ihm gern zu Diensten sein wollte. Wenigstens hatten sie es noch nicht geschafft, den Geist dieses Jungen zu vergiften!

»Irgendwo«, erwiderte Naitachal. Mit ein paar Handgriffen verwandelte der Junge den Wagen in einen Tisch und zog einen Stuhl heran, um die Mahlzeit so angenehm wie möglich zu machen. *Irgend etwas sagt mir, daß der Tag heute sehr anstrengend wird. Ich werde meine ganze Energie brauchen.*

Erik wollte gehen, doch Naitachal sprach ihn an. »Du mußt noch nicht gehen. Komm und setz dich zu mir. Ich würde gern mit dir reden, wenn du magst. Gestern hattest du doch so viele Fragen.«

Der Junge gehorchte schüchtern, aber sein Zögern deutete darauf hin, daß er entweder etwas anderes zu tun hatte oder jemand, vermutlich Paavo, ihm verboten hatte, mit dem Dunklen Elfen zu reden.

Naitachal schnitt ein Stück von dem Dierensteak ab und aß es, als hätte er keinerlei Sorgen. Das Kind war zwar jung und arglos, aber er konnte es trotzdem als Informationsquelle benutzen. »Sind denn der Prinz und mein Assistent schon wiedergekommen?«

»Sie suchen auch nach Eurem Sekretär?« antwortete der Junge, offenbar erschrocken.

Naitachal aß ein Stück Brot. »Offensichtlich«, sagte er gelassen. »Was gibt es sonst Neues?«

»Tja ...« Erik sah zur Tür. »Ich ... ahem ...«

*Wird er von jemandem überwacht, damit er sofort zurückkehrt?*

»Ja?« fragte der Elf.

»Sie werden beide noch vermißt«, antwortete Erik hastig. »Sir Jehan hat einen Wutanfall bekommen, als die Schergen sie gestern nicht gefunden haben. Er hat befohlen, den Hafen abzuriegeln und läßt jedes Schiff, das aus- oder einlaufen will, durchsuchen.«

*Ich wäre nie auf die Idee gekommen, über den Wasserweg dieses Land zu verlassen,* dachte Naitachal. *Mögen die Götter verhindern, daß es jemals nötig sein wird. Vielleicht ist es aber der einzige Weg aus diesem Land.* Er probierte etwas von dem Käse. Er war exzellent.

»Sehr interessant«, sagte er. »Ich kann mir nur nicht vorstellen, warum sie glauben, daß Alaire fliehen wollte. Sein Platz ist trotz allem an meiner Seite. Ich denke, sie sollten lieber nach jemandem suchen, der ihn gekidnappt haben könnte und diesen Vorfall nur vortäuscht.«

*So. Jetzt habe ich selbst ein Gerücht in die Welt gesetzt.*

Der Junge starrte ihn an. »Warum hält man Euch hier fest?« platzte er schließlich heraus. »Alle Diener reden davon.«

Das ergab wenig Sinn. »Festhalten? Du meinst beköstigen, nicht wahr?«

Erik zog ein Gesicht. »Ich meine, warum erlauben sie es nicht, daß Ihr den Palast verlaßt? Warum sucht Ihr Euren Sekretär nicht selbst?«

Jetzt war Naitachal überrascht. »Ich wußte nicht, daß man mich hier ›festhält‹. Sie müssen mich wirklich für wichtig halten. Oder sie denken, daß jemand Alaire gekidnappt hat und fürchten um meine Sicherheit, wenn ich in die Stadt gehe.«

Erik sah wieder zur Tür und stand dann auf. »Ich komme später zurück, um sauberzumachen. Sind das Alaires Gewänder dort in der Ecke?«

Alaire war ein sehr ordentlicher Reisender und achtete darauf, daß seine Kleidung und Habseligkeiten ordentlich zusammengelegt waren, damit sie sich nicht mit denen seines Meisters vermischten oder im Weg lagen. »Allerdings. Warum fragst du?«

Erik war sichtlich nervös. »Ich wollte nur sichergehen, damit ich sie nicht durcheinanderbringe.«

Und schon war er weg.

*Verwirrend,* dachte der Dunkle Elf. *Er ist wirklich eine sprudelnde Informationsquelle. Erik wäre ein exzellenter Spion, wenn er nicht schon einer ist. Wer verdächtigt schon ein Kind? Außer vielleicht ein böser Dunkler Elf, der an einem Ort wie diesem sogar seine eigene Mutter verdächtigen würde …*

Aber der Junge wirke ganz unschuldig. *Doch seine Zunge ist sicher ziemlich flink, wenn er für den König arbeitet. Und wenn ich hier ein Gefangener bin, werde ich der letzte sein, der das erfährt.*

Er beendete das Frühstück und wollte gerade den Wunsch des Königs mißachten, in seinem Zimmer zu bleiben, als es wieder an die Tür klopfte.

Diesmal hatte Naitachal sofort sein Schwert in der Hand. Das Klopfen war fester und kam von einer höheren Stelle an der Tür. Das war ein Erwachsener.

Hauptmann Lyam betrat das Zimmer ohne abzuwarten und warf einen gleichgültigen Blick auf das Schwert. Es überraschte ihn offenbar genausowenig wie es ihn beleidigte. Naitachal schob es wieder in die Scheide zurück.

»Wir haben Neuigkeiten vom Prinzen«, verkündete Lyam sachlich. »Er ist heute morgen zurückgekehrt und befindet sich im Augenblick in den Gemächern des Königs.«

Naitachal gab sich keine Mühe, seine Erleichterung zu verbergen. Wenigstens wußte er jetzt, daß die Jungen noch lebten! »Und Alaire?«

Lyams Miene war grimmig. »Er ist leider nicht zurückgekommen. Kai zufolge hat er sich noch ein bißchen allein im Tavernenviertel herumgetrieben. Der Prinz deckt ihn wahrscheinlich, aber bis jetzt ist die Geschichte wasserdicht. König Archenomen erbittet dringend Eure Anwesenheit. Sofort.«

»Und wie, bitte schön, hätte ich sonst unerkannt den Palast betreten sollen?« schrie Kai gerade, als Naitachal die Gemächer des Königs betrat, Hauptmann Lyam an seiner Seite. »Ihr habt das halbe Königreich auf die Suche nach mir geschickt. Ihr beschuldigt mich eines Verbrechens, das ich nicht begangen habe, habt sogar eine Belohnung für meinen *Kopf* ausgesetzt und fragt mich, warum ich wie ein Bauer aussehe? Natürlich habe ich mich verkleidet! Vielleicht solltet Ihr lieber den blöden Wachtposten fragen, warum es so einfach war, hier hereinzukommen, Vater!«

Der König sah aus, als leide er unter schrecklichen Kopfschmerzen. Schmerzen, die mit jeder Sekunde stärker wurden. Hauptmann Lyam sah weg. Er bemühte sich sichtlich, seine Verlegenheit nicht zu zeigen: Immerhin war die fragliche Wache ja ihm unterstellt. Sir Jehan stand neben dem König und genoß eindeutig die Show, während er sich gleichzeitig bemühte, besorgt dreinzublicken. Neben ihm stand Soren, der korpulente Hexenmeister. Heute trug er eine noch schrillere Robe aus burgunderroter Seide mit silbernen Monden, Sternen und Symbolen, deren Bedeutung unklar war. Den Hexenmeister schienen Kais Unverschämtheiten peinlich zu berühren, während er gleichzeitig versuchte, als königlicher Oberzauberkünstler Autorität auszustrahlen. Ein freilich vergebliches Unterfangen. Hinter ihm an der Wand des königlichen Gemachs standen zehn schwerbewaffnete Wachen, die offen Fesseln und Ketten in den Händen hielten.

Prinz Kainemonen saß auf einem massiven Holzstuhl mitten im Zimmer, ließ seine Füße baumeln und sah die Anwesenden der Reihe nach an.

»Ah! Ihr müßt der Botschafter von Althea sein«, sagte Kai, als sein Blick auf Naitachal fiel. »Alaire hat mir viel von Euch erzählt. Ich bin froh, daß Ihr da seid. Den besten Teil meiner Geschichte habe ich mir für Euch aufgehoben.«

Naitachal verbeugte sich elegant. »Ich bin erfreut, Eure Bekanntschaft zu machen.«

Kai redete fröhlich weiter. »Gestern abend hat jemand zwei Assassinen hinter Alaire und mir hergeschickt, um mich zu töten. Und sie hätten auch fast Erfolg gehabt.«

»Assassinen?« mischte sich Lyam ein. »Seid Ihr sicher?« Trotz der Überraschung, die der große Mann vorgaukelte, ließ Naitachal sich nicht täuschen. Damit mußte er gerechnet haben. *Warum hätte er sonst den Jungen so hart trainiert? Hauptmann Lyam hat das schon seit Monaten vorausgesehen.*

»Nun sei nicht albern«, sagte der König gereizt. »Vermutlich haben dich ein paar Taschendiebe angegriffen. Was hast du in einer solchen Gegend auch erwartet?«

»Waren sie zufällig schwarz angezogen, mit schwarzen Tüchern, die ihre Gesichter verbargen?« fragte Naitachal so laut, daß jeder im Raum es hören konnte.

»Wovon redet Ihr?« wollte der König wissen. Naitachals Frage irrtierte ihn, genauso wie die seltsame Richtung, die das Gespräch plötzlich nahm.

»Ja, waren sie«, antwortete Kai. »Es waren gedungene Meuchelmörder. Sie trugen schwarze Kleidung und schwarze Schals über ihren Gesichtern. Also hatte Alaire recht: Sie waren dieselben, die Euch angegriffen haben.«

»Das war nur einer, Milord«, verbesserte der Dunkle Elf ihn. »Aber ansonsten stimmt es überein.«

»Botschafter, man hat Euch angegriffen? Warum habt Ihr das nicht gesagt?« fragte der König leise und drohend. »Wann ist das passiert?«

»In der ersten Nacht nach meiner Ankunft«, erwiderte Naitachal und trat einen Schritt näher. »Ich habe das nicht gemeldet, weil ... es Dinge in Eurem Land gab, die ich nicht verstand. Ich wollte erst mehr herausfinden. Der Vorfall hat bei mir allerdings das Gefühl hinterlassen, daß der Assassine mich nicht unbedingt töten, sondern nur dazu verleiten wollte, Magie gegen ihn einzusetzen. Ich war nahe daran, es zu tun, doch dann erinnerte ich mich daran, wo ich mich befand, und nahm davon Abstand. Der Angreifer floh, und hätte er mich wirklich töten wollen, hätte er seine Bemühungen sicher nicht so leicht aufgegeben.«

»Warum sollte jemand Euch verführen, Magie einzusetzen?« fragte Sir Jehan ölig. Er strich sich gelassen den Bart und tat, als verfolge er das alles entspannt, doch das nervöse Ticken einer Ader an seiner Schläfe verriet ihn. »Ihr wollt doch nicht etwa unterstellen, daß der König etwas damit zu tun hat?«

Naitachal bemühte sich nicht, seine Verachtung über diesen plumpen Versuch zu verbergen. »Nein. Aber wer auch immer dahintersteckte, kannte den Palast und offenbar auch die Geheimgänge. Der Assassine verschwand vermutlich durch einen dieser Gänge.«

Der Monarch musterte ihn mißtrauisch. »Wir finden es sehr beunruhigend, Botschafter, daß Ihr das für Euch behalten habt. Da erheben sich Fragen. Könnt Ihr es beweisen? Hat es jemand gesehen?«

»Es gab keine Zeugen«, erwiderte Naitachal, »außer mir selbst. Und genau deshalb habe ich nichts gesagt. Wer würde mir schon glauben, wo ich doch keinerlei Möglichkeit habe, das zu beweisen?« Er sah den König offen an. »Ich finde es noch weit beunruhigender, daß jemand mich, einen Gast im Palast, angegriffen hat. Unseren Unterhaltungen habe ich entnommen, daß Ihr das Gefühl habt, es sei eine Verschwörung im Gange. Vielleicht sind gewisse Elemente dieser Verschwörung für diese beiden Mordversuche verantwortlich – den an mir und den an meinem Sekretär und Eurem Kronprinzen.«

»Wir ziehen Euer Wort nicht in Zweifel«, sagte Sir Jehan gelassen. »Wenn Ihr uns von dem Angriff erzählt hättet, als er geschah, hätte man vielleicht noch etwas unternehmen können. Doch ich fürchte, daß jeder mögliche Beweis jetzt bereits ein bißchen abgestanden ist, meint Ihr nicht?« Seine Miene verhärtete sich. Jetzt war die Zeit für seinen Schachzug gekommen. »Nein, ich fürchte, daß die Lage etwas anders ist, als der Prinz sie darstellt. Es scheint so, als habe Euer Sekretär eines unserer Gesetze gebrochen und verstecke sich jetzt vor der Justiz.«

»So etwas tut Alaire nicht!« rief Kai zur Verteidigung seines Freundes.

»Schweig!« brüllte der König. »Du hast deine Sache vorbringen können.«

Naitachal bedachte Sir Jehan mit einem kalten Blick. »Das sind schwerwiegende Beschuldigungen, die Ihr da gegen Althea vorbringt. Wo sind die Beweise? Und welches Gesetz hat Alaire angeblich gebrochen?«

Sir Jehan erwiderte Naitachals Blick, mußte dann aber wegsehen. »Als die Jungen gestern abend ausgingen, habe ich zwei meiner Leute hinterhergeschickt. Nur als Vorsichtsmaßnahme. Ich mache so etwas von Zeit zu Zeit. Unsere Männer haben Kai dabei ertappt, wie er versucht hat, im Tavernenbezirk Magier zu rekrutieren. Als er meine Männer sah, hat er einen von ihnen getötet. Der andere hat überlebt und kann das bezeugen.«

»Sehr interessant«, antwortete Naitachal. »Wenn das stimmt, warum verfügtet Ihr dann nicht schon gestern abend über diese Information? Ihr müßt doch schon beim Dinner gewußt haben, daß dieser angebliche Zwischenfall stattgefunden hat. Warum habt Ihr denn nichts gesagt?«

König Archenomen räusperte sich. »Es wäre klug von Euch, mein lieber Botschafter, wenn Ihr nicht vergäßet, daß Ihr ein Gast in Unserem Palast seid und kein Angehöriger des Rates«, sagte er streng. »Es gibt Dinge, zu denen Ihr nicht berechtigt seid. Bitte fahrt fort, Sir Jehan.«

»Unser Mann hat gesehen, wie Alaire den Zauber beschwor«, sagte Sir Jehan selbstgefällig. »Ein sehr wirkungsvoller Zauber. Er war nur zur Show gedacht, um den Prinzen zu beeindrucken. Es sieht so aus, als habe sich der Sekretär des Botschafters mit dem verräterischen jungen Prinzen verbündet, während sein Herr in dem Palast die Illusion eines anständigen Altheaners aufrecht erhält.«

Er drehte sich zu dem König um. Seine Stimme klang weich, war aber voller Bosheit. »Eure Majestät, es kann keinen Zweifel an den Tatsachen geben, die Euer Land bedrohen. Wir sehen hier ein klares Muster des Verrates, verhüllt von diplomatischen Anstandsformen. Althea infiltriert Magier in Euer Land, um dem Prinzen zu helfen, Euch zu stürzen. Gestern abend haben meine Leute den Prinzen und einen altheanischen Zauberer auf frischer Tat ertappt, als sie Pläne schmiedeten, Euch zu stürzen. Ich sehe keinen Grund für eine weitere Debatte.«

»Ich schon«, warf Prinz Kainemonen ein. »Sir Jehan ist ein *verlogener Verräter*. Es gab keine Hüter, wie er sie nennt. Sondern zwei Schläger, die uns beide töten wollten, und zwar ohne jede Provokation. Sir Jehan hat uns Assassinen hinterhergeschickt, keine Wächter. Bitte, Vater, Ihr müßt mir glauben. Ich bin Euer Sohn! Ich sage die Wahrheit!«

König Archenomen betrachtete seinen Sohn nachdenklich und rieb sich die Schläfen, als würde dadurch alles verschwinden. Dann schüttelte er den Kopf.

Seine Stimme klang traurig und schwer, aber entschlossen. »Sohn, im letzten Jahr habe ich einige unannehmbare Veränderungen an dir festgestellt. Du hast deine Pflichten hier im Palast vollkommen ignoriert und dich statt dessen mit dem Abschaum unserer Gesellschaft herumgetrieben. Du hast unaufhörlich Suinomen vor Besuchern, wichtigen Handelsvertretern und unseren eigenen Edelmännern beschämt, du hast den Thron beschämt und, am allerschlimmsten, du hast Uns selbst beschämt.

Weißt du, wie sehr du Uns geschadet hast, wenn du bei offiziellen Anlässen betrunken aufgetaucht bist? Weißt du, wie demütigend es für Uns war, wenn du im Morgengrauen in den Palast heimgekehrt bist, nach Bier riechend, mit Frauen im Schlepptau und aus voller Kehle singend? Deine Mutter redet nicht mehr mit Uns und zeigt sich nicht einmal mehr in der Öffentlichkeit, weil du so ein Monster geworden bist.

Du zeigst kein Interesse am Wohlergehen Unseres Königreiches, es sei denn, es deckt sich zufällig mit deinen eigenen egoistischen Bedürfnissen. Du bist mehr an deinen Weinbergen als an der Weizenernte der Bauern interessiert. Sir Jehan dagegen genoß schon Unser Vertrauen, als du noch nicht geboren warst. Er hat seine Pflichten ohne Rücksicht auf sein eigenes Wohlergehen erfüllt. Und bis jetzt hat er jedes politische Feuerchen, das du gelegt hast, ausgetreten. Er hat den Thron geschützt, sein ganzes Leben unter die Bedürfnisse des Königreiches gestellt, *und da verlangst du, daß ich dein Wort über seines stelle? Wie kannst du es wagen, meine Intelligenz so zu beleidigen?«*

Das folgende Schweigen lastete schwer im Raum. Keiner

bewegte sich oder wagte auch nur, Luft zu holen. Der König war aufgesprungen, und sein vor Wut gerötetes Gesicht war nur eine Handbreit von dem seines Sohnes entfernt.

»Warum sollten Wir dir glauben?« Die Stimme des Königs troff vor Verachtung, als er sich umdrehte und wieder zum Thron zurückkehrte.

Kai antwortete nicht sofort. Seine Miene hatte sich während der Tirade seines Vater von bockig zu unterwürfig verändert.

Dann sprach er leise und brach damit das schreckliche Schweigen, das immer noch herrschte.

»Weil ich die Wahrheit sage, Vater.«

»Unsinn!« spie der König fast hervor. »Du hast dich schon lange gegen mich verschworen. Gib es zu! Und du glaubtest, in Althea einen Verbündeten zu finden, richtig?«

»Ich habe nichts dergleichen getan oder gedacht, Vater.«

»Wo ist dieser Sekretär?« wollte Sir Jehan wissen. »Wenn Ihr kein Verräter seid, warum schützt Ihr ihn dann?«

Kai zuckte mit den Schultern. »Ich sagte Euch doch schon, daß wir uns gestern abend getrennt haben. Überprüft die Bordelle.«

»Wenn ich etwas einflechten darf«, sagte Naitachal vorsichtig. »Wenn Alaire beschuldigt wird, Magie ohne Genehmigung ausgeübt zu haben, warum haben die Schergen des Bundes ihn noch nicht ergriffen? Sie sind doch Zauberer, und zwar mit einer Genehmigung. Das sollte für sie doch kein Problem sein. Jeder altheanische Feld-, Wald- und Wiesenhexer kann den Duft der Magie verfolgen, ganz gleich, wer sie beschworen hat. Einer Euer Bundeszauberer sollte Alaire schon längst gefunden habe ... wenn er schuldig ist.«

Alle sahen Soren an, der sich während des Wortgefechtes fast in Luft aufgelöst hatte. Auf Naitachal machte es sogar den Eindruck, als hätte der Zauberer versucht, durch die Tür zu fliehen.

»Euer Majestät«, sagte er. Er schwitzte beachtlich. »Wir haben es hier mit einem sehr mächtigen Zauberer zu tun. Er muß ... er muß eine Art Zauber benutzt haben, der ihn verbirgt, damit wir ihn nicht finden können. Als er die Magie beschworen hat, bebte jedenfalls die ganze Bundeshalle von seiner Macht, und wir wußten sofort, wo der Zauber herkam ... aus dem Tavernenbezirk. Sobald jedoch unsere Zauberer versuchten, den Schuldigen aufzuspüren, war die Spur mysteriöserweise verschwunden.«

Naitachal schüttelte unmerklich den Kopf. *Was für ein Scharlatan!* »Sprechen wir von demselben jungen Mann?« fragte er sanft. »Einem *mächtigen Zauberer.* Mit *neunzehn?*«

»Ihr hattet doch nie zuvor dieses Problem«, meinte der König mißtrauisch. »Wieso jetzt?«

Soren lief der Schweiß über das Gesicht. »Wenn wir einige persönliche Besitztümer von ihm hätten, würde das die Sache sehr erleichtern.«

»Wie zum Beispiel?« fragte Naitachal höflich. *Erst ist Alaire ein Verschwörer, jetzt ist er ein Magier. Sie haben nicht die geringste Ahnung, daß er eigentlich ein Barde ist. Gut. Das spricht für uns.*

»Zum Beispiel ein Stück seiner Kleidung, oder Schmuck. Es ist ganz gleich, was.«

»Vielleicht sollten wir Botschafter Naitachal dann auf sein Zimmer begleiten«, sagte Hauptmann Lyam, »wo Alaires Sachen sind.« Den Dunklen Elfen verließ der Mut. Er hatte gehofft, daß Lyam ein Verbündeter wäre, doch das sah nicht so aus. *Vielleicht ist er es doch noch. Es gibt genug Rauch hier im Raum, um ein Pferd zu ersticken.*

»Bevor Ihr irgendwohin geht«, sagte der König und gähnte, »verhaftet Kai. Werft ihn bis auf weiteres in den Kerker.«

»Nein!« schrie Kai und sprang auf die Füße. »Das kannst du nicht tun! Ich bin doch dein Sohn!«

»Du warst mein Sohn. Jetzt bist du es nicht mehr. Hinweg mit ihm!«

Zwei Wächter mit Ketten traten vor. Der Junge sah so aus, als wollte er kämpfen, doch dann brach er vor Naitachals Augen zusammen. Nachdem er an Händen und Füßen gefesselt war, verließ er mit lautem Rasseln und gesenktem

Kopf die Gemächer des Königs. Sir Jehan wirkte eindeutig erfreut.

»Ach, und noch etwas«, sagte der König an Naitachal gerichtet. »Könnt Ihr Uns erklären, warum Althea Truppen in der Nähe unserer südlichen Grenze zusammenzieht?«

»Wie meinen, Eure Majestät? Seid Ihr Euch dessen sicher?« *Das muß doch ein Irrtum sein!*

»Ziemlich. Nun, Eure Antwort?«

»Davon weiß ich nichts«, sagte Naitachal. *Jemand muß ihn belogen haben.*

Der König lächelte. »Diese Antwort können Wir nicht akzeptieren, Botschafter. Nun, was sagtet Ihr gerade, Soren?«

Der Hexenmeister zitterte. »Ich brauche etwas Persönliches aus dem Besitz des Sekretärs, wenn ich darf.«

Der König winkte ihm huldvoll zu. »Nehmt Euch, was Ihr braucht. Sir Jehan, Ihr begleitet sie. Botschafter, bis Wir diese Sache geklärt haben, möchte ich Euch auffordern, Euch freiwillig unter die Aufsicht von Hauptmann Lyam zu stellen. Widersetzt Ihr Euch oder versucht, nach Althea zurückzukehren, werdet Ihr den Kerker mit dem ehemaligen Prinzen Kainemonen teilen. Außerdem besteht in dem Fall zwischen unseren Königreichen automatisch der Kriegszustand, falls der nicht durch das Verhalten Eurer eigenen Armee bereits gegeben ist. Ist Euch der Ernst der Lage bewußt, Botschafter?«

»Sicherlich«, antwortete Naitachal. »Ich werde Euch so gut helfen, wie ich kann. Leider kann ich Euch nicht erklären, warum sich unsere Streitkräfte an den Grenzen zusammenziehen, aber sie haben bestimmt nicht vor, Euer Land anzugreifen.«

Der König lächelte ein wenig, als habe er diese Antwort vorausgesehen und als würde ihn das freuen. »Euer Mangel an vollkommener Überzeugungskraft ist sehr beunruhigend, Botschafter. Das einzige, was Wir jetzt von Euch verlangen, ist, daß Ihr Soren etwas Persönliches aus dem Besitz des jungen Mannes übergebt und Euch dann in Eurem

Raum aufhaltet. Hauptmann Lyam haftet Uns persönlich dafür, daß Ihr dieses Zimmer nicht verlaßt.«

»Dann sollten wir gehen«, sagte Naitachal, »und holen, was Ihr braucht.«

Die finstere Prozession, die zu Naitachals Zimmer aufbrach, erregte viel unerwünschte Aufmerksamkeit. Es sah für die anderen so aus, als wäre die Gruppe unterwegs zu einer Exekution, mit Naitachal als Ehrengast. Einige der Palastgäste blieben stehen und starrten der Gruppe hinterher. Die Neuigkeiten über die Lage und die Rückkehr des Prinzen hatten sich wie ein Lauffeuer verbreitet. Für Naitachal war das Verhalten der Leute nichts Neues: Die Bewohner dieses miesen, rückständigen Königreiches starrten ihn sowieso immer nur an.

Der Dunkle Elf wußte, daß er noch keine direkten Vorwürfe erheben konnte. Er mußte ruhig und gelassen bleiben und ihr Spiel mitspielen, ganz gleich, welche Regeln sie erfanden. Noch war er ja nicht im Gefängnis ...

Sir Jehan blieb einige Schritte hinter ihm und hielt Abstand von Naitachal. Außerdem vermied es der Edelmann, ihm direkt in die Augen zu sehen. Vielleicht wußte er ja, was ein Schwarzer Magier war.

*Damals haben wir mit einem bloßen Blick getötet, was natürlich leichter war, wenn wir Blickkontakt hatten,* dachte Naitachal aufgebracht, als sie vor seinem Zimmer ankamen. *Und ich habe allen Grund, dich zu töten, Jehan. Du steckst nämlich hinter all den Machenschaften.*

Der Barde tadelte sich selbst wegen seiner Dummheit. Er hätte es schon lange vorher merken müssen, aber er war nicht darauf gekommen. Vielleicht, weil es zu offensichtlich war? Naitachal hoffte zwar, daß dies nicht der Grund war, aber er befürchtete das Gegenteil. Übersensibilität gehörte ohne Zweifel zu seinen Schwächen.

Naitachal bewunderte Sir Jehan widerwillig, wie man die tödliche Wirkung eine Schlangengiftes bewundert. Aber er mußte zugeben, daß Sir Jehan seine Ziele selbstbewußt und überzeugend an einem einzigen Abend erreicht hatte. Man hätte eigentlich erwarten sollen, daß es wenigstens einem aus dem Kreis der Vertrauten des Königs auffallen mußte ... aber offensichtlich merkte es keiner. Oder hatte Sir Jehan alle in der Hand?

*Wußten sie, daß Sir Jehan auch den Tavernenbezirk kontrollierte? Vielleicht nicht. Der Mann ist gerissen, wenn er es so weit gebracht hat. Er hat das alles von Anfang an geplant; meine Ankunft war nichts weiter als eine kleine Ungelegenheit. Er hat auch von Anfang an darauf spekuliert, daß Alaire oder ich Magie einsetzen würden. Die Frage ist nur: Glaubt er, daß seine Zauberer besser sind als ich? Er hat nicht nur Althea den Krieg erklärt, sondern auch mir.*

Naitachal bezweifelte, daß die Zauberer von Suinomen eine echte Herausforderung waren, jedenfalls nicht die, die ihm bisher unter die Augen gekommen waren. Lyam behauptete ja, sie würden im Palast wohnen, aber nur Soren war bei dem kleinen Treffen erschienen. Obwohl Soren ziemlich unfähig wirkte, bereitete es Naitachal einiges Unbehagen, ihm ein Stück aus Alaires persönlichem Besitz zu geben. *Selbst ein Amateurzauberer kann mit einem persönlichen Stück viel erreichen ...*

Als Hauptmann Lyam die Tür öffnete, zwinkerte er Naitachal unmerklich zu.

Erik hatte das Zimmer, wie versprochen, saubergemacht. Aber ein Versprechen hatte er nicht gehalten: Alaires Kleidung war verschwunden. Es war nicht ein einziges Stück mehr da, das dem Bardling gehörte. Naitachal versuchte, seine Überraschung zu verbergen.

Statt dessen tat er, als fehlte nichts.

»Viel scheint er ja nicht zu besitzen«, bemerkte Sir Jehan. »Was gehört ihm, Botschafter?«

»Das muß es sein«, sagte Hauptmann Lyam hilfreich und hielt eine Satteltasche hoch, die der Elf nicht erkannte. Sie enthielt Kleidung in Alaires Größe, die der ähnelte, die er zuvor getragen hatte. Aber sie gehörte ihm nicht, das wußte Naitachal so genau wie seinen Namen.

»Ein Lieblingsschmuckstück wäre am nützlichsten«, sagte Soren und warf sich wichtigtuerisch in die Brust. »Hat er so etwas?«

»Aber selbstverständlich«, sagte Naitachal. Er griff in einen kleineren Beutel, der ihm selbst gehörte, tat so, als müßte er suchen, und zog schließlich einen Silberring heraus. Er hatte die Form eines Totenschädels, dessen Augen aus kleinen Rubinen bestanden. »Das ist eines seiner wertvollsten Besitztümer.«

»Charmant, nicht?« sagte Soren sarkastisch zu Sir Jehan und hielt den Ring ins Licht. »Aber wenn er ihm gehört, wird er sehr hilfreich sein.«

Sir Jehan und Soren verließen das Zimmer ohne ein Wort des Dankes. Hautpmann Lyam blieb reglos stehen und lauschte auf die Schritte, die sich entfernten. Als es sicher genug schien, um zu reden, warf er einen prüfenden Blick in den Gang und schloß die Tür.

»Wann habt Ihr die Zeit gefunden, Alaires Habseligkeiten mit denen eines anderen zu vertauschen?« fragte Naitachal und kreuzte die Arme vor der Brust. »Ich wünschte, ich hätte es gewußt. Dann hätte ich vielleicht etwas Nützliches tun können.«

»Das war nicht ich, sondern Erik. Wir können ihm trauen, er arbeitet für mich. Hätte ich mehr Zeit gehabt, Euch zu warnen, hättet Ihr ihm den Ring nicht geben müssen«, sagte Laym grimmig. »Und was Eure Zwangslage betrifft: Ich kann Euch und Alaire eine sichere Schiffspassage besorgen. Allerdings muß das noch heute abend passieren, denn morgen wird es zu spät sein. Bis dahin werden sie einen Grund gefunden haben, Euch zu Kai in den Kerker zu sperren.«

Der Dunkle Elf runzelte die Stirn. »Ich mache mir mehr Sorgen über die Beziehungen zwischen Althea und Suinomen. Wenn ich fliehe, gibt es Krieg. Mein Auftrag lautet aber, genau das zu verhindern.«

Hauptmann Lyam schüttelte den Kopf, und seine Miene verfinsterte sich noch mehr. »Eure Mission war von Anfang an zum Scheitern verurteilt. Ein Krieg mit Althea ist zu diesem Zeitpunkt unausweichlich, fürchte ich. Nur, wenn Ihr beide nach Hause gelangt, wird König Reynard erfahren, daß Sir Jehan hinter diesem traurigen Unfug steckt.«

Naitachal seufzte. Wenigstens gab es noch einen Mann in einer Machtposition am Hofe, der nicht Sir Jehan ergeben war. »Wißt Ihr, wo Alaire ist?«

»Nein, aber Kai weiß es«, erwiderte Lyam zuversichtlich. »Mir wird er es sagen. Und wenn Ihr wollt, hole ich Euch auch den Ring zurück.«

»Oh, spart Euch die Mühe. Es war nicht Alaires Ring.« Naitachal grinste drohend. »Er gehörte meinem Vater. Ich glaube, daß die Reliquie eines uralten Schwarzen Magiers Sorens Suchzauber auf höchst interessante und unterhaltende Weise durcheinanderbringen dürfte. Der Ring wird am Ende ganz allein seinen Weg zu mir zurückfinden.«

Er lehnte sich zurück und musterte Hauptmann Lyam genau, aber unauffällig. *Kann ich diesem Mann trauen? Gibt es einen Hintergedanken bei seinem Ansinnen, uns nach Althea zurückzusenden? Schließlich hat er viel zu verlieren.*

»Warum tut Ihr das, Hauptmann Lyam?« fragte der Dunkle Elf schließlich.

»Ihr wollt wissen, warum ich alles aufgebe?« Zum ersten Mal ließ Lyam seine beherrschte Maske fallen. Er wirkte alt, müde und niedergeschlagen. »Tja, eigentlich gebe ich nicht viel auf. Einer der Neffen von Sir Jehan wird mich als Hauptmann ablösen. Mein nächstes Kommando ist in einer abgelegenen Einöde im Norden. Dort ist es monatelang dunkel, und niemand würde freiwillig dorthin gehen. Ich bin bereit für eine Veränderung, sowohl was meine Karriere betrifft als auch was das Klima angeht. Allerdings würde ich im großen und ganzen lieber mit Euch nach Althea gehen. Wenn nötig, finde ich sicher auch eine Arbeit als Söldner.« Er seufzte. »Ich kann weder meinen König noch mein Land retten. Aber ich kann wenigstens meinen Hals in Sicherheit bringen.«

»Das kann ich verstehen«, sagte der Elf. »Was ist mit dieser Blockade, von der Erik gesprochen hat? Wird das ein Problem sein?«

Der Hauptmann schüttelte den Kopf. »Ihr vergeßt, wer ich bin, selbst wenn meine Macht zeitlich begrenzt ist. Am späten Abend, wenn sie nur Rekruten als Wache am Hafen aufstellen, kann ich sie ohne weiteres mit meinem Rang einschüchtern. Wir kommen ohne Probleme durch.«

»Und das Schiff?« fragte Naitachal. »Kann denn eines ablegen?«

»Es gibt ein Schiff, dessen Besitzer Spinnenwesen sind. Die Besatzung allerdings ist menschlich. Es hat Handelsgüter aus Dierenhäuten und Knochen geladen.« Lyam schien an alles gedacht zu haben. Es würden nur wenig Menschen in diesem Land den Handel mit den Arachnien beeinträchtigen wollen. »Wenn Ihr erklärt, wer Ihr seid, legen sie vielleicht ein bißchen früher ab.«

Naitachal grinste grimmig. »Das dürfte in Anbetracht meiner Rasse nicht schwer sein.« Die meisten Händler würden vermutlich ambivalent reagieren wegen der Probleme, die die Anwesenheit eines Botschafters und eines Prinzen an Bord schaffen. Sie waren natürlich ihrem Handel mehr verpflichtet als der Krone Altheas. Aber keiner würde Ärger mit einem Dunklen Elfen riskieren, da viele von ihnen Geisterbeschwörer waren. Und die anderen waren hervorragende Krieger.

*Wenn sie sich weigern, uns mitzunehmen, werde ich sehr, sehr wütend.* »Wenn Ihr herausfindet, wo Alaire ist, und uns bis zum Hafen mitnehmt, haben wir eine Abmachung. Ich leite uns den Rest des Weges.«

»Abgemacht«, sagte Lyam, und sie bekräftigten es mit einem Händedruck.

Es war immer noch bewölkt, aber es schneite nicht mehr. Am Mittag und am Abend brachte Erik mit seinem Servierwagen Naitachal das Essen und neue Informationen. Nach dem Dinner stellte Lyam einen jungen Rekruten als Wache vor Naitachals Tür. Der Junge war höchstens siebzehn. Der Hauptmann sagte, der Mann habe heute doppelte Wache geschoben und würde sicherlich gegen Mitternacht einschlafen. Gegen Abend verschwand er zum Kerker, um ein bißchen mit Kai zu plaudern.

Kurz nach Mitternacht kam Erik ein letztes Mal, um den Servierwagen abzuholen.

»Diesmal müßt Ihr Euch darin verstecken«, flüsterte er. »Ihr müßt gehen. Wir wissen, wo Alaire ist. Die Wache schläft, aber Hauptmann Lyam will jedes Risiko vermeiden. Steckt Kleidung ins Bett, damit es aussieht, als würdet Ihr da schlafen. Ich bringe Euch in die Küche. So wird Euch niemand sehen.«

»Da hinein?« fragte Naitachal und betrachtete zweifelnd das Wägelchen. Er seufzte, nahm nur Harfe und Schwert und quetschte sich in den engen Raum. Es war schwierig, aber es ging. Erik ließ das Tafeltuch über die Seiten fallen, öffnete die Tür und rollte den Wagen hinaus.

Niemand begegnete ihnen, bis Erik ihn an den Speiseaufzug schob. Naitachal erkannte Paavos Stimme. Die beiden plauderten eine Weile in ihrer Muttersprache, und dann ging Paavo weg. Erik rollte den Wagen in den winzigen Aufzug, und kurz darauf landeten sie in der hellen Palastküche, die von Öllampen beleuchtet wurde. Die Küche war sauber geputzt und bis auf Erik und Hauptmann Lyam völlig leer.

»Schnell, hier entlang«, sagte Lyam und schob den Dunklen Elfen aus der Hintertür in eine wartende Kutsche. Erik hüllte sich in einen schweren Dierenmantel und eine Pelzmütze und sprang auf den Kutschbock. Lyam verstaute Naitachals Waffe und die Harfe unter dem Sitz und warf eine Decke über ihn.

»Wenn wir Glück haben, bemerkt Euch niemand. Duckt Euch auf den Boden, wenn ich es sage«, befahl Lyam drängend. »Heute abend ist nicht viel Verkehr. Der schwierigste Teil war es, Euch in die Küche zu schaffen. Hattet Ihr Probleme?«

*Wie hätte ich das gemerkt, es sei denn, man hätte mich verhaftet?* »Paavo hat Erik angesprochen, aber ich glaube nicht, daß er weiß, was vorgeht.«

»Mist«, murmelte Lyam. »Das hätte alles verraten können!« Er beugte sich aus dem Fenster. »Erik, beeil dich!«

Die Kutsche ruckte an, und Lyam befahl Naitachal, sich zu ducken. »Am besten gehen wir kein Risiko ein.«

Sie fuhren ein kurzes Stück, bevor sie stoppten. Offensichtlich waren sie an der äußeren Mauer angekommen. Naitachal preßte sich gegen den Boden wie eine Katze. Draußen hörte er verschiedene Stimmen im seltsamen Dialekt Suinomens reden und Lyams Stimme antworten. Dann fuhren sie weiter.

»Das war zu leicht«, sagte Lyam unbehaglich. »Ich weiß nicht, ob es klug ist, weiterzufahren.«

»Welche Wahl haben wir?« fragte Naitachal. Seine Stimme war durch die Decke gedämpft. »Ich bin bereits weg. Wir haben den Palast hinter uns. Verfolgt uns jemand?«

Er hörte, wie Lyam sich auf seinem Platz herumdrehte. »Schwer zu sagen. Jemand, der sein Handwerk versteht, ist immer schwer auszumachen. Aber Ihr habt wohl recht, wir können nicht mehr umkehren.«

»Kann ich mich aufrichten?« fragte Naitachal.

»Im Moment«, erwiderte Lyam. Der Barde stand vom Boden auf, setzte sich dem Hauptmann gegenüber auf die Bank und ordnete seine schwarze Kleidung. »Vielleicht sind sie nicht mehr so aufmerksam. Immerhin ist der Prinz im Kerker, und die richtige Suche beschränkt sich auf die Stadt. Wir müssen vorsichtig sein, wenn wir uns dem Tavernenviertel nähern.«

Die Bäume wurden bald durch Ziegelbauten ersetzt, durch Häuser mit Dachziegeln und die Steinmauern größerer Besitze, die alle an der Kutsche vorbeizufliegen schienen.

»Wo versteckt sich Alaire?« fragte Naitachal neugierig. Er hätte gern die Anspannung in seinem Nacken und im Rükken wegmassiert.

Lyam rieb sich nervös eine alte Narbe. »In einer Spelunke namens *Zum Toten Drachen*. Der Besitzer versteckt ihn, weil er ein guter Freund ist und die Krone wegen der hohen Steuern gegen die Tavernen nicht besonders schätzt. Da die

Schergen des Bundes im ganzen Bezirk herumlaufen, ist das der sicherste Platz.«

*Vorausgesetzt, daß die Belohnung ihn nicht in Versuchung führt, etwas von dem Steuergeld wieder hereinzuholen,* dachte Naitachal insgeheim. *Und vorausgesetzt, der Wirt weiß noch nicht, daß sein »Freund und Gönner« mittlerweile im Kerker des Königs schmort.*

## 16. KAPITEL

Alaire erwachte aus einem tiefen, unuhigen Schlaf. Allmählich schwanden die Reste eines verwirrenden und beunruhigenden Traumes, als er sich seiner Umgebung bewußt wurde. Zuerst nahm er die harte Matratze wahr und den modrig-feuchten Geruch des Raumes. Dann bemerkte er die Wärme und Feuchtigkeit der Luft, und schließlich den Schweiß auf seiner Stirn. Er öffnete die Augen und versuchte, etwas zu erkennen. Bis auf das orangene Glühen im Ofen war der Raum dunkel.

Mit einem Ruck richtete Alaire sich auf und stieß sich den Kopf an der Koje über seinem Bett. Der unerwartete Schmerz machte ihn noch wacher und rüttelte sein schlaftrunkenes Hirn auf. *Wo bin ich*? Mehr konnte er nicht denken.

Die unverkennbaren Geräusche einer Spelunke, die durch die Decke drangen, beantworteten diese Frage. *Ich bin unter dem Toten Drachen. Kai hat mich hier versteckt.*

Der Raum hatte keine Fenster, was Alaires Verwirrung noch vergrößerte. Er wußte nicht, wie lange er geschlafen hatte, und ob es Tag oder Nacht war.

*Was ist mit Kai?* dachte er. Plötzlich beschlich ihn der böse Verdacht, daß dem Kronprinzen etwas zugestoßen sein könnte. *Und mein Meister? Naitachal, was machst du gerade?*

Trotz des langen Schlafes fühlte er sich erschöpft. *Der Zauberspruch. Richtig. Ich habe noch nie zuvor tief in mir schlummernde Energien erreicht. Naitachal hat mir von Zauberern erzählt, die zu weit gingen, selbst nach jahrelanger Erfahrung, und sich und ihren eigenen Verstand mit Energien verbrannten, die zu mächtig für sie waren.*

Seine Kopfschmerzen zeigten ihm deutlich, daß er dasselbe getan hatte, nur in einem kleineren Maßstab. *Was hatte ich denn erwartet? Der Zauber hat einen Toten zum Leben erweckt, Haut geheilt und Blut erneuert. Offenbar muß mein Kopf jetzt teuer dafür bezahlen.*

Er mußte den ganzen Tag verschlafen haben und war versucht, den nächsten Tag auch noch durchzuschlafen. Aber irgend etwas sagte ihm, daß es Zeit war, aufzustehen. Irgend etwas lag in der Luft. *Die Schergen des Bundes laufen sicher mittlerweile überall in der Gegend herum*, dachte er. *Ob sie auf die Idee kommen, hier nachzusehen?*

Bis jetzt hatten sie das offensichtlich nicht getan. Die Geräusche von oben, das Scharren der Füße und das laute Singen verrieten, daß die Spelunke geöffnet war und normalen Betrieb hatte. Also mußte es Abend sein. Er tastete unter dem Bett nach seiner Harfe und den anderen Habseligkeiten. *Kai muß gegangen sein, nachdem ich eingeschlafen bin, und Gallen arbeitet sicher oben.* Blieb eine Frage offen: *Was mache ich jetzt?*

Er erinnerte sich an Kais Drängen, die Kleidung so schnell wie möglich zu vernichten, und suchte unter dem Bett nach dem Leinensack. Er ertastete ihn auch sofort und warf den Sack mitsamt der blutigen Kleidung ins Feuer. Dann legte er noch mehr Holz nach. Sekunden später loderte das Feuer hoch auf und zerstörte alle Beweise. Die Wollsachen stanken, als sie verbrannten, aber das mußte er eben ertragen.

Die Flammen schlugen hoch, und dadurch wurde es etwas heller. Alaires Blick fiel auf den grob gezimmerten Eichentisch und das Essen, das darauf stand. *Jedenfalls sorgen sie nicht schlecht für mich.* Obwohl ihn sein Kopf schmerzte, war sein Magen in guter Verfassung und beschwerte sich bitter darüber, wie wenig er in letzter Zeit bekommen hatte. Und dieses Essen hier war nicht schlecht: ein Teller mit Fleisch, Käse und ein Krug warmes Gewürzbier. Es gab auch einen Teekessel und einen Becher mit getrockneten Kräutern sowie eine kurze Notiz, die auf ein Stück Pergament gekritzelt war.

*Alar,*
*Kai sacht, Ihr möcht vielleicht 'nen üblen Kopp ham, wenn Ihr aufwachen tut, und deshalb geb ich Euch 'nen Becher mit Weide.*

*Gallen*

Alaire las den Zettel zweimal, bevor er begriff, was der Wirt ihm sagen wollte. »Ein Gegenmittel für genau das, was ich jetzt habe«, sagte er leise und dankbar zu sich, obwohl das Mittel etwas zweifelhaft klang. Er stellte den Teekessel auf den Ofen. »Weidenrinde?« Er betrachtete den Becher mißtrauisch. »Na ja, im Moment würde ich alles ausprobieren.«

Während Alaire darauf wartete, daß das Wasser kochte, streckte und kratzte er sich. Er fühlte sich schmutzig, nachdem er in seinen Kleidern geschlafen hatte. Ein heißes Bad wäre jetzt genau richtig. Aber das einzige heiße Bad, das er kannte, war im Palast. Genausogut hätte es in Althea sein können.

*Es ist wohl kaum anzunehmen, daß sie mir ein Bad gewähren, wenn ich jetzt in den Palast zurückgehe,* dachte er trübe. *Wie schön wäre es, sich jetzt gründlich einseifen zu können. Oder vielleicht eine Stunde in der Sowna zu verbringen. Das war jedenfalls eine hervorragende Erfindung!*

Auf der Treppe ertönte lautes Klappern, gefolgt von Stimmen und Schritten. Alaire schlug das Herz bis in den Hals hinauf, und jeder Nerv seines Körpers war angespannt.

*Bei allen Göttern! ... Sie haben mich gefunden!*

Er sprang hoch, griff nach seinem Schwert und baute sich im Schatten neben dem Eingang zu seiner kleinen Kammer auf. Es war zwar ein verzweifeltes Unterfangen, aber mehr Möglichkeiten hatte er nicht.

Nach den Schritten zu urteilen mußten es drei Leute sein, die sich schweigend der Kammer näherten. Sein Herz schlug so heftig, als wäre er gerannt.

*Sie kommen näher, immer näher.*

Er wünschte, er hätte nicht mehr Holz in das Feuer geworfen, denn die Flammen loderten hoch auf und spendeten reichlich Licht. Zuviel, um sich zu verstecken. Alaire verbarg sich im Schlagschatten der Betten, während die Eindringlinge immer näher kamen.

Ein schwarzer Schatten betrat den Raum. Nein, kein Schatten ... Der Dunkle Elf.

»*Naitachal?*« sagte Alaire ungläubig. Er hielt das Schwert immer noch in der erhobenen Hand. Seinen Meister hatte er hier wirklich nicht erwartet!

Alaire entspannte sich, bis Lyam das Zimmer betrat. Unwillkürlich umfaßte er den Griff des Schwertes fester, als der Blick des großen Mannes seinem begegnete.

»Lyam steht auf unserer Seite«, sagte der Elf schlicht. »Aber es gibt eine Komplikation.«

»Was denn jetzt noch?« fragte Alaire, obwohl er es eigentlich gar nicht wissen wollte.

»Ich gehe wieder nach oben«, meinte Gallen, der dritte im Bunde. »Denkt an den Tee, er wird Eure Kopfschmerzen rasch vertreiben. Ich gebe Euch Nachricht, wenn die Kerle nicht mehr herumschnüffeln. Je schneller Ihr hier verschwindet, desto besser für uns alle!« Der Wirt stieg die Treppe wieder hinauf und schloß die Tür.

»Wir können sowieso nicht sofort weg«, sagte Lyam und setzte sich auf den Rand einer Koje. Er sah erschöpft aus. »Oben schnüffeln ein paar Schergen herum. Es ist zwar wahrscheinlicher, daß sie nur auf ein paar freie Getränke aus sind, aber wir können das Risiko nicht eingehen, daß sie uns erblicken.«

»Schergen?« fragte Alaire beunruhigt und sah sich hastig um, als erwarte er, daß jeden Moment ein Scherge hereinkam.

Naitachal lachte leise, während er Alaire mit einer Geste bedeutete, sich hinzusetzen. Dann untersuchte er ihn, zuerst die Augen, dann die Stirn und die Kopfhaut. »Nette Beule, noch nicht lange her.« Er betrachtete die Koje über dem Bett, auf dem Lyam saß. »Wußtest du nach dem Aufwachen nicht mehr, wo du warst? Hast du dich zu schnell aufgerichtet?«

»Das könnt Ihr nur anhand der Beule feststellen?« antwortete Alaire ein bißchen verdrossen. »Ihr hättet am Hof Schicksale aus Beulen lesen sollen. Das wäre sicher sehr amüsant gewesen.«

Naitachal schien sich jedoch nicht über das Verhalten des Bardlings zu ärgern. »Schlechte Laune auch noch. Du mußt ziemliche Kopfschmerzen haben in Anbetracht des Zaubers, den du beschworen hast.«

Das klang fast wie eine Beschuldigung. Na ja, hätte er das nicht getan, was er getan hatte, dann ... wären sie nicht in dieser Lage. »Ich wollte nicht darüber reden«, sagte Alaire. »Aber Kai wäre gestorben, wenn ich es nicht gemacht hätte.«

Naitachal zuckte mit den Schultern. »Daran zweifle ich keine Sekunde. Erzähl es mir, wenn du möchtest. Immerhin hat es Auswirkungen auf deine Fähigkeiten.«

Zögernd erzählte Alaire ihm die ganze Geschichte von dem Mordanschlag, von Kais tödlicher Wunde und der Bardenmagie, die er beschworen hatte. Naitachal hörte schweigend zu und nickte mehrmals, während er das heiße Wasser auf den Becher mit der Weidenrinde goß.

»Tja, das spricht auf jeden Fall für meine Ausbildung«, sagte Naitachal und reichte ihm den Becher mit der dampfenden Flüssigkeit. »Ich hätte dir noch bessere Möglichkeiten gezeigt, dich zu schützen, wenn mir klar gewesen wäre, daß du schon so weit bist. Du hast deinen Verstand einfach allem geöffnet, was auf dich zukam, und deshalb hast du jetzt diese Kopfschmerzen. Ich weiß genau, wie sich das anfühlt. Mein Kopf unterscheidet sich nicht so sehr von dem eines Menschen. Was du tatest, war richtig, Alaire, auch wenn es uns allen Probleme bereitet hat.«

In gewisser Weise machte Naitachals Reaktion die ganze Sache noch schlimmer. »Aber ich habe alles durcheinandergebracht!« klagte Alaire. »Wir sollten hier einen Krieg verhindern. Jetzt habe ich wahrscheinlich einen ausgelöst.«

»Gebt Euch nicht die Schuld daran, Alaire«, sagte Lyam beruhigend. »Sir Jehan hat dafür gesorgt, daß es einen Krieg geben wird, schon bevor Ihr hier eingetroffen seid. Euch trifft keine Schuld. Ihr liefert einfach nur einen passenden Anlaß für etwas, das er ohnehin tun wollte.« Dann erklärte er Sir Jehans Intrigen.

Seine Erklärung warf viele Fragen auf, und eine war Alaire besonders wichtig.

»Was ist mit Kai?« fragte er zögernd. »Sie haben ihn doch erwischt, oder? Was ist passiert, als er zu seinem Vater gegangen ist?«

Hauptmann Lyam antwortete statt Naitachal. Seine Miene und Stimme waren vollkommen ausdruckslos. »Er hat versucht zu erklären, was geschehen ist. Es stand Kais Wort gegen das Sir Jehans. Sein Vater hat ihm natürlich nicht geglaubt. Sie haben ihn in Ketten gelegt und ins Verlies gesteckt. Er wird des Hochverrates angeklagt, weil er zusammen mit Zauberern aus Althea eine Verschwörung gegen seinen Vater angezettelt haben soll.«

»Ins Verlies?« fragte Alaire, der zwischen dem Hauptmann und seinem Lehrer hin- und hersah. »Und jetzt suchen sie mich. Sie wollen mich! Wir können nicht einfach verschwinden und Kai im Kerker zurücklassen!«

»Und was schlägst du statt dessen vor?« wollte Naitachal wissen. »Wir sind selbst nur knapp entkommen. Und das nur, weil Hauptmann Lyam mein Kerkermeister war.«

Alaire schüttelte heftig den Kopf. »Das ist mir egal. Wir müssen zurückgehen. Kai hat mir das Leben gerettet, als er mich hierhergebracht hat.«

»Damit seid ihr quitt, richtig?« bemerkte Naitachal scharfsinnig. »Du hast sein Leben gerettet und dich selbst in Gefahr gebracht, als du Magie einsetztest. Er hat dein Leben gerettet, als er dich hier versteckte. Damit sind die Gewichte meiner Meinung nach ausgeglichen.«

»Wir können nichts tun, Alaire«, bemerkte Lyam traurig. »Sir Jehan ist im Moment zu mächtig. Der König frißt ihm aus der Hand, und nur ein Wunder könnte daran etwas ändern. Wenn Ihr zurückgeht, um Kai zu retten, und dabei scheitern solltet, wißt Ihr, was Euch dann erwartet?«

»Weiß ich«, antwortete Alaire traurig. »Das Gefängnis der Seelen.«

»Und dorthin wollt Ihr gewiß nicht gehen«, sagte Lyam nachdrücklich. »Kais Strafe wird nicht annähernd so schrecklich sein. Glaubt mir, sein Vater wird ihn nicht dem üblichen Schicksal von Verrätern überantworten. Vermutlich wird er ihn enterben und zum Sklaven machen, der unter Paavo dienen muß. Sklaverei ist die übliche Strafe für diejenigen, die man nicht für gerissen genug hält, gefährlich zu sein.« Er hüstelte verlegen. »Jehan wird den König wahrscheinlich dazu drängen. Es wird ihm viel mehr Spaß machen, zuzusehen, wie Kai seine Stiefel wienert, als wie er an einem Seil baumelt.«

Alaire konnte es sich nicht vorstellen.

»Kai wird niemals jemandem anderen dienen als sich selbst«, bemerkte Naitachal. »Ich habe genug von dem Jungen kennengelernt, um das zu vorherzusagen.«

»Aber Ihr irrt Euch«, protestierte Alaire. »Er hat sich geändert. Wirklich! Er ist nicht mehr derselbe. Als ich ihn zurückgeholt habe, hat er gemerkt, wie nahe er dem Tod gewesen war. Das hat wohl etwas bei ihm ausgelöst, wenn ich auch nicht weiß, was.« Er suchte vergeblich nach Worten, mit denen er Kais Veränderung beschreiben wollte.

»Das alles ist hinfällig«, sagte Naitachal. »Wir können nicht zurückkehren. Das hieße, wir drei gegen die Königliche Wache, die Königlichen Zauberer und gegen die Schergen. Wir hätten keine Chance.«

Alaire sank zusammen und vergrub seinen Kopf zwischen den Händen. »Wahrscheinlich habt Ihr recht. Aber wie wollen wir denn hier herauskommen?« Alaire trank den Tee in kleinen Schlucken, und seine Kopfschmerzen ließen erstaunlicherweise sofort nach. »Was wird aus Euch, Hauptmann?«

»Ich gehe mit Euch, junger Mann«, sagte Lyam müde. »Ich habe alle Brücken hinter mir abgebrochen, indem ich Naitachal herbrachte. Sie werden einen Preis auf meinen Kopf aussetzen, sobald sie merken, daß ich fort bin und wen ich mitgenommen habe.« Er kratzte sich nachdenklich das Kinn. »Hoffentlich springen sie nicht zu hart mit dem Knaben um, der Euch bewachen sollte.«

»Ich mache mir mehr Sorgen um Erik«, sagte Naitachal. »Sie wissen, daß er die Kutsche gefahren hat.«

»Ich habe Euch das noch nicht gesagt«, meinte Lyam zögernd. »Er geht ebenfalls mit uns. Wißt Ihr, Erik ist mein Sohn. Auch wenn er Euch eine Geschichte von einem Lehrer und dem Haus Lieslund erzählt hat. Es ist wohl eher das Haus Lyam.« Er lächelte stolz, trotz seiner Sorgen. »Er versteckt die Kutsche im Augenblick auf der anderen Seite des Tavernenbezirks, um die Schergen abzulenken. Wir treffen uns am Hafen.«

Alaire sah überrascht hoch. »Wir fahren mit dem Schiff?«

»Es gibt keinen anderen Ausweg«, erklärte Naitachal. »Ein Händler nimmt uns mit, ein Spinnenwesen, so wie es aussieht. Das Problem ist nur, aufs Schiff zu gelangen. Sir Jehan hat schon den Hafen abgesperrt.«

»Da wir gerade davon reden ... sollten wir nicht lieber machen, daß wir fortkommen?« Lyam stand mit sichtlicher Mühe auf. »Wenn wir zu lange warten, ist mein Rang vielleicht nichts mehr wert. Dann habe ich keinen Rang mehr. Und auch kein Leben.«

Gallen kam keuchend die Treppe hinunter und wischte sich den Schweiß von der Stirn. »Die Schergen scheinen abgezogen zu sein. Aber seid vorsichtig. Sie sind nach Norden gegangen, zum Palast.«

»Gut«, meinte Lyam und lockerte das Schwert in der Scheide. »Wir gehen nach ...«

»Sagt nichts!« rief Gallen und hielt sich die Ohren zu. »Ich will es nicht wissen. Ihr solltet jetzt lieber verschwinden, ihr drei, bevor noch jemand kommt und nach Euch sucht.«

»Ihr sprecht mir aus der Seele«, sagte Naitachal und half dem Bardling auf die Füße. »Bist du fertig?«

Die Bewegung erneuerte Alaires Kopfschmerzen, und er verzog schmerzerfüllt das Gesicht. »So gut es geht«, erwiderte er stöhnend.

Sie schlichen über dunkle, verschwiegene Gassen und mieden die breiten, erleuchteten Straßen. Lyam ging wachsam voran, den Dolch in der Hand, und überprüfte jeden Schatten nach einem möglichen Angreifer. Der Schnee in den Gassen war nur noch grauer Matsch. Alaire hatte sich in der kurzen Zeit, die er in Suinomen war, an das glitschige Zeug gewöhnt, und Naitachal, geschmeidig wie eine Katze, hatte sowieso keine Probleme damit.

Alaire mußte immer noch an Kai denken und daran, was mit ihm geschehen würde. Er glaubte Lyams Geschichte mit der Sklaverei nicht. Trotz der umfassenden Erklärung wußte er, daß es nur eine Erfindung war, damit er – und vielleicht auch Lyam selbst – sich besser fühlte. Viel wahrscheinlicher war unter den gegebenen Umständen, daß der König ihn zum Tode verurteilte. Er zweifelte an Lyams Motiven, ihnen zu helfen. *Irgend etwas springt für Lyam dabei heraus; wir wissen nur noch nicht, was es ist.*

Aber Naitachal hatte immer eine gute Menschenkenntis bewiesen. Er hatte zwar keine große Auswahl unter den Leuten gehabt, die ihm bei der Flucht aus dem Palast geholfen hatten. Aber trotzdem hätte der Dunkle Elfen nicht geduldet, daß Lyam sie begleitete, wenn irgendwelche Zweifel an der Glaubwürdigkeit und der Ehrlichkeit des Hauptmanns bestanden hätten.

*Kai ist zurückgekehrt, um mich von jeder Schuld reinzuwaschen. Statt dessen haben sie ihn verhaftet und werden ihn vermutlich hinrichten. Und ich kann nichts dagegen tun.*

Die Logik sagte ihm, daß es keinen Weg zurück gab. Sie konnten nur mit dem, was sie erfahren hatten, nach Althea zurückreisen. Aber Alaire verlangsamte automatisch seinen Schritt, wenn er an den Kronprinzen und dessen Schicksal dachte. Es war, als zöge ihn der Palast magisch an. *Wenn ich doch Naitachal erklären könnte, wie ich darüber denke ... Sicher kann ich etwas tun, um ihm zu helfen! Immerhin bin ich nicht der, für den sie mich halten. Mein Vater ist der König von Althea. Wenn ich genau darüber nachdenke, ist Naitachal eigentlich mein Untergebener, nicht umgekehrt. Wenn es wirklich dazu käme, wenn ich darauf beharre und auf meine königliche Herkunft poche, würde er dann nachgeben und mir helfen, Kai zu retten?*

Alaire tat es nicht gern, und es fiel ihm auch nicht leicht. Er beobachtete Naitachal verstohlen, als sie durch die Gassen gingen. Die Miene des Dunklen Elfen verriet, daß er nur an eines dachte: nach Hause zu gelangen.

*Das wird nicht klappen,* dachte Alaire. *Ich habe noch nie meine Bedeutung ihm gegenüber ausgespielt. Tue ich es jetzt, könnte das eine Kluft zwischen uns aufreißen, die sich niemals wieder schließt. Wenn wir nach Althea zurückkehren, werde ich noch mit ihm zusammenleben müssen. Oder einen anderen Barden als Lehrer finden. Klar. Leider wachsen Bardenmeister nicht gerade auf Bäumen, und wer würde mich schon nehmen, nachdem ich mich so über Naitachal hinweggesetzt habe? Keiner.*

Das Geflecht der Gassen führte sie aus dem Tavernenbezirk in eine Wohngegend, in der einfache Leute lebten. Es war eindeutig ein ärmerer Teil der Stadt. In den Gossen floß Abwasser, auf der Straße türmte sich der Abfall, und große, hungrige Ratten liefen überall herum. Hier erregten sie kein Aufsehen. Eine Bande Jugendlicher, die sich als Halbstarke aufführten, rief ihnen Beleidigungen zu, griff sie aber nicht wirklich an. Lyam ignorierte sie und lachte, als sie außer Hörweite waren. »Da hätte ich vor dreißig Jahren dabei sein können«, sagte er und schüttelte nachdenklich seinen Kopf.

Der Seegeruch wurde stärker, und Alaire wußte, daß sie sich der Bucht näherten. Lyam hielt eine Hand hoch. Das signalisierte Gefahr. Ohne ein Wort zu verlieren, gingen die drei in einem ausgebrannten Haus in Deckung. Kaum hatten sie sich hinter einer eisbedeckten, baufälligen Mauer geduckt, trotteten zwei Berittene auf Dieren nur wenige Schritte an ihnen vorbei.

*Schergen.* Diese Uniformen konnte man nicht verwechseln.

Die beiden hielten ihre Tiere an und sahen sich um. Es war ein größerer, älterer und ein junger Mann, vielleicht ein Rekrut. Naitachal, Alaire und Lyam kauerten sich noch enger an die Mauer und verhielten sich mucksmäuschenstill. Ihr Versteck war nicht besonders gut. Wenn die Schergen genau hinsahen, würden sie vermutlich erkennen, daß da jemand hockte.

Lyams linker Fuß rutschte weg. Um nicht zu fallen, verlagerte er das Gewicht auf den anderen. Dadurch zog er ihn unabsichtlich aus dem Schlamm. Das schmatzende Geräusch war furchtbar laut in der stillen Nachtluft. Alaire zuckte zusammen und umklammerte den Griff seines Schwertes so fest, daß es schon wehtat.

Aber die Schergen achteten nicht darauf. Offenbar erwarteten sie hier solche Geräusche. Einige Augenblicke später ritten sie weiter.

Kaum waren sie außer Sicht, bedeutete Lyam Alaire und Naitachal, näherzukommen. Sie steckten ihre Köpfe zusammen, so daß ihre Atemwolken fast aussahen wie die eines einzelnen Mannes. »Wir sind nicht mehr weit von den Docks entfernt. Meine Männer stehen näher an den Piers. Sie werden Euch nicht erkennen. Wohl aber die Schergen, falls sie zufällig zurückkommen. Seid darauf vorbereitet, schnell in Deckung zu gehen.« Er sah sich prüfend auf der Straße um und verkündete, die Luft sei rein.

Vor den Piers lagen einige Seemannskneipen, aus denen heftiger Lärm drang. Die Leute dort wußten nichts von der Krise im Palast, und selbst wenn sie etwas davon gehört hätten, würde es sie nicht interessieren. Es sei denn, der König da oben hätte etwas getan, das sie direkt betraf. *Vielleicht sind die Seeleute der Spinnenwesen auch da*, dachte Alaire. Wenn ich aufpasse, kann ich vielleicht ihren Akzent hören.

Aber der Hauptmann ging nicht zu den Kneipen. Lyam führte sie daran vorbei zum Rand einer Pier. Es war eine lange Mauer vor einem felsigen Strand. Buhnen erstreckten sich davor weit ins Meer. Alaire erstarrte, als er die drei Königlichen Wachen am Ende der Pier stehen sah.

Doch dann begriff er, daß drei Männer nicht ausreichten, um das Gelände effektiv zu kontrollieren. Jedenfalls nicht, wenn sie Flüchtige jagten. *Verstehen die das unter Abriegeln?* dachte Alaire. Er hatte Legionen der Königlichen Wache erwartet, die auf den Straßen patroullierten. Statt dessen standen da nur drei Soldaten, von denen einer auch noch fast schlief. *Um so besser für uns.* Zum ersten Mal schöpfte er Hoffnung, daß Lyams Fluchtplan klappen könnte.

Der Hauptmann führte sie direkt auf die Pier, als begleite er eine Gruppe Schaulustiger auf einem abendlichen Ausflug. Als die drei Wachposten ihn näherkommen sahen, nahmen sie Haltung an. Der Schläfrige bemühte sich vergeblich, so zu tun, als sei er hellwach.

»Rührt Euch«, befahl der Hauptmann. Die drei Rekruten waren sichtlich nervös. Offenbar hatte Lyam sie bei etwas Verbotenem ertappt: bei einer Pause. »Gab es heute abend irgendwelche Anzeichen für Ärger?«

»Keine, Sir«, antwortete der größte und wohl auch älteste. »Bis jetzt war es ruhig.«

»Tatsächlich«, sagte Lyam nachdenklich. »Mit etwas Glück bleibt es auch so. Die Suche nach dem abtrünnigen Magier hat sich auf den Tavernenbezirk konzentriert. Alle Augenzeugenberichte kommen von dort. Trotzdem bleibt ihr bis auf weiteres auf dem Posten. Wir inspizieren die Docks.«

»Jawohl, Sir«, sagten die Soldaten unisono. Lyam und sein Trupp marschierten ungehindert weiter. So einfach war das.

Im Licht des Vollmonds sah Alaire viele Reihen dunkler, regloser Schiffe, die an den hölzernen Piers vertäut lagen. Die Besatzungen befanden sich offenbar unter Deck oder in den Kneipen. *Es muß schon später sein, als ich gedacht habe*

»Erik sollte längst hier sein«, sagte Lyam besorgt. Im gleichen Moment sprang eine kleine Gestalt aus einem Schatten neben ihnen.

Erik lächelte sie fröhlich an. »Da bin ich, Vater«, sagte er mit seiner hohen Stimme. »Das Schiff der Arachnien liegt ganz am Ende. Es ist ein Schoner mit einer hölzernen Lady am Bug.«

Sein Vater lächelte. »Gut. Gehen wir, meine Herren?«

Alaire hätte eigentlich froh sein müssen, aber irgend etwas hielt ihn von diesem Gefühl ab. Teilweise, weil Kai dem Untergang geweiht war …

Aber ihn bedrückte auch das unangenehme Gefühl, daß irgend etwas bei dieser Flucht nicht stimmte, daß Lyam etwas übersehen hatte. Das Dock wirkte im Mondlicht unglaublich lang, aber die See war ruhig, und es wehte nur ein mildes Lüftchen. Das Wasser klatschte leise gegen die Holzbohlen.

Alaire warf im hellen Mondlicht einen Blick auf Naitachal. Der Barde umklammerte mit grimmiger Miene seine Harfe. Ihre Blicke kreuzten sich kurz, und Alaire wußte, daß auch sein Meister etwas von einem drohenden Verhängnis spürte. Alaire tastete unter seinem Umhang nach dem Griff des Schwertes. Er war immer noch warm.

Naitachal blieb plötzlich stehen. Lyam warf ihm einen fragenden Blick zu. Alaire wartete ebenfalls, drehte sich um und wollte sehen, ob ihnen jemand folgte.

»Was ist los?« flüsterte der Hauptmann. »Habt Ihr etwas gehört?«

»Es ist nicht richtig«, erwiderte Naitachal ebenfalls flüsternd.

»Was ist nicht richtig?« wollte Lyam ungeduldig wissen.

Naitachal schüttelte den Kopf. »Das weiß ich nicht. Irgend etwas fehlt hier. Es ist nur … ein starkes Gefühl, daß etwas nicht richtig ins Bild paßt.«

Lyam runzelte die Stirn und sah sich auf dem Dock um, musterte das Schiff und wandte sich dann wieder Naitachal zu. »Soll ich gehen und das Schiff kontrollieren?«

Erneut schüttelte der Dunkle Elf den Kopf. »Nein. Bleibt stehen und seid ganz ruhig.«

Die vier standen absolut ruhig da. Alaire musterte die Schiffe. Sie schienen alle verlassen und leer zu sei.

Hauptmann Lyam war ungeduldig. »Ich höre nichts«, sagte er. »Unser Schiff liegt dahinten. Wir sollten sofort an Bord gehen.«

*Es gibt kein Geräusch. Das ist das Problem,* sagte sich Alaire plötzlich. Man sollte hören, wie die Seeleute Karten spielten, wie sie tranken, oder zumindest sollte eine Wache an Deck zu sehen sein. Aber alle Schiffe waren leer. Kein einziger Seemann war zu sehen. Selbst die Lampen für die Nachtwache waren aus. *Nichts. Gar nichts.*

Von einem der Schiffe ertönte ein unheilvolles Lachen. Die drei zogen ihre Schwerter gegen einen Feind, der sich noch nicht gezeigt hatte.

»Habt Ihr wirklich geglaubt, Ihr könntet so einfach hier wegsegeln?« ertönte die unverwechselbare Stimme von Sir Jehan.

Einen Augenblick später trat der Adlige aus dem Schatten des nächstgelegenen Schiffes. Er war allein. »Ah, wie ich sehe, habt Ihr mir einen Gefallen erwiesen und unseren jungen Zauberer gefunden, Hauptmann Lyam. Habt Ihr Euch entschieden, den Verräter zu spielen?«

Lyam wich nicht zurück. Seine Miene war eine Maske kalten Ärgers. »Habt Ihr geglaubt, ihr könntet den König in einen Krieg gegen Althea manövrieren, ohne daß jemand das merkt?«

Sir Jehan antwortete nicht sofort. Er schien einen Moment unsicher und nachdenklich. Die Entgegnung mußte ihn überrascht haben, weil er einige Zeit brauchte, bis er seine Fassung wiederfand.

»Nun, das letzte, was ich will, ist ein Krieg mit Althea«, sagte er und verbeugte sich spöttisch vor Naitachal. »Aber wir haben dem Botschafter klargemacht, daß wir jeden Versuch, das Königreich zu verlassen, als kriegerischen Akt betrachten. Und ich nehme an, daß der Botschafter genau das gerade vorhat.«

»Und betrachtet Ihr die Gefangennahme eines Botschafters nicht als kriegerischen Akt?« sagte Naitachal gelassen.

Jehan zuckte mit den Schultern. »Das war nur eine Formalität, bis wir die Sachlage geklärt hatten. Ihr habt einen großen Fehler begangen, als Ihr den Palast verlassen habt, Botschafter. Dadurch habt Ihr Euch selbst in diese traurige Staatsaffäre verwickelt.«

»Das ist nicht seine Schuld«, sagte Lyam. »Ich habe ihn davon überzeugt, daß sein Leben in Gefahr ist. Aus reinem Eigennutz, wie ich Euch versichere.« Alaire unterdrückte seine Überraschung. Der Hauptmann versuchte tatsächlich, sie zu schützen!

Jehan schüttelte mit gespielter Trauer den Kopf. »Ich wünschte, ich könnte das glauben. Ehrlich. Ihr habt aber ganz eindeutig den König verraten. Der Botschafter ist für sein Verhalten selbst verantwortlich. Und Ihr, Lyam, Ihr habt keine Stellung und keine Freunde mehr bei Hofe, die Euch schützen könnten. Ihr werdet dafür hängen.«

Alaire suchte das Dock nach Jehans Männern ab. *Keiner zu sehen. Wenn er jetzt loslief ...*

Sir Jehan sprach weiter. Sein Ton und seine Haltung waren vollkommen lässig, als diskutierten sie bei einer Tasse Tee das Wetter. »Ich muß zugeben, Hauptmann, daß Ihr dem Königreich einen großen Gefallen erwiesen habt, indem Ihr sowohl den Botschafter als auch seinen verbrecherischen Diener aufgetrieben habt. Das erspart uns viel Zeit. Wenn Ihr jetzt so freundlich wäret, die Waffen fallenzulassen, dann könnten meine Männer Euch zurück zum Palast bringen.«

»Wohl kaum«, erwiderte Lyam und flüsterte seinem Sohn etwas zu. Der lief davon und sprang geräuschlos über den Rand des Docks.

»Wo sind seine Männer?« fragte Lyam leise. Alaire suchte sie ebenfalls. Sir Jehan hatte doch wohl nicht vor, sie ganz allein zu verhaften, oder?

Hinter ihnen tauchten zwei Soldaten der Königlichen Wache aus dem Laderaum des Schiffes auf, dann noch zwei aus dem Bauch des Schiffes, auf dem Sir Jehan stand.

»Ihr macht die Sache nur schwieriger für Euch«, sagte Sir Jehan gleichgültig. Er wandte sich an seine Männer und deutete auf die drei. »Nehmt sie fest«, sagte er. »Aber tötet sie nicht.«

Die beiden auf Lyams Seite sprangen vor, und der Hauptmann hielt sie in Atem, mit Leichtigkeit. Alaire kümmerte um den, der sich auf ihn stürzte, und überraschte ihn mit seiner schnellen Verteidigung. Die Schwerter klirrten laut und funkelten im Mondlicht. Alaire wußte, daß er nichts zu verlieren hatte, und ging Risiken ein, die er normalerweise vermieden hätte. Der Mann, mit dem er kämpfte, schätzte sein Leben sicher, und er hatte den eindeutigen Befehl, sein, Alaires, Leben zu schonen. Diese Situation nutzte der Bardling weidlich aus. Er lachte unbekümmert auf, als ihn eine seltsame Erregung ergriff. Das verwirrte seinen Gegner beträchtlich.

Alaire stieß einmal, zweimal zu und gab sich jedesmal dabei eine Blöße. Doch es gelang ihm, den Lederpanzer am Arm seines Gegners aufzuschlitzen. Das Stück fiel herunter, und Alaire stieß ohne Überlegung zu.

Blut spritzte, und der verwundete Mann mußte sein Schwert fallenlassen. Alaires erster Instinkt war, den Mann zu töten …

*Nein! Nicht noch ein Toter!* Statt dessen erreichte er mit zwei Schritten den Verwundeten und beförderte ihn mit einem Tritt über den Rand des Docks. Es klatschte befriedigend, als der Mann mit einem Schrei ins Wasser fiel.

Alaire drehte sich um und stellte fest, daß andere bereits seine Stelle eingenommen hatten. Es waren Dutzende, die wie hungrige Ameisen aus den Schiffen quollen. Das schmale Dock machte es unmöglich, daß zu viele gleichzeitig heranstürmen konnten, und er kämpfte gegen jeden einzelnen, der in seine Reichweite kam.

Es war ein aussichtsloser Kampf, kein Zweifel. Alaires Energie ließ rasch nach, und er empfand auch keine Freude am Kampf mehr. *Soll ich jetzt sterben, oder in dieses dreimal verfluchte Gefängnis der Seelen gehen?*

Der erste Impuls war, sofort zu sterben, einen sauberen Tod und kein langsames Dahinsiechen, gefangen in den Fesseln der Zauberei. Er schwang heftig sein Schwert, ließ seinen Bauch ungedeckt und holte zu einem neuen Schwung gegen die drei Wachen aus. Sie sprangen alle zurück.

Dabei stießen sie gegeneinander, wodurch sich eine Lücke zwischen zweien von ihnen auftat.

Alaire nutzte den Moment und schoß mit einem wilden Kriegsgeschrei zwischen ihnen hindurch.

Doch bevor er den Rand des Docks erreicht hatte, tauchten vier weitere Krieger vor ihm auf. Sie trugen Schilde, so daß der Wirbel mit dem Schwert ihm hier nichts nützte. Hinter ihnen standen noch drei, die mit angelegter Armbrust auf seine Brust zielten.

*Warte, bis deine Chancen günstiger stehen,* drängte ihn eine innere Stimme. *Niemand gewinnt, indem er stirbt.* Er sah sich hastig um und suchte nach einer Fluchtmöglichkeit. Aber es gab keine.

Unvermittelt verließ ihn seine Kraft, und er gab sich geschlagen. Er warf sein Schwert auf das Dock, wo es mit einem dumpfen Knall landete.

Vier Hände packten ihn von hinten, und eine hielt ihm einen Dolch an die Kehle. Das Metall drückte gegen seine Luftröhre. Falls er eine heftige Bewegung machte, würde es eine Hauptarterie zerschneiden. Im Augenblick überwog der Wunsch zu leben seine Angst vor der Gruft.

Er ließ die Arme an die Seite sinken und bewegte sich nicht.

Man packte seine Handgelenke und bog ihm die die Arme auf den Rücken. Dann wurden ihm Ketten angelegt, und die Krieger zerrten ihn auf das Dock, in Richtung zu Naitachal. Lyam war nirgendwo zu sehen. Vier Königliche Wachen griffen den Dunklen Elfen gleichzeitig an, doch der parierte in rasender Geschwindigkeit ihre Angriffe, ohne Anstalten zu machen, zurückzuweichen.

»Es ist sinnlos, Widerstand zu leisten«, sagte Sir Jehan gedehnt von seinem sicheren Ort auf dem Schiff. »Seht, wir haben Euren Sekretär gefangen. Gebt auf, solange er noch lebt.«

Am anderen Ende erschienen noch mehr Königliche Wachen, bewaffnet mit Schwertern und Armbrüsten. Sie griffen Naitachal an.

Als der Elf sah, was da auf ihn zukam, hob er die Hände und schloß die Augen.

Die Wächter sahen das und erstarrten. Sie waren verwirrt und hatten Angst. Anscheinend wußten sie, was ein Dunkler Elf war. Alaire wehrte sich gegen das kalte Metall an seiner Kehle, doch eine Hand legte sich über seinen Mund.

*Er beschwört Bardenmagie*, dachte Alaire. Er wußte, daß Naitachal gut genug war, um das auch ohne ein Instrument zu können. Ihm war es nicht in den Sinn gekommen, bevor sie seine Hände gebunden hatten. Er brauchte Zeit und ungestörte Konzentration, um irgendeinen machtvollen Zauber zu beschwören. Und beides hatte er nicht gehabt, als die Wachen ihn angriffen. Das Instrument hing immer noch auf seinem Rücken, doch jetzt konnte er es nicht mehr benutzen.

Die drei, die Alaire festhielten, schoben ihn weiter auf den Elfen zu. Das Messer stach schmerzhaft in seinen Hals, und ein warmes Tröpfeln sagte ihm, daß sein Blut floß.

*Diese Idioten werden mich noch versehentlich umbringen, wenn sie nicht aufpassen!* dachte er und hätte am liebsten laut geschrien. *Was hat Naitachal vor? Welchen Zauber will er beschwören, um uns aus dieser Lage zu befreien?*

Aber noch hatte er den Zauber nicht ausgesprochen, ja, er hatte nicht einmal eine einzige Note gesungen.

Sir Jehan schien aber ebenfalls zu erkennen, was der Dunkle Elf vorhatte. »Hört damit auf! Legt die Hände auf den Kopf. Oder Euer Diener stirbt direkt hier auf dem Dock!«

Naitachal bewegte sich nicht. Er hatte die Augen geschlossen und war ganz in seine Konzentration versunken. Die Luft um ihn herum begann zu summen.

»Hört auf, Schwarzer Magier!« brüllte Jehan.

Naitachals Augen öffneten sich gerade lange genug, um Messer an Alaires Hals zu erkennen. Der Elf hielt inne. Seine schwarze Hand hatte kaum angefangen zu glühen.

»Ruhig noch einmal«, sagte Sir Jehan selbstgefällig. »Macht nur und beschwört einen Zauber. Brecht unsere Gesetze! Es würde mir nur einen Grund geben, Euch zusammen mit Alaire in das Gefängnis der Seelen zu werfen!«

Alaire biß seinem Peiniger in die Hand. Als der Mann die Hand einen Augenblick wegzog, schrie er: »Nein! Tut das nicht, Meister!« Der Messer stach noch tiefer in seinen Hals, und mehr Blut strömte die Kehle hinunter. Dann preßte sich wieder die Hand über seinen Mund.

Die Wachen umringten den Dunklen Elfen und zielten genau auf seine Brust. Alaire hörte einen kurzen Kampf und dann das Klirren von Ketten. Dann führten sie Alaire das Dock hinunter zu einem einfachen Karren. In dessen Boden waren eiserne Ringe eingelassen. Die Männer drückten Alaire zu Boden und befestigten seine Handfesseln kettenrasselnd an den Ringen. Alaire sah hoch und sah Soren, den fetten Hexenmeister, der einen kleinen Holzwürfel hielt.

*Dieser machtlose Tölpel kann mich nicht einmal mit einem Zauber bannen. Selbst dafür braucht er Fesseln!*

Eine kurze Diskussion auf Suinomenisch folgte. Soren stieg auf den Wagen und stand direkt über Alaire. In dessen Schädel explodierte plötzlich ein strahlendes Licht; ein stechender Schmerz durchzuckte ihn, und er verlor das Bewußtsein.

## 17. KAPITEL

*»Hört auf, Schwarzer Magier!«* schrie Sir Jehan den Dunklen Elfen an.

Naitachal wollte den Befehl instinktiv mißachten, vor allem, weil er sich darauf konzentrierte, seine Magie zu beschwören. *Warum sollte ich?* dachte er. Er war hin- und hergerissen; einerseits wollte er dem Ruf folgen, andererseits Sir Jehan und seine Männer mit seiner Bardenmacht ins Meer fegen.

Aber sie waren in Suinomen, und sie waren Abtrünnige, und sowohl er als auch Alaire befanden sich in höchster

Gefahr. Er öffnete die Augen und sah, daß die Königlichen Wachen Alaire festhielten und ihm einen Dolch an die Kehle setzten.

Sie hatten den Jungen. Das Spiel war aus.

Er akzeptierte verzweifelt und resigniert das Schicksal, das Sir Jehan ihnen zugedacht hatte. Es gab keine Möglichkeit, rechtzeitig genug Macht zu beschwören, um sie zu retten, nicht einmal Bardenmagie. Es sah so aus, als hätte sie den Jungen bereits erwischt.

Aber er ließ die Harfe nicht fallen, sondern stellte sie vorsichtig zu Boden, damit sie keinen Kratzer bekam, und richtete sich schweigend auf.

Die Wächter umschwärmten ihn. Diejenigen, die nicht ihre Armbrüste auf ihn gerichtet hatten, fesselten ihn an Händen und Füßen und führten ihn zu Sir Jehan. Einer nahm seine Harfe auf und hielt sie vorsichtig von sich ab. Er schien zu fürchten, daß sie in seinen Händen von allein zum Leben erwachen könnte.

Naitachal stand ruhig vor Sir Jehan, der auf dem Schiff geblieben war. Er vermied den Blick des Dunklen Elfen und warf einem seiner Leute ein Tuch zu. »Verbindet ihm die Augen«, sagte er nur.

Naitachal sagte nichts, als sie ihm das Tuch über die Augen schoben. *Ich muß mit dem König sprechen. Ich habe keine Magie benutzt, obwohl es offensichtlich ist, daß Alaire es getan hat. Vielleicht stehe ich ja doch noch irgendwie unter diplomatischer Immunität …*

Die Wächter schoben ihn weiter. Vor ihm ertönte das Rumpeln eines Wagens oder Karrens, gefolgt vom Quietschen einer Eisentür. Sie warfen ihn in das Gefährt hinein, und er landete auf einem blanken, kalten Eisenboden. Naitachal spürte, daß noch jemand in dem Gefährt war. Hinter ihm wurde die Tür zugeschlagen, und ein Schlüssel drehte sich knarrend in einem Schloß.

Der Wagen fuhr ruckend an, während der Elf sich bemühte, sich aufzusetzen. Starke Hände halfen ihm, und als er an der Wand lehnte, zog ihm jemand die Binde von den Augen.

»Lyam«, flüsterte Naitachal. Selbst in der Dunkelheit ihres fahrenden Gefängnisses erkannte er die Umrisse seines Gesichts. An drei Seiten hatte der Wagen kleine Fenster, die sowohl Mondlicht als auch Kälte hereinließen.

»Sie bringen Alaire in einem anderen Wagen fort«, sagte Lyam trübselig. »Jetzt haben ihn die Schergen. Ich glaube, mein Sohn konnte entkommen, bevor die Soldaten ihn erwischten. Jedenfalls hoffe ich das sehr.« Lyam blickte den Dunklen Elfen entschuldigend an. »Es tut mir leid, daß ich Euch in eine solche Lage gebracht habe. Ich hatte keine Ahnung, daß Sir Jehan so gerissen ist.«

»Ich auch nicht«, antwortete Naitachal. »Ich muß zugeben, daß uns die Möglichkeiten ausgegangen sind. Aber solange ich atme, ist noch nicht alles verloren.«

Lyam warf ihm einen ungläubigen Blick zu. »Nein?« Er klang erschöpft und fuhr sich mit der Hand durch sein zerzaustes Haar. Seine Ketten klirrten laut. »Was könnten wir denn noch tun?«

Naitachal sah aus dem rückwärtigen Fenster. Etwa hundert berittene Königliche Wachen auf Dieren folgten unmittelbar hinter dem Wagen. Es war ein wabernder, dröhnender Schatten, der die Straße bedeckte. »Es wäre wohl nicht sehr wirkungsvoll, das Schloß zu öffnen«, sagte er.

»Nein«, pflichtete Lyam ihm bei. »Ich fürchte, das könnte jemandem auffallen.«

*Eine amüsante Situation, wenn uns nicht der Tod drohte.* »Ich finde es merkwürdig, daß sie uns gefesselt, aber nirgendwo angekettet haben.«

»Sie wissen, daß wir damit nicht weit kommen«, erklärte Lyam. »Ich hatte keine Ahnung, wie schwer diese Ketten sind«, fügte er hinzu und hob sie mit Mühe an. »Was sagtet Ihr gerade? Habt Ihr von Möglichkeiten gesprochen?«

»Ich bin immer noch der Botschafter von Althea«, sagte Naitachal eigensinnig. »Das muß doch für etwas gut sein.«

Lyam starrte ihn mit undurchdringlicher Miene an. Dann lächelte er, und zum Schluß lachte er schallend. »Ach, seid Ihr das?« stieß er hervor, während er nach Luft schnappte.

»Ihr seid soeben gefangengenommen und in Ketten gelegt worden. Glaubt Ihr wirklich, daß es noch von Bedeutung ist, welches offizielle Amt Ihr in Althea bekleidet? In Suinomen seid Ihr jedenfalls ein Gefangener. Und darüber hinaus auch noch ein nicht-menschlicher.«

»Und welche Rolle spielt das Nicht-Menschliche hierbei?«

Lyam wurde ernst. »Heutzutage bedeutet es gewöhnlich den sofortigen Tod. Elfen, Feen, Zwerge, Spinnenwesen, alles, was nicht menschlich ist, wird nicht nur gefangengenommen. Normalerweise werden sie ›auf der Flucht getötet‹, wie die offizielle Sprachregelung lautet. Daß sie Euch nicht gleich ermordet haben, ist schon ein gutes Zeichen.«

Naitachal lehnte sich gegen eine Seite des Wagens und versuchte, nachzudenken. »Also, was glaubt Ihr, wird jetzt geschehen? Irgendwelche Vermutungen?«

»Na ja, für den Anfang ist Alaire zweifellos unterwegs ins Gefängnis der Seelen.« Er kratzte sich nachdenklich das Kinn. »Er wurde bereits in Abwesenheit angeklagt und verurteilt. Mal sehen; ich werde vermutlich hingerichtet. Die bevorzugte Methode ist Hängen, obwohl Sir Jehan in Anbetracht der Umstände vielleicht etwas ... sagen wir ... Intimeres im Verlies arrangiert. Das hängt davon ab, wie Seine Majestät gelaunt sind. Und was Kai angeht ... Ich bezweifle, daß er noch am Leben ist. Vermutlich wurde er schon hingerichtet.«

Naitachal war von der Offenheit verblüfft, mit der der Hauptmann über ihren drohenden Tod sprach. Andererseits war dem Mann der Tod nicht fremd.

»Und Euer Sohn?« fragte der Elf.

»Keiner im Palast weiß, daß er mein Sohn ist. Für sie ist er nur ein einfacher Dienstbote.« Er drehte sich um und sah Naitachal drohend an. »Solltet Ihr es ihnen erzählen, oder sollte diese Information aus Versehen über Eure schwarzen Lippen kommen, dann bringe ich Euch eigenhändig um!«

Naitachal zuckte nur mit den Schultern. Er wollte diese Bemerkung nicht als Beleidigung verstehen. »Ich meinte, wie könnte er uns helfen?«

»Helfen? Gegen die Königliche Wache oder die Schergen?« Lyam lachte kurz und humorlos auf. »Nicht viel, fürchte ich. Er ist erst dreizehn. Und wir fahren in einen ziemlich gesicherten Ort ein. Aber der Junge hat mich schon früher überrascht. Vielleicht schafft er es ja diesmal wieder.«

Sie schwiegen eine Weile, während es in dem Wagen immer kälter wurde. Der Elf fror bis auf die Knochen. »Das Gefängnis der Seelen. Ist es jemals jemandem gelungen, den Bann zu brechen?«

»Den Einkerkerungszauber?« fragte Lyam und dachte kurz nach. »Man kann ihn nicht brechen. Nicht, bevor er abgelaufen ist. Man hat es versucht, glaubt mir.«

»Auch mit *Bardenmagie*?« konterte Naitachal.

Lyam erwog das sorgfältig, bevor er antwortete. »Meines Wissens nach hat das niemals jemand versucht. Allerdings sind in Suinomen keine Barden gestattet. Man weist sie schon an der Grenze ab.«

*Diesmal nicht. Vielleicht haben wir die Chance, es mit Bardenmagie zu versuchen*, dachte Naitachal und sah einen Hofffnungsschimmer am Horizont. *Keiner weiß, daß wir Barden sind. Sie halten mich für einen Geisterbeschwörer und Alaire für meinen Schüler. Ihr Bann ist vielleicht nicht auf unsere Macht vorbereitet. Alaire hat die Magie schon einmal beschworen, als er Kai wieder zum Leben erweckt hat. Kann er es noch einmal tun, um seine eigene Haut zu retten?*

*Oder kann ich es?*

Naitachal und Lyam wurden von Bewaffneten in ihre neuen Gemächer im Verlies des Palastes eskortiert. Der Elf hatte schmutzigen Erdboden erwartet, aber die Böden bestanden aus vermörtelten Steinen, und die Räume hatten keine Möblierung. In der Mitte ihrer Zelle war ein großer eiserner Ring eingelassen, an dem ihre Ketten befestigt wurden. Einer der Wachtposten verkürzte Naitachals Kette, damit er seine Hände nicht frei bewegen konnte. Das war schade, denn die Schlösser wären sehr einfach zu knacken gewesen, wenn man ihm die Arme nicht so fest nach hinten gebunden hätte. *Aber vielleicht kann ich trotzdem etwas erreichen.*

Die Zellen des Verlieses waren in einem Halbkreis errichtet. Ihnen gegenüber stand ein Tisch, an dem die Wachen saßen. Naitachal zählte vier Posten. Ein fünfter ging unmittelbar nach ihrer Ankunft auf Streife. Sie legten Lyam in die Zelle gegenüber und fesselten ihn ebenfalls an den Ring im Boden. Der Elf hatte gehofft, sie wären dicht genug zusammen, um sich gegenseitig von den Handschellen befreien zu können, aber das war nicht der Fall.

In der Zelle zwischen ihnen sah Naitachal einen weiteren Gefangenen.

»Prinz!« rief Lyam. »Ihr seid ja noch hier!«

Kai war niedergeschlagen, als er die beiden Neuankömmlinge erkannte. »Aye, ich bin hier, stimmt«, sagte er ausdruckslos. »Da Ihr auch hier seid, hat man wohl auch Alaire gefangen.«

»Leider«, erwiderte Lyam. »Sir Jehan ist uns gefolgt, denke ich. Irgend jemand hat uns verraten. Jedenfalls hat er bei den Docks auf uns gewartet. Wir hatten keine Chance.«

Kai blickte Naitachal an. Offenbar fürchtete er die Antwort auf seine nächste Frage. »Ist Alaire im Gefängnis der Seelen?«

Naitachal wußte nicht, was er sagen sollte. Kai schien mehr am Schicksal des Bardlings interessiert zu sein, als der Elf erwartet hatte. Das überraschte ihn tatsächlich. Die Situation des Prinzen war nicht gerade rosig, aber trotzdem machte er sich um Alaire Gedanken. Kai trat näher an das Gitter und warf einen kurzen Blick auf die Wachen am Tisch. Sie hatten Weinflaschen herausgeholt und spielten Karten. Sie achteten nicht auf ihre Gefangenen.

Naitachal wählte seine Worte sehr sorgfältig. »Man hat mir die Augen verbunden, deshalb weiß ich nicht, was aus ihm geworden ist. Lyam sagt, die Schergen hätten ihn erwischt. Mehr wissen wir nicht.«

»Ihr braucht mich nicht zu schonen. Ich weiß, was ihm passiert ist. Und das ist alles meine Schuld.« Tränen traten ihm in die Augen, und ein Tropfen fiel auf den Steinboden. »Er hat es nur getan, um mein Leben zu retten.«

»Das hat er mir gesagt«, meinte Naitachal schlicht. »Aber Ihr solltet Euch nicht die Schuld dafür geben. So etwas mußte einfach passieren, wenn man die Situation bedenkt, in die wir hier hineingeraten sind. Hätte ich nur einen Bruchteil von dem gewußt, was wir über Sir Jehan und seine Ränke erfahren haben, hätte ich meinem König geraten, jemanden hierherzusenden, der in diesen diplomatischen Intrigen erfahrener ist.« *Vielleicht hätte ich ihn gebeten, einen praktizierenden Geisterbeschwörer zu entsenden, der keinen Augenblick gezögert hätte, diese Leute mit einem einzigen Zauberspruch in Asche zu verwandeln!*

»Ich wünschte, ich hätte früher gehandelt«, sagte Lyam. »Sir Jehan hatte seine Intrige schon in Gang gesetzt, als ich beschloß, etwas dagegen zu unternehmen.«

»Wußtet Ihr etwa, daß so etwas passieren würde?« fragte Kai ungläubig. »Warum habt Ihr es mir dann nicht erzählt?«

»Das habe ich mehrmals versucht«, sagte Lyam leise. »Aber Ihr hattet andere Dinge im Kopf. Damals schient Ihr Euch nicht allzusehr für die Angelegenheiten des Königreiches zu interessieren.«

Niedergeschlagen sah Kai zu Boden. »Ihr habt wohl recht. Ich hatte keine Ahnung, wie egoistisch ich war. Zu sehr damit beschäftigt, mich zu betrinken und mit Frauen herumzualbern. Ich hätte es selbst bemerken müssen! Wie dieser Mann mich manipuliert hat! Ebenso wie er meinen Vater beherrscht. Wenn Vater nur herunterkäme und mir zuhören würde! Aber dafür ist es zu spät!«

Lyam wollte schon widersprechen, doch dann überlegte er es sich anders. »Vielleicht ist es das«, sagte er und ließ resigniert die Schultern sinken.

Ein Wachtposten betrat das Verlies und flüsterte den vier anderen aufgeregt etwas zu. Sofort sammelten sie ihre Karten ein und ließen den Wein verschwinden.

»Was ist da los?« fragte Naitachal. *Vielleicht kommt Sir Jehan herunter, um sich ein bißchen im Triumph zu sonnen. Oder er will mir noch ein paar Informationen über Althea entlocken, bevor er uns alle hinrichtet.*

Zwei Wachposten betraten das Verlies. Ihre schicken Uniformen hätten eher in den Salon des Königs als in einen Kerker gepaßt. Die Männer sahen sich sorgfältig um, bevor sie etwas in Richtung des äußeren Korridors flüsterten. Kai hob den Kopf, gerade noch rechtzeitig, um zu sehen, wie sein Vater das Verlies betrat.

Der Kronprinz sprang auf, und seine Ketten rasselten. Er wollte etwas sagen, aber kein Wort drang aus seinem Mund.

Naitachal stand ebenfalls auf, und Lyam folgte seinem Beispiel.

Keiner sprach ein Wort, während der König sich den Zellen näherte. Seine Schritte widerhallten laut in dem steinernen Verlies.

Dieser Besuch war irgendwie eigentümlich. Die Wachposten schienen von der Anwesenheit des Königs wenig begeistert zu sein, während die Wachen des Königs sie mißtrauisch beobachteten.

*Haben sie uns belauscht? Fangen die Wachen des Königs an zu begreifen, daß etwas nicht stimmt? Merken sie, was Jehan tut?* fragte Naitachal sich hoffnungsvoll.

Der König trat zuerst vor Lyams Zelle. »Sir Jehan hat behauptet, daß Ihr mich mit Hilfe der Palastwache stürzen wolltet«, sagte der König, der ein bißchen verblüfft klang. »Er hat abgestritten, daß man Euch und den Botschafter gefangengenommen hat. Er sagte, Ihr wärt noch auf freiem Fuß. Aber Ihr seid hier.«

König Archenomen sah zu dem Botschafter hinüber. Naitachal verbeugte sich respektvoll, sagte aber nichts.

Der Monarch wandte sich wieder an Lyam. »Was geht hier vor, Hauptmann?«

Lyam räusperte sich. »Wenn ich offen sprechen darf, Eure Majestät. Sir Jehan hat sich verschworen, einen Krieg gegen Althea anzuzetteln. Er hat wahrscheinlich vor, Euch während der Unruhen, die ein solcher Konflikt mit sich bringt, zu stürzen.«

Der König schüttelte verwirrt den Kopf. Naitachal war ebenfalls verblüfft. Es schien zwei Archenomens zu geben, wenn nicht sogar drei. Einer war ein einfältiger Mann, der alles glaubte, was Jehan ihm erzählte. Der andere war ein verängstigtes Kind, das bei jeder Spur von Magie zusammenzuckte. Einer war ein kluger Herrscher, und der andere ein seniler alter Mann, der sich nicht erinnern konnte, was am Tag zuvor geschehen war. Welcher Archenomen war echt? Alle? Oder keiner?

Im Augenblick schien die königliche Kombination Einfaltspinsel/Kleinkind vor ihnen zu stehen. »Aber das ergibt keinen Sinn, Lyam. Er hat doch alles, was er sich wünschen kann.«

»Nein, Eure Majestät«, widersprach Lyam ehrerbietig. »Eines hat er nicht: Euren Thron. Kai hatte ganz recht, als er sagte, die Assassinen sollten ihn und Alaire töten. Ein tödlicher Hieb hat Euren Sohn getroffen. Alaire hat die Magie beschworen, um das Leben des Kronprinzen zu retten. Kai hat nie versucht, eine Armee von Zauberern zu rekrutieren, um Euch zu vernichten. Das waren alles gerissene Geschichten von Sir Jehan. Sie haben an Eure Ängste appelliert und sollten Euch gegen Euren Sohn einnehmen. Ich muß zugeben, daß Prinz Kainemomen in den letzten Monaten sehr verantwortungslos gehandelt hat, aber er ist weit davon entfernt, der Verräter zu sein, den Sir Jehan Euch einreden will.«

Der König trat vor die Zelle seines Sohnes und betrachtete ihn durch die Stäbe. Naitachal schöpfte Hoffnung. Der König blickte intelligenter drein, als er es die letzten Male getan hatte.

Der Barde erinnerte sich daran, daß bestimmte Drogen selbst den weisesten Mann verwirren konnten. Hatte Jehan den König vergiftet?

»Stimmt das, Sohn?« fragte der König leise.

Kai schluckte, aber er sah seinem Vater gerade in die Augen. »Ja, Vater. Sir Jehan ist der Verräter. Seht nur, was er bisher erreicht hat. An einem einzigen Abend hat er einen

Krieg mit Althea unausweichlich gemacht und mich dabei diskreditiert. Ich bin jetzt aus dem Weg.« Seine Stimme sank zu einem Flüstern herab, und er ging so dicht an die Stäbe heran, wie die Ketten es erlaubten. »Wer, glaubst du wohl, ist der nächste?«

Der König sah weg. Die Worte seines Sohnes beunruhigten ihn sichtlich.

Kai redete weiter. »Ich weiß, daß ich kein guter Sohn war. Es tut mir sehr leid, daß ich Euch gedemütigt habe. Das ist unverzeihlich. Aber bitte, gebt mir noch eine Chance. Ihr werdet stolz auf mich sein, das verspreche ich Euch. Ich weiß, daß ich es schaffe!«

Der König sah seinen Sohn liebevoll an. Dann, ganz langsam, verzog sich sein Gesicht zu einem strahlenden Lächeln. »Ich weiß auch, daß du es kannst. Diesmal glaube ich dir. Du riechst jedenfalls nicht nach Bier. Das ist ein Anfang.«

Der König trat von der Zelle zurück und wandte sich an alle drei Gefangenen. »Ich weiß nicht, ob Sir Jehan ein Verräter ist. Aber es scheint so, daß Ihr unter höchst ungesetzlichen Maßnahmen inhaftiert worden seid. Bis wir das geklärt haben, werdet Ihr alle freigelassen.«

Zum Schluß wandte er sich an Naitachal. »Botschafter, diese Sache ist mir über alle Maßen peinlich! Ich hatte keine Ahnung, daß man Euch hier inhaftiert hat! Es war Sir Jehans Idee, Euch innerhalb des Palastes festzusetzen ... nicht meine. Ich habe zugelassen, daß er mich davon überzeugt hat, Ihr würdet einen Krieg gegen uns planen. Ich habe eben erfahren, daß die Information, Althea ziehe an der Grenze zu uns seine Streitkräfte zusammen, falsch ist. Es sieht so aus, als habe Sir Jehan sich die ganze Geschichte ausgedacht. Solange ich König bin, wird es keinen Krieg mit Eurem Königreich geben. Ihr seid frei und könnt gehen, wohin Ihr wollt. Und ich werde dafür sorgen, daß Euer Sekretär sofort begnadigt wird.«

Naitachal verbeugte sich tief und sah dem König ins Gesicht. Ja, sein Blick verriet wieder Verstand. »Ich nehme an, daß Alaire, mein Sekretär, in das Gefängnis der Seelen gebracht worden ist.Ich glaube, er wird gerade eingekerkert, während wir reden.«

Das Gesicht des Königs lief vor Wut rot an. »Und ich wurde nicht davon benachrichtigt?« Er drehte sich zu den Wachen um, die im Flur herumstanden. »Warum hat man mich nicht verständigt? Das ist Gesetz in Suinomen!«

Sie antworteten nicht, sondern sahen den König nur blöde an. Es fehlten ihnen die Worte.

»Laßt die drei augenblicklich frei!« schrie der König. »Bringt sie in meine Gemächer. Wir haben eine Menge zu bereden!«

Angesichts dieses königlichen Zorns hätte Naitachal erwartet, daß die Wachen sofort reagierten. Aber sie wandten nur die Augen ab, und einer schlich auf den Korridor zu.

Der König baute sich vor dem größten Wachposten auf und sah ihm direkt in die Augen. Der Mann hatte eine Höllenangst.

»Laßt diese Männer sofort frei, oder ich werde Euch persönlich die Haut mit einem Buttermesser abziehen!«

Der Mann schluckte und starrte auf seine Stiefel hinunter. »«Das würde ich zu gern tun, Majestät«, sagte er. »Aber wir haben leider keinen Schlüssel. Den hat nur Sir Jehan!«

»Er lügt!« schrie Kai. »Sir Jehan war nie hier unten. Einer von ihnen hat den Schlüssel.«

»Stimmt das?« fragte der König. »Habt Ihr den Schlüssel? Die Gesetze schreiben vor, daß der diensthabende Kerkermeister immer die Schlüssel für alle Zellen haben muß. Wer von Euch hat sie?«

Naitachal hatte das ungute Gefühl, daß sie diese Zellen noch eine ganze Weile nicht verlassen würden. *Welches Spiel spielen sie jetzt mit dem König? Sind sie sicher, daß Sir Jehan die völlige Kontrolle über Suinomen hat, oder stehen sie unter einem Zauber, den Soren und seine Dilettanten gesponnen haben?* Naitachal musterte die Wachen zum ersten Mal aufmerksam. Sie hatten tasächlich leicht glasige Augen, aber das hatten die meisten Einheimischen. Ohne genauere Prüfung konnte er es nicht sagen, und dazu würde es nicht kommen, denn die Schlüssel wurden ja immer noch »vermißt«.

»Ich werde mit Schlüsseln zu diesem schrecklichen Ort zurückkommen«, verkündete der König. »Ich weiß, wo es noch Ersatzschlüssel gibt.«

Bevor er hinausging, warf er den Wachen einen Blick zu. »Ich lasse euch am Leben«, sagte er. »Damit ihr euer Benehmen noch bereuen könnt.« Seine beiden persönlichen Wachen folgten ihm aus dem Verlies in den Gang. Naitachal fragte sich, ob sie den König jemals lebend wiedersehen würden, jetzt, da er wußte, was Sir Jehans wahre Absichten waren. Der Monarch würde bald erfahren, wer loyal war und wer nicht. Und wer die meisten Männer hinter sich brachte, würde gewinnen.

Sobald der König gegangen war, berieten sich die Wachen flüsternd. Danach gingen sie alle fort bis auf einen kleinen, zerbrechlichen Mann. Der blieb an dem Tisch stehen und musterte Naitachal und Lyam nervös.

»Das sieht nicht gut aus«, sagte Lyam. »Diese Männer haben sich schon gegen den König gestellt. Einer von ihnen hatte mit Sicherheit die Schlüssel. Wißt Ihr, Botschafter, wenn Ihr diesen Kerl dahinten ein bißchen mit Eurer Magie ›verzaubert‹, damit wir fliehen können, wird der König Euch sicher nicht anklagen.«

»Gute Idee«, sagte Naitachal und sah den übriggebliebenen Wächter an. »He, Kleiner, komm mal her. ich will mit dir reden.«

»Ihr werdet keinen Höllenzauber auf mich legen!« schrie der und floh. Naitachal hörte, wie seine gehetzten Schritte sich durch den Korridor entfernten.

»Das war's wohl«, sagte Lyam. »Also warten wir auf den König.«

»Oder auf jemand anderen. Mir gefällt die Idee zu warten nicht besonders. Vielleicht kommt der König nicht als erster zurück.« Naitachal dachte lange nach. »Hauptmann, seid Ihr sicher, daß es keinen anderen Weg aus diesen Zellen gibt? Einige Königreiche haben Geheimtüren in ihren Verliesen, falls einmal der König von Feinden in seinen eigenen Kerker gesperrt werden sollte.«

Lyam seufzte. »Das ist eine brillante Idee, aber leider haben wir an solche Notausgänge in unseren Verliesen nicht gedacht. Der Palast ist allerdings tausend Jahre alt. Vielleicht gibt es ...«

Bevor Hauptmann Lyam seine Satz beenden konnte, sah Naitachal einen Neuankömmling im Verlies. Lyam unterbrach sich, als er ihn ebenfalls bemerkte.

»Ihr geht nirgendwohin, ihr Verräter«, sagte Sir Jehan, während er sich den Zellen näherte. Soren war direkt hinter ihm.
Er hielt ein hölzernes Rohr in der Hand.

*Weiß er, daß der König hier war?* dachte Naitachal, als Kai in seine Richtung blickte. Der Dunkle Elf warf ihm einen warnenden Blick zu. *Sagt nichts,* formulierte er lautlos mit den Lippen und hoffte, daß der Junge ihn verstand.

Jehan lächelte. »Mit einer Ausnahme allerdings. Du, Kai. Du wirst deinem Freund jetzt in der Bundeshalle Gesellschaft leisten.«

Soren trat an Naitachals Zelle und hielt das Holzrohr an die Lippen, als wolle er es spielen. Dann stieß er plötzlich die Luft aus und schleuderte damit etwas gegen Naitachal, das den Barden am Bein traf. Er sah hinunter und pflückte einen winzigen Pfeil von der Haut.

»Was habt Ihr ...« begann Naitachal, aber die Betäubung durch die Droge, mit der der Pfeil getränkt war, tat ihre Wirkung. Er brach auf der Stelle zusammen, als hätte er keine Knochen im Körper. Er lag auf dem Boden der Zelle auf der harten Kette und konnte sich nicht rühren.

*Vermutlich wird die Droge mich als nächstes töten,* dachte er ohne jedes Gefühl. Aber kurz darauf wurde klar, daß er für den Augenblick am Leben bleiben würde. Was auch immer es war, diese Wirkung war neu für ihn.

*Es scheint so, als ob Jehan und Soren mit Drogen experimentieren. Diese hier ... und eine, die sie dem König verabreicht haben? Wenn sie bei Menschen so wirkt wie bei mir, dann muß die Wirkung in regelmäßigen Abständen nachlassen.*

Er versuchte, einen Zauber zu beschwören, konnte es aber nicht. Die Droge hatte diese Fähigkeit bei ihm vollkommen blockiert. Selbst die Macht der Geisterbeschwörung hatte er verloren. Er griff nach der Energie, die er früher so leicht kontrolliert hatte. Doch jetzt stieß er nur gegen eine dicke Wand, die ihn aufhielt. In der kurzen Zeit, bevor Soren ihn mit dem Pfeil getroffen hatte, hätte er sich vielleicht schützen können. Aber er war auf alles andere gefaßt gewesen als auf einen vergifteten Pfeil.

*Großartig, Soren,* dachte er frustriert. *Was gibt es als Zugabe?*

Naitachal mußte tatenlos zusehen, was in dem Verlies passierte. Er konnte nicht eingreifen. Hauptmann Lyam sah mit der gleichen Frustration zu, wie die vier Wächter nach Sir Jehan eintraten, Kais Zelle öffneten und den Jungen ergriffen. Der Prinz schlug hilflos mit den Ketten um sich, als die viel größeren Männer ihn in den Korridor zerrten.

»Wie ich mir gedacht habe. Er ist bockig«, sagte Sir Jehan. »Soren, wärst du bitte so freundlich ...?«

Soren zielte ohne Widerspruch und feuerte einen Pfeil auf Kai, der ihn in die rechte Pobacke traf. Der Junge schrie auf, spuckte den Hexenmeister an und brach dann genau wie Naitachal zusammen. Die Wirkung der Droge war vollkommen. Kai lag da, die Augen weit geöffnet, und keuchte wie ein verängstigtes Junges. Er konnte sich eindeutig nicht mehr bewegen.

Der größte Wachposten nahm den Jungen hoch, warf ihn sich mitsamt Ketten und Fesseln über die Schulter und folgte Soren und Sir Jehan aus dem Verlies.

## 18. KAPITEL

Als Álaire zu sich kam, hoben die Zauberer des Bundes ihn aus dem Wagen und legten ihn auf einen flachen, kleinen Karren. Erst wollte er dagegen ankämpfen, versuchen zu fliehen, aber seine Arme und Beine reagierten nicht, ja, er spürte sie nicht einmal. Nur seinen Kopf fühlte er. Er pochte. Hören konnte er gut und sehen auch, aber nur das, was direkt vor seinen Augen passierte, weil er seinen Kopf nicht einmal drehen konnte. Als sie ihn zur Bundeshalle fuhren, fragte er sich mutlos, warum er betäubt war und wie das passieren konnte.

*Sie haben mich mit Magie gelähmt*, dachte Alaire panisch. *Oder mit einer Droge. Erst haben sie mir auf den Kopf geschlagen, damit ich ruhig blieb. Sie konnten inzwischen den Zauber beschwören oder was auch immer sie gemacht haben.* Sein Magen krampfte sich vor Angst wie zu einem eiskalten Ball zusammen. *Was haben sie mit mir vor?*

Sie rollten ihn in den großen Saal, der hell erleuchtet war. Alaire konnte allerdings die Lichtquelle nicht sehen. Zauberer beugten sich über ihn, die Gesichter unter Kapuzen verborgen. Ein halbes Dutzend von ihnen hoben ihn auf wie einen Sack Wurzeln. Sein Kopf fiel zurück, und aus dieser Umkehr-Perspektive sah er, was ihn umgab.

Die ganze Halle war voller Hexenmeister. Jeder hielt eine einzelne rote Kerze. Ein anderer streute mit einem weißem Pulver, vielleicht Salz, einen Kreis auf die Erde um Alaire und die Gruppe, die ihn festhielt. Die Zauberer stimmten einen seltsamen, monotonen Gesang an, der immer lauter wurde, bis die Halle von den merkwürdigen Strophen in Suinomenisch widerhallte.

Sie legten Alaire in eine niedrige, spitz zulaufende Eichenkiste, die mit schwarzer Seide ausgeschlagen war. Für seinen Geschmack erinnerte sie viel zu sehr an einen Sarg. Er sah hilflos zu, wie sie den Deckel anhoben. Er konnte nicht einmal schreien.

Sie klappten den Deckel zu, und eine vollkommene Schwärze umhüllte ihn. Alaire fühlte nichts, und der Verschluß schnitt sowohl jeden Lichtschein als auch jedes Geräusch ab. Er war in einer formlosen, konturlosen Finsternis gefangen.

Und konnte nicht einmal sein Entsetzen herausschreien.

Alaire hatte noch nie eine derartige Angst empfunden. Sie schien ihn ganz und gar auszufüllen.

Sie würden seine Seele stehlen und seinen Körper irgendwo verstauen. Vielleicht hatten sie es ja schon getan! Er konnte es nicht sagen. Wie lange mußte er hierbleiben? Ein Jahr? Zwei? Für immer? Sie hatten keinen Grund, ihn gehen zu lassen. Er war kein Bürger Suinomens. Nur Naitachal wußte, wo er war, und sie würden den Dunklen Elfen vielleicht töten, bevor er nach Hause kam. Er konnte für eine Ewigkeit zu dieser Finsternis verdammt sein …

Die Schwärze wurde zu Licht. Sein Körper schien wegzuschmelzen, als wäre er aus Wachs, das man über eine Flamme hielt. Er hatte gedacht, er würde nichts fühlen, doch jetzt hatte er die Empfindung von einem Gewicht, von etwas Solidem und von einer Verbindung. Dann war es wieder verschwunden! Es gab keinen Alaire mehr, nur einen Funken, der im Licht glitzerte.

Das Licht wurde kalt, eiskalt. Es war die Kälte von tausend Wintern, als wäre man im Eis eingefroren. Die Kälte von erstarrtem Blut und von Haut, die blau anlief. Es war eine Kälte jenseits der Betäubung, aber er konnte nicht erschauern, denn sein Körper war woanders.

Jetzt war er selbst das Eis, sein neuer Körper war ein Eiskristall unter vielen anderen Kristallen, die auf eine ganz bestimmte Art geordnet waren, wie er sah. Aber diese Erkenntnis tröstete ihn nicht besonders. Statt dessen erkannte er zu seinem Entsetzen, daß auch er in dieser Reihe der Kristalle auf einem Regal stand. Vor ihm und zu beiden Seiten gab es noch mehr Reihen mit Kristallen. Seine Sicht durch den Kristall war unscharf und wurde von winzigen Rissen beeinträchtigt. Auf seiner Oberfläche waren unbedeutende kleine Fehler, die Alaire jedoch bis ins kleinste Detail wahrnahm.

Das Entsetzen verebbte, und Alaire überlegte, warum er eigentlich so eine Angst gehabt hatte. Es gab keinen Grund dafür, oder? Nicht in Suinomen ...

*Warum bin ich in Suinomen? Ich komme doch aus ... dem Süden ... aus Al ... Alth ... irgendwo aus dem Süden. Irgendwo anders her.* Es war nicht mehr wichtig. Das hier war wichtig. Oder?

Schwache Erinnerungen an einen Dunklen Elfen, einen Barden, tauchten auf. Er schien einmal Bedeutung für ihn gehabt zu haben, aber er konnte sich nicht mehr vergegenwärtigen, warum.

Wenn er das nicht mehr wußte, dann war das auch nicht wichtig. Die Erinnerung an den Elfen löste sich in einem dunklen Nebel auf, bis sie verschwunden war.

*Vater ...*

Aber seine Gedanken entglitten ihm wie ein Schwarm Fische, die schnell vorbeischwammen, und es blieb nur die beißende Kälte und eine vage Erkenntnis zurück, daß er in einem Gefängnis war

*Gefängnis der ... Der was?*

Alaires Identität löste sich bröckelnd auf wie fallende Glasscherben, bis er nicht einmal mehr seinen Namen wußte.

*Wer bin ich? Wie bin ich hierhergekommen?*

*Was ist das hier?*

*Was ist ...?*

Es schien einen Moment später zu sein, oder eine Ewigkeit. Es war beides, und doch keins von beiden.

Nebelschwaden bewegten sich im Eis und froren über seiner Seele fest. Er trieb in diffusen Ängsten und noch diffuseren Sehnsüchten und wußte nicht mehr, wer er war. Gefangen in dem Kristall suchte die Seele nach Erinnerungen und fand doch nur Eis und Nebel. Eis und Nebel und eine

Furcht, die ihn hetzte, ihn rastlos vorantrieb, jemanden zu finden, oder etwas; während gleichzeitig das Eis ihn schläfrig machte, ihn betäuben wollte, daß er sich in alles ergab, sich in vollkommenes Vergessen hüllen wollte.

Er brauchte Hilfe, ohne zu wissen, wofür. Er wußte nur, daß er sie brauchte. Er versuchte um Hilfe zu rufen ...

Dann durchdrang ein Klang die Stille. Ein so süßer Klang, daß er das Eis um ihn herum durchschnitt. So rein war der Klang, daß er nur aus dem Munde einer Göttin stammen konnte. Diese Göttin rief ihn von der anderen Seite des Eises und schien aus allen Richtungen in seinen Verstand einzudringen.

*Sie singt für mich,* dachte er verwundert, als er das Geräusch plötzlich erkannte. Seine Gedanken konzentrierten sich etwas. *Wer ist sie?*

Er richtete seine Aufmerksamkeit nach innen, ins Licht und weg von dem Raum mit den Kristallen. Das Licht umgab ihn, und wurde dann zu Schnee, der alle Geräusche um ihn herum dämpfte.

Dann teilte sich der Schnee, als teile jemand einen Vorhang. Die Göttin stand am Rand eines großen Sees neben einem Baum, der trotz der Jahreszeit kleine, weiße Blüten trug. Sie trug ein weißes Gewand, das in weichen Falten über ihren Körper zu fließen schien, wie ein gefrorener Springbrunnen. Sie sang ein Lied von Liebe und Macht, rief die Vögel und Tiere an, gab ihnen liebevolle Anweisungen ihren Bitten zu gehorchen. Und als sie die Hände hob, sammelten sich die Wesen um sie und waren bereit, ihr zu folgen. Die Vögel öffneten die Schnäbel und stimmten zu Hunderten in ihr Lied ein.

Plötzlich erhellte ihn ein Lichtstrahl von oben. Die Göttin drehte sich zu ihm, lächelte und sang wieder, diesmal direkt für ihn, und nannte auch einen Namen.

»Alaire, mein Sohn«, sang sie. Es verwirrte ihn, brachte ihn durcheinander.

*Sohn?*

*Alaire?*

Das Licht strömte von ihm zu ihr, es beleuchtete sie, und er sah, daß sie keine Göttin war, sondern eine Sterbliche, älter als er …

*Mutter?*

Sie lächelte. Als er sie erkannte, stiegen auch andere Erinnerungen in ihm hoch. Sie schien eine Art Magie zu praktizieren. Angst um sie überkam ihn. Sie sollte es nicht tun, Magie war gefährlich!

*Bin ich deshalb hier?*

»Du begreifst, wer ich bin«, sang sie. »Jetzt besinne dich darauf, wer du bist. Und was du bist. Sing dich selbst wieder ins Sein zurück.«

*Was bin ich?* dachte er. Er hatte einen Namen, Alaire …

Und er hatte eine Mutter. Er mußte auch Freunde haben, Gefährten. *Der Dunkle Elf … Er war mein Lehrer, er hat mir geholfen zu werden, was ich bin. Was bin ich?*

»Ich werde dir helfen«, sagte sie. »Mit Musik. Mit dem, was dich hierhergebracht hat. Du wirst deine Musik benutzen, um dich von dem Zauberbann zu befreien, der dich gefangenhält.«

*Mich gefangenhält?* Wie war er gefangen? Im Augenblick schien er frei zu sein.

Und doch, die undeutlichen Erinnerungen, die sich ihm entzogen, schienen dagegen zu sprechen.

»Ich werde dir helfen«, wiederholte sie. »Ich werde dir helfen, dich zu erinnern. Als du ein Kind warst, gab es einen Fluß, der an unserem Sommersitz in den Bergen vorbeiströmte. Du hast mit ihm gesungen, gegluckst wie ein Baby, nur daß deine Babylaute Musik waren …«

Er sah den Sommersitz vor sich, ein rusikales Jagdschloß auf einem Hügelrücken, umgeben von Wiesen mit Gänseblümchen und Lavendel. *Wie schafft diese Frau – nein, es ist meine Mutter – es nur, all dies in mein Gedächtnis zu zaubern?* Dann begriff er, daß es Erinnerungen waren an etwas, das er schon einmal erlebt hatte. Früher, in einer anderen Gestalt. *Damals war ich nicht so. Ich war ein Mensch, ein Baby, das kaum laufen konnte.*

»Dann, mit sechs Jahren, haben wir dir eine Laute geschenkt, danach eine Harfe. Und du hast im Kindergarten des Palastes angefangen zu spielen ...«

Er erinnerte sich an mehr Dinge, als die Frau sprach. Und sie redete zu ihm; ihre Geschichte wurde ein Lied, und dann sang sie zu ihm, von seiner Vergangenheit, seinen Hoffnungen, seinen Pänen ...

»Und du hast Gawaine getroffen, der dir von der Magie erzählte, die in dieser Musik liegt. Und du hast angefangen zu lernen, was Magie bewirken kann.«

Er hielt sich an den Erinnerungen fest, die jetzt klar und deutlich aus dem Licht und der Kälte strömten Erinnerungen, die sie ihm genommen hatten. Jede Erinnerung trug den Hinweis auf eine andere in sich, und er ging diesen Hinweisen nach, um immer mehr zu finden. Sein Leben nahm allmählich Form an ...

Die Stimme seiner Mutter verklang, und sie selbst verblaßte, bis sie verschwand und ihre Stimme nur ein kaum mehr vernehmliches Murmeln in der Ferne war.

*Mutter, nein! Komm zurück!*

*»Erinnere dich«*, sang sie mit einem fast unhörbaren Wispern, *»Erinnere dich und singe ...«*

Er versuchte, die Worte und die Musik wiederzufinden, und plötzlich erinnerte er sich an das Singen. Das Lied stieg aus seinem Innersten empor, stieß vibrierend gegen das kristallene Gefängnis, umhüllte ihn mit Licht und Wärme und schenkte ihm Millionen Erinnerungen. Er sang so laut er konnte, bis das Lied wie die Brandung des Meeres gegen die Wände schlug, die ihn hielten. Der Kristall bekam Risse, dann Brüche.

Schmerz durchbohrte ihn wie von Lanzen. Ein Schmerz, wie er ihn noch nie zuvor gefühlt hatte. Er wußte, daß er dabei war, den Kristall zu zerstören, der ihn fesselte, aber er wußte auch, daß dies nicht sein Körper war. Sein richtiger Körper war irgendwo anders. Also sang er ein Lied, das Seele und Körper wieder vereinte. Er beachtete die Schmerzen nicht und sang über sie hinweg.

Blitze zuckten um ihn herum, bis er nur noch Schmerz und Musik war, bis sein Lied eine unerträgliche Lautstärke erreichte …

Er zerbarst.

In diesem Augenblick nahm er jeden einzelnen Splitter des Kristalls wahr, die durch den Raum flogen. Es waren Millionen, und er sah ihre Größe, ihre Form und ihre Geschwindigkeit. Es war, als wäre seine Seele in all diese Teilchen zerstoben, jedes einzelne davon mit einem Augenpaar versehen. Kleinere Stücke von ihm prallten gegen den felsigen Boden und gegen die Regale, auf denen andere Kristalle standen.

Dann wurde es dunkel.

Es war dunkel, und er hatte den Eindruck von Gewicht. Von *Sein*. Er fühlte Arme, Beine und einen Körper. Er roch Holz und feuchten Satin, er fühlte Stoff unter seinen Fingern.

Alaire öffnete die Augen und wußte, daß er wieder im Sarg lag. Aber er war nicht länger paralysiert. Er drückte gegen den Deckel und schob ihn zur Seite. Das Holz gab leicht nach und fiel polternd weit unter ihm zu Boden.

Seine Muskeln schmerzten, aber er konnte sich mit Leichtigkeit aufrichten. Er sah sich in dem dunklen Raum um. Anscheinend standen dort auf den Vorsprüngen noch andere Särge aufgereiht.

Plötzlich wurde ihm die Ungeheuerlichkeit dessen bewußt, was er da getan hatte. *Ich habe den Bann gebrochen!* Er war frei!

Erleichtert tastete er seinen Körper ab und überzeugte sich, daß es stimmte und nicht nur eine Illusion war.

Es war eindeutig und unverwechselbar sein Körper. Er trug sogar noch dieselbe Kleidung, in der man ihn gefangen hatte.

*Und jetzt?* dachte er halb trunken vor Freude und halb voller Furcht, daß er jeden Moment wieder zurück in den Kristall geworfen werden könnte. *Ich muß hier raus!*

Er krabbelte über den Rand des Sarges und ließ sich behutsam auf den kalten Steinfußboden hinabgleiten.

»Naitachal!« rief Lyam dem Barden aus seiner Zelle zu. »Könnt Ihr Euch schon rühren?«

Die Kerzen schienen einige Markierungen heruntergebrannt zu sein, seit Sorens Pfeil ihn am Bein getroffen und gelähmt hatte. Der Dunkle Elf hatte teilweise auf dem kalten Zellenboden geschlafen. Es war ein unruhiger, halb wachender Schlaf gewesen, der kam und ging. Aber jetzt schien die Wirkung der Droge nachzulassen. Nach kurzem Experimentieren, bei dem seine Glieder ihm nur widerwillig gehorchten, gewann er wieder völlig die Kontrolle über seinen Körper.

Langsam erhob er sich und stand behutsam auf.

Lyam war ein Pfeil erspart geblieben. Naitachal vermutete, daß man ihn durch die Droge daran hindern wollte, seine Magie einzusetzen. Man wollte ihn nicht nur einfach körperlich außer Gefecht setzen. Er suchte in seinem Innersten nach den Energien seiner Magie, um wenigstens einen rudimentären Schutz zu aufzubauen ...

Aber immer noch hinderte ein schwarzer, seltsamer Wall ihn daran zu zaubern. Was auch immer es war, es war nicht die Droge.

»Ich kann mich bewegen«, erklärte Naitachal. »Aber ich kann keine Magie beschwören! Was hat Soren nur gegen mich benutzt?«

»Das weiß ich nicht, aber ich glaube, es war dasselbe, was sie auch Alaire gegeben haben, bevor sie ihn wegschleppten.« Lyam umklammerte die Gitter so fest, daß die Knöchel seiner Hände weiß hervortraten. »Könnt Ihr denn gar nicht mehr zaubern?«

Naitachal schüttelte den Kopf. »Im Augenblick nicht. Aber die Droge läßt nach. Wenn ich so tue, als wäre ich noch beeinflußt, vergessen sie vielleicht, mir eine weitere Dosis zu verpassen. Solange ich mich bewegen kann, kann ich wenigstens irgend etwas tun. Habt Ihr eine Ahnung, wohin sie Kai geschleppt haben?«

»Ins Gefängnis der Seelen«, sagte Lyam resigniert. »Es sieht so aus, als kerkere Sir Jehan alle ein, die eine Bedrohung für ihn sein könnten, ob sie nun die Magie beherrschen oder nicht.«

Die Wachen waren verschwunden, aber aus dem Gang hörten sie einen schwachen Kampflärm von irgendwo aus dem Palast. Schreie, Flüche und das Klirren von Schwertern. Die Geräusche waren zwar weit entfernt, aber unverwechselbar. Der Putsch war in vollem Gange, und Jehan konnte keinen Mann erübrigen, um sie zu bewachen.

»Vielleicht gibt es noch einen anderen Weg. Ich habe gerade darüber nachgedacht, als wir unterbrochen wurden«, sagte Naitachal abwesend und ging zur Zellentür. Doch seine Kette spannte sich und hielt ihn auf, bevor er auch nur auf Armlänge an sie herankam.

*Na gut, dann kümmere ich mich zuerst darum.*

Er untersuchte das Schloß, mit dem die Kette am Boden befestigt war. Es schien verdächtig einfach, aber das Schlüsselloch war schmal und gebogen. So etwas hatte er noch nie gesehen. Obwohl das Schloß groß war, klapperte der Mechanismus nicht, wenn man ihn schüttelte, wie bei den Schlössern in Althea, die Tich'ki ihn zu knacken gelehrt hatte.

*Typisch Fee. Man kann sich eben nicht auf sie verlassen!*

Er sah sich nach etwas um, was vielleicht als Dietrich fungieren könnte, und begriff, wie sehr er sich bisher auf Magie verlassen hatte, um sich aus solchen Klemmen herauszuwinden.

Doch noch bevor seine Suche nach einem Dietrich weit gediehen war, unterbrach ihn Lärm am Ende des Ganges. König Archenomens dröhnende Stimme ertönte in dem Korridor, begleitet von Handschellengeklapper und Kettengerassel.

»Wie könnt ihr es wagen, Euren König gefangenzunehmen!« brüllte der Monarch. »Ich werde euch in kochendem Öl sieden! Euch bei lebendigem Leib die Haut abziehen! Ich werde euch unter Wespennestern begraben! Ich sehe schon vor mir, wie ihr in heiße Drähte gewickelt werdet und vor Todesangst schreit, bis ihr tot seid! Tot, tot, TOT!«

Wachen schoben König Archenomen unsanft in den Kerker. Er hatte Fesseln um Hals und Handgelenke und stolperte, als drei große Wachen ihn hinter sich herzogen. Wie Hundetrainer, die einen widerspenstigen Hund am Ende einer Leine schleifen. Sein Gesicht hatte die Farbe einer überreifen Tomate. Man hatte ihm seine königlichen Gewänder genommen, und jetzt stand er bibbernd nur mit einer Hose bekleidet da.

»Rein in die Zelle!« befahl einer der Wächter gleichgültig. »König Jehan kommt gleich.«

Diese Worte lösten bei Archenomen einen Wutanfall aus. *»König? Jehan!* Ihr werdet sterben! Ihr alle!«

Sie warfen den ehemaligen König in die Zelle, in der vorher Kai gewesen war. Der Monarch blubberte und stotterte unverständlich vor sich ihn. Dann befestigten sie seine Fesseln wie bei den anderen an dem Ring im Boden, drehten sich um und gingen ohne ein Wort hinaus.

Naitachal warf ihm ein zynisches Lächeln zu und konnte sich trotz der ernsten Lage einen Seitenhieb nicht verkneifen. »Heutzutage ist gutes Personal schwer zu finden, nicht wahr, Eure Majestät?«

Archenomen ignorierte ihn und tobte am Ende seiner Kette wie ein wildgewordener Löwe. »Wo ist Sir Jehan? Wo steckt der Verräter? Ist er solch ein Feigling, daß er dem König, dem er einst Treue schwor, nicht mehr ins Auge blikken kann?«

Naitachal schüttelte traurig den Kopf. *Er kapiert immer noch nicht. Hat Jehan ihn so getäuscht, daß er nicht einmal merkt, daß dies hier von Anfang an geplant war?*

Im Flur hörte man immer noch Kampflärm, obwohl er jetzt ein bißchen leiser war. Offensichtlich hatte die Gefangennahme des Königs dem Gefecht ein wenig an Schärfe genommen. *Wie viele Männer sind noch loyal? Und wie viele werden weiterkämpfen? Wie loyal sind seine Männer überhaupt?*

*Und wieviel Zeit bleibt uns noch, bis wir exekutiert werden?*

Naitachal grübelte darüber nach, wie wirkungsvoll man seine Zauberkräfte blockiert hatte. Es war unglaublich. Etwas mit einem so gründlichen Effekt hatte er noch nie erlebt, weder als Zauber noch als Droge. Lyam sah wild zwischen dem Dunklen Elfen und seinem König hin und her.

Die Wachen hatten sie schnell wieder alleingelassen. Anscheinend stürzten sie sich wieder ins Kampfgetümmel. Könnte er doch nur seine Magie einsetzen! Oder wenigstens die Ketten lockern!

Archenomen setzte sich niedergeschlagen mitten auf den Zellenboden. »Was für eine Schweinerei! Lyam, du hattest die ganze Zeit recht. Ich hätte das nicht für möglich gehalten, aber dieser mörderische, eidbrüchige Schuft hat es auf die Krone abgesehen!«

Lyam trat so dicht wie möglich an die Stäbe heran. »Wen hat er hinter sich? Wie viele? Ich kann nicht glauben, daß meine Männer zu ihm übergelaufen sind!«

»Eure Männer sind die einzigen, die noch loyal sind«, sagte Archenomen mutlos. »Es sind die Leibwächter, die Schergen des Bundes und einige der Wachtmeister, die nach der Herrschaft greifen. Nur die Königliche Wache steht noch zwischen Jehan und meinem Thron.«

*Stand*, dachte Naitachal trocken. *Da Jehans Truppen dich gefangen haben, Majestät, steht nichts mehr zwischen ihm und dem Thron. Aber das scheinst du noch nicht begriffen zu haben.* »Machen sie denn keine Gefangenen?« fragte der Dunkle Elf. »Wir scheinen hier die einzigen zu sein.«

Archenomen warf ihm einen traurigen Blick zu. Sein Gesicht war so weiß wie der Schnee draußen vor dem Palast. »Die einzigen Gefangenen, die ich gesehen habe, wurden zur Bundeshalle geführt. Das scheint ihre Hochburg zu sein. Als letztes habe ich gesehen, wie die Verräter die Wache aus dem Palast gejagt und sie im Wachhaus in die Enge getrieben haben.«

»Dies sind nicht die einzigen Kerker«, informierte Lyam Naitachal und konzentrierte seine Aufmerksamkeit dann wieder auf den König. »Sagt mir, Majestät, wohin schaffen sie die Gefangenen?«

Archenomen schüttelte den Kopf. »Ich nehme an, sie bringen sie ins ... Gefängnis der Seelen. Vielleicht nicht sofort, aber später auf jeden Fall.«

Lyam stöhnte. »Es gibt ein Labyrinth von Katakomben unter der Halle. Dort verirrt sich jeder, der sich nicht auskennt. Das ist das Gefängnis der Seelen, Naitachal. Es gibt auch normale Gefängniszellen, wo man die Gefangenen hineinstecken kann, bevor man ihre Seelen stiehlt und sie in Kristalle pfercht.«

»Sie brauchen ihren letzten Mann, um die Wachen in Schach zu halten«, stellte Naitachal fest. »Ich bezweifle, daß sie Zeit oder Ruhe hatten, irgendwelche Einkerkerungszauber zu beschwören.«

»Das stimmt. Wenn der Kampf vorbei ist, dann werden sie vermutlich damit anfangen«, sagte Lyam. »Sie werden ihren Gefangenen die Seelen stehlen. Allen meinen Männern ...«

Archenomen sah sich hastig um. Anscheinend bemerkte er erst jetzt, daß sein Sohn nicht mehr da war. »Kainemonen? Wo ist er? Haben sie ihn weggebracht?«

»Ja, Eure Majestät«, sagte Lyam traurig. »Ich habe gehört, wie sie sagten, sie würden ihn zur Bundeshalle bringen.«

»Nein!« stieß Archenomen hervor. »Sie haben doch wohl nicht vor ...«

»Ich fürchte doch«, sagte Naitachal abwesend. Er suchte angestrengt nach einem Weg, wie sie aus dieser Klemme herauskommen konnten. Und was war mit seinem unglücklichen Schüler? *Alaire? Was ist aus dir geworden? Lebst du überhaupt noch?*

Die Ankunft von neuen Wachen im Verlies unterbrach seine Gedanken. Vier von ihnen deckten mit geladenen Armbrüsten vier andere, die die Zellen öffneten, hineintraten und die Ketten vom Boden lösten.

»Ich nehme an, wir gehen nicht zum Dinner?« fragte Naitachal unschuldig.

»Schweig, Gefangener!« schrie einer der Wachen. »Nicht sprechen! Ihr werdet woanders gebraucht!«

Naitachal wußte auch, wo.

*Im Gefängnis der Seelen.*

# 19. KAPITEL

Alaire blieb auf dem kalten Steinboden hocken und lauschte nach seinen Häschern. Er suchte nach einer Waffe, aber die Hexenmeister waren gründlich gewesen. Sie hatten sogar seinen Gürtel mit dem kleinen Messer weggenommen, das darin versteckt war. Er horchte angestrengt, aber es war nichts zu hören außer seinem eigenen Herzschlag und seinem schnellen Atmen.

Der Raum war so kalt wie der Weiher im Garten der Sowna, und sein Atem bildete eine Ruchwolke im abgedunkeltem Raum. Eine Lichtquelle am Eingang warf ein dreiekkiges Muster auf den Boden. Es war schwer zu sagen, was es war. Vielleicht eine Öllampe, vielleicht auch eine Kerze. Es flackerte und ließ die Schatten in dem Raum tanzen. Das war die einzige Bewegung, die er gesehen hatte, seit er erwacht war.

*Was auch immer hier vorgeht, sie werden sicher nicht sofort wieder zurückkommen und nach mir sehen.* Er entspannte sich ein wenig und richtete sich auf. *Alles noch in Ordnung? Haben sie mir keine Knieflechsen angelegt? Das sähe ihnen ähnlich!*

Aber bis auf einige Prellungen und Kopfschmerzen und der Tatsache, daß er vor Kälte steifgefroren war, schien alles andere in Ordnung zu sein. Seine Kleidung war ebenfalls ungeschädigt, obwohl er sich wünschte, sie wäre schwarz. Dann hätte er sich besser im Schatten verstecken können. Er hatte eine Beule am Hinterknopf, eine Wunde am Hals von dem Schnitt mit dem Dolch und noch andere leichte Verletzungen, an die er sich nicht erinnern konnte, die aber vermutlich von dem Kampf herrührten. Wenn sie ihm noch etwas anderes angetan hatten, war davon jedenfalls nichts zu sehen.

Der Bann, mit dem sie ihn in den Kristall gezwungen hatten, vernebelte immer noch sein Hirn. Es war so, als wäre er aus einem tiefen Schlaf erwacht, aber noch nicht ganz wach.

Er erinnerte sich dunkel, daß seine Mutter, Grania, über die riesige Entfernung hinweg, die ihre Königreiche trennten, zu ihm gesprochen und irgendwie den Bann gebrochen hatte, der seine Seele in dem Kristall hielt.

*Nein,* verbesserte er sich, *nicht sie hat den Bann gebrochen. Sie inspirierte mich, es zu tun! Mutter, wie hast du das bloß geschafft? Und wo bist du jetzt?*

Er lauschte auf ihre sanfte Stimme, wartete auf ihre zärtliche Berührung seiner Seele, aber er spürte nichts. Sie war wieder fort, so wie sie es schon lange vorher gewesen war. Er fühlte sich verlassen und schrecklich allein.

*Naitachal, Kai, Lyam ... bei allen Göttern! Was haben sie euch angetan? Seid ihr schon tot? Oder haben sie euch auch in Kristalle gesteckt?* Einen Moment überwältigten ihn Panik und Hilflosigkeit, und er drohte fast in Tränen auszubrechen. Aber Tränen halfen seinen Freunden nicht, und ihn würden sie auch nicht retten. Er konnte nicht immer hier bleiben.

*Zuerst muß ich meine Spuren verwischen,* dachte er und sah sich in dem dunklen Raum um. Sein Blick fiel auf die Regale, die mit Särgen gefüllt waren. Alaire erschauerte. Vor wenigen Augenblicken hatte er auch noch in einem von ihnen gelegen, dazu verdammt, auf unbestimmte Zeit darin zu bleiben, während seine Seele in diesem merkwürdigen Zustand des betäubten Nicht-Seins gehalten wurde. Weit oben, in anderen Reihen von Regalen, sah er die Kristalle. Es mußten hunderte sein. Jeder hatte ungefähr die Größe seines Daumens, und jeder steckte in seinem eigenen kleinen hölzernen Würfel, in dem er mit Draht befestigt war.

*Der Kristall kam mir viel größer vor, als ich drin war,* dachte er. Als er ein paar Schritte zurücktrat, knirschte etwas unter seinem Stiefel. Der Boden war voll von Kristallsplittern.

Er schob mit seinem Stiefel die Reste des Kristalls unter eins der Regale. Es blieben zwar noch ein paar Stücke liegen, aber es war sauber genug, um einen flüchtigen Beobachter zu täuschen. Als nächstes nahm er seinen Sarg vom Regal und verstaute ihn in einer Ecke unter einem der niedrigen Regale, so daß er nicht zu sehen war.

Auf die nächste Aufgabe freute er sich nicht gerade. Er hätte fast entschieden, daß es nicht nötig sei, aber als er die Lücke sah, die sein Sarg gelassen hatte, war klar, daß er etwas hineinstellen mußte, damit es niemandem auffiel.

*Ich muß so viel Magie eingesetzt haben, um aus diesem verdammten Ding herauszukommen, daß es mich überrascht, daß es niemand bemerkt hat. Aber vielleicht passiert das ja noch, und möglicherweise sind sie gerade in diesem Moment hierher unterwegs.*

Er lauschte auf herannahende Schritte, hörte aber nur das entfernte Tröpfeln von Wasser. Also machte er sich wieder an die Arbeit, die Angst nur mühsam unterdrückt.

*Diese Leute sind nicht tot*, sagte er sich. *Sie schlafen nur. Unter einem Bann.*

Die Deckel der Särge waren glücklicherweise nicht festgenagelt. Er öffnete den nächsten und spähte hinein. Der Mann, der darin lag, sah aus wie ein armer Landstreicher, der vom übermäßigen Alkoholgenuß ohnmächtig geworden war. Er atmete nicht, hatte aber eine gesunde Gesichtsfarbe, und obwohl er sich kühl anfühlte, war er nicht so kalt, wie eine Leiche hier sein würde.

*Aber seine Seele ist verschwunden*, sagte sich Alaire und erschauerte. *Er sieht mir überhaupt nicht ähnlich. Such weiter.*

Er legte den Deckel zurück und suchte gründlich nach jemandem, der ihm ähnelte. Schließlich stieß er auf einen armen Teufel, der etwa siebzehn gewesen sein mußte. Er hatte blondes Haar, und seine Kleidung war kaum besser als die eines Bettlers. Dieser Junge hatte zwar eine längere Nase und auch größere Ohren, aber er sah Alaire zumindest ein bißchen ähnlich.

*Der muß reichen*, dachte Alaire, klappte den Deckel zu und zog den Sarg zu der leeren Stelle. Mit einigen Schwierigkeiten schaffte er es, den Sarg des Jungen keuchend und schwitzend an den leeren Platz zu wuchten, wo sein Sarg gestanden hatte.

*Jetzt muß ich hier raus und Kai suchen.*

Einen Moment lang überschwemmte ihn die Furcht, daß Kai vielleicht schon hier eingekerkert worden war, bis er sich daran erinnerte, daß das Gefängnis der Seelen nur für Magier bestimmt war. Und Kai war kein Zauberer. *Er muß woanders sein.*

Alaire fand einen Schlüsselring mit vier großen Schlüsseln, der an der Wand neben der Tür hing. Mit einem konnte er die Tür zu diesem Raum öffnen, aber er hatte keine Ahnung, in welche Schlösser die drei anderen paßten. *Sie müssen irgendwo passen,* dachte er und beschloß, sie zu behalten. Sie würden sich vielleicht noch als nützlich erweisen. Er wickelte sie in einen Schal, um jedes Klirren zu ersticken, und steckte sie dann in die Tasche. Er trat hinaus und stand an einem Kreuzpunkt, von dem drei Gänge abzweigten, jeder in einen anderen Winkel. Kerzen flackerten in ihren Halterungen und spendeten ein gedämpftes Licht.

*Ich wünschte, ich hätte eine vernünftige Waffe. Diese Kerzenhalter wären vielleicht besser als nichts, aber nicht gerade geeignet.* Er erwog die Idee und verwarf sie dann. *Nein. Ich könnte sie ja nicht einmal aus der Wand brechen.*

Da er keine Ahnung hatte, in welche Richtung er gehen sollte, wählte er den nächstbesten Gang und entfernte sich von seinem Gefängnis. Der Flur bog und wand sich in unregelmäßigen Abständen, ohne wirklich irgendwohin zu führen. Er mündete weder in neue Gänge noch führte er zu irgendwelchen Zimmern. Es war, als würden die Korridore wieder zu sich selbst zurückführen, ein Labyrinth ohne einen bestimmten Ein- oder Ausgang. Der Staub auf dem Boden sagte ihm, daß hier schon seit langem niemand mehr entlanggegangen war. Seine eigenen Fußabdrücke beunruhigten ihn flüchtig, aber er sah keine Möglichkeit, sie zu vermeiden, außer zu fliegen.

*Und das hat Naitachal mir leider bisher noch nicht beigebracht ...*

Das erste Anzeichen, daß er sich allmählich dem Ende des Labyrinths näherte, war der stechende Geruch, den er plötzlich wahrnahm. Es war das Ekligste, was er je gerochen hatte. Erst dachte er, es müsse eine verwesende Leiche sein, die man hier vergessen hatte. Aber es gab hier noch andere

Gerüche. Es roch nach altem Essen, schalem Wein, aber auch nach frischen Lebensmitteln. Einige Düfte konnte er nicht einmal identifizieren.

*Tot und doch lebendig.* Er fürchtete sich davor, herauszufinden, was das war, und überlegte, ob er es wirklich in Erfahrung bringen mußte. *Was kann dieser Geruch mit meiner Flucht von diesem Ort zu tun haben?*

Andererseits, wohin konnte er sonst gehen? Bisher hatte jeder Weg in eine Sackgasse geführt.

Als er weiterging, hörte er Stimmen von vorn. Der Gestank wurde schlimmer, und sein Magen rebellierte. Die Stimmen wurden lauter, klarer, und Alaire konnte einige Worte unter dem Echo verstehen. Und er erkannte eine der Stimmen.

*Sir Jehan.*

Er blieb stehen und versuchte herauszufinden, woher genau die Stimmen kamen. Schließlich ließ er sich auf Hände und Knie herunter und kroch auf allen vieren vorsichtig weiter. Dann spähte er um eine Ecke und sah, daß der Gang an einem geräumigen, höhlenartigen Raum endete, der von Kerzen und Fackeln erleuchtet war.

Hier standen überall Schachteln, Kisten, Taschen und Fässer herum. Und mittendrin sah er die Umrisse eines Möbelstücks. Es gab reichlich Gelegenheit, sich zu verstecken, und Alaire nutzte das aus. Er fand eine Nische zwischen zwei großen Holzkisten in einem Bereich, wo offenbar Vorräte gelagert wurden. Er schlich in die Nische und kroch in die Richtung, aus der die Stimmen kamen.

Schließlich spähte er zwischen zwei anderen Kisten hindurch auf eine wahrhaft bizarre Szene mitten in dem riesigen Raum.

Sir Jehan stand ein paar Meter von ... Etwas entfernt. Es war anders als jede Kreatur, die Alaire bisher gesehen hatte. Es hatte keine Form und wirkte wie ein dicker Klumpen. Jehans Haltung war ehrerbietig, und Alaire vermutete, daß der Mann dem Ding irgendwie diente.

Interessant. Alaire hatte diese Haltung bei Sir Jehan nicht einmal in Gegenwart des Königs gesehen. Im Gegenteil, da hatte sich der Mann benommen, als stände er mit dem Monarchen auf der gleichen Stufe. Ein Verhalten, das König Archenomen in Alaires Gegenwart jedenfalls nie korrigiert hatte.

Aber hier war Jehan eindeutig der Untergebene. Als er sprach, klang sein Stimme wesentlich höher als normal. Das war nicht nur Ehrerbietung, das war Angst.

Alaire konzentrierte sich auf die Kreatur, mit der Sir Jehan sprach. Man brauchte schon sehr viel Phantasie, um sie als Mensch oder auch nur entfernt menschlich zu bezeichnen. Der große, teigige Fleischklumpen hockte direkt auf der Erde. Unten sah man die undeutlichen Ansätze von Beinen. Weiter oben gab es fleischige Stummel, die man mit gutem Willen als Arme ansehen konnte, weil die Kreatur damit gestikulierte, als sie sprach. Ein großer Vorhang, oder vielleicht auch ein Zelt, das man aufgeschnitten hatte, bedeckte das Wesen mehr oder weniger, obwohl immer noch umfangreiche Stellen aufgedunsenen Fleisches entblößt waren.

Und es sah krank aus. Was immer diese Kreatur infiziert hatte, breitete sich über ihren ganzen Körper aus. Große, widerliche Pusteln bedeckten den Körper, und eine dünne, klare Flüssigkeit rann aus der Haut heraus und tropfte zu Boden. Sie hatte ein verdrehtes Flügelpaar auf dem Rücken, das Alaire eigentümlich an Feenflügel erinnerte. Aber Feen sahen nicht so aus wie dieses *Ding*.

*Konnte es vielleicht einmal eine Fee gewesen sein?* Alaire war von der Kreatur fasziniert, trotz seines Ekels. *Was war der Grund für diese Erscheinung?*

Je länger er sie betrachtete, desto mehr kam er zu der Überzeugung, daß die Kreatur einmal eine Fee gewesen sein konnte. Eine Fee, die grauenhaft entstellt war ...

Die Flügel überzeugten ihn letztlich. Sie hatten diese typische Insektenform, die unter den Feen verbreitet war. Sie konnten damit wie Moskitos fliegen, ohne auf Magie zurückgreifen zu müssen. Feen waren auch Gestalt- und Größenwechsler, sie konnten ihre Form im Nu von Handgröße bis zu menschlicher Größe verändern.

*Aber was auch immer der Grund für diese Erscheinung war, muß seine Gestalt nachhaltig beeinflußt haben, und zwar auf Dauer. Wer oder was würde sich sonst entscheiden, so zu bleiben?*

Jehan und sein ... Meister ... stritten sich offenbar über etwas, und die Worte erreichten Alaires Ohr nur leicht verzerrt vom Echo.

» ... hätte ich gedacht, daß du die Lage mittlerweile unter Kontrolle hast«, sagte der Klumpen. »Nach all den Jahren, die ich für die Planung verwendet habe, erwarte ich, daß es schnell und glatt läuft. Aber nein: Du kämpfst immer noch gegen die Männer des Königs, obwohl du den Monarchen doch längst inhaftiert hast. Warum leisten sie noch Widerstand? Was läßt sie an einen Sieg glauben? *Antworte mir!!*«

Sir Jehan trat nervös von einem Fuß auf den anderen. Er rang die Hände und hielt dann furchtsam einen Finger hoch, als wolle er die Kreatur zum Schweigen bringen. »Der König, der Botschafter, der Hauptmann der Wache ... während wir uns unterhalten, sind sie schon hierher unterwegs. Dieser zweimal verfluchte Sekretär des Botschafters ist bereits im Gefängnis der Seelen. Sein Gefährte, der Kronprinz, wird ihm bald Gesellschaft leisten. Prinz Kainemonen ist in einer der Einzelzellen hier angekettet und erwartet seine Einkerkerung in die Matrix. Diese Dinge brauchen Zeit, Königin Carlotta. Sie werden bald alle im Gefängnis der Seelen sein, und dann ist die Magische Kraft doppelt so groß wie jetzt!«

Die Erwähnung des Namens dieses Dings verblüffte Alaire. *Hat Sir Jehan es Carlotta genannt? Wo habe ich diesen Namen schon einmal gehört? Ich weiß, daß es wichtig ist, aber ich komme nicht drauf ...*

»Wenn der junge Magier eingekerkert ist, warum *fühle* ich dann kein Anwachsen meiner Macht?« zischte der Klumpen. Er versuchte wütend, die Arme zu kreuzen, aber das war eher komisch als majestätisch. Er verlor sein wackliges Gleichgewicht und wäre beinah hintenübergefallen. »Ich habe sogar eine Schwächung meiner Macht gespürt. Bist du sicher, daß du weißt, was du tust? Weißt du genau, daß es ein Magier war?«

»Ganz sicher. Soren schwört, der Junge ist ein Barde.«

Die Kreatur zischte wieder und lief vor Wut in verschiedenen Farben an. »Ein Barde? Ich hasse Barden! Ein Barde hat mir *dies* angetan!«

Jetzt fiel es Alaire wie Schuppen von den Augen! *Das ist Carlotta, die Schwester von König Amber! Naitachal gehörte zu der Gruppe, die vor langer Zeit ihren Plan durchkreuzt hat, ihren Bruder vom Thron zu stoßen und sich selbst darauf zu setzen. Das war lange, lange vor König Reynard. Kevin, ein Bardling und Schüler Aidans, Mitstreiter Naitachals, hat damals den Bann beschworen, der ihre menschliche Gestalt auflöste und sie in ihre Feengestalt zurückverwandelte. Aber diese Rückverwandlung war nicht für diese Erscheinung verantwortlich. Es muß noch eine andere Erklärung dafür geben.*

»Ja, ich weiß«, erwiderte Sir Jehan feierlich. »Ich habe noch eine Überraschung für Euch aufgehoben. Vielleicht freut es Euch zu erfahren, daß der Botschafter Altheas niemand anderes ist als der Geisterbeschwörer und Dunkle Elf Naitachal! Er wird bald hier sein, und Ihr werdet mit ihm tun können, was Euch beliebt.«

Der Klumpen schwieg einen Moment. Dann lachte er kekkernd und gackernd auf. »Du machst Scherze!« rief Carlotta. »Naitachal? Gefangen? Hier?«

»Ja, wirklich«, versicherte Sir Jehan schnell. »Ich wußte, Ihr würdet zufrieden sein.«

»Das bin ich auch«, sagte Carotta. »Aber warum hast du mir das nicht schon vorher gesagt? Bei allen verfluchten sieben Höllen! Du hast mir schon wieder etwas verschwiegen!«

»Das sollte doch nur eine kleine Überraschung sein«, sagte Sir Jehan panisch. »Daran ist doch nichts Schlimmes!«

»Vielleicht nicht.« Carlotta konnte die Schadenfreude in ihrer Stimme nicht unterdrücken. »Wann sind sie hier? Ich will es wissen!«

»Jeden Augenblick«, sagte Sir Jehan. »Ich habe meine Leute schon vor einiger Zeit hinübergeschickt.«

Carlotta ließ wieder ein obszönes Gelächter hören und schaukelte auf ihren gewaltigen Hinterschinken vor und zurück. Sie wedelte mit den Händen und gackerte wie die geschmacklose Perversion eines Stehaufmännchens. Offensichtlich ersetzte das einen Freudensprung. Der Anblick drehte Alaire fast den Magen um. Aber er konnte den Blick vor Faszination nicht abwenden.

»Seit dieser Bardling Kevin mich entzaubert hat, wollte ich mich rächen«, sagte sie selbstgefällig. »Sie haben mich in eine Fee verwandelt, und ich mußte fliehen! Sie haben vor mehr als einem Jahrhundert meine Pläne vereitelt, Königin von Althea zu werden. Und seitdem muß ich mich hier verstecken. Fast hätte ich vergessen, daß Naitachal noch am Leben ist. Er ist der letzte Überlebende dieser albernen kleinen Truppe. Und er kommt her. Um mich zu sehen. Wie wundervoll!«

Sie Jehan lächelte und nickte, während er sich nervös nach etwaigen Eindringlingen umsah. Alaire kauerte sich tiefer in den Schatten und hoffte, daß man ihn nicht sah.

Der Klumpen blubberte weiter. »«Weißt du, dein Großvater war nicht so einfältig wie du. Er wußte ein gutes Geschäft zu schätzen. Er hatte den Weitblick, den Bund der Zauberer zu gründen, sobald ich es ihm vorschlug. Aber vielleicht war das auch nicht anders zu erwarten. Immerhin war er ein Magier, während du nicht die geringsten Zauberkräfte besitzt. Du weißt nicht einmal, ob du wirklich einen Barden in die Matrix eingesperrt hast.«

Jehan schnitt eine Grimasse. »Aber natürlich ist es ein Barde! Soren garantiert es!«

Carlotta schnaubte, nicht gerade ein angenehmes Geräusch. »Was weiß dieser fette Zauberkünstler überhaupt über Barden? Er hat nicht einmal einen gesehen! In ganz Suinomen ist keiner mehr gewesen, seit ihnen dein Großvater auf mein Geheiß hin die Einreise verweigert hat. Wie ist der da eigentlich hereingekommen?«

»Er hat sich als Naitachals Sekretär verkleidet und darauf geachtet, seine wahre Natur nicht zu verraten. Soren hat mir glaubhaft versichert, daß er ein Barde ist.« Jehan verschränkte die Arme und versuchte, sie zu beeindrucken. Das mißlang ihm aber.

»Das kannst du nur hoffen«, fuhr Carlotta ihn an. »Du, und dein Schoßhund Soren auch. Fehler werden nicht toleriert. Ohne meinen Plan würdest du Dieren hüten, und dieses ganze Königreich wäre immer noch dieselbe barbarische Bastion, die es vor meiner Ankunft gewesen ist.«

»Und es ist ein wahrhaft listiger Plan, meine Königin«, schmeichelte Sir Jehan. »Als Großvater alle Magier bis auf die des Bundes ausrottete, habt Ihr bewiesen, daß wir den Thron nach Belieben manipulieren können. Mit Eurer Kenntnis über Drogen haben wir Archenomens Verstand genug umnebelt, daß er sich gegen seinen eigenen Sohn gewendet hat. Jetzt sind wir nur noch einen winzigen Schritt davon entfernt, ihm die Krone vom Haupt zu reißen.«

»Vergiß nur nicht, was es mit diesem listigen Plan auf sich hat«, unterbrach ihn Carlotta. »Ich will schließlich nicht für immer so aussehen!«

»Soren weiß, was er tut«, beruhigte sie Sir Jehan. »Sobald wir Naitachals Seele gefangen haben, und nach all den Foltern, die Ihr vorher an ihm ausüben wollt, werden wir ihn, den König, den Hauptmann und alle anderen Gefangenen in die Matrix einspeisen. Selbst wenn es keine Magier sind, habt Ihr dann einen großen Vorrat an Macht, aus dem Ihr schöpfen könnt. Diesmal können wir den Entzauberungsbann brechen, das verspreche ich Euch.«

Carlotta schien zu wachsen, bis sie Jehan überragte. Alaire begriff, warum der Mann eine solche Angst hatte. Sie mochte grauenhaft sein und rein physisch an diesen Ort gebunden, aber es war offensichtlich, daß ihre Macht bis in den entferntesten Winkel des Königreiches gelangte. »Das hoffe ich auch. Wenn ich bei dem Versuch noch fetter oder häßlicher werde, wird diesmal deine Seele dafür bezahlen. Jede Kur, die Soren bisher gegen meinen Zustand zusammengebraut hat, ist fehlgeschlagen. Wenn sie diesmal fehlschlägt ...«

»Das wird sie nicht!« quiekte Sir Jehan und duckte sich vor ihr. Er war fast wahnsinnig vor Angst. »Ich verspreche es.«

»Ach, wo hab' ich das denn schon mal gehört?« antwortete

Carlotta spöttisch, schrumpfte aber mit einem Seufzer zu ihrer »normalen« Größe zurück. »Aber mit der geballten Macht eines Schwarzen Magiers und eines Barden müßte selbst dieser Schwindler Soren den Bann brechen können, damit ich endlich wiede meine menschliche Gestalt und Macht zurückerlange. Weltliche und magische!«

Jehan strich sich nervös über den Bart. »Nur noch eine einzige Sprosse auf der Leiter, meine Teuerste, nur ein einziger Schritt. Der Krieg mit Althea steht unmittelbar bevor. Da König Archenomen aus dem Weg geräumt ist, können wir sein Verschwinden dem Botschafter Altheas, Naitachal, in die Schuhe schieben und König Reynard mit in die Sache hineinziehen. Mehr Grund für einen Krieg brauchen wird nicht. Und wenn wir das südliche Land erobert haben ...«

»Ich habe unsere Abmachung nicht vergessen«, sagte Carlotta hinterlistig. »Du wirst König von Althea. Dann teilen wir die Beute. Aber nur, wenn alles, und ich meine *alles*, nach Plan läuft.«

Etwas an der Art, wie sie das sagte, erregte Alaires Aufmerksamkeit. *Sie hat nicht vor, ihren Teil der Abmachung einzuhalten. Das überrascht mich nicht. Sie war schon immer tückisch.*

»Euer Wunsch ...«, Sir Jehan verbeugte sich förmlich, »ist mir Befehl.«

Alaire blieb reglos im Schatten stehen, als er die ganze Tragweite dessen begriff, was er da eben gehört hatte. *Das ist ja noch schlimmer, als ich es mir je hätte ausmalen können! Sie wollen Althea, und es sieht nicht so aus, als würden sie aufgeben, bevor sie es haben.*

Jehan und Carlotta schienen mit ihrer Unterhaltung noch nicht fertig zu sein, aber Alaire hatte alles gehört, was er hören mußte. Er zog sich vorsichtig von seinem Lauschposten zurück und schlich den Flur entlang. Er mußte Kai finden.

*Kai muß irgendwo hier hinten sein*, dachte er, während er durch die Gänge lief. *Sie sagten, er wäre auf derselben Ebene. Wo würde ich Gefängniszellen anlegen?*

Nach einer kurzen Suche im Labyrinth fand Alaire den Kronprinzen. Der Flur mündete in eine zweistöckige Galerie, von der aus man eine Reihe Stahlkäfige überblicken konnte. Kai war auf dem Boden einer dieser Zellen angekettet, bewacht von vier Männern. Zwei schienen gleich einzuschlafen, aber trotzdem standen die Chancen nicht gut. Alaire hatte keine Waffe, und selbst mit einem Schwert konnte er sich nicht gegen so viele Männer behaupten, schon gar nicht, wenn sie unter Hauptmann Lyam ausgebildet worden waren. Er betrachtete die Wachen von seinem schattigen Aussichtspunkt und überlegte, wie er sie ablenken konnte.

*Ich muß sie von Kai weglocken. Vielleicht paßt ja einer dieser Schlüssel zu seiner Zelle.* Er musterte die Ketten, die Kai auf dem Boden hielten, und sah ihre großen Schlösser. *Gut. Solange sie ihn nicht direkt an den Boden anschmieden, kann ich ihn vielleicht befreien.*

Kai saß verdrossen vorn in der Zelle und hatte die Ketten um sich herum drapiert. Er starrte seine Häscher an, und seine Miene zeigte ganz deutlich die Wut und den Haß auf alle. Er war keineswegs am Boden zerstört. Noch war er dabei und kampfbereit.

*Gut. Ich werde ihn brauchen, damit er uns beide hier herausführt,* dachte Alaire. *Ich könnte einige Männer der Wache hier weglocken. Vielleicht kann ich ihn dann befreien.*

Gerade, als er das dachte, ertönte Kampflärm in einem Korridor. Alaire wußte nicht, ob das Echo den Aufruhr verstärkte, aber es klang so, als würden dort Hunderte von Männern miteinander fechten. Die Wachen erstarrten. Kai sah wütend hoch.

Zwei Wachtposten liefen zum Kampfgetümmel. Die beiden anderen blieben, aber sie waren eindeutig abgelenkt. Sie berieten sich einen Augenblick. Dann öffnete einer zu Alaires Verblüffung den Käfig, während der andere nervös draußen stehenblieb und in die Richtung sah, aus der der Lärm kam.

Alaire hatte keine Ahnung, was der Mann vorhatte. Vielleicht wollte er Kai irgendwohin bringen, wo es sicherer war.

Aber das machte keinen Unterschied. Kai hatte nur auf eine solche Gelegenheit gewartet und griff sofort an.

Er wartete, bis der Wachposten in Reichweite kam ... und sprang!

Er wickelte eine Kette um den Hals des Mannes und zog sie fest an. Der andere Wächter hatte ausgerechnet in diesem Moment in den Gang geblickt. Bevor er seinem Gefährten zu Hilfe kommen konnte, hatte Alaire bereits gehandelt.

Er sprang von der Galerie hinunter und wollte eigentlich auf dem Rücken des Mannes landen, aber er war wohl zu weit entfernt.

Immerhin landete er kurz vor dem Posten auf dem Boden, rollte sich ab und ging sofort in Angriffsstellung.

Mit bloßen Händen natürlich. Er stand einem Mann gegenüber, der ein Schwert, einen Dolch und einen Lederpanzer hatte.

Aber immerhin war der zweite Wächter abgelenkt. Das gab Kai eine Chance, seinen Mann zu erledigen.

*Bluff ihn, du Narr! Er weiß doch nicht, ob du so eine Art unbewaffneter Assassine bist*!

Alaire verzog seinen Mund zu einem Grinsen, das, wie er hoffte, angsteinflößend war, und winkte dem verwirrten Wachposten zu. »Komm schon, Blödmann! Tanz mit mir. Ich liebe solche Tänze!«

Kai hatte seinen Mann gut im Griff. Er klammerte sich wie ein Affe an seinen Rücken. Der Wächter hieb wie wild mit seinem Schwert um sich, konnte Kai aber nicht erreichen. Und er konnte auch nicht weiter gehen, als die Kette um seinen Hals das zuließ.

Der zweite Mann sah sich um, und Alaire machte einen verzweifelten Versuch, seine Aufmerksamkeit wieder auf sich zu ziehen. »Komm schon, du aufgeputzter Bastard!« knurrte er und fuchtelte mit seinen Händen. »Was ist los? Hast du Angst vor einem kleinen Jungen?«

Er machte seine Sache gut, das wußte er. Er mußte den Mann weiter ablenken, aber wehe, wenn der Wächter beschloß, ihn anzugreifen ...

Es klapperte, als das Schwert des ersten Wächters zu Boden fiel. Alaire hatte einen Herzschlag lang Zeit, sich zu entscheiden, und er beschloß, die Chance zu ergreifen, eine Waffe in die Hände zu bekommen.

Er tauchte mit ausgestreckten Händen an dem Wächter vorbei und segelte knapp unter dem ausgestreckten Schwert des überrumpelten Mannes hinweg. Er packte den Griff des Schwertes, das am Boden lag, erwischte es, rollte sich ab und grunzte überrascht, als er an der gegenüberliegenden Wand landete. Sofort sprang er auf mit dem Schwert in der Hand.

Zwei gegen einen war zwar unsportlich, aber sie spielten schließlich nicht Räuber und Gendarm. Als der erste Wächter herumfuhr und Kai abschüttelte, holte Alaire aus und …

Er schwang das Schwert nicht gegen die Brust des Mannes, sondern gegen dessen Beine.

Mit einem Schrei stürzte der zu Boden. Kai sprang auf ihn und riß dem Mann den Dolch aus seinem Gürtel. Alaire lief zur Zellentür, wo ihn der andere Posten schon erwartete. Kai mußte mit seinem Mann allein fertig werden.

Diesmal war es ein fairer Kampf, Schwert gegen Schwert. Nur … dieser Mann war älter und kräftiger als Alaire und ein ausgebildeter Kämpfer. Nur … Alaire wollte diesmal keinen Fairneßpreis gewinnen.

Er täuschte einen Schlag gegen die Augen vor, bevor der Mann in Position gehen konnte. Der Posten wich automatisch zurück, und Alaire trat durch die Tür einen Schritt näher auf ihn zu. Er schwang erneut nach den Beinen, dann zielte er wieder auf die Augen. Er gewann den nächsten Schritt. Jetzt hatte er die Zelle ganz verlassen.

Hinter sich hörte er Kampfgeräusche, wagte aber nicht, sich nach Kai umzudrehen. Kai mußte seinen Kampf allein gewinnen … oder verlieren.

Der zweite Posten griff Alaire an, und sie stießen zusammen. Einen Moment rangen sie Hand an Hand und Schwert an Schwert.

Dann sackte Alaire zusammen, machte eine Rolle rückwärts und riß den Mann mit sich. Er stemmte ihm die Füße in den Bauch und ließ ihn über sich hinwegsegeln. Dabei zielte er auf die Gitterstäbe, nicht auf die offene Tür.

Der Mann landete mit einem Krachen in den Stäben. Alaire sprang ihm so fest er konnte mit beiden Füßen in den Bauch. Die Augen des Wächters traten fast aus ihren Höhlen, und er stieß vernehmlich die Luft aus.

Alaire rollte zur Seite und sprang hoch. Der Wächter lag noch am Boden, doch der Bardling zögerte keine Sekunde. Er rammte das Schwert hinunter, obwohl er in der Tiefe seiner Seele entsetzt darüber war, was er tat.

Als er von seinem blutigen Werk hochsah, bemerkte er, daß Kai seinen Kampf ebenfalls gewonnen hatte. Der Junge stand gerade auf. Der Dolch in seiner Hand troff von Blut, und das Gesicht des Prinzen war kreideweiß.

Sie umarmten sich wortlos, und dann kümmerte Alaire sich um Kais Ketten.

Doch Alaires Schlüssel paßten nicht, so daß der Bardling voller Abscheu die beiden Leichen durchsuchen mußte, während das Kampfgetümmel immer näher kam.

Schließlich fand er den Schlüssel, sorgfältig in einer Tasche verborgen. Er fummelte mit dem blutverschmierten Schlüssel in dem Vorhängeschloß herum, bis endlich das erleichternde Klicken zu hören war.

Er befreite Kai von seinen Fesseln am Knöchel und am rechten Handgelenk, ließ aber die linke Fessel mitsamt der kurzen Kette am Handgelenk. Sie gab eine gute Waffe ab, die man ihm nicht aus der Hand schlagen konnte.

Kai schnappte sich das Schwert des toten Wächters, und dann liefen die beiden dem Kampflärm entgegen.

Sie warfen sich einen fragenden Blick zu. »Was schlecht für den Bund ist, ist gut für uns«, sagte Alaire schließlich. Kai nickte, und sie liefen in den Gang …

Da ließ der Kampflärm nach, und Hurrarufe ertönten.

»Und was gut für den Bund ist, ist schlecht für uns«, antwortete Kai. »Nichts wie weg hier!«

»Kennst du einen Ausweg?« fragte Alaire. Kai nickte und deutete verdrossen in den Gang hinein.

Alaire fluchte und sah sich suchend um. Eine Treppe führte auf die Galerie, von der er herabgesprungen war. Er packte Kai am Ellbogen und zerrte ihn dorthin. »Komm!« zischte er. »Ich kenne zumindestens einen Platz, an dem wir uns verstecken können!«

*Bei Carlotta!* Alles, was geschah, würde man ihr direkt berichten. Und kaum jemand, der nach Kai suchte, würde ihn ausgerechnet in Carlottas Höhle vermuten. Vermutlich war ein Versteck in ihrer Nähe im Augenblick der sicherste Ort im ganzen Gefängnis.

*Wenn es überhaupt einen sicheren Ort hier gibt ... für irgendeinen von uns.*

## 20. KAPITEL

Kurz vor der Höhle nahm Alaire Kai einen Augenblick beiseite und flüsterte ihm einige Warnungen ins Ohr.

»Beweg dich nicht und gib keinen Mucks von dir, was auch immer passiert und was auch immer du siehst oder hörst«, sagte er und warf nervöse Blicke in den Gang. »Wir werden uns in einem ganz besonderen Raum da unten verstecken. Dort haust die wahre Macht, die hinter Jehan und dem Bund steckt. Sie ist verdammt häßlich, aber sie ist eine Art ... Krüppel. Sie kann sich nicht von der Stelle bewegen, und obwohl sie eine sehr bösartige Zauberin ist, kann sie uns nichts tun, es sei denn, sie weiß, daß wir da sind. Verstanden?«

»Glaub' schon«, flüstete Kai verwirrt. »Dort wo sie ist, wird die Palastwache zuletzt nach uns suchen, richtig?«

»Genau.« Alaire ging voran. Sein Herz hämmerte, und er erwartete, jeden Moment auf einen Wächter oder einen Hexenmeister des Bunde zu stoßen. Aber sie erreichten die Grotte ohne Zwischenfall. Alaire bedeutete Kai, leise zu sein. Hintereinander krochen sie durch das Gewirr der Kisten, und da dämmerte es Alaire, warum Carlotta ausgerechnet in einem Lagerraum lebte …

Weil es gar kein Lagerraum war! Die Grotte war angefüllt mit greifbaren Überresten ihrer Macht. Anders gesagt: mit Beute. Wertvolle Dinge, die sie vermutlich konfisziert hatte oder die man ihr gebracht hatte. Wie ein Drache hatte sie ihre Schätze hier aufgehäuft, wo sie sie betrachteten und sich jeden Tag an ihnen weiden konnte. Wahrscheinlich gab es keine andere Möglichkeit für sie, ihre Macht zu genießen, außer, Leute hier herunterzuholen und sie töten zu lassen. Sie konnte sich von diesem Ort nicht wegbewegen, und selbst ein Koloß von Carlottas Ausmaßen konnte nur eine bestimmte Menge Lebensmittel pro Tag essen. Und sie konnte auch kaum das Leben und die Liebhaber wie früher genießen, bevor sie ihre Entzauberung rückgängig gemacht hatte … Alaire bezweifelte, daß irgend etwas im ganzen Universum diesen Fettklops auch nur ertragen, geschweige denn begehren könnte.

Alaire fand einen Platz unter einem niedrigen Sofa, von dem aus Kai einen guten Ausblick auf das Geschehen hatte, ohne selbst gesehen zu werden. Der Prinz zuckte zusammen, als er bemerkte, daß das Ding mitten in dem Raum lebte und keine groteske und obszöne Statue war, oder ein Müllhaufen. Aber er gab keinen Laut von sich.

Sie lagen nicht lange auf der Lauer, als laute Geräusche in einem anderen Gang verrieten, daß die Wächter irgendwelche Gefangenen brachten. Alaire dachte, er wäre auf alles gefaßt, doch sein Herz blieb ihm beinah stehen, als er sah, daß die drei mitgenommenen Gestalten, die da vor Carlotta gezerrt wurden, Naitachal, Lyam und der König waren.

Das war zuviel für Kai. Er schnappte nach Luft und wollte aufspingen. Alaire hatte alle Hände voll zu tun, ihn festzuhalten und zurückzuziehen. Gleichzeitig preßte er ihm die Hand auf den Mund und flüsterte ihm eindringlich zu, daß er nur getötet würde, wenn er jetzt etwas unternahm. Schließlich gab Kai widerstrebend nach und nickte. Alaire ließ ihn sofort los. Glücklicherweise überdeckte der Lärm, den die Gefangenen und ihre Häscher machten, die Geräusche, die Kai produzierte. Als die beiden ihren Beobachtungsposten wieder eingenommen hatten, standen die Gefangenen vor dem Fleischberg der ehemaligen Halbfee.

»Na, Eure Majestät«, Carlottas einigermaßen wohlklingende Stimme stand in einem schockierenden Kontrast zu ihrem unförmigen Körper. »Wie nett von Euch, mir einen Besuch abzustatten! Ich habe mich schon seit einiger Zeit darauf gefreut! Sagt mir, wie haben Euch meine kleinen Geschenke gefallen?«

Der König schüttelte verwirrt den Kopf. »Ge ... Geschenke?« stammelte er. »Wer seid Ihr? Was für Geschenke?«

Der Schlitz, der Carlottas Mund sein sollte, wurde breiter. Vermutlich sollte das ein Lächeln sein. »Oh, meine kleinen Stärkungsmittel«, antwortete sie liebenswürdig. »Und mein kleines Tonikum. Das Stärkungsmittel habt Ihr jeden Abend mit Sir Jehan zu Euch genommen, und das Tonikum trankt Ihr jeden Morgen auf Anraten von Magier Soren. Sie waren Euch beide sehr zuträglich.« Sie versuchte, den Kopf zur Seite zu legen, eine groteske Persiflage auf eine flirtende Haltung, die sie Jahrzehnte zuvor einmal beherrscht haben mußte. »Selbstverständlich fand Euer Sohn die Wirkung nicht sehr erfreulich, aber Ihr wart dadurch den Vorschlägen, die Sir Jehan und Soren Euch unterbreiteten, viel aufgeschlossener. Nach einer Weile wolltet Ihr sogar auf niemand anderen mehr hören! Ich fand das ausgesprochen nützlich, vor allem, nachdem ich es solange mit Eurem anstrengenden Vater aushalten mußte. Er wollte nichts von mir akzeptieren.«

Sie verzog schmollend die Lippen. Auch diese Geste mußte einmal an der ursprünglichen Carlotta reizend gewirkt haben. Bei diesem Monstrum sah es so schrecklich aus, daß Alaire erschauerte. Der König lief vor unterdrückter Wut rot an, und Kai wurde kreidebleich. Lyam sah nur resigniert drein, als hätte er so etwas erwartet. Doch auf

Naitachal machte diese Enthüllung keinerlei sichtbaren Eindruck. Allerdings waren Dunkle Elfen immer schwer zu durchschauen.

Naitachal war gefesselt und geknebelt. Carlotta ging kein Risiko ein. *Er soll nicht einmal summen können*, vermutete Alaire.

»Und Naitachal!« rief die Kreatur in einer Parodie von Liebenswürdigkeit. »Wie schön, Euch hier zu sehen! Ich muß zugeben, das ist wirklich eine Wohltat, an die ich nie gedacht, geschweige denn mir erhofft hätte. Ich dachte schon, daß ich Euch und Tich'ki ganz allein aufspüren müßte, nachdem meine Eroberung von Suinomen und Althea gelungen ist, natürlich. Es ist eine Schande, daß nur Ihr beide von allen meinen alten Feinden noch lebt. Obwohl ich annehme, daß ich eine verspätete Rache an meinem Bruder Amber nehmen kann, indem ich seine Nachfahren vernichte. Dieser verfluchte Kevin starb kinderlos, so eine Schande! Aber in gewisser Weise seid *Ihr* sowohl sein Kind als auch sein Meister.« Sie betrachtete ihn nachdenklich. »Ihr seid also ein Barde geworden und habt Eurer früheren Magie entsagt. Um so dümmer für Euch, Naitachal. Ihr hättet wissen müssen, daß die Dunklen Mächte immer die Guten Mächte besiegen. Die größere Macht für die kleinere einzutauschen ist, gelinde gesagt, idiotisch ...« Sie lachte. »Und jetzt habe ich Eure Lippen versiegelt und Euch Eurer schwächlichen Bardenmagie beraubt. Ihr seid hilflos, Naitachal. Denkt einen Moment darüber nach.«

*Naitachal hat nie entsagt*, dachte Alaire verwirrt. *Er hat mir bestimmt hundertmal erzählt, daß man der Schwarzen Magie nicht entsagen kann. Man kann nur aufhören, sie zu praktizieren. Das Wissen und die Macht bleiben bei einem, ob man es will oder nicht ...*

Aber Carlotta hatte ihre Aufmerksamkeit Lyam zugewandt und ignorierte Naitachal einen Augenblick. »Und da haben wir ja Lyam, den guten, aufrechten Lyam. Und Ihr dachtet, Ihr hättet gute Spione. Wußte der König eigentlich, daß Ihr Euer Netzwerk von Informanten behalten habt, nachdem er Sir Jehan zum Chefagenten ernannt hatte? Nein? Wie nachlässig von Euch, es ihm nicht zu erzählen!« Sie lachte. »Aber Eure Spione haben Euch nichts von mir erzählt, nicht wahr? Also sind sie vielleicht …«

Alaire sollte nie erfahren, was es mit diesem »vielleicht« auf sich hatte. Denn in diesem Augenblick beschwor Naitachal die Mächte, die er seit über hundert Jahren nicht mehr angerufen hatte … Mächte, die zu rufen er weder Hände noch Stimme brauchte.

Der Wächter, der ihn festhielt, tat seinen letzten Atemzug.

In einem einzigen Moment wurde das Haar des Mannes schlohweiß, seine Haut runzlig, und er brach zusammen. Vor Alaires Augen wurde er, noch bevor er auf den Boden fiel, zu Staub.

Und Naitachals Augen glühten. Nicht blau, sondern rot.

Die Fesseln, die ihn hielten, brachen mit einem schrillen Geräusch. Er zog sich mit einer Hand den Knebel aus dem Mund und machte eine winzige Geste mit der anderen … und plötzlich erschien ein Schwert in ihr. Es war schwarz wie die Nacht und schien das Licht zu schlucken. Und … als Naitachal in den Körper des Postens hinter ihm stach, lachte es leise auf, als es das Fleisch des Mannes berührte.

Naitachal hinterließ nicht mehr als einen Kratzer, aber der Mann brach tot zusammen.

*Ihr Götter, ein Todesschwert!* dachte Alaire noch, bevor alle sieben Höllen auf einmal loszubrechen schienen.

Carlotta schrie auf und hob ihre Stummelarme. Die anderen Wachen erkannten die zauberische Herkunft und die Macht von Naitachals Schwert und wichen entsetzt zurück. Lyam und der König nutzten die chaotische Situation zu ihrem Vorteil. Lyam beugte sich vor und rammte seinem Häscher den Schädel in den Bauch. Der König trat mit aller Kraft seinem Bewacher auf den Fuß und rammte dem Mann das Knie unter das Kinn, als er sich schmerzerfüllt vorbeugte. Wenige Augenblicke später waren sie frei und bewaffnet und formierten sich gegen ihre Gegner.

Carlotta schleuderte Blitze gegen alles, was sich bewegte,

bis Naitachal sein Todesschwert verschwinden ließ und zwischen sie und ihre Opfer trat. Er hob seine Hände. Schwarze Energie entströmte ihnen und bildete einen Schild zwischen Carlotta und der restlichen Höhle.

*Er nutzt die Kraft der Schwarzen Magie, um uns zu retten,* dachte Alaire. Er wußte, daß Naitachal diese Mächte niemals mehr hatte anrufen wollen.

Es waren Mächte, die ihn für sich zurückfordern konnten, und diesmal gab es vielleicht kein Entsagen mehr. Die Mächte der Finsternis waren eifersüchtige Herren, und sowohl Naitachal als auch sein Bardling wußten, wie knapp seine Flucht vor ihnen gewesen war. Sie jetzt wieder heraufzubeschwören, konnte das Ende seines gepflegten Bardenlebens bedeuten.

Aber sie hatten keine Zeit, darüber nachzudenken. Kai war schon halb aus ihrem Versteck herausgekrochen und versuchte, seinem Vater hilfreich zur Seite zu stehen, und Alaire blieb nichts anderes übrig, als ihm zu folgen.

Da Naitachal damit beschäftigt war, Carlotta aus dem Kampf herauszuhalten, hatten die Wachen wieder Mut gesammelt und versuchten, ihrer Gefangenen wieder Herr zu werden. Alaire und Kai kamen keine Sekunde zu früh. Der König und Lyam fochten Rücken an Rücken und waren vollkommen von ihren Feinden eingekreist. Jehan hatte sich Lyam persönlich vorgenommen und erwies sich als nicht gerade unwürdiger Gegner. Kai kämpfte sich mit einer solchen eigensinnigen Wildheit und Blutrünstigkeit zu seinem Vater durch, daß Alaire erschrak.

Alaire dachte nur daran, Naitachal den Rücken von den Wächtern freizuhalten, die ihn von hinten angreifen konnten, solange er mit Carlotta beschäftigt war. Er kämpfte sich durch und stand schützend hinter seinem Meister, wobei er sich nach Kräften bemühte, die blitzenden Energiebündel, den dunklen Rauch und die magischen Flammen zu ignorieren, die das Wüten der Kräfte zwischen den beiden erzeugte.

Gerade als er einen weiteren Angreifer abwehrte, schleuderte Carlotta einen Blitz ... nicht gegen Naitachal, sondern gegen Archenomen.

Als Naitachal diesen unerwarteten Seitenhieb abwehrte, ließ er seine eigene Verteidigung sinken. Schnell wie eine Schlange griff Carlotta ihn mit einem Energiestrahl an, der seinen Schild durchbrach und ihn mitten in die Brust traf.

Naitachal fiel ohne einen Laut. Alaire tat das tapferste, was er jemals in seinem Leben getan hatte.

Er trat zwischen Carlotta und seinen gefallenen Meister. Das Herz schlug ihm bis in den Hals, und Furcht schrillte durch seine Nerven, aber er war trotzdem bereit, seinen Meister mit seinem Leben zu verteidigen.

Carlotta sah ihn an und ... lachte.

Sie machte eine Bewegung, als verscheuche sie eine lästige Fliege. Alaire segelte durch das Zimmer und landete so hart an der Wand, daß er Sterne sah und ihm die Luft ausging. Er rutschte hilflos an der Wand hinab zu Boden und rang nach Luft. Tränen der Wut und der Enttäuschung traten ihm in die Augen.

»O Naitachal!« Carlotta lachte, und ihre schrille Stimme war trotz des Klirrens der Schwerter deutlich zu hören. »Du vollkommener Narr! Du hast dich zu lange der Finsteren Mächte enthalten! Ich bin hier die Herrin! Ich werde dich vernichten, ebenso wie deine Freunde, genauso wie ich auch diesen Kretin erschlagen habe, diesen ach-so-heiligen, immer-so-vornehmen hohlköpfigen Weißen Elfen Eliathanis ...

Nur Alaire sah, was dann geschah. Naitachal war gebrochen gewesen, am Boden zerstört, bis Carlotta den Namen des Weißen Elfen aussprach, der sein Freund gewesen war. Von diesem Moment an war Naitachal nicht mehr wiederzuerkennen.

Seine Augen glommen wieder auf und verwandelten sich von feurigem Rot in ein lichtloses Schwarz. Er erhob sich. Sein Gesicht war eine Maske, vor der Alaire entsetzt zurückschrak. Bevor Carlotta reagieren konnte, durchquerte er den Raum mit einem einzigen Schritt ...

Und hieb ihr mit furchtbarer Gewalt den Handrücken ins Gesicht, so daß sie hintenüberfiel.

Sie lag auf dem Rücken und ruderte mit ihren winzigen Armen und Beinen in der Luft. Das wäre vielleicht ein lustiger Anblick gewesen, wenn nicht Naitachals unmenschlicher Gesichtsausdruck jeden Humor aus der Situation verbannt hätte. Und als Carlotta hilflos auf dem Rücken lag, trat er einen Schritt zurück und ...

... begann zu singen.

Alaire wußte vom ersten Ton an, daß dies keine normale Bardenmagie war. Kein anderer Barde auf der ganzen Welt würde jemals eine solche markerschütternde Melodie zustandebringen können. Dies war eine unheilige Verschmelzung von Bardenzauber und Schwarzer Magie, ein Lied der Vernichtung, das so schrecklich, so grauenvoll und so mächtig war, daß Alaire sich an der Wand zusammenkauerte und die Finger in die Ohren steckte. Er weinte vor Verzweiflung und Furcht, die das Lied in ihm auslösten.

Und er war nicht der einzige. Keiner hielt diesem Lied stand. Verschiedene Wachtposten gaben auf und flohen, bevor sie überwältigt wurden. Lyam gelang es gerade noch, Jehan mit einem Hieb zu fällen, bevor er seine Hände gegen die Ohren preßte und zurückwich. Kai und sein Vater klammerten sich aneinander. Ihnen strömten bei dem Schmerz, den das Lied in ihnen erzeugte, die Tränen über die Wangen.

Carlotta begann zu kreischen.

Entsetzlicherweise nahm Naitachal diesen Schrei auf und verarbeitete ihn in seinem Lied.

Alaire verbarg das Gesicht, weil er nicht mehr zusehen konnte, als das Kreischen begann. Es klang, als würde Carlotta alle Pein, die sie jemals verbreitet hatte, zurückgeben, und zwar dreimal so stark. Alaire hoffte, er konnte diesen Moment vergessen ... diese Ewigkeit. Es war schlimmer als der Bann, der ihn in dem Kristall gehalten hatte, unendlich viel schlimmer. Er konnte nur eins tun, sich an die Melodie erinnern, die seine Mutter Grania ihm vorgesungen hatte und an das Lied, das er daraus gemacht hatte. Er klammerte sich daran fest, während das andere Lied immer und immer weiterging ...

Und schließlich aufhörte.

In der plötzlichen Stille sah Alaire hoch. Es gab keine Spur mehr von Carlotta. Nur noch das zeltartige Gewand ließ darauf schließen, daß sie überhaupt dagewesen war. Es lag jetzt schlaff auf dem Boden.

Naitachal drehte sich um.

Er machte eine Handbewegung, und das Todesschwert war wieder in seiner Hand. Aber der unmenschliche Ausdruck lag unverändert auf seinem Gesicht.

*Er erkennt uns nicht mehr,* dachte Alaire, den die Furcht wieder auf die Füße brachte. *Er erinnert sich nicht an uns! Die Mächte der Finsternis haben ihn erneut in ihrer Gewalt, wie er es befürchtet hat. Er wird uns töten!*

Alaire hatte gedacht, daß es seine mutigste Tat gewesen war, zwischen Naitachal und Carlotta zu treten. Aber es gab etwas, das noch mehr Mut erforderte.

Er trat zwischen Naitachal und die anderen in dem Raum.

Als der Blick des Dunklen Elfen sich auf ihn richtete und er das Todesschwert hob, begann Alaire zu singen.

Er sang zunächst von sich selbst, aber diesmal konzentrierte er sich auf alles, was Naitachal ihm bedeutet hatte, auf alles, was der Barde ihn gelehrt hatte. Auf all die Augenblicke, die sie gemeinsam erlebt hatten, in denen sie miteinander gelacht und getrauert hatten , in denen sie Niederlage und Übermut zusammen durchlebt hatten. Wenn Naitachals Lied ein Lied der vollkommenen Vernichtung gewesen war, so sang sein Bardling jetzt ein Lied des Lebens.

Naitachal blieb stehen. Seine Augen veränderten sich von dem unglaublichen Schwarz zu einem düsteren Rot.

Alaire sang weiter und legte seine ganze Seele in das Lied, sang von allem, was er über das Leben Naitachals als Barde gehört oder gelesen hatte, sang von Kevins und Gawaines Zeit bis zu diesem Moment, erinnerte den Geisterbeschwörer daran, wie wichtig das Leben und das Licht ihm gewesen waren ... und wie unbedeutend Tod und Finsternis dagegen schienen.

Er sang von Freundschaft, sang von Hoffnung und Freude. Und dann nahm er allen Mut zusammen und sang von Eliathanis, dem Weißen Elfen, der Naitachal vor so langer Zeit gerettet hatte, dessen Name aus dem Munde Carlottas Naitachals Wut so tödlich angestachelt hatte. Er sang von dem, woran die Weißen Elfen glaubten. Und er erzählte Naitachal mit seiner Musik, daß Eliathanis vergeblich zugrundegegangen wäre, wenn Naitachal jetzt wieder zu der Finsternis hinabstieg, der er entsagt hatte.

Langsam, ganz langsam verwandelte sich Naitachals Gesicht wieder zu dem des Mannes, den Alaire kannte und respektierte. Gleichzeitig verfärbten sich seine Augen von dem dunklen Rot zu einem strahlenden Blau.

Naitachal blinzelte und sah das Todesschwert in seiner Hand. Seine Miene verriet unendliche Trauer über das, was er da getan hatte. Mit einem Fluch warf er das Schwert von sich, das mitten in der Luft verschwand.

Einen Augenblick war die Zeit erstarrt. Lyam, der König und Kai starrten den Dunklen Elfen furchtsam und entsetzt an. Die wenigen Wachen, die noch zurückgeblieben waren, versuchten, wegzukriechen.

Alaire entschied nicht bewußt, was in diesem Moment zu tun war. Er sah nur die Agonie im Blick seines Freundes und handelte überzeugt und mit sicherem Instinkt.

Er ging zu Naitachal, sah ihn an und legte ihm vertrauensvoll die Hand auf den Arm. »Meister«, sagte er ruhig und schlicht. »Ihr selbst habt mich gelehrt, daß es eine Zeit gibt für das Erschaffen und eine Zeit für das Vernichten. Ihr hattet keine andere Wahl.«

Lyams Blick verlor seinen furchtsamen Ausdruck, und Kais ebenfalls. Der Hauptmann schob das Schwert in die Scheide, und die Bewegung zog Naitachals Blick auf sich.

Der Hauptmann nickte. »Manchmal ist die einzige Waffe, die einem bleibt, diejenige, von der man hoffte, sie niemals ergreifen zu müssen«, knurrte er. »Dann passiert es doch. Aber man lebt weiter und kann nur versuchen, das wieder gutzumachen, was man mit dieser Waffe angerichtet hat.«

Naitachal betrachtete ihn einen Moment lang ernst und nickte dann langsam. »Ich kann die nicht wieder lebendig machen, die ich erschlug«, sagte er. »Aber wenigstens wird *sie* nie mehr ahnungslose Menschen unter ihren Bann zwingen können.«

Er drehte sich zum König um und verbeugte sich. »Die Macht, die sich gegen Euch verschwor, existiert nicht mehr, Majestät. Das Rückgrat der Revolte ist gebrochen. Was ist Euer Wille?«

Archenomen blinzelte und schien es kaum fassen zu können, daß dieses mächige Geschöpf tatsächlich nach *seinem Willen* fragte. Doch dann richtete er sich zu seiner ganzen Größe auf und legte einen Arm um seinen Sohn. Er strahlte eine Würde und Macht aus, die Alaire noch nie zuvor an ihm gesehen hatte. Erst jetzt begriff er, wie hohl der Archenomen gewesen war, den er und Naitachal kennengelernt hatten.

»Ich denke«, sagte der Monarch und erwog sorgfältig seine Worte, »daß wir all das wieder aufbauen müssen, was Jehan und seine Meisterin zerstören wollten.«

Naitachal sank auf einen Stuhl. Er fühlte sich elend und krank bis ins Mark. Der letzte Hexenmeister des Bundes war ihm zur Bestrafung vorgeführt worden. Ausgerechnet ihm! Als wäre er weniger schuldig als sie! Sie hatten nur zu bereitwillig ihre Geschichten von der Korruption unter Jehans Regime geschildert. Das Eingeständnis ihrer Doppelrolle reichte bei weitem aus, um den Bund zu beenden und alles, wofür er stand. Es würde in Suinomen keinen Bund mehr geben, der die Zauberei regulierte. Und keine Schergen, die seine Gesetze ausführten.

Es hatte einen kleinen heiteren Augenblick gegeben, als die Königliche Wache Soren vorgeführt hatte. Das Haupt der königlichen Magier hatte vor Furcht unzusammenhägend geblubbert, und zwar nicht wegen Naitachal. Nein, er hielt den Ring um Armeslänge von sich, den Naitachal ihm als

Alaires Schmuck gegeben hatte. Soren fürchtete sich vor ihm und hatte wohl noch mehr Angst, ihn einfach hinzulegen. Als er Naitachal sah, war er so dankbar, daß er sich aus den Händen seiner Wächter befreite und vor Naitachal auf die Knie warf.

»Bitte, bitte nehmt diesen verwünschten Ring wieder zurück!« schluchzte er. »Im Namen aller Götter, ich flehe euch an. Er ist ... Ich habe ...«

Naitachal sollte nie erfahren, was der Ring mit Soren angestellt hatte, aber der Mann war förmlich aufgelöst vor Angst. Der Dunkle Elf hatte ihn dem Hexenmeister aus den zitternden Fingern genommen, während Soren dankbare Worte stammelte und schwor, alles zu enthüllen, was Naitachal wünschte.

Jetzt drehte der Elf den Ring nachdenklich in seiner Hand. Den Ring seines Vaters, eines Schwarzen Magiers. Eines Geisterbeschwörers.

*Wie ich ... Genau wie ich.*

Wie sollte er jetzt noch mit sich weiterleben? Und, wichtiger noch, wie sollte er sich selbst jemals wieder vertrauen? Wenn er sich selbst nicht vertrauen konnte, wie sollte dann irgend jemand anders ihm trauen?

Er starrte in die rubinroten Augen des Schädelringes. Sie schienen ihm spöttisch zuzuzwinkern. *Siehst du*, schienen sie zu sagen, *dein Vater hatte die ganze Zeit recht.*

»Naitachal?«

Die vertraute Stimme unterbrach seine trostlosen Gedanken, und er sah hoch. Alaire stand neben ihm, die eigene Harfe in der Hand und Naitachals Instrument unter dem Arm.

»Meister«, sagte der Junge mit ernster Förmlichkeit, »kommt Ihr einen Moment mit mir? Ich brauche hierbei wirklich Eure Hilfe.«

*Wahrscheinlich haben sie noch mehr Magier gefunden, die sich unter ihren Betten verkrochen haben*, dachte Naitachal finster. Aber das war wenigstens eine konstruktive Arbeit für ihn.

Nichts Zerstörerisches.

Er folgte Alaire teilnahmslos durch die Bundeshalle und hinunter in das Labyrinth. *Seltsam*, dachte er, als die Holzwände den Felsen wichen und die Luft kälter wurde. *Ich dachte, wir hätten alle Hexenmeister aus diesen Katakomben vertrieben. Und so viele waren es auch gar nicht gewesen ...*

Aber Alaire führte ihn immer tiefer in das Gewirr von Gängen, bis sie schließlich an einen Ort gelangten, wo Naitachal noch nicht gewesen war. Alaire öffnete eine Tür, und eiskalte Luft drang aus dem Raum. Etwas anderes strömte ebenfalls heraus, eine Welle der Macht, die er noch nicht empfunden hatte. Er trat ein, und Naitachal folgte, alle Sinne plötzlich hellwach.

Der Raum wurde nur von der Laterne draußen vor der Tür beleuchtet ... und von dem dämmrigen Glühen der sechseckigen Kristalle, die auf den oberen Regalen standen. Reihe um Reihe von ihnen, eingelassen in ihre kleinen Holzwürfel. Und unter den Kristallen ... waren das etwa Särge?

In dem Moment wurde ihm klar, wo sie hier waren.

»Die Gruft der Seelen«, flüsterte er.

Das waren die gestohlenen Seelen all der hilflosen Opfer des Bundes.

»Meister«, sagte Alaire leise. »Wir haben alles versucht, um den Bann zu brechen. Alle, von Soren abwärts, vereinzelt und zusammen. Carlotta war die einzige, die wußte, wie man ihn bricht. Ich konnte mich befreien, weil ich mich selbst erkannte. Aber ich kann die anderen nicht befreien.«

Alaire trat um den Barden herum, so daß er Naitachal herausfordernd ins Gesicht blicken konnte. »Ihr seid ein Meisterbarde«, sagte er geradeheraus. »Ihr habt die Macht und die Erfahrung, die uns fehlt. Ihr müßt mir helfen ... und ihnen.«

Das war keine Bitte, sondern eine Forderung. Eine berechtigte Forderung. Naitachal selbst hatte es ja bereits gelobt: Das, was Carlotta getan hatte, mußte er wiedergutmachen.

Er öffnete sich der Macht des Raumes und spürte den Schmerz all der eingekerkerten Seelen. Aber er empfand keine Begeisterung wie jeder »gute« Schwarze Magier ...

*wie mein Vater sie empfunden hätte ...*

... sondern der Schmerz ließ ihm Tränen in die Augen steigen, echte Tränen. Die ganze Verzweiflung und die verlorenen Hoffnungen! Die Tränen, die er so selten vergoß, brannten auf seinen Wangen. Als Alaire ihm schilderte, wie er sich befreit hatte, hörte er aufmerksam zu. Dann griff er eifrig nach der Harfe, die er nicht mehr hatte berühren wollen.

Alaire reichte sie ihm. Naitachal setzte sich auf eine Steinbank und legte das Instrument zärtlich an seine Brust. Dort fühlte sie sich richtig an, nicht schwer und unnatürlich, wie sich das Todesschwert angefühlt hatte, sondern warm und willkommen.

Ja. Ja!

Er überlegte kurz, spürte der Macht nach und ... begann ein Lied, das beides verschmolz, das Schaffen ... er machte die Gefangenen wieder zu dem, was sie gewesen waren ... und das Vernichten. Er schmolz die Kristalle, die sie festhielten.

Er verlor sich in dem Lied. Diesmal verband sich die Zerstörung in bittersüßer Harmonie mit der Macht des Erschaffens. Er sang, bis er heiser wurde und seine müden Hände die Saiten kaum noch zupfen konnten.

Doch da eilte ihm eine jüngere, frischere Stimme zu Hilfe, und Alaires kleineres Instrument nahm die Melodie auf und unterstützte Naitachal.

Zusammen gelang es ihnen, den Bann zu brechen.

Naitachal öffnete die Augen und sah, daß sich der Raum mit Menschen gefüllt hatte, während sie da saßen. Es waren Männer und Frauen aller Ränge und Klassen. Als diese Leute die Särge öffneten und denen, die darin lagen, hinaushalfen, begriff Naitachal, daß sie die Freunde und Verwandten derjenigen sein mußten, die in dieses schreckliche Gefängnis gebrach worden waren.

Sie drängten in den Raum, berührten dankbar seine Hand, lächelten bebend oder stießen Worte des Dankes aus. Jetzt herrschte so viel Freude in dem Raum, wie zuvor Verzweiflung in ihm gewesen war.

*Nein. Da ist noch mehr!*

Der Raum wurde davon gewärmt, bis er nicht mehr länger ein Gefängnis zu sein schien, eine Gruft, sondern etwas Warmes und Herzliches die Luft erfüllte, etwas, das sie beinah zu streicheln schien.

Die Freude erfüllte Naitachal, und er schloß erneut die Augen. Er gab sich ihr hin und ließ sie das Elend aus seinem Herzen spülen.

Schließlich waren sie wieder allein. Aber die Freude war nicht fort, sondern blieb bei ihm, erfüllte den finsteren Platz, an dem so lange die Schwarze Magie geherrscht hatte.

»Seht Ihr, Meister?« fragte Alaire, als er die Augen öffnete und den Raum leer fand. »Ihr seid nicht mehr das, was Ihr einmal wart. Ihr seid jetzt mehr als ein alter Schwarzer Magier ...« Der Junge grinste keck. »Und selbst ich denke, Ihr seid mehr als Naitachal, der Barde, der Angst davor hatte, die eine Hälfte seiner Macht einzusetzen!«

Naitachal lächelte, immer noch unter dem Eindruck der Freude, die er gefunden hatte. Er knuffte seinen ehemaligen Schüler spielerisch. »Und was hat Euch plötzlich so schlau gemacht, Barde Alaire?«

»Oh, ich habe nur ...« Alaire brauchte einen Moment, bis er begriff, was so komisch wirkte, daß Naitachal laut lachen mußte. »*Barde* Alaire?« fragte der Junge erstaunt. Seine Stimme klang erstickt.

Naitachal schlug ihm auf die Schulter. »Jeder, der mir die Stirn bieten kann, wenn ich in so einer mörderische Stimmung bin, und mich daran erinnert, was ich bin, darf sich mit Fug und Recht Barde nennen«, sagte er. »Das sage ich auch jedem ins Gesicht.«

Als Alaire vor Freude strahlte, sah Naitachal sich beschwingt um. Er hätte nie gedacht, so etwas jemals wieder empfinden zu können. »Ich glaube, dieser Ort hat uns beide erheblich verändert, mein junger Freund.«

Alaire zuckte schüchtern mit den Schultern. »Ihr seid immer noch ein Meister ... *mein* Meister, ganz gleich, was geschehen ist. Aber ... wißt Ihr, ich würde wirklich gern nach Hause gehen.«

Naitachal seufzte sehnsüchtig bei dem Gedanken an sein Haus, seinen Garten und den Anblick der Sterne von seinem kleinen Wachturm aus. »Ja«, sagte er zufrieden. »Nach Hause. Was für einen guten Klang dieses Wort hat. Wie Musik ...«

»Musik?« Alaire lächelte strahlend. »Oh, Naitachal, höre ich da noch ein neues Lied heraus?«

»Noch eins? Bei allen Göttern, Junge, willst du, daß ich mir die Haut von den Knochen spiele?« rief Naitachal und wollte ihn knuffen. Alaire duckte sich und lachte.

»Ich denke, das kann warten, edler Meister«, sagte der Junge, stand auf und nahm ihre Instrumente auf, als wäre er noch der Schüler von einst. »Aber draußen warten viele Leute, die Euch gebührend danken wollen. Danach könnt Ihr dann Eure Lieder komponieren. Nachdem wir zu Hause angekommen sind.«

»Allerdings«, antwortete Naitachal mit würdiger Heiterkeit. »«Alles zu seiner Zeit. Das ist eine angemessene Elfeneinstellung. Scheint so, als hätte ich Euch zu guter Letzt doch etwas beigebracht.«

Gemeinsam verließen sie das Gefängnis der Seelen, um die soeben befreiten Magier zu begrüßen.

**ENDE**

MERCEDES LACKEY
RU EMERSON
The BARD'S TALE
FESTUNG aus FEUER und EIS
BASTEI LÜBBE

**Band 20 275**

**Roger Zelazny**
**Robert Sheckley**

## Bringt mir den Kopf des Märchenprinzen

**Deutsche Erstveröffentlichung**

Im Mittelalter fürchteten die Menschen, daß die Welt zur Jahrtausendwende enden würde. Und damit hatten sie nicht ganz unrecht. Sie endet tatsächlich alle tausend Jahre – nur merkt es niemand außer den Mächten des Guten und Bösen, die dann jedesmal um die Vorherrschaft im Universum streiten.

Diese Geschichte handelt von den Bemühungen eines gewissen Azzie Elbub, Dämon, der den ersten Preis im Millennium-Wettbewerb der Besten Bösen Tat zu gewinnen trachtet, um dem Bösen damit den Sieg über das Gute zu verschaffen. Sein Plan ist genial einfach: Er wird einen Märchenprinzen und eine schlafende Prinzessin erschaffen. Ganz nach alter Tradition wird der Prinz sich auf den gefahrvollen Weg zu dem bezaubernden verzauberten Wesen machen – und dann eine böse Überraschung erleben. Indes: Obwohl Azzie sogar mit einer ›Kreditkarte für Böse Taten‹ gerüstet ist, hat er nicht mit etwas so Profanem gerechnet wie beispielsweise der Bürokratie ...

BASTEI LÜBBE

**Sie erhalten diesen Band im Buchhandel, bei Ihrem Zeitschriftenhändler sowie im Bahnhofsbuchhandel.**